Zu diesem Buch

Friedrich Torberg, geboren am 16. September 1908 in Wien, mußte 1938 emigrieren. 1951 kehrte er zurück und gab bis 1965 das «Forum», die führende kulturpolitische Zeitschrift Österreichs, heraus. Als 1958 unter dem Titel «Lebenslied» ein Auswahlband seiner Lyrik erschien, wurde man auch wieder auf den Autor Torberg aufmerksam, der bereits als Einundzwanzigjähriger mit seinem «Schüler Gerber» einen Welterfolg hatte. Durch eine Reihe von Erzählungen (unter ihnen «Golems Wiederkehr», rororo Nr. 4684) und Romanen (vor allem «Hier bin ich, mein Vater», rororo Nr. 4373) und nicht zuletzt auch durch seine Kritiken, Essays, Pamphlete und Feuilletons wurde Torberg zu einer literarischen Institution; Hans Weigel nannte ihn sogar «einen wesentlichen Bestandteil Österreichs». Auch als Übersetzer von Ephraim Kishon fand er Millionen Leser. Zuletzt erschien seine (vom ZDF verfilmte) Anekdotensammlung «Die Erben der Tante Jolesch». Friedrich Torberg starb am 10. November 1979 in Wien. Mit seinem Tod, schrieb die «Neue Zürcher Zeitung», «hat Österreich einen seiner geistreichsten und liebenswertesten Schriftsteller verloren».

Friedrich Torberg

Die zweite Begegnung

Roman

rororo

Rowohlt

Veröffentlicht im Rowohlt Taschenbuch Verlag GmbH,
Reinbek bei Hamburg, Oktober 1982

Umschlagentwurf Werner Rebhuhn
(Foto: Werner Neumeister)
Satz Garamond (Linotron 404)
Gesamtherstellung Clausen & Bosse, Leck
Printed in Germany
780-ISBN 3 499 15010 7

Für Marietta

... Das Unbegreifliche und Zeitwidrige ist, daß eine heutzutage angezettelte Revolution genauso verläuft wie alle früheren und deren Schwächen und Irrtümer auch nicht im geringsten verbessert. Darum sind die «neuen» politischen Versuche, die augenblicklich in Europa und seinen Grenzgebieten angestellt werden, ein entschiedener Rückschritt, eine eintönige Wiederholung aller Revolutionen von jeher, und das gerade Gegenteil von einem Neuanfang des menschlichen Lebens.

José Ortéga y Gasset: Der Aufstand der Massen (1928)

Jede Liebe glaubt an eine doppelte Unsterblichkeit, an die eigene und an die fremde. Wenn sie fürchten kann, jemals aufzuhören, so hat sie schon aufgehört. Es ist für unser Herz einerlei, ob der Geliebte verschwindet, oder nur seine Liebe.

Jean Paul: Kleinere Schriften poetischen Inhalts (1788)

Er hätte es nicht tun sollen. Es war völlig sinnlos, was er da tat, es war nichts als eine kindisch dreiste Herausforderung an das Schicksal, dem er doch wirklich knapp genug entgangen ist, drei Wochen sind es jetzt her. Und wenn er's heute in seinem Versteck nicht länger ertrug, wenn er unbedingt am hellichten Tag hervorkommen mußte – bis zum Besuch von öffentlichen Gaststätten hätte er's nicht treiben sollen.

Aber jetzt ist es schon geschehen, jetzt hat er sich schon in diesem «Garten-Restaurant und Kaffeehaus» niedergelassen, an einem kleinen, runden Tisch nahe der Rampe, und der Kellner hat auch schon den Kaffee vor ihn hingestellt und nicht einmal nach sofortiger Bezahlung verlangt. Allerdings sitzen heute erst so wenige Gäste im Freien, daß kein Zechpreller unbemerkt entwischen könnte, kein Zechpreller noch sonst jemand, dem es plötzlich auf unbemerktes Entwischen ankäme. Dergleichen wird von den Gästen dieses Lokals auch gar nicht erwartet. Und wer dem Kellner etwa Vorausbezahlung anböte, würde sich nur auffällig machen. In Lokalen dieser Art hat man niemals sofort beim Servieren bezahlt und tut es auch heute nicht. Es ist alles beim alten. Es ist alles ganz normal. Und es ist völlig sinnlos.

Martin Dub nickt ein paarmal vor sich hin, mit einem sonderbar befriedigten Gesichtsausdruck, der zum Ergebnis seiner Überlegung zugleich im Widerspruch und im Einklang steht. Denn das ist es ja: die Sinnlosigkeit des Normalen, oder die Normalität des Sinnlosen, es läuft auf eins hinaus. Denn es gibt ja wohl nichts Normaleres, als an einem Vorfrühlingstag wie dem heutigen, einem Sonntag obendrein, das Belvedere-Plateau aufzusuchen. Das tut an einem solchen Sonntag beinahe jeder normale Einwohner der Stadt Prag, und dort oben kann er dann vielerlei Normales tun. Er kann durch die Gartenanlagen flanieren, ziellos oder planvoll, allein oder mit einem Mädchen, oder anfangs allein und etwas später mit einem Mädchen, je nachdem. Er kann auf einem der Fußballplätze dem Spiel seiner Lieblingsmannschaft beiwohnen (und kann nach dem

Gebrüll vom benachbarten Platz den Stand des dort vor sich gehenden Konkurrenzspiels erraten). Er kann sich auf eine Bank setzen, mit einer Zeitung, mit einem Buch, mit einem Traum. Er kann, im Gegenteil, in einem der großen, lärmfrohen Etablissements der unermüdlichen Blechmusik lauschen und dabei einen Kaffee trinken oder eher ein Bier und am ehesten mehrere Biere. Oder er kann – wenn er nun schon hier heraufgekommen ist, obwohl er's nicht hätte tun sollen – eines der stilleren Gartenlokale aufsuchen und von seinem nahe der Rampe gelegenen Tisch den Blick umherwandern lassen, über die andern Tische auf der Terrasse hinweg, über den Rasen davor und auf die breite, menschendurchwogte Allee hinaus. Das alles ist Sonntag, das alles ist Belvedere. Es gibt nichts, was unter normalen Umständen normaler wäre. Und gerade darum ist es unter den gegebenen so völlig sinnlos.

Mit einem unwilligen Ruck holt Martin seinen Blick von der Allee zurück und öffnet das Buch, das vor ihm auf dem Tisch liegt, ein abgegriffenes, kräftig gebundenes Lehrbuch der Medizin, durch zahlreiche Illustrationen sogleich als solches kenntlich und somit geeignet, auch seinen Besitzer als Medizinstudenten kenntlich zu machen, der die unverhofft schöne Witterung dazu ausnützt, um dem Studium an der frischen Luft zu obliegen. Das dicke schwarze Wachsleinwandheft, das er jetzt gleichfalls aufgeschlagen hat und das zu gut zwei Dritteln mit stenographischen Schriftzeichen gefüllt ist, enthält offenbar seine eigenen Notizen zum Thema. Fürwahr, ein emsiger Student.

Es ist ein durchaus glaubhafter Anschein, den Martin da zu erwecken wünscht, und sein Äußeres kommt ihm dabei sehr zustatten. Man merkt ihm seine einunddreißig Jahre bei weitem nicht an, er sieht nach höchstens fünfundzwanzig aus, er hat in Haltung und Gebärden die Intensität einer nicht ausgelebten Jugend, und sein Gesicht, ob nun die Stirn unterm hellbraunen Haar sich nachdenklich faltet, ob seine dunklen Augen ins Weite sich verlieren oder auf Nahes sich heften, ob er lauscht oder lächelt (und er tut beides gerne) – sein Gesicht ist immer ganz bei der Sache und ganz von jener Bereitschaft erfüllt, die keine Grenzen kennt und keine Jahre. Er sähe wohl auch dann einem Studenten gleich oder vielleicht einem jungen Lehrer, wenn er's nicht darauf angelegt hätte und nicht wie jetzt mit Buch und Heft und abweisender Miene den plauderlustigen Annäherungsversuchen vorbeugen wollte, denen man auf dem sonntäglichen Belvedere als bloßer Zeitungsleser oder als müßiger Betrachter unfehlbar ausgesetzt ist, hauptsächlich von seiten andrer

Zeitungsleser oder andrer müßiger Betrachter. Als Mediziner hingegen, der sich dringend über die intimen Vorgänge in der Herzmuskelkammer unterrichten muß, kann man einen etwaigen Störenfried rasch und unverfänglich abschütteln. Könnte man das aber nicht, begänne der Störenfried zu schnüffeln, und schnüffelte er am Ende gar in behördlichem Auftrag: dann hülfe freilich kein Anschein mehr. Dann würde sich alsbald herausstellen, was es mit diesem emsigen Studenten in Wahrheit auf sich hat, und dann würde es so enden, wie es eigentlich schon vor drei Wochen hätte enden müssen.

Nur eines bliebe selbst dem beharrlichsten und behördlichsten Störenfried auch dann noch unergründlich: die Aufzeichnungen im schwarzen Wachsleinwandheft. Denn sie sind in einer eigens erfundenen Privatstenographie niedergelegt, deren nachträgliche Entzifferung sogar ihrem Erfinder manchmal weidliche Schwierigkeiten bereitet. Und das würde zwar im gegebenen Fall keine große Rolle mehr spielen – aber es bedeutet für Martin doch eine gewisse Beruhigung (und hat sie, wenn auch aus andern Gründen, seit jeher bedeutet), daß niemand außer ihm entziffern kann, was er da schon seit Jahren aufzeichnet, von seinen unfertigen und verworrenen Anfängen bis jetzt, bis zu den letzten drei Wochen, in denen ihm dieses schwarze Heft so wichtig geworden ist wie noch nie, zu einer Stütze sondergleichen, und wird es bleiben müssen wer weiß wie lange noch.

(Aus den Notizen des Martin Duh)

Prag, März 48

Ich wiederhole: März 48. Und zwar wiederhole ich es mit einem geradezu grotesken Vergnügen an der Doppeldeutigkeit dieses Datums. Denn bei «März 48» denkt man doch wohl an jenen Revolutionsmärz, der nun genau hundert Jahre zurückliegt, an den März 1848, an das Achtundvierzigerjahr und seine Freiheitsideale – von denen man immer noch hoffen wollte, daß sie sich auf eine anständige und vernünftige Weise verwirklichen ließen, und die an ihrem hundertsten Geburtstag in hoffnungsloseren Trümmern liegen als je zuvor.

Seit meiner Jugend, seit das erste rebellische Herzklopfen bei mir auftrat, habe ich auf diesen März und auf dieses Jahr gewartet. Immer, wenn ich beim Datieren aus irgendeinem Grund die Jahrhundertziffer wegließ und einfach «33» schrieb statt «1933» oder «39» statt «1939» oder sogar noch «47» statt «1947» – immer habe ich mir vorgestellt, wie ich dann im Jahre 1948 endlich «48» schreiben würde, mit einer heimlichen, verspielten Freude, als könnte ich auf diese Weise etwas von einem echten 48er-Revolutionär abbekommen. Jetzt ist es soweit. Jetzt hab ich sie, die Freude.

Prag, März 48 ... Der Revolutions-Ausschuß drängt beim Kaiserlichen Hof auf die Bewilligung einer Konstituante für die Länder der Böhmischen Krone. Die Bewilligung trifft ein. Im Ständetheater verkündet der neue Statthalter, Graf Stadion, die umwälzende Botschaft. Der Erzbischof von Prag zelebriert zu ihrer Feier im Herzen der Stadt, unter freiem Himmel, eine Messe und wird nachher von der begeisterten Volksmenge beinahe erdrückt. Aus Frankfurt kommt eine Einladung zur Eröffnungssession des Großdeutschen Parlaments. Palacky lehnt ab. Wir sind keine Deutschen, sagt er; wir gehören nicht zu Deutschland, sondern zu Österreich. (Er sagt sogar noch etwas mehr. Er sagt: «Wenn es Österreich nicht gäbe, müßte man es erfinden.» Aber das darf man heute nicht mehr sagen, daß er das gesagt hat. Oder dürfte man es heute schon wieder?) Die «Akademische Legion», gebildet von der Studentenschaft beider Universitäten, der tschechischen und der deutschen, durchzieht unter dem Jubel der Bevölkerung die Straßen Prags. Stadt- und Landbewohner vereinigen sich zu Freudenfeiern. Die Befreiung des Bauernstandes ist endgültig und nie wieder rückgängig zu machen. Der Prager Revolutions-Ausschuß entbietet den tapferen Bürgern Wiens seine Grüße. Nieder mit Metternich. Nieder mit den unumschränkten Adelsprivilegien. Schmiert die Guillotine – Mit Tyrannenfett – Reißt die Konkubine – Aus des Fürsten Bett! Ein neuer Tag ist angebrochen. Die Zeiten der Willkür und der Gewaltherrschaft sind vorbei. Es lebe die Freiheit.

Prag, März 48 ... Die Kommunistische Partei hat ihren lange und gründlich geplanten Putsch, der im entscheidenden Augenblick von einer Einmarschdrohung Moskaus unterstützt wurde, erfolgreich abgeschlossen. Ein letzter Demonstrationsversuch der freiheitlichen Studenten ist an den Schüssen der Polizei gescheitert. Die bewaffneten Aktions-Komitees der KP haben die Straßen der Stadt so gründlich beherrscht, daß sich kein Widerstand entwickeln konnte und nicht einmal Jubel. Auch hat sich weit und breit keine Konkubine in eines Fürsten Bett gefunden und kein Tyrann, mit dessen Fett sich eine Guillotine hätte schmieren lassen. Sondern das verfassungsmäßige Oberhaupt des Staates – nach einem lahmen Versuch, die verfassungsmäßige Koalitionsregierung zu halten – ist dem kommuni-

stischen Ultimatum gewichen und hat eine neue Regierung vereidigt, deren Zusammensetzung vom Diktat einer einzigen Partei bestimmt wurde, ohne die geringste demokratische Prozedur und ohne Befragung des Volkes. Infolgedessen haben wir jetzt eine Volksdemokratie. Ihr Oberhaupt, zumindest dem Namen nach, ist immer noch Präsident Beneš, der Nachfolger Masaryks, der Kampf- und Weggefährte des toten Gründers unserer Republik. Masaryks Sohn hat sich inzwischen umgebracht oder ist umgebracht worden, das weiß man nicht so genau, man weiß nur, daß man sein Ende nicht mit der Schändung des väterlichen Erbes in Zusammenhang bringen darf, weil man sich sonst dem gleichen Ende aussetzt. Ein neuer Tag ist angebrochen. Die Zeiten der Willkür und der Gewaltherrschaft sind vorbei. Es lebe die Freiheit.

Prag, März 48. Freude? Nicht einmal Schadenfreude. Denn der Schaden ist ganz und gar auf meiner Seite, und ich bin ganz und gar auf seiten der Geschädigten. Ich habe sogar Grund zu der Annahme, daß mir das letzte Restchen der eben erwähnten Freiheit jeden Augenblick abhanden kommen kann. Ohnehin verdanke ich seinen Besitz nur einem unwahrscheinlichen Glücksfall. Aber das gehört nicht hierher.

Es war die erste Aufzeichnung, zu der Martin in seinem Versteck wieder die Möglichkeit und die Sammlung gefunden hat. Eine Reihe umfangreicherer sind ihr mittlerweile gefolgt, und Martin wollte ihnen heute und hier eine weitere anfügen – der Nervenprobe halber, und um die Eindrücke, die nach so langer Pause vom Tag und von den Menschen auf ihn zukämen, möglichst unmittelbar festzuhalten. Aber daraus wird nichts, er merkt es schon. Nicht etwa, daß er sich beobachtet glaubte oder daß sonst eine Störung vorläge. Was ihn abhält und ablenkt, ist eher der Mangel jeglicher Störung, ist die vollkommene Harmonie ringsum, die Selbstgewißheit dieses Vorfrühlingstags, der sich mit seiner Luft und seiner Sonne, mit seinem tastenden Wind und seinem keimenden Grün als ein so überwältigender Vorbote des Kommenden darbietet, als ein so unwiderstehlicher Paradereiter aller Frühlingslockung und aller Frühlingspracht, daß man gar nicht anders kann als gebannt von ihm sein, ja daß man sich von leisen Zweifeln beschlichen fühlt, wie denn der Frühling selbst, wenn er erst einmal da ist, überhaupt bestehen soll gegen diese großartige Ankündigung, und ob sich's mit ihr nicht vielleicht ähnlich verhält wie mit den Musterausschnitten aus einem neuen

Großfilm, die wochenlang vor der Premiere in den Kinos gezeigt werden und die immer nur das Schönste vorführen, immer nur die spannendsten Handlungsmomente und die betörendsten Umschlingungen. So ein Tag ist das heute. So mild und so herb ist heute die Luft. So hemmungslos nah und direkt die Strahlen der Sonne – die wärmsten, die sie heute zu vergeben hat, gestern wäre es noch nicht genug gewesen, und morgen wäre es schon zu viel. So lau und so zärtlich der Wind, man kann ihn beinahe greifen, und er greift sich beinahe wie eine Knospe an, zaghaft und samten und zukunftsdrall, und wenn es ihn dann und wann von der Moldau her in einer kräftigen Brise aufs Plateau heraufhebt, wenn er über Rasen und Beete hinwegstreicht und durchs Strauch- und Astwerk hindurch, dann ist es, als hätten Hauch und Gewächs in koboldhaftem Einverständnis ihre Rollen vertauscht, dann blüht der Wind und die Baumkronen wehen, so ein Tag ist das heute. Und da soll einer, der obendrein seit drei Wochen kein frisches Grün gesehen und keine Sonnenluft geatmet hat – da soll einer sich hinsetzen und Eindrücke festhalten.

Das Lehrbuch der Medizin, das auf dieser Seite eine besonders prächtig erweiterte Aorta zur Schau stellt, läßt Martin offen vor sich liegen. Aber das Heft mit seinen Aufzeichnungen klappt er zu. Er will nichts von ihnen wissen, für eine kurze Weile nur, nichts von ihrem Inhalt und nichts von ihrem Anlaß. Für eine kurze Weile möchte er vergessen, wie und warum er hier sitzt, und möchte ganz einfach hier sitzen, unwachen Blicks der breiten Allee zugewandt, auf der sich's gelassen und gelangweilt hin- und herschiebt vor dem sonntäglich ruhenden Hintergrund der Stadt, die jenseits des Flusses einen perspektivisch aufgegliederten Rundhorizont bildet und deren Silhouette so klar gegen den klaren Frühlingshimmel abgehoben ist, daß man ihre legendären, niemals nachgezählten Hundert Türme wahrhaftig einzelweise und numeriert zu erkennen meint. Wie eine Opernkulisse nimmt sich das alles aus, Chor und Komparsen in zwanglosem Auf und Ab, von unantastbarer Regie gesichert – sur la place – chacun passe – chacun vient, chacun va – als wäre soeben der Vorhang zu «Carmen» hochgegangen, närrisches Volk umher sich treibt, närrisches Volk umher sich treibt – – oder als wartete der Chor nur auf den Einsatz zu jener Frage, in der sich all die untergründig verhemmte Lebenslust «Proč bychom se netěšili», warum sollten wir uns nicht freuen – und sogar die farblose deutsche Übersetzung, über die Martin damals, als er noch zehn Jahre jünger war, beim Anhören einer deutschsprachigen Aufführung immer in solchen Ärger geriet, daß es ihm beinahe die Musik verdarb (und daß er sich ernsthaft mit Plänen für eine Neufassung trug): Seht am Strauch die Knospen springen, hört die muntern Vöglein singen – sogar dieses törichte Reimgebimmel wäre heute nicht übel angebracht. Aber ob «Carmen» oder «Verkaufte Braut»: es müßte, damit das Erinnerungsbild zu vollem Glanz restauriert sei, zur höchsten Beseligung, mit der er's in Wirklichkeit jemals aufgenommen hat – es müßte im Schlußakt vor der Arena, es müßte im Zirkusakt auf dem Dorfplatz zum großen Tanzsolo Wera aus der Kulisse gewirbelt kommen, in zehn- und fünfzehnfacher Pirouette, Wera Kirsanowa, und müßte knapp und präzise innehalten und reglos auf ihren Fußspitzen das Verklingen des Beifalls abwarten, Gastspiel Wera Kirsanowa vom «Ballet Russe de Paris», einmaliges Gastspiel, nochmaliges Gastspiel, Gastspiel auf Engagement, Wera Kirsanowa, die jüngste Primaballerina des Nationaltheaters, Wera. So müßte sich's wieder zurechtfügen, so müßte es weitergehen, damit's in alle Seligkeiten weiterginge, genau so und nicht anders. Wie ja auch das närrische Volk nicht anders umher sich treibt, wie nicht anders am Strauch die Knospen springen, warum sollten wir uns nicht freuen. Es ist alles beim alten. Es ist alles ganz normal.

Und es wird von Minute zu Minute sinnloser; sinnlos auf eine hämische, herausfordernde Art, sinnlos durch eben die unbeirrbare Selbstverständlichkeit, mit der sich's vor seinen Augen zuträgt, schon glaubt er unter den Promenierenden auf der Allee dann und wann ein bekanntes Gesicht zu entdecken und erschrickt nicht einmal und findet es ganz natürlich, daß er am Sonntag auf dem Belvedere bekannte Gesichter entdeckt, vielleicht war dieser hier, der Eilige mit dem gesenkten Kopf, wirklich ein Gefährte der vergangenen Wochen und Kämpfe, und jener Gemächliche, an dessen Arm die aufgeputzte Gattin trottet und der mit der freien Hand den Kinderwagen schiebt, war vielleicht der Kellner Moravec aus der Weinstube «Zur goldenen Spinne», es kann aber auch einer von den Gästen gewesen sein, und ganz gewiß gehört die muntre Hüftenschwenkerin, die jetzt vorbeigestrichen kommt, ins gleiche nächtliche Revier wie Zdenka. Ein mutmaßlicher Zunftgenosse Toniks hat sich hingegen noch nicht gezeigt, der Verwegene dort mit der Sportkappe tut nur so, und davon wird er, Martin, sich nicht täuschen lassen, er lebt jetzt schließlich schon seit drei Wochen mit Zdenka und Tonik unter einem Dach und weiß ungefähr, wie ein Mädchenhirt aussieht. Wie ein Gymnasialprofessor aussieht, weiß er natürlich noch viel genauer, die sehen auch noch immer so aus wie zu seiner eigenen Gymnasiastenzeit, wenn dieser Spitzbärtige mit dem Kneifer und dem plump gerollten Regenschirm kein Gymnasialprofessor ist, dann um so schlimmer für ihn, wer so aussieht, *hat* ein Gymnasialprofessor zu sein und hat womöglich Nesnidal zu heißen und Latein zu unterrichten, Dub, Sie haben keine Ahnung von einer Consecutio temporum, mit Ihrem Sprachgefühl, Dub, werden Sie nie einen anständigen Satz zustandebringen, und das war der Professor Nesnidal. Die Schlanke aber mit dem ein wenig stiernackigen Partner zur Seite – schade, daß sie schon vorüber ist und daß er ihr Gesicht nicht sehen konnte, denn die schwarzen Haare, die in halb wieder aufgekämmter Welle über ihren Schultern liegen und im straff ausholenden Rhythmus ihrer Schritte sich mitwiegen, die schwarzen Haare haben ihn tatsächlich an Wera erinnert, Farbe und Welle und wiegender Takt, und er hätte ganz gerne auch das Gesicht gesehen, das von diesen Haaren umrahmt wird. Schade. Man müßte jetzt aufstehen und den beiden nachgehen und – nein, das müßte man nicht. Das wäre sinnlos. Es ist ohnehin nicht seine Art, und er hätte es nur getan, um zu erforschen, wie eine, die ihn an Wera erinnert, eigentlich aussieht – aber selbst das wäre sinnlos.

Eigentlich ist Wera das letzte gewesen, was noch Sinn gehabt hat, das erste und letzte und einzige. Nachher war eigentlich nichts mehr. Nachher kam Flucht und Fremde und Krieg , und was hätte da sein können. Und dann kam die Heimkehr, und da hätte vielleicht etwas sein können, aber es war nichts. Nichts, was wirklich Sinn gehabt hätte. Nur Wera hat Sinn gehabt. Achtundzwanzig müßte sie jetzt sein, es ist bald neun Jahre her, achtundzwanzig, wenn sie noch lebt. Siebzehn war sie und einundzwanzig er, als sie zusammengetroffen waren, und hatten einander geliebt für immer und doch nicht genug. Sonst hätte er zwei Jahre später nicht ohne sie fliehen müssen, oder sie wäre ihm nach Frankreich nachgekommen, oder sonst hätte er irgend etwas von ihr gehört und wüßte wenigstens, ob sie noch lebt. Aber nicht einmal das weiß er. Nicht einmal das hat er erfahren, als er 1945 wieder in die Heimat zurückkam. Sondern Wera war unter den Verschwundenen, unter den vielen, vielen Verschwundenen, und niemand konnte ihm sagen, wie sie verschwunden war und wohin und wann genau, 1943 wird es gewesen sein oder spätestens 1944, na ja, und du mußt ihr nicht nachtrauern, Martin, nicht einmal leidtun muß sie dir, gar so gut hat sie sich nämlich nicht benommen, na ja, weil sie eben, das weißt du ja noch, mit aller Gewalt als Schauspielerin hat Karriere machen wollen, da tut man eben manches, was man besser nicht täte, und wenn's dann doch nur eine halbe Karriere wird und nichts Rechtes, dann holt man sich die Erfolge eben dort, wo sie am billigsten sind, bei den Truppen, bei den Nazitruppen, in Paris zuerst und dann an der Front, und dann an der Ostfront, und dann fällt man eines Tags den Russen in die Hände, 1943 muß es gewesen sein oder spätestens 1944, na ja, und jetzt laß dir einmal vom Cikan erzählen, wie er das damals mit dem geheimen Radiosender gemacht hat – – achtundzwanzig wäre sie jetzt und alles längst entschieden. Wenn sie noch lebt. Fünfundzwanzig hatte sie sich als Grenze gesetzt, bis zu der alles entschieden sein müßte, ich warte bis fünfundzwanzig, dann hab ich entweder die Karriere gemacht, die ich machen will, oder ich hab reich geheiratet, oder ich bring mich um. Martin erschrak über die unheimliche Belanglosigkeit, mit der sie das von sich gab, irgendwann ganz am Anfang. Aber dann besann er sich, daß es eine Siebzehnjährige war, die da sprach, und er vergaß es, und erst zwei Jahre später, da er ohne sie fliehen mußte, kam es ihm wieder in den Sinn. Und eines von den dreien wird sie wohl auch getan haben, als es soweit war. Wenn sie da noch gelebt hat. Weil sie doch immer tut, was sie sich vornimmt. Nämlich: immer getan hatte, damals. Wer weiß, wie das später war. Und wer weiß, wie das heute ist. Wenn sie noch lebt.

«Martin –?»

Jetzt, da es geschieht, und hernach, sooft er daran zurückdenkt, ist Martin fest überzeugt, daß ihm sein Herz in diesen Sekunden wirklich und wahrhaftig stehngeblieben ist, mit einem dumpf nachhallenden Schlag, als hätte er es verschluckt. Mehr weiß er von diesen Sekunden nicht, und weiß auch nicht, wie viele es sind.

Dann, endlich, trifft sein Blick in den ihren.

«Martin –» Nur noch mühsam und tonlos bringt sie's hervor, aus einer unsäglichen Erschöpfung, die wie ein bleiernes Lot in sie einzusinken scheint, langsam und immer tiefer, schon sind ihr die Lider über die Augen gefallen, schon gleitet ihr der Kopf auf die Brust und schon ihr Körper in den andern Sessel am Tisch, nochmals versucht sie jetzt seinen Namen zu formen und jetzt auch er schon den ihren, aber es kommt kein Laut, und ihrer beider Lippen bewegen sich stumm.

«Nicht hierher.» Er zuckt zusammen, weil seine Stimme so fremd und heiser klingt, oder weil jäh sein Herzschlag wieder eingesetzt hat und ihm von innen her bis an die Schläfen dröhnt, daß er sich aufkrümmen muß und Atem holen. «Wera. Nein, bleib. Um Himmels willen, Wera.»

Lässigkeit und Ohnmacht haben das gleiche Aussehen, Entspannung und Starre, so sitzt sie da, rücklings hingelehnt, die großen dunkelblauen Augen auf ihn geheftet, regungslos, die Lippen halb offen, die langgliedrigen Hände schlaff vor sich im Schoß, selbst ihr Haar ist erschlafft und gibt sich dem leisen Wind nicht hin, der jetzt heranweht. Nur vorne, am Ansatz des Scheitels, haben sich eigenwillig und verloren ein paar Härchen gekräuselt. Sonst regt sich nichts an ihr.

Aber so können wir doch hier nicht sitzenbleiben, denkt Martin. Wir müssen doch gehen, und ich muß es ihr sagen.

«Wie ist das möglich», sagt er. «Wera. Und daß du dich nicht verändert hast. Wie ist das möglich.»

Sie schweigt, als hätte sie ihn nicht gehört, sie schweigt, als säße sie gar nicht hier. Erst nach einer bangen Weile hebt sie ihre Hand an die Stirn und streicht mit der Spreize aus Daumen und Zeigefinger langsam abwärts über ihr Gesicht, fast wie man einem Toten die Augen zudrückt. Dann, plötzlich, wirft sie den Kopf zurück – nicht gänzlich in den Nacken und eigentlich schnellt nur ihr Kinn nach vorn, es ist eine knappe, herrisch unwiderrufliche Gebärde, Martin kennt und erkennt sie und weiß, was sie bedeutet, mit dieser Gebärde hat Wera seit je aus Nachdenklichkeiten sich gerissen, hat Zweifel abgeschüttelt oder Entschlüsse gefaßt – mit dieser Gebärde würde sie auch ihr kostbarstes Schmuckstück ins Meer werfen oder zu ihrer Hinrichtung schreiten – und mit dieser Gebärde besiegelt sich jetzt ihre Wiederkehr.

«Hast du mich vorhin gesehen, im Vorbeigehen?»

Er nickt, und lächelt, weil das gar so leichthin, mit gar so munterer Neugier gefragt war.

«Und hast du mich erkannt?»

«Erkannt – nein. Ich konnte dein Gesicht nicht sehen. Du hast mich nur an dich erinnert, wie ich dir nachgeschaut hab. Die Haare, weißt du. Und der Gang.»

«Ich hab dich sofort erkannt. Schon von weitem.» Unvermittelt ist ihre Munterkeit dahin und ihre Stimme senkt sich zu einem kraftlosen Flüstern. «Es war fürchterlich, Martin. Ich wollte mir einreden, daß du es gar nicht bist. Ich wollte gar nicht zurückkommen. Ich wollte warten, ob ich dich noch ein zweites Mal sehe. Aber dann – – aber das wäre doch dumm gewesen, nicht? Warum soll ich denn mit dir Verstecken spielen?»

Sie hat ihre Stimme wieder aufgerafft, ein wenig allzu merklich, und hat fragend den Kopf auf die rechte Schulter gelegt, links hebt sich ihr Haar in einer leichten Brise, die von unten her kommt, vom Fluß, und plötzlich riecht es ringsum nach Tang und Sommerfrische.

«Verstecken spielen», sagt Martin. «Spielen –» Und zaudert noch immer. «Das wäre gar kein solches Spiel gewesen, Wera. Du hättest mich nicht so schnell ein zweites Mal gesehen. Vielleicht überhaupt nicht mehr. Und vielleicht –» Abermals bricht er ab, und es ist ihm sehr willkommen, daß der Kellner sich dem Tisch genähert hat und ihm Gelegenheit zum Zahlen gibt. «Wir müssen gehen, Wera. Wir können hier nicht sitzenbleiben.»

Sie rührt sich nicht, sie richtet nur den Kopf von ihrer rechten Schulter langsam hoch, jetzt spielt der Wind zu beiden Seiten durch ihr Haar.

«Ich weiß, warum du nicht zu Ende gesprochen hast, Martin. Ich weiß, was du sagen wolltest.»

«Natürlich weißt du's.»

«Und ich hab in derselben Sekunde dasselbe gedacht, glaubst du mir das?»

«Ja.»

«Du glaubst es mir wirklich, Martin? Du glaubst mir noch?»

«Ja, Wera. Ja.»

«Und trotzdem wolltest du sagen, daß es besser wäre, wenn wir uns nicht mehr wiedergesehen hätten?»

«Ja.»

Ein weißer Schatten gleitet über ihr Gesicht, und durch ihre Stimme zieht sich ein kleiner, spröder Riß.

«Denk dir – Und ich hab immer geglaubt: Wenn das damals nicht gekommen wäre, die Besetzung und der Krieg und das alles – dann wär's gar nicht zu Ende gewesen mit uns. Dann wär's noch lange, lange weitergegangen, in alle Ewigkeit. Das hab ich immer geglaubt. Das hab ich nie aufgehört zu glauben. Und das hätte ich bis an mein Lebensende glauben können. Schade.»

Ihre Stimme ist leiser geworden, so leise zum Schluß, daß es fast schon zärtlich klingt, wie ein verlorener Singsang, der mit den letzten dämmrigen Liebkosungen in einen späten Schlaf hinübergleitet, in einen späten Schlaf nach einer langen Nacht, und Martin hat ihr den Kopf entgegengesenkt, als sollte sie ihn streicheln, und senkt ihn immer tiefer, bis er ihn in die eigene Hand stützen muß, um nicht vornüber zu kippen – und wird erst jetzt der kalten, glatten Nässe auf seiner Stirn gewahr und beginnt sie gegen seine Hand zu reiben, hin und her und dumpf wie ein Rind, das gegen sein Stirnjoch anwetzt, hin und her, und in kurzen, keuchenden Stößen dazwischen bricht seine Stimme sich Bahn:

«Es hat keinen Sinn, Wera. Jetzt nicht mehr. Noch vor drei Wochen – aber jetzt nicht mehr. Jetzt ist alles anders. Laß es sein, Wera. Es hat keinen Sinn. Vor drei Wochen hätt ich dir das noch nicht gesagt. Vor drei Wochen hätt ich überhaupt nicht nachgedacht, ob es einen Sinn hat. Vor drei Wochen –»

Er hält inne, er merkt, daß Wera sprechen will, oder vielleicht hat sie das schon getan, und er hört es erst jetzt, da sie es mit nahezu gehässiger Langsamkeit akzentuiert: «Ich bin aber erst seit zwei Wochen in Prag.»

«Wie? Was heißt das?» Martin glotzt auf, verwirrt und begriffslos in eine gänzlich andre Richtung gerissen. «Wo warst du denn bis jetzt? Mein Gott, ich weiß ja gar nichts von dir. Warum bist du nach Prag gekommen? Wer war dieser Mann?»

«Das ist ja egal, Martin. Bemüh dich nicht.» Sie sieht an ihm vorbei und versucht zu lächeln und bringt nur ein Kopfschütteln zustande. «Acht Jahre sind eben eine viel zu lange Zeit. Da hilft nichts.»

Und das kann Martin zwar schon begreifen – aber es verwirrt ihn darum nicht weniger, und er muß sich erst fragen, ob denn das Mißverständnis, das ihm da aufdämmert und das auf groteske Weise ins größere Mißverständnis ringsum sich einfügen will, in die scheuklappenhafte Unbeirrbarkeit dieses sinnlos normalen Sonntags –: ob es denn wirklich *das* sei, was Wera gemeint hat?

«Wieso denn acht Jahre, Wera?» fragt er ungläubig, als hätte es einen solchen Zeitraum nie gegeben. «Wer spricht denn von den acht Jahren? Von den drei Wochen spreche ich, von den letzten drei Wochen, und was da geschehen ist und immer noch geschieht. Oder weißt du nichts davon? Oder willst du nichts davon wissen? Um Himmels willen, jetzt auch noch du. Jetzt tust auch du noch so, als ob alles ganz normal wäre und alles beim alten.»

Abermals schüttelt Wera den Kopf, sehr bewußt diesmal, und sehr erstaunt:

«Was hast du nur , Martin? Bei mir *ist* ja auch alles beim alten. Bei dir eben nicht – aber dafür brauchst du dich doch nicht zu entschuldigen. Das läßt sich eben nicht ändern.»

«*Was* läßt sich nicht ändern? *Was?*»

«Erspar's mir doch, Martin. Bitte. Oder willst du, daß ich schon gehen soll?»

«Ich will wissen, was sich nicht ändern läßt.»

Er hat sich vorgebeugt und hat den Mund aufgezerrt und starrt sie an, als könnte er's ihren Lippen ablesen, noch ehe sie's ausspricht:

«Daß du mich nicht mehr liebst, Martin. Das ist alles.»

Aufatmend, mit geschlossenen Augen, lehnt Martin sich zurück. Noch vermag er's nicht recht zu fassen, daß Wera da wirklich an gar nichts andres gedacht hat. Daß dies wirklich alles wäre für sie. Und wirklich so einfach wie sie's sagt, so überwältigend einfach. Ein paar Sekunden zögert er noch, auch sich selbst davon überwältigen zu lassen. Dann hat sich's entschieden, an diesen ihren Worten: das ist alles. Entschieden – und steht im nächsten Augenblick so unverrückbar fest, als wäre die Entscheidung längst gefallen und hätte nur auf Weras Worte gewartet, um in Kraft zu treten. Entschieden, so selbstverständlich und fraglos entschieden, daß er gar nicht mehr begreift, wie er denn überhaupt hat zweifeln können, ob Wera wirklich das gemeint hat und wie Wera denn überhaupt zweifeln kann, ob er sie noch liebt.

«Du bist aber dumm.» Er sieht auf – und sieht, daß Wera sich erhoben hat, zum Abschied erhoben, schlank und straff steht sie da und dennoch ein wenig schwankend, und hat die Hände um den Saum ihres grauen Jacketts geschlossen, als wollte sie sich anhalten an sich selbst.

«Du hast recht, Martin. Ich bin dumm. Ich hätte nicht zurückkommen sollen. Mach dir nichts draus. Vergiß, daß ich zurückgekommen bin. Adieu.»

Wortlos ergreift Martin ihre ausgestreckte Hand und läßt sie erst los, nachdem er aufgestanden ist.

«Nimm lieber meinen rechten Arm, Wera. Und erschrick nicht, wenn du mich ein bißchen hinken siehst. Das hab ich mir aus dem Krieg mitgebracht, weißt du. Am linken Bein. Es ist weiter nichts Schlimmes. Komm. O weh – jetzt bist du doch erschrocken.»

Denn Weras Hand hat sich mit jähem Zucken an seinem Arm festgeklammert, ihr Gesicht ist bleich, und sie wendet es hilflos zur Seite, als sie jetzt tastend die ersten Schritte macht.

«Nicht so, Wera. Nicht wie eine Krankenschwester. Du sollst mich nicht stützen.»

«Nein?» Rasch und ängstlich zieht sie die Hand von ihm.

«Du sollst nur meinen Arm nehmen, ganz gewöhnlich.»

«Ja?» Rasch und erlöst legt sie die Hand in seinen Arm zurück. «So?»

«Genau. Wie eben eine Frau am Arm eines Mannes geht. Ganz normal. Es ist alles ganz normal. Es ist alles beim alten.»

«Ja?»

«Ja. Und wer war der Mann vorhin?»

«Der Mann – warum fragst du?»

«Nicht stehenbleiben, Wera. Wir müssen weitergehen. Sonst fallen wir auf. Liebst du ihn?»

«Nein.»

«Liebt er dich?»

«Er weiß nicht einmal, was das ist.»

«Und ihr seid verheiratet?»

«Seit drei Jahren.»

«Ist das die reiche Heirat, die du dir vorgenommen hast?»

«Nein.»

«Hast du die Karriere gemacht, die du machen wolltest?»

«Nein.»

«Hast du Selbstmord begangen?»

«Ja.»

Er schweigt und fühlt ihren Blick auf sich geheftet, ihren gepeinigten Blick, und schweigt, und spürt den Griff ihrer Hand um seinen Unterarm locker werden und leblos, als schrumpfte sie von seiner Seite weg und begänne sich neben ihm in die Luft zu verflüchtigen. Schon ist sie gänzlich von ihm abgeglitten. Und jetzt bleibt er endlich stehen und sieht sie an.

Sekundenlang unbewegt hält Wera ihr Gesicht ihm entgegen. Dann hebt es sich langsam aufwärts und dem seinen zu, immer näher, und immer dichter wird der Schleier über ihren Augen.

«Aber ich bin nicht tot», flüstert sie. «Wirklich nicht, Martin. Ich bin nicht tot. Ich lieb dich.»

Und unterm blinden Glitzern, von dem ihr Antlitz nun verhangen ist, bricht zaghaft und verwundert ihr Lächeln hervor, das süße, das schmerzliche Lächeln, in welchem alle schon geweinten Tränen gestillt sind und alle noch nicht geweinten vorweggenommen, das Lächeln der Sehnsucht und der Erfüllung.

Martin weiß nicht sogleich, was ihm da widerfährt, was die Beklommenheit bedeuten will, die ihn da eingebannt hält und ihm den Atem benimmt – – bis es ihn plötzlich über die Zeiten hinweg durchzuckt, bis stürmisch und mit großem Pochen Weras Körperhaftigkeit ihm inne wird, die fordernden, geschmeidigen Glieder, der kühle Puls ihrer Haut, schon sieht er ihren halb geöffneten Mund ganz nah vor sich und sieht ihre Augen schon erstarren in hilfloser Preisgabe und wird in der nächsten Sekunde auf sie zutaumeln müssen: aber da hat, in dieser Sekunde, Wera dem Bann sich entrissen, so knapp, so gewaltsam, daß es noch in ihre Stimme hineinbebt:

«Komm, Martin, komm, ich bitte dich. Wir können so nicht stehnbleiben. Du hast doch selbst gesagt, daß wir gehen müssen. Komm. Oder bist du müde? Martin, Geliebter, bist du müde? Ich sehr. Komm, wir gehen noch ein kleines Stück und setzen uns dann auf eine Bank. Halt ich dich richtig? Gleich setzen wir uns. Oder nein – du setzt dich und ruhst dich ein bißchen aus, und ich bin in einer Viertelstunde wieder bei dir, das ist besser. Bitte frag mich jetzt nichts, ich muß zu ihm zurück, er ist beim Fußballmatch, und ich hab ihm versprochen, daß ich ihm spätestens in der Pause nachkomme, jetzt ist es ungefähr so weit. Paß auf, Martin. Ich geh nur hin, um ihm zu sagen, daß ich mich nicht wohlfühle und lieber nach Haus gehen möchte, ihm wird das egal sein, er weiß ohnehin, daß Fußball mich nicht interessiert, und nachher hat er zu tun, ich muß ihn dann erst zum Nachtmahl treffen. Martin, und dann haben wir ein paar Stunden für uns und ich erzähl dir alles. Ich komm zu dir und erzähl dir alles, gut? Hier, setz dich. Das ist eine schöne Bank. Oder willst du lieber anderswo auf mich warten? Du mußt auf mich warten, Martin, du mußt. Wenn ich dich nicht heute noch sehen kann, wenn ich dir nicht heute noch alles erzählen kann, dann – dann – – oder willst du mich nicht mehr sehen? Willst du nicht, daß ich dir alles erzähle?»

«Ja, Wera. Ja. Alles. Aber ich kann hier nicht auf dich warten, weder hier noch sonstwo. Und du kannst auch nicht zu mir kommen.»

«Warum nicht? Was heißt das?»

«Später, Wera. Jetzt mußt du zurück.»

«Wegen einer Frau?»

«Sei nicht kindisch.»

«Du lebst mit einer Frau? Ja oder nein?»

«Ich leb nicht allein, und das ist für jetzt genug. Wir müssen uns morgen irgendwo treffen, am Abend.»

«Warum irgendwo? Ich will zu dir kommen. Morgen abend komm ich zu dir.»

«Es geht nicht, Wera. Glaub mir doch. Wenigstens bis morgen glaub mir. Ich weiß schon, was ich tue. Aber du weißt es nicht.»

«Doch, ich weiß es. Ich lieb dich.»

«Dann mußt du jetzt endlich Vernunft annehmen und –»

«Vernunft. Ich hab so viel Vernunft angenommen, Martin – es ist zum Krepieren, wie viel Vernunft ich angenommen hab. Zum Krepieren, hörst du? Ich will nicht mehr.»

«Du mußt. Gerade jetzt mußt du noch. Sonst geht alles schief. Wir treffen uns morgen abend vor dem Kinsky-Garten, am untern Eingang. Ist dir das recht? Um zehn? Kannst du dich so spät noch freimachen?»

«Ich kann alles, wenn's sein muß. Aber warum kannst du jetzt nicht auf mich warten?»

«Wenn du mir versprichst, daß du jetzt wirklich gehst, sag ich's.»

«Ich geh schon. Sag's.»

«Damit du dich daran gewöhnst, daß du mich nicht immer sehen kannst, wenn du willst. Daß es in der nächsten Zeit noch ein bißchen schwer sein wird, für dich und für mich. Hast du gehört, was ich gesagt hab? Hast du gehört, daß auch ich dich nicht immer sehen kann, wenn ich will? Hast du gehört, daß ich dich immer sehen will, immer? Stell dir vor, daß uns jemand beobachtet. Auch daran mußt du dich gewöhnen. Und jetzt laß meine Hand los, und dreh dich um, und geh. Ich lieb dich.»

Das hat er schon halb in ihrem Rücken gesagt, und will sich abkehren, rasch, damit er ihr nicht nachsehen müsse, – aber da ist Wera nach dem ersten Schritt wieder stehngeblieben und blinzelt über ihre Schulter zu ihm zurück: «Wie alt ist sie?»

«Wer?»

«Du weißt schon. Sag's mir.»

Einen Augenblick überlegt er noch, ob er sich über ihren Wortbruch ärgern oder den Ärger nicht wenigstens vortäuschen soll. Dann aber, mit einem Mal, wird ihm so heiter und schwerelos zumut wie schon lange nicht, und es ist auch schon lange her, daß er so laut und unbekümmert aufgelacht hat.

«Ich denke nicht daran. Wart bis morgen.»

«Hund», sagt Wera ohne jeden Temperamentsaufwand, als hätte sie nichts andres von ihm erwartet.

Und setzt sich entschlossen in Bewegung – er sieht es nicht, weil er schon in die andre Richtung geht, aber er weiß es, er spürt es, fast könnte er den Takt zum straffen Rhythmus ihrer Schritte klopfen, fast schwingt dieser Rhythmus in seine eigenen Schritte hinein, er hat schon lange nicht so wenig davon gemerkt, daß er hinkt.

Nicht als wäre sein Hinken ihm ständig bewußt gewesen, als hätte es ihn sonderlich belastet oder gar gestört. Das ist längst vorbei, und soweit Martin sich heute überhaupt noch gestört fühlt, wird das weniger von seiner Blessur bewirkt als von ihrer Glimpflichkeit. Es kommt ihm ein bißchen schäbig und unwürdig vor, dieses Hinken, gar nicht wie eine Kriegsverletzung. Es hätte genausogut ein Verkehrsunfall sein können, und genau so achtlos hatte er sich's zugezogen. Noch heute – und das ist der einzige Schock, den Martin zurückbehalten hat – zuckt er zusammen und beißt sich in zorniger Aufwallung auf die Lippen, wenn ab und zu irgendein schußähnliches Geräusch ihn an jenes unvermittelte Knattern erinnert, das damals an der Saar in die Lautlosigkeit ihres Patrouillengangs hineingefahren war, kurz und trocken, es klang, als wäre irgendwo ein verärgertes Jagdgewehr losgegangen, und im nächsten Augenblick hatte der Zugführer Josef Kral ihn schon in die Deckung zurück- und niedergerissen und begann wüst auf ihn einzuschimpfen, unter Verwendung von Ausdrücken, wie ein Zugführer sie einem Leutnant gegenüber eigentlich nicht verwenden sollte. Aber erstens wird in solchen Augenblicken das Dienstreglement über den Verkehr mit Höheren und Vorgesetzten nur selten beobachtet; zweitens war es nicht irgendein Zugführer, der da mit ihm schimpfte, sondern es schimpfte Josef Kral, der mährische Bauernsohn, der gute Geselle und Gefährte all dieser Jahre (deren Gemeinsamkeit schon in der Pariser Emigration begonnen hatte); und drittens hörte er sehr bald wieder zu schimpfen auf, weil Martin – wie ein Fisch, behauptete Kral hernach, wie ein Weihnachtskarpfen, dem die Luft ausgeht – nach ein paar stummen, elenden Zuckungen vor Schmerzen bewußtlos wurde: einer dieser verärgerten Schüsse mit dem trockenen Echo hatte ihm die Kniescheibe zerschlagen, so gründlich und mit solchen Folgen, daß man ihm das linke Bein beinahe hätte amputieren müssen. Zwar schwand diese Gefahr nach und nach, und zum Schluß kam sein Bein sogar mit einer unverhofft gelinden Verkürzung und Versteifung davon – aber dafür dauerte es auch nahezu neun Monate, bis zum Dezember 1945, ehe die französischen Militärärzte ihn als geheilt entließen. Und um diese Zeit hatte Martin Dub sich mit seinem Hinken bereits vertraut gemacht. Die Ambition, als flotter Tänzer oder sonstwie als Gesellschaftslöwe zu brillieren, besaß er ohnehin nicht, zum Fußballspielen war er jetzt ohnehin zu alt, das Skilaufen würde ihm wohl auch nicht mehr lange fehlen – und was es darüber hinaus an Veränderungen noch geben mochte: daran gewöhnte er sich nicht anders, als er sich nach den langen Jahren in Uniform und nach den langen Monaten im Spitalskittel wieder daran gewöhnte, Straßenanzüge zu tragen; daran gewöhnte er sich, indem er sich wieder ans Leben gewöhnte. Und wie vielerlei Neues und Schwieriges das Leben ihm jetzt zu bewältigen aufgab – es kam ihm nie in den Sinn, sein Hinken etwa als ein Gebrechen zu empfinden, das ihn bei der Bewältigung dieser Aufgaben hindern könnte. Er hat sie ja auch bewältigt. Dafür liefert ja seine jetzige Situation den besten Beweis.

Martin Dub ist nicht der einzige, der sich in einer solchen Situation befindet; und er ist, mit allen Nötigungen und allen Fragwürdigkeiten, die da zusammenwirken, noch immer besser dran als mancher andre, der sich jetzt versteckt hält. Das eigentlich Unerträgliche seiner Situation liegt in der Tatsache, daß er sich nicht – wie die andern – eindeutig und ausschließlich vor seinen Feinden versteckt, liegt in der Rolle, die Jan Dvorsky bei dem allen gespielt hat und spielt, gerade Jan Dvorsky, der Freund noch aus Kindertagen her, der älteste von den alten Freunden, die Martin in der alten Heimat wiederfand, als Freunde wiederfand, so wie er sie 1939 verlassen hatte. Nicht «unverändert» – das war nicht zu erwarten, und von Jan Dvorsky zuallerletzt. Aber Jan Dvorsky schien ihm 1945 am unverkennbarsten und konsequentesten aus dem Jan Dvorsky von 1939 hervorgegangen – wie ja auch der Jan Dvorsky von 1939 ziemlich genau den Vorstellungen entsprach, die man sich etwa 1930 von ihm gemacht haben mochte. Und vielleicht hätte ein geschulter Beobachter die Ansätze dieser Entwicklungslinie schon im Jahre 1920 feststellen können, als der vierjährige Jan mit seinem ungefähr gleichaltrigen Spielgefährten, den er damals noch «Maltin» nannte, auf dem Kinderspielplatz im Prager Stadtpark der Errichtung von Sandburgen oblag – wobei immer er es war, der am Beginn des Unternehmens, unbekümmert um Widerspruch oder Anregung, die alleinige Entscheidung darüber traf, wie die Burg auszusehen und wie viele Türme sie aufzuweisen hätte, ob und wo ein Tunnel sie durchlaufen sollte, und ob der Wassergraben tatsächlich mit Wasser anzufüllen wäre oder nicht. Dies hinderte ihn jedoch keineswegs, von den Änderungen, die Martin während der Bautätigkeit dennoch anbrachte – vom neu hinzugekommenen Mittelturm etwa oder vom linken Quertunnel – rückhaltlos begeistert zu sein, so rückhaltlos, daß er sie hernach als seine eigenen Einfälle in Anspruch nahm und Martins Versuche zur Klarstellung der geistigen Urheberschaft ebenso heftig zurückwies wie seine Vorschläge am Beginn. Indessen dauerte es niemals länger als bis zum nächsten Tag, daß Jan, je nach der Heftigkeit des vorangegangenen Zanks, über Martins Mitwirkung in immer höheren Lobestönen zu sprechen begann und ihm schließlich den Titel des besten Burgenbauers im ganzen Stadtpark, von ganz Prag und sogar von der ganzen Welt anbot, vorausgesetzt allerdings, daß Martin seinerseits ihn, Jan, als den besten Wasserbau-Ingenieur gelten ließe, oder umgekehrt; und jedenfalls stünde fest, daß sie die zwei besten Freunde wären, die es jemals gegeben hätte. Damit war Martin einverstanden und dabei blieb es dann bis zum nächsten Zank und wieder hernach und bis zum übernächsten, dabei blieb es alle Volksschuljahre hindurch und weiter am Gymnasium, im Ernst und im Spiel, nach außen hin und unter vier Augen, und vom Kapitän der Fußballmannschaft bis zum Klassenvorstand, vom gekränkten Mädchen bis zur besorgten Mutter wußte man sich zur beruhigenden, zur mäßigenden, zur vermittelnden Einwirkung auf Jan Dvorsky niemand bessern als Martin Dub.

Es blieb, trotz allen Unterschieden und sogar Gegensätzlichkeiten, die jeder für sich mittlerweile herausgebildet hatte – es blieb bei dieser Rollenverteilung auch in den Jahren des Universitätsstudiums (den ersten, die sie nicht mehr gänzlich teilten, denn Jan studierte Jus und Martin Philologie). Immer zuverlässiger erprobte sich ihre Freundschaft an den größeren Anforderungen, die das Leben nun an sie zu stellen begann, bekundete sich in immer ernsthafterer Gestalt und immer deutlicher auch auf jenem Gebiet, auf dem sich späterhin für sie beide (und wahrhaftig nicht für sie beide allein) so Entscheidendes vollziehen sollte: auf dem politischen. Martin und Jan, trotz allen Unterschieden und sogar Gegensätzlichkeiten in ihren Vorstellungen, wie das am besten zu geschehen hätte und was ein jeder von ihnen dazu tun könnte – Martin und Jan waren sich darüber einig, daß die vornehmste Bemühung ihres Lebens dem Schicksal der Bedrückten und Beladenen gelten würde und, kurzum, einer Besserung der Welt.

Jan wollte Rechtsanwalt werden. Ein berühmter und gewaltiger Rechtsanwalt, versteht sich, ein Verteidiger in Strafsachen, und zwar in Strafsachen von Wichtigkeit und von öffentlichem Interesse. Seine Meinungen darüber, was Recht war und was im öffentlichen Interesse lag, besaßen erstaunliche Festigkeit, und daß er in Dr. Miroslav Dvorsky einen sehr namhaften politischen Anwalt (und zeitweiligen Abgeordneten der Sozialdemokratischen Partei) zum Vater hatte, beeinflußte ihn höchstens insoweit, als er seinen Vater für einen wenn auch wohlmeinenden Schlappschwanz und Kompromißler hielt. Dem Eintritt in die väterliche Kanzlei sah er mit der gleichen Absicht entgegen, mit der er, auf seines Vaters Drängen, den Eintritt in die Sozialdemokratische Partei bereits vollzogen hatte: um radikaleres Leben in die schläfrige Bude zu bringen. Und jedenfalls wußte er, als er sein Jus-Studium begann, schon ganz genau, wohin es ihn führen sollte.

Mit Martin, dem späten Kind einer spät geschlossenen Ehe, verhielt es sich äußerlich nicht so günstig und innerlich nicht so klar. Das Vermögen, das sein kurz nach dem Krieg verstorbener Vater zurückgelassen hatte, bestand im wesentlichen aus einer kleinen, recht und schlecht dahinwirtschaftenden Papierfabrik, deren Verkauf dann gerade genug einbrachte, um seiner Mutter eine halbwegs auskömmliche Existenz und ihm selbst noch den Besuch des Gymnasiums zu sichern; für die Kosten weiterer Studien würde er, falls er Wert auf sie legte, zu gehörigem Teil schon aus eigener Tasche aufkommen müssen – das war ihm rechtzeitig aufgegangen und dagegen hatte er schon deshalb nichts einzuwenden, weil er seiner kränkelnden, von allerlei Ängsten und Bedrückungen geplagten Mutter das Leben möglichst leicht machen wollte. Ohnehin fand er dazu nicht mehr viel Gelegenheit. Sie starb, als er sein zweites Jahr an der Universität begann, im Herbst 1936. Und da sie schon zuvor immer längere Zeitspannen außerhalb der Stadt zugebracht hatte, in den heimischen Bädern und in ausländischen Luftkurorten, war Martin schon während der letzten Jahre am Gymnasium in immer höherem Maß sich selbst überlassen geblieben, seinen Nachdenklichkeiten, seinen Büchern, einer zuzeiten an Besessenheit grenzenden Liebe zum Theater und einer viel gleichmäßigeren, aber sonderbar verschämten Liebe zur Natur. In der Tat waren es diese Jahre, in denen Martin, von der formellen Beaufsichtigung durch einen freundlichen, beleibten Onkel kaum beeinflußt, seine bedachtsame und zurückhaltende Wesensart entwickelte – die indessen von unfroher Verschlossenheit weit entfernt war. Eher ließ sie ihn (neben Jan zumal) ein wenig verträumt erscheinen und ein wenig unsicher, wenn auch unsicher auf eine sorglose Art, so, als bekümmerte es ihn nicht weiter, daß er kein festes Ziel besaß. In Wahrheit konnte er sich nur nicht dazu verstehen, sein Ziel so geschwind und unumstößlich festzusetzen wie Jan (der mit der gleichen Geschwindigkeit ein noch so unumstößlich festgesetztes Ziel auch wieder umzustoßen bereit war). In Wahrheit verhielt es sich so, daß Martin das Seine lieber ganz bis zum Ende durchdenken wollte, ehe er's zum Seinen machte. Und da entdeckte sich unterwegs immer so viel andres, welches durchdacht sein wollte, daß man darüber sehr leicht auf Um- und Abwege geriet. Aber dann, wenn man sich wieder aus ihnen herausgefunden hatte, waren gerade sie das Lohnende. Dann wußte man um so viel besser, worauf es ankam, und wußte schließlich, daß nur der Kern der Dinge wirklich gilt und daß ihr Drum und Dran desto fragwürdiger bleibt, je betörender es den Kern verhüllt.

Und von da aus stand Martin Dub, aus all seinen Träumereien und Nachdenklichkeiten hervor, dem Leben mit einer überraschend handfesten Nüchternheit gegenüber, und nicht nur dem Leben, sondern sich selbst genauso. Denn er war nicht wehleidig, und er lebte nicht, um Eindruck zu machen, sondern um Eindrücke zu empfangen. Da er sich vom Drum und Dran der Dinge nicht betören ließ, konnte es ihn auch nicht enttäuschen – und woran er tief und wirklich glaubte, daran konnte ihn keine Enttäuschung irremachen. Das brannte in ihm mit einer leisen, stillen Flamme, die er zähe wachhielt – mochte sie noch so unscheinbar wirken neben den lodernden Feuergarben, die Jan immer wieder um sich schleuderte (und nicht selten in Martins Gesicht), die leidenschaftlich und triumphal aus ihm hervorbrachen, vom geringsten Windhauch geschürt, vom geringsten wieder zum Verprasseln zu bringen (und nicht selten bedurfte er dann jener leisen, stillen Flamme, um sich aufs neue zu entzünden).

Ob das Zielbewußtsein, mit dem Jan an sein Jus-Studium und an die damit verbundene Karriere herantrat, tatsächlich seiner härteren Entschlußkraft entsprang oder ob er da nur einen ohnehin vorgezeichneten Weg beschritt – Martin seinerseits verband mit den philologischen Studien, denen er sich widmete, keine annähernd so entschiedenen Absichten. Es schwebte ihm irgendeine wissenschaftliche Tätigkeit vor, vielleicht eine Professur – zunächst aber, und in jedem Fall, plante er von seinem ungewöhnlichen Sprachentalent und von seinem Talent zum Schreiben (das weit weniger ungewöhnlich war und dessen Grenzen er bald erkannte) derart Gebrauch zu machen, daß er davon leben könnte. In diesem Plan war er auch schon hinlänglich bestärkt und ermutigt worden, durch seine journalistischen Versuche sowohl wie durch seine Übersetzungen für zwei große Buchverlage, deren einer ihm alsbald eine feste Stellung als Lektor und Übersetzer anbot. Und vielleicht war das ein weiterer Grund, warum in den Zukunftsvisionen Jans «das öffentliche Interesse», dem seine Tätigkeit dereinst gelten sollte, einen so gewichtigen Platz einnahm: weil Martins Tätigkeit schon damals auf ein gewisses Interesse in der Öffentlichkeit stieß.

(Aus den Notizen des Martin Dub)

Prag, Frühjahr 1936

... Schon mein erstes Jahr an der Universität hat mich auf ungeahnte Weise bereichert, weit über das eigentliche Studium hinaus, und

ich muß zugeben, daß diese Bereicherung zum größten Teil das Verdienst meines Freundes J. ist. Von selbst hätte ich ganz gewiß nicht die Energie aufgebracht, mich in all die Aktivitäten einzuschalten, ohne die ich mir mein Leben heute gar nicht mehr vorstellen kann. Dabei besitze ich keineswegs den Ehrgeiz oder die Eignung, die Politik zum Mittelpunkt meines Lebens zu machen (wie J. es vorhat und eigentlich schon tut), und fühle mich keineswegs zu der Aussage berechtigt, daß ich sie genauso brauche wie sie mich. Aber noch weniger möchte ich jener verlogenen Koketterie anheimfallen, die gewöhnlich in dem Geständnis gipfelt, daß man ein «unpolitischer Mensch» wäre und von «diesen Dingen» nichts verstünde. Wer von «diesen Dingen» nichts versteht, erklärt sich mit ihnen einverstanden und wirkt an der Perpetuierung des Unrechts mit, statt an seiner Behebung.
Ein «unpolitischer Mensch», ob er's weiß oder nicht, ist der abgefeimteste Politiker.

Ich glaube nicht, daß man sich heutzutage mit gutem Gewissen irgendeiner Beschäftigung hingeben kann, ohne an der Behebung des Unrechts mitzuwirken. Und ich glaube nicht, daß man irgendeiner Beschäftigung gerecht werden kann, der man sich mit schlechtem Gewissen hingibt.

Damit wird – für mich zumindest – eines der beliebtesten Argumente hinfällig, mit denen die Oberflächlichkeit der «Unpolitischen» oder gar die Ironie der abgeklärten Besserwisser zu operieren pflegt: daß mein Interesse am Schicksal eines arbeitslosen Proletariers doch nicht ehrlich sein könnte, weil ich doch weder ein Proletarier noch arbeitslos bin, und daß ich mit meinem Interesse weder ihm noch mir etwas Gutes tue.

Nun: ob ich ihm etwas Gutes tue, weiß ich ja wirklich nicht. Ich kann es nur hoffen. Aber mir tue ich ganz bestimmt etwas Gutes. Und die Beruhigung meines Gewissens ist nicht einmal das einzige. Sondern ich bin überzeugt davon, daß ich nicht so arbeiten kann, wie ich möchte, wenn nicht auch er es kann; daß meine Nöte den gleichen Ursprung haben wie die seinen, obschon sie sich anders äußern und auswirken; und daß sie nur gemeinsam mit den seinen beseitigt werden können oder gar nicht.

Wer es darauf angelegt hat, meinen «Altruismus» zu belächeln, kann von mir jederzeit zu hören bekommen, daß ich im Gegenteil aus Egoismus links stehe.

In der letzten Zeit hatte ich mehrmals das Pech, mit älteren und vernünftigen Menschen zu sprechen. Es befanden sich Mitglieder meiner Familie darunter, harmlose, wohlmeinende Bürger, zwei oder drei unsrer Professoren, Berufspolitiker und andre «Persönlichkeiten des öffentlichen Lebens», denen ich entweder in journalistischem Auftrag begegnete oder privat (meistens im Vaterhaus J's). Und ich war immer aufs neue erschüttert über die Ahnungslosigkeit, mit der diese älteren und vernünftigen Menschen nicht nur den Problemen gegenüberstehen, die mich und meine Altersgenossen beschäftigen, sondern ihren eigenen ganz genauso. Offenbar wird ein Problem – und vollends seine Lösung – in den Augen der älteren und vernünftigen Menschen bereits dadurch hinfällig, daß ein jüngerer Mensch sich damit beschäftigt. Oder wie sollte die selbstgefällige Nachsicht, mit der sie unsereinem auf die Schulter klopfen, sonst zu verstehen sein? «Nun ja, wenn man so jung ist wie Sie, muß man die Dinge wohl so ansehen – bei mir war das damals auch nicht anders!» Auf den Gedanken, daß sie damals recht hatten, daß sie damals gescheiter waren als heute, kommen sie gar nicht.

Ich halte es durchaus für kein Verdienst, jung zu sein. Aber ich beginne es allmählich für einen klinischen Vorteil zu halten.

«Die Politik ist ein Mühlstein am Hals der Literatur, erwiderte der Autor.»

Das steht in Stendhals «Rouge et Noir» und ist eine jener einprägsamen Formulierungen, deren äußerer Schliff auf Kosten der inneren Haltbarkeit geht und die gerade so viel Richtiges enthalten, daß auch das Gegenteil richtig ist. Es ist eine Halbwahrheit, und mir gefiele die andere Hälfte besser. Nämlich: daß die Literatur ein Mühlstein am Hals der Politik ist.

Ich gehe dabei von der Voraussetzung aus, daß sowohl Politik wie Literatur auf eine Besserung der Condition humaine abzielen (oder abzielen sollten) – und dann ist die Politik das Wichtigere und Übergeordnete, nicht, wie in Stendhals Bild, die Literatur, die man womöglich noch bedauern müßte, daß sie den lästigen Mühlstein «Politik» nicht loswerden kann. Sie soll froh sein, wenn sie ihn am Hals hat.

Überhaupt finde ich, daß die Literatur ihre Möglichkeiten und ihre Wirkung überschätzt. Sie ist in viel höherem Maß eine Privatangelegenheit, als ihre Bannerträger glauben. Vielleicht rührt meine Hemmung, Gedichte oder Geschichten zu schreiben (oder gar zu veröffentlichen) von dieser Erkenntnis her – vielleicht war diese Er-

kenntnis nur ein nachträglicher Trost für meine Hemmung. Jedenfalls habe ich mir mit voller und – wie ich glaube – guter Absicht vorgenommen, Literatur lieber zu deuten und zu vermitteln, statt sie überflüssigerweise zu vermehren. Und was ich etwa aus Eigenem hervorbringe, bezieht sich mit der gleichen Absicht auf die vernachlässigte Peripherie der Dinge, nicht auf ihr Zentrum. Dem zentralen Thema ist mit der Literatur nicht beizukommen. Heute nicht. Vielleicht früher einmal, und vielleicht in einer hoffentlich nahen Zukunft wieder. Aber heute nicht. Heute kann die Literatur bestenfalls Hilfsdienste leisten, und dann will ich lieber gleich und freiwillig ein Hilfsschreiber sein, und zwar ein Hilfsschreiber in zweifachem Sinn: indem ich einer Literatur, die helfen will, Hilfsdienste leiste.

Kein sehr gewaltiger Auftrag, den ich mir da erteilt habe. Aber ich kann ihm wenigstens mit gutem Gewissen gerecht werden.

Herbst 1936

Die politische Entwicklung Europas, die in den letzten Jahren immer deutlicher von den Mächten des Rückschritts bestimmt wird, hat auch ihr Gutes: sie zwingt die Gegenkräfte zu gemeinsamer Abwehr. Faschismus und Nationalsozialismus stehen im Begriff, genau das zu erreichen, was sie zuallerletzt im Sinn hatten: eine Basis zu schaffen, auf der sich ein Kommunist mit einem Sozialdemokraten, ein Liberaler mit einem Katholiken, ein jüdischer Flüchtling mit einem tschechischen Bauern verständigen kann und verständigen muß. Und das ist ein Fortschritt, mit dem sich der Rückschritt selbst ad absurdum führt.

Ich war nie in Versuchung, Kommunist zu werden, und bin es auch jetzt nicht. Aber ich habe das Sowjet-Experiment immer respektiert und respektiere jetzt auch die europäischen Kommunisten, weil sie jetzt endlich eine Bereitschaft aufbringen, die ihnen bisher gefehlt hat: die Bereitschaft zur Konzession, zur Anerkennung eines andern Standpunkts. Ich weiß, wie schwer ihnen das fallen muß. Ich weiß sogar, daß sie die Überzeugung von der Richtigkeit des ihrigen damit nicht aufgegeben haben. Aber das tun schließlich auch die andern Partner der gemeinsamen Front in keiner Weise, und darin besteht ja der wesentliche Fortschritt: daß die Gemeinsamkeit der einzelnen Standpunkte das Maßgebende geworden ist, ohne daß sie deshalb auf ihre Verschiedenheiten verzichten müßten. Warum sollte man einen solchen Verzicht gerade von den Kommu-

nisten verlangen? Und warum sollte man gerade ihnen jede Konzession verweigern?

Es leuchtet mir durchaus ein, daß unter den jetzt gegebenen Umständen eine Kritik an der Sowjetunion besser unterbleibe; nicht weil es unzulässig wäre, an einem noch im Gang befindlichen Experiment Kritik zu üben, sondern weil diese Kritik nur dem Gegner in die Hände spielt und weil sie den stärksten Bundesgenossen, den wir im Kampf gegen diesen Gegner haben, nur schwächen würde. Und ich finde es durchaus unangebracht, unter den jetzt gegebenen Umständen immer wieder die Fehler und taktischen Irrtümer hervorzukramen, die den Kommunisten in der Vergangenheit unterlaufen sind (wie etwa ihre parlamentarische Mitwirkung am Machtanstieg der Nazi in Deutschland, unter der tatsächlich grotesken Devise: «Laßt Hitler an die Regierung, damit wir ihn desto sicherer ablösen!»). Es haben wahrhaftig auch die Sozialdemokraten ihre Fehler begangen, und daß sie sich vorsichtshalber niemals als unfehlbar gebärdet haben, ist vielleicht eine Entschuldigung für die Sozialdemokraten, aber nicht für ihre Fehler.

Im übrigen hängt mein Respekt vor dem Sowjet-Experiment keineswegs davon ab, ob es gelingt oder nicht, und eine Kritik an den Mitteln, mit denen es durchgeführt wird, kommt dem Außenstehenden eigentlich nicht zu. Wenn sich zeigen sollte, daß es zum Mißlingen verurteilt ist, so wird die Welt den Russen nur desto dankbarer sein müssen, daß sie die Undurchführbarkeit eines solchen Experiments mit solchen Mitteln demonstriert haben.

Es waren Jahre eines wachen und gesunden Wachstums, die Martin und Jan sich da noch erzwangen, die sie der Zeit da noch abtrotzten, der kranken, verfallenden, allem gesunden Wachstum abholden Zeit. Es waren kräftige und sinnvoll gefügte Kreise, von denen sie da an der Prager Karls-Universität aufgenommen wurden und in Atem gehalten und in gleichem Schritt. Und es war Jan, der darauf bestand, daß dieser Schritt sich immer aktiver ins Politische lenke, daß Martin es da nicht länger mit dem Träumen und Denken gut sein ließe und nicht einmal mit den besten Formulierungen seiner Denkergebnisse, sondern daß er die Funktionen übernähme und Referate und seine schreiberische Begabung so oft wie möglich in den Dienst jener Sache stellte, welche sie beide für richtig befunden hatten. Daraus müßte man eben, so beharrte Jan, auch die Konsequenzen ziehen – mit dem Befund allein wäre hier so wenig getan wie bei einer ärztlichen Untersuchung; es handelte sich darum, die Heilung herbeizuführen. Martin hatte bisweilen seine liebe Not, in so direkten politischen Begriffen zu denken wie Jan und ihnen sein gesamtes Denken zu unterordnen. Oft genug kam er an das Politische eines Tatbestands erst gezwungenermaßen heran und wollte es dann nur als Teil dieses Tatbestandes gelten lassen, nicht als Grundlage, oder doch nicht immer und überall. Aber Jan blieb unerbittlich. Er konnte sogar scharf und ausfällig werden und Martin aller möglichen Defekte zeihen, von der Bequemlichkeit bis zur Feigheit, vom Versteckenspielen vor der Realität bis zum sträflichen Versuch, sie durch abstraktes Gefasel zu vernebeln.

«Nimm doch nicht immer den Mund so voll mit deinen ‹menschlichen Werten›! Als ob das ein gleichbleibender Faktor wäre, unter dem sich jeder dasselbe vorstellte. Sag ‹Klasse› statt ‹Mensch› – und schau nach, wie weit du mit deinen Wertbegriffen kommst.»

«Aber die Klasse besteht doch wieder nur aus Menschen?»

Martin hatte das peinliche Gefühl, eine Binsenweisheit von sich zu geben, gegen deren banale Unwidersprechlichkeit auch Jan nicht aufkommen könnte.

Jan konnte.

«Die Klasse, um die es geht, besteht eben *nicht* aus Menschen. Noch nicht. Dafür muß eben gesorgt werden: daß alle Menschen ein menschenwürdiges Dasein führen. Setz dich hin und schreib.»

Solcherlei Antworten nahm Martin nur noch mit resigniertem Seufzen zur Kenntnis. Es verwirrte ihn, daß jemand gleichzeitig recht haben und nicht recht haben, gleichzeitig etwas offenkundig Wahres und etwas offenkundig Falsches sagen konnte. Und er bezog das sowohl auf Jan wie auf sich selbst. Allerdings schien das Unvereinbare, wenn Jan es vorbrachte, mit Wissen und Willen vorgebracht. Bei ihm selbst entsprang es einer Unzulänglichkeit, darüber täuschte er sich nicht. Nur verspürte er – und vielleicht bestand seine Unzulänglichkeit gerade darin – keine rechte Lust, sie zu beheben. Da seufzte er lieber und schrieb.

Weil aber die gemeinsamen Kreise, die da an der Universität ihren Mittelpunkt hatten, sinnvoll gefügt waren, beschränkten sie sich durchaus nicht auf die Politik (obschon die sich nachgerade nirgends mehr ausschalten ließ). Sie spannten sich ins anspruchsvoll Geistige hinüber und ins anspruchslos Gesellschaftliche, machten sich literarische und künstlerische Auseinandersetzungen zum Gegenstand, wußten im Sport sich zu behaupten und wo es sonst noch um Wettbewerb ging, überschnitten sich mit Kreisen, die von andrem Ursprung her auf sie zukamen, flossen ineinander, gaben dem einzelnen Spielraum und der Gruppe, organisierten sich, erfaßten kleinere Organisationen, wurden von größeren erfaßt – lebendig und regsam war das alles, von gutem Geist durchdrungen und getragen und gänzlich unberührt von jener pathetischen Vereinsmeierei und ihrer rauf- und saufseligen Übersteigerung, die schon an der benachbarten deutschen Universität allem «Studentischen» unfehlbar anhaftete und die – bis ins Mittelalterliche, bis ins Barbarische verzerrt – im benachbarten Deutschland sich vollends zur offiziellen Staatsform ausgewachsen hatte: nicht zuletzt von den Universitäten her, nicht zuletzt genährt und gefördert von der studentischen Bereitschaft, allerlei Mittelalterlichem und Barbarischem aufzusitzen, wenn es sich nur heroisch gebärdet. Hier jedoch, an der Prager Karls-Universität, die im nächsten Jahrzehnt ihren 600jährigen Bestand feiern würde (und ihren 30jährigen als das geistige Zentrum einer jungen Republik) – hier wurde «Studium» in der Tat noch mit «Eifer» übersetzt, und hier wurde auch noch durchaus mit heißem Bemühen studiert: weil man hier noch daran glaubte, daß Wissen frei macht und Freiheit glücklich. In diesem Glauben hatten Martin Dub und Jan Dvorsky sich zusammengefunden, für diesen Glauben wirkten sie, und in diesem Glauben erprobten sie sich und einander.

Immer deutlicher – und den andern viel klarer erkennbar als ihnen selbst – grenzten dabei ihre Rollen sich gegeneinander ab. Es war Martin, der einen Diskussionsabend vorbereitet hatte und leitete – und es war Jan, der die Diskussion mit einer zum Widerspruch herausfordernden (und vielleicht zu diesem Zweck verfochtenen) Meinung erst richtig ankurbelte. Es war Martin, der wochenlang daran gearbeitet hatte, ein paar Studentengruppen von verschiedener politischer Richtung in einer Dachorganisation zusammenzufassen – und es war Jan, der zuerst eine brillante Eröffnungsrede hielt und zum Schluß mit einer zwar gleichfalls brillanten, aber völlig deplacierten und verantwortungslosen Attacke gegen eine besonders empfindliche Delegation den ganzen schönen Plan beinahe zum Scheitern brachte (nur beinahe; denn glücklicherweise saß auch noch Martin da). Nicht wenigen von denen, die sie kannten, galt Jan als der Begabtere, als der Reizvolle mit der großen Zukunft vor sich, und Martin als der farblose Mitläufer, den man akzeptierte, weil er sich mit dieser Rolle beschied. Andre wieder sahen gerade in Martins Zurückhaltung den untrüglichen Beweis der stärkeren Persönlichkeit und fanden Anhaltspunkte genug, um fast schon in Jan den

Mitläufer zu erblicken, den heimlichen Nutznießer an den inneren Kräften seines Freundes. Daß entweder Martin sich im offenen Schlepptau Jans befände oder Jan im verborgenen Schlepptau Martins, glaubte jeder zu wissen, der mit ihnen in Berührung kam – nur Jan und Martin wußten es nicht. Sie bedachten nicht einmal, daß ihre Freundschaft solchen Deutungen unterzogen werden könnte. Denn dazu war sie ihnen längst schon viel zu selbstverständlich geworden, und wie sie einander ergänzten, war ihnen längst schon nicht mehr bewußt.

Es geschah nur ein einziges Mal, daß ihre Rollen sich zu vertauschen schienen, daß es Martin war, aus dem es heiß und leidenschaftlich hervorbrach, indessen Jan mit beschwichtigendem Lächeln danebenstand. Und zwar geschah das zu Anfang des Jahres 1937 – oder, wie es im entsprechenden Fachjargon heißen würde: während der Wintersaison 1936/37 –, als das «Ballet Russe de Paris» auf seiner mitteleuropäischen Tournée zu längerem Gastspiel in Prag eintraf und als Martin Dub, knapp einundzwanzigjährig und bei der «Freien Zeitung» seit kurzem bereits unter die «ständigen Mitarbeiter» eingereiht, mit dem Referat über den Premierenabend betraut wurde. Wie immer bei solchen Anlässen, hatte er das zweite Billett zuerst seinem Freund Jan Dvorsky angeboten, und Jan, keineswegs wie immer, war der Einladung gefolgt und begleitete ihn nachher auch noch zu dem «Gala-Empfang», den die Direktion des gastierenden Balletts für die ausdrücklich so genannten «Vertreter von Prags Kunstwelt und Presse» veranstaltete. Dort aber ergab sich zu reichlich vorgerückter Stunde die ebenso ungewöhnliche wie folgenschwere Begegnung zwischen Martin Dub, dem jungen Kunstreferenten der «Freien Zeitung», und Wera Kirsanowa, der noch jüngeren Primaballerina des «Ballet Russe de Paris»: aus einer der Gruppen, von denen sie in fluktuierendem Gleichmaß umlagert war, löste sich Wera plötzlich hervor, eilte auf Martin zu, der sie aus einiger Entfernung beobachtet hatte (und gar nicht daran dachte, daß ihre hilfesuchenden Blicke etwa ihm gelten könnten) – eilte auf Martin zu, als wäre er ein alter, sehnlich erwarteter Freund, legte ihren Arm in den seinen und zog ihn zum entgegengesetzten Ende des Saals mit sich fort; von dem Französisch, mit dem sie dabei auf ihn einplapperte, verstand er in seiner Verwirrung und Verlegenheit so gut wie nichts, und ehe er sich zurechtfand, hatte Wera schon in ein gutturales Deutsch gewechselt:

«Sie sollen sich mit mir unterhalten», forderte sie ungeduldig.

«Oder sind Sie vielleicht auch so ein Idiot wie die Idioten dort drüben?»

Weil das im ganzen ziemlich komisch klang, und noch komischer dadurch, daß sie «Idjott» und «Idjotten» sagte, mußte Martin lachen, und das schien ihr fürs erste zu genügen.

«Na also», nickte sie. «Wenigstens etwas. Können Sie noch einmal?»

Es kostete ihn nicht die geringste Anstrengung, noch einmal zu lachen. Jetzt war auch keine Verlegenheit mehr da und keine Verwirrung. Eine merkwürdig schwebende Heiterkeit durchzog ihn, schwebend wie Wera an seiner Seite – er vergewisserte sich durch einen raschen Blick, daß ihr Arm noch immer in seinem lag, und es rührte ihn sehr, daß ein ganzes, lebendiges Geschöpf so federleicht wiegen konnte.

Als sie in der Ecke des Saals angelangt waren, entzog ihm Wera ihren Arm, sehr langsam, den weißen, den rührend gewichtlosen Arm, und ihre langgliedrige, fast durchscheinend zarte Hand glitt noch ein wenig seinen Ärmel entlang. Plötzlich sah sie ihn von untenher aus geschlitzten Augen an: ob er denn auch gemerkt hätte, was sie da tat. Dann warf sie den Kopf aufwärts, nicht gänzlich in den Nacken, und eigentlich schnellte nur ihr Kinn nach vorn – es war eine knappe, herrische Gebärde, die auf unwiderrufliche Weise Abschluß und Befriedigung kundtat.

«So», sagte sie. «Gott sei Dank. Die Idjotten sind wir los. Wie heißen Sie und was sind Sie?»

«Martin Dub und Journalist.» Es machte ihm Spaß, so verhört zu werden, es ließ ihn immer schwereloser ins Heitere hinanschweben, kaum spürte er sein eigenes Gewicht.

«Journalist?» Erstaunt und mißtrauisch legte Wera den Kopf zur Seite. «*Sie* sind Journalist?»

«Warum wundert Sie das?»

«Journalisten sind viel älter. Und Journalisten sind frech und wollen einen immer gleich anfassen.»

«Ich bin gar kein richtiger Journalist, wissen Sie. Ich gehe noch an die Universität und schreibe nur nebenbei.»

«Über mich?»

«Diesmal über Sie.»

«Über mich schreiben Sie nebenbei? Sie sind *doch* ein Journalist. Denn Sie sind frech.» Und da Martin über die beleidigte Miene, die sie dazu aufgesetzt hatte, allen Ernstes erschrak, schlitzten sich Weras Augen aufs neue und diesmal nachdenklich, und sie fügte leise hinzu: «Mais pas comme les autres.» Dann legte ihr Arm sich wieder in den seinen, und ihre Stimme war schnell und hell: «Trinken Sie gerne Champagner? Ich sehr. Kommen Sie mit. Zur Bar, dorthin. Was machen Sie an der Universität?»

Martin antwortete nicht. Er war längst wieder in die Verwunderung darüber verloren, daß Wera so schweben konnte und dennoch so drängen.

«Ich meine: was studieren Sie?»

«Ja», sagte Martin. «Was ich studiere. Das ist nicht so einfach.»

«Bin ich zu dumm, um es zu verstehen?»

«Philologie», sagte Martin hastig.

Wera sah ihn an und zuckte betreten die Achseln.

«Ich bin dumm», seufzte sie. «Was ist das?»

«Sprachwissenschaft. Ich studiere fremde Sprachen und Literatur und –»

«Aber Französisch können Sie nicht?»

«Doch.»

«Vorhin habe ich Sie französisch angesprochen, und da haben Sie mich nicht verstanden.»

«Ich war nicht darauf vorbereitet, daß Sie mich ansprechen würden.»

Jetzt standen sie an der Bar. Der Barkeeper, der sein betörtes Lächeln erst von Weras Antlitz losreißen mußte, füllte auf ihr Geheiß zwei Champagnergläser.

«Vous faut-il toujours être préparé?» Ganz nebenbei sagte sie das, ohne Betonung, als wäre es ein gleichgültiger Trinkspruch; und sie hob ihm das Glas entgegen.

Aber so rasch er auch austrank (und das war das Beste, was ihm einfiel: rasch austrinken) – als er sein Glas absetzte, hielt Wera das ihre dem Barkeeper schon zum Nachfüllen hin. Und Martin hätte sich nicht gewundert, wenn die suchenden Blicke, die sie dabei um sich schickte, wieder der Vorbereitung ihres Abgangs gegolten hätten.

Sie galten jedoch, wie sich alsbald zeigte, einer weiblichen Gestalt, die im Hintergrund aufgetaucht war, klein, rundlich, dunkel gekleidet und schon auf weite Distanz von unverkennbar gluckenhafter Wirkung – eine schwarze, zufriedene Bruthenne, deren flinke Kugelaugen ständig nach etwaigen Störungen dieser ihrer Zufriedenheit ausspähten und die ebensogut Weras Garderobenfrau sein konnte wie die Ballettmeisterin selbst (sie war beides und noch um einiges mehr).

Wera, wie ein unartiges Kind, das in der Hoffnung auf Nachsicht die Spuren der begangenen Unart freiwillig aufdeckt, deutete auf ihr soeben zum drittenmal geleertes Glas und bestätigte das trübe Nikken der Herangekommenen mit einem noch trüberen. Hierauf entspann sich ein beiderseits gedämpftes Lamento in Russisch, von dem Martin zwar nicht alles verstand, aber doch mehr, als ihm wahrscheinlich zugetraut wurde: die Gluckhenne beklagte es außerordentlich, Wera hier vorzufinden statt in Gesellschaft wichtigerer Vertreter von Prags Kunstwelt und Presse, und Wera versprach, ihre Fahrlässigkeit sogleich gutzumachen. Sie glitt vom Hocker.

«Mamuschka spricht sehr schlecht Deutsch», sagte sie gedämpft, «und Tschechisch können wir beide nicht. Sprechen Sie Französisch mit ihr und seien Sie nett. – Mamuschka, c'est un nouvel ami à moi, Monsieur Dub. Il est journaliste. Et voilà Mamuschka, Monsieur Dub. La meilleure Mamuschka du monde. Amusez-vous bien.»

Und war schon davon und war nach ein paar Sekunden wieder zurück:

«Il est journaliste, Mamuschka – mais pas comme les autres!»

Und leerte noch Martins halbvolles Champagnerglas, ehe sie – unter Mamuschkas zärtlich tadelndem Kopfschütteln – endgültig entschwand.

So fing es an, und von diesem Anfang an stand Jan Dvorsky daneben, lächelte, beschwichtigte, gab zu bedenken – nicht allzu nachdrücklich und nicht zerstörerisch, nur eben genug, daß der Rollentausch aufrecht bliebe, daß er als der Nüchterne dastünde und Martin als der Berauschte, er als der Weise, Martin als der Narr. Martin, der einerseits nicht leugnen wollte, daß Jan in diesen Dingen viel erfahrener war, anderseits aber zu wissen glaubte, daß er jetzt etwas erlebte, worauf keinerlei Erfahrung sich anwenden ließ (am allerwenigsten die Erfahrung eines andern) – Martin nahm die von Jan ihm zugewiesene Rolle willig auf sich. Er spielte sie sogar mit heimlichem Vergnügen, und manchmal übertrieb er den Rausch und die Vernarrtheit noch ein wenig: nur um zu erproben, ob Jan wieder mit seinem abgeklärten Lächeln daherkommen würde. Die Probe glückte fast immer. Was auch geschah – Jan war zur Stelle, um es geringer einzuschätzen oder anders zu deuten. Erwies sich dann das Gegenteil als richtig, so wußte er aus diesem Gegenteil ohne Mühe eine Bestätigung herauszuholen und behauptete womöglich, daß es genau dies gewesen wäre, was er ursprünglich gemeint oder gesagt hätte; und nicht er befände sich im Irrtum, sondern Martin, der wieder einmal etwas ganz Augenfälliges falsch sähe.

Gleich an jenem ersten Abend – an dem er Martin noch minutenlang an Mamuschkas Seite schmoren ließ, ehe er ihn wegholte – begann Jan als Abdämpfer zu fungieren. Den atemlosen Zukunftsphantasien, zu denen Martin sich von der eben stattgefundenen Begegnung hinreißen ließ, setzte er die trockene Vermutung entgegen, daß Wera in Martins zufälliger Person nur einen willkommenen Vorwand zum Szenenwechsel erblickt hätte und wohl sehr erstaunt wäre, jemals wieder von ihm zu hören. Wahrscheinlich hätte sie nicht einmal seinen Namen behalten, und selbst wenn sie sich auf ihn besänne, würde sie genauso reagieren, wie sie es in solchen Fällen zweifellos zu tun gewohnt sei, nämlich überhaupt nicht.

Diese Prognose, die Martin bei späteren Gelegenheiten denn doch in Jans Gedächtnis zurückrief, wurde von Jan nach und nach dahin umgemünzt, daß Martin sein Glück eigentlich ihm verdankte, weil er, Jan, ihn dazu angestachelt hätte, es sich zu schmieden. Nun war es aber um Martins Schmiedekünste kümmerlich bestellt – sie erschöpften sich darin, daß er sein Referat aus der «Freien Zeitung» mit ein paar zurückhaltenden Begleitzeilen an Wera schickte, ins Theater, als gewöhnlichen Brief – und zunächst sah es ganz danach aus, als sollte Jans Prognose im Wortlaut zutreffen und nicht in ihrer nachträglichen Deutung. Denn zunächst geschah tatsächlich nichts.

Dann, endlich, nach drei unglaubwürdig langsamen Tagen, begann es zu geschehen, und in desto überstürzterem Tempo. Es begann mit einem Telefonanruf, von dem Martin eines Nachmittags in der Redaktion erreicht wurde, durch Zufall und Glück, denn die «Freie Zeitung» hatte ihm noch kein eigenes Zimmer zugeteilt und keine regelmäßigen Redaktionsstunden. Wera behauptete denn auch, ihn schon mehrmals zuvor angerufen zu haben, und behauptete weiter, daß sie sich für die besonders schöne Kritik bedanken wollte, jawohl, so sagte sie's: besonders schöne Kritik – und es war, wie Martin mittlerweile hatte feststellen müssen, doch nur ein schwächliches Stimmchen im Chor der dröhnenden Begeisterung ringsum. Allerdings bezog sich diese Begeisterung zum überwiegenden Teil auf Weras Schönheit, Jugend, Anmut, Schönheit, Grazie, Temperament und Schönheit, indessen der Kritiker Martin Dub diese ihre Eigenschaften lediglich als Vervollständigung eines gewaltigen künstlerischen Eindrucks zur Kenntnis nahm; somit war seine Kritik vielleicht doch eine besondere, und er hätte natürlich sehr gerne gewußt, ob Weras Auffassung sich mit der seinen deckte. Doch ließ sich das jetzt am Telefon nicht zur Sprache bringen, denn er führte das Gespräch im großen Reporterzimmer, und es lauschten ihm zu viele Ohren. Und darum fragte er Wera rundheraus, wann er sie sehen könnte, und Wera, nicht weniger rundheraus, antwortete: sofort, sie hätte gerade ein Stündchen Zeit, und sie erwartete ihn in der Bar ihres Hotels, wo es sehr schön sei.

«Die haben hier nämlich einen herrlichen Cognac», erläuterte sie, als er dann neben ihr saß. «Meinen Lieblingscognac. Das erste Lokal seit Paris, wo ich ihn finde. Ihre Kritik hat mir sehr gut gefallen. Und wissen Sie, was mir am besten gefallen hat?»

Erwartungsvoll sah Martin sie an.

«Daß Sie mir den Ausschnitt durch die Post zugeschickt haben», sagte Wera. «Nicht so mit Blumen oder Bonbonnieren, wie das die andern Idjotten immer machen. Und die glauben dann noch, daß man ihnen dafür um den Hals fallen muß. Wenn wenigstens einer auf die Idee käme, Cognac zu schicken. Trinken Sie gerne Cognac? Ich sehr.»

Martin behauptete ein gleiches von sich – obwohl er in diesem Augenblick zum erstenmal wahrnahm, daß er gerne Cognac trank.

«Aber den würde Ihnen Mamuschka doch wegnehmen, den Cognac?»

«Ach, den bekomm ich schon.» Aus Weras Stimme klang erfahrungssatte Gewißheit. «Erstens ist Mamuschka sehr süß, und zweitens –» Sie brach ab und senkte den Kopf. «Und zweitens bekommen Sie immer, was Sie wollen, nicht wahr. Das wollten Sie doch sagen.»

«Ja.»

«Warum haben Sie's nicht gesagt?»

«Weil es mir plötzlich furchtbar dumm vorgekommen ist. Ich hab mich plötzlich vor Ihnen geniert. Ist das nicht komisch?»

Zum Glück war das keine wirkliche Frage, und Martin brauchte nicht zu antworten. Ein paar Sekunden vergingen schweigend.

«Glauben Sie, daß ich sehr dumm bin, Herr Dub?»

Kein Zweifel: jetzt wollte sie Antwort haben. Mit einem bloßen Kopfschütteln war es nicht getan.

«Das hab ich schon neulich am Abend nicht verstanden», sagte Martin. «Wie kommen Sie nur darauf?»

«Weil ich Angst habe, daß Sie mich langweilig finden und mich vielleicht nicht mehr sehen wollen.» Sie sprach mit rührender Selbstverständlichkeit, so daß er plötzlich an ihre weißen, gebrechlichen Arme denken mußte, und als sie ihn auch noch ansah, kam er in große Versuchung, die Augen zu schließen. Dann tat ein Räuspern ihm denselben Dienst.

«Dumm und langweilig. Mein Gott. Das dürfen Sie nie wieder sagen.»

«Ich werde es aber noch sehr oft sagen. So.» Und ihr Kinn schnellte nach vorne.

«Dann werde ich Ihnen jedes Mal die Fabel von der Krähe und von der Eule erzählen. Oder eigentlich deklamieren, denn in meinem Fabelbuch war sie in Reimen. Sie ist ganz kurz, nur vier Zeilen. Passen Sie auf. Die Krähe und die Eule. Guten Abend, Frau Eule! Habt Ihr Langeweile? Eben jetzt, da Ihr schwätzt. – So.»

Damit hatte er ihr nachäffen wollen, aber Wera schien das gar nicht zu merken. Gebannt sah sie ihn an, und aus ihren Augen strahlte es kinderblau und hingerissen.

«Das ist eine Fabel?» flüsterte sie. «Schön –!»

Kaum noch hörbar zog sich's von ihren Lippen, ihr Blick hing an ihm, als hätte er ein Wunder vollbracht, und weil gerade der Kellner vorbeikam, bestellte Martin noch zwei Cognacs, einen zweiten für sich und einen vierten für Wera, sie leerten ihre Gläser auf einen Zug, es war Weras Lieblingscognac, und das flüsternde, langgezogene «Schön –», mit dem sie das Glas absetzte, war ihr Lieblingswort.

Das Prager Gastspiel des «Ballet Russe de Paris», für die Dauer von drei Wochen angekündigt, wurde zunächst um die ohnehin vorgesehene Woche verlängert; dann nochmals um zwei Wochen, die nicht mehr vorgesehen waren und die sich auch nicht mehr ganz leicht mit dem ursprünglichen Reiseplan vereinbaren ließen; und schließlich um einen vollen Monat, der alle Buchungen für den tschechoslowakischen Teil der Tournée über den Haufen warf und der keinen Kompromiß mehr darstellte, sondern eine erzwungene Konzession – erzwungen nicht so sehr vom anhaltenden Zuspruch des Prager Publikums, wie von der anhaltenden Weigerung der ersten Solotänzerin, Prag zu verlassen. In der Direktion des Balletts hatte man diese Weigerung anfangs gar nicht ernst genommen. Man war schließlich nicht nur an Weras kindische Launenhaftigkeit gewöhnt, sondern ebenso an ihre Berufsdisziplin und an ihr oft bis zur Selbstaufopferung bewiesenes Pflichtgefühl. Überdies baute man auf Madame Jewgenja Kirsanowa, deren Autorität als Artistenmutter von ihrer eigenen Vergangenheit als Artistin noch erheblich gestützt wurde und die bis zum Schluß an ihren beruhigend rundlichen Versicherungen festhielt, daß Weruschka nichts Schlimmes im Sinne hätte, man müßte sie nur auslaufen lassen und sie wäre ein gutes

Kind. Das war sie nun wirklich, und ihre kindischen Launen äußerten sich ja auch viel häufiger darin, daß sie mit Geschenken um sich warf, daß sie für jede Wohltätigkeitsveranstaltung zu haben war, für jedes Anliegen eines herabgekommenen russischen Emigranten und überhaupt für alles, womit sie Freude machen konnte. Aber davon bekam die Direktion des «Ballet Russe de Paris» jetzt nichts mehr zu merken. Als der zusätzliche Monat in Prag, als dieser letzte, verzweifelte Versuch, dem Unternehmen seine größte Zugkraft zu erhalten, sich dem Ende näherte, vollzog Wera ihren Austritt aus dem Verband des Balletts – ohne sich vorher eines andern Engagements versichert zu haben, ohne den tränenreichen Beschwörungen Mamuschkas Gehör zu schenken, und wäre nicht aus legalen Gründen Mamuschkas Unterschrift vonnöten gewesen, so hätte sie es über ihren Kopf hinweg getan (Martin erfuhr erst die vollzogene Tatsache).

Mit dem vernünftigen Entschluß, den in solchen Fällen gangbaren Rechtsweg nicht zu beschreiten, sicherte sich die Ballettleitung Weras Teilnahme an dem unmittelbar folgenden Gastspiel in Wien, das einen Monat dauern sollte. Für die Verlängerungsfrist von zwei Wochen verpflichtete Wera sich allerdings erst dann, als endgültig feststand, daß Martin diese zwei Wochen mit ihr in Wien verbringen könnte. Schon daß sie überhaupt hingefahren war, ging größtenteils auf seine Bemühungen zurück – und diese wiederum auf die vertraulichen Bitten Mamuschkas, mit denen zugleich die diplomatische Anerkennung seiner Person vollzogen war. Und als die Oper des Tschechischen Nationaltheaters, an der Wera schon ein paarmal zuvor gastiert hatte, sie für die nächste Saison unter festen Vertrag nahm, ließ Mamuschka auch die letzten Vorbehalte jener Anerkennung dahinschmelzen, und ihre flinken Kugeläuglein betrachteten Martin nicht länger als eine Störung, vor der man sich verwahren müßte, sondern als Teil des vor Störung zu Verwahrenden.

Desgleichen fand Jan Dvorsky sich mit dieser Entwicklung der Dinge ab – die er ja schließlich von Anfang an vorausgesehen hatte. Jetzt sah er die weitere Entwicklung voraus: daß nämlich Wera, wenn sie ihre jahrelange Verbindung mit dem «Ballet Russe» so bedenkenlos aufgeben konnte, sich eines Tags nicht minder glatt und leicht auch von Martin trennen würde. Das sollte ihn indessen nicht stören, fügte Jan trostreich hinzu; er sollte sich nur klar darüber sein und sollte weder die Liebe im allgemeinen noch Wera im besondern überschätzen; und vor allem sollte er die wichtigeren Aufgaben, die es im Leben für ihn zu tun gäbe, nicht aus den Augen verlieren.

Zu solcher Besorgnis bestand kein Anlaß. Seit Wera da war, tat Martin alles, was er tat, noch intensiver und beschwingter als zuvor – ob es nun um sein Studium ging oder ums Skilaufen, um eine Buchübersetzung aus dem Französischen oder um jene Aufgaben, die Jan als die wichtigeren ansah. Daß sie tatsächlich wichtiger wären als alles andre, bezweifelte Martin ja schon seit geraumer Zeit. Aber sie waren ihm wichtig. Und er glaubte ihnen am besten gerecht zu werden, wenn er da erst gar keine Rivalitäten aufkommen ließ – wie er's ja auch im persönlichen Bereich so einzurichten wußte, daß Jan und Wera einander nicht in die Quere gerieten. Es war nicht einmal allzu schwer. Jans Geringschätzung für alles, was mit den Mädchen zusammenhing (einschließlich seiner eigenen Erfolge bei ihnen), zog sich vor Wera in eine höfliche Distanz zurück und in das bedauernde Einbekenntnis, daß er von den Dingen, die ihr Leben ausmachten, leider nichts verstünde. Wera ihrerseits brachte den Problemen und Bestrebungen Jans mindestens ebenso große Verständnislosigkeit entgegen, und ihre notdürftigen Berührungspunkte mit ihm ergaben sich erst aus ihrem Respekt für die gleichgerichteten Interessen Martins. So weit, daß sie diese Interessen geteilt hätte, ging sie allerdings nicht. Es gab zu viel andres, worauf sie neugieriger war. Und Martin war zu sehr damit beschäftigt, zu sehr davon beseligt, ihre Neugier zu stillen und zu entfachen, er wußte zu viele Wege dafür und Wera trat sie zu willig an. Denn es verhielt sich nicht so, oh, bei weitem nicht, daß sie aus ihrer Umarmung einander ins Nichts entlassen hätten oder nur in die Sehnsucht nach der nächsten. Denn Weras fordernde, geschmeidige Glieder konnten auch rührend zart und gebrechlich sein, das starr verklärte Antlitz auch angespannt in der großen, ernsthaften Mühe des Hörens und Begreifens, und die Augen konnten in kinderblauer Hingerissenheit ihm auf den vielen Wegen folgen, von denen ja auch er nur den Anfang kannte und deren wundersamen Verlauf er für sich selbst genauso entdeckte wie für Wera – und nur mit ihr, nur durch sie entdecken konnte.

(Aus den Notizen des Martin Dub)

Spindlermühle, Winter 1937

Mit meinem Vorsatz , als «Hilfsschreiber» zu fungieren – also wenn ich schon schreiben muß, es wenigstens im Dienst der guten Sache zu tun –, komme ich seit einiger Zeit nicht mehr ganz zu Rande. Entwe-

der ist es eine Überheblichkeit von mir, der guten Sache mit einem «wenigstens» dienen zu wollen – oder es ist eine Überheblichkeit der guten Sache, daß sie kein «wenigstens» zuläßt. Entweder muß ich mich vollkommen in ihren Dienst stellen und ihr mein ganzes Leben und Denken unterordnen – oder ich muß mich gegen ihren Anspruch auf vollkommene Unterordnung zur Wehr setzen; und ich bin nicht sicher, ob ich damit nicht wieder «dem Gegner in die Hände spielen» würde.

Gerade dieses Argument wird mir immer unbehaglicher, je öfter ich es zu hören bekomme. Meistens geschieht das von kommunistischer Seite; denn mein Freund J., obgleich er es an marxistischer Prinzipientreue mit jedem Kommunisten aufnehmen kann, hat das Recht auf Widerspruch noch niemandem streitig gemacht, hat sich der Pflicht zur Diskussion noch nie entzogen und läßt auch nicht den geringsten Zweifel daran aufkommen, daß er seine Prinzipien auf demokratischem Weg durchzusetzen wünscht. Von unsern kommunistischen Partnern hingegen habe ich manchmal den Eindruck, daß sie unter Partnerschaft vor allem den Verzicht auf Kritik verstehen, ja daß sie in die ganze Partnerschaft überhaupt nur deshalb eingetreten sind, um jede Kritik zu unterbinden; und man muß sie für die persönliche Kränkung, die man ihnen damit zuzufügen scheint, immer wieder mit sachlichen Zugeständnissen versöhnen, weil es ihnen ja nur um die Sache geht.

Empfindlichkeit in allen Ehren – aber ein empfindlicher Erpresser ist ein Novum, an das ich mich erst gewöhnen muß.

Mit dem kommunistischen Totalitätsanspruch meine ich nicht so sehr die politische Wirklichkeit der Sowjet-Union (denn ich will immer noch glauben, daß die autoritäre Staatsform nur eine Vorbereitung für das Verschwinden der Staatsautorität ist). Ich meine die Forderung nach restlosem Einverständnis mit allen Lehren des Marxismus. Es scheint, daß man keiner einzigen widersprechen darf, ohne in den Verdacht zu geraten, daß man eigentlich das ganze Gebäude unterminieren will, das der Marxismus für die Menschheit errichtet. Und damit ist man im Geistigen der gleichen Erpressung ausgesetzt wie im Politischen.

Es gibt kein Entrinnen. Ich merke es gerade jetzt, in diesen Weihnachtsferien, auf diesem Ski-Ausflug ins Riesengebirge. Ich war noch nie so glücklich – und war es noch nie mit so schlechtem Gewis-

sen. Wo das hinführen soll, weiß ich nicht. Am Ende werde ich mich vor jedem Kuß fragen müssen, ob ich damit nicht die Weltrevolution verhindere, und unter jedem nächtlichen Sternenhimmel, wie sein Vorhandensein sich mit dem Klassenkampf verträgt.

Ein nächtlicher Sternenhimmel über einer verschneiten Gebirgslandschaft – weiße Berghänge, die unterm vollen, tiefen Mond beinahe ins Grünliche hinüberschimmern – die dunklen Konturen der fernen Gipfel, von denen man plötzlich nicht mehr weiß, ob sie zum Himmel aufragen oder vom Himmel herabhängen – und eine Stille, eine solche Stille, daß man das Pochen der Sterne zu hören meint –: wäre es möglich, daß die beklemmende Wucht, die eherne Unabänderlichkeit dieser Szenerie nur auf mich und meinesgleichen solchen Eindruck macht? Daß dieses dumpfe, unendliche Ahnungsvermögen, welches die menschliche Brust bis zum Bersten erfüllen kann, vom Klassenbewußtsein abhängt? Daß all die elementaren Regungen der Seele, daß Lachen und Weinen und Liebesglück und Todestrauer nur dem Satten, nur dem Besitzenden zugänglich sind? Und daß sie einem klassenbewußten Proletarier nichts bedeuten?

Sonderbarerweise scheint nicht nur die Orthodoxie des Marxismus dieser Meinung zu sein, sondern die Orthodoxie des Kapitalismus ebenso; wie sie einander ja überhaupt in sehr vieler Hinsicht und sehr viel entlarvender ähneln, als sie selbst es wissen oder eingestehen würden: eben in ihrer Konzentration aufs Materielle, an deren Substanz die verkehrten Vorzeichen nichts ändern. Sie lügen beide – der eine, wenn er den Menschen durch die Vergesellschaftlichung der Produktionsmittel selig zu machen verspricht, der andre, wenn er dem Privateigentum einen sittlichen Berechtigungsnachweis zu unterschieben versucht, den es nicht besitzt. Sie lügen schon deshalb, weil es ihnen in keiner Weise um die Seligkeit und Sittlichkeit geht, sondern dem einen um sein Dogma und dem andern um sein Geld.

Immerhin ist die Kurzsichtigkeit eines revolutionären Antriebs noch eher zu entschuldigen und sogar zu akzeptieren als der kaltblütige Egoismus des Besitztums, der zu allem andern auch noch bodenlos dumm ist.

Wenn ich mich gegen die asketische Monomanie auflehne, die alles auf der Welt nur und ausschließlich als Politikum betrachtet, so will ich damit keineswegs leugnen, daß jeder Tatbestand auf irgendeine Weise politisch ist oder politisch gemacht werden kann. Ich will nur *das, was an ihm politisch ist, nicht unbedingt als Basis gelten lassen. Es ist eine Komponente, eine wichtige, eine unerläßliche Komponente, aber nicht die entscheidende.*

Mir schwebt bei dem allen eine merkwürdige und recht naive Parallele vor. Ich habe jene meiner Altersgenossen, denen es in der Liebe nur aufs Bett ankommt, immer als besonders trostlose Erscheinungen empfunden, auf ihre Weise genau so trostlos (wenn auch nicht ganz so bejammernswert) wie jene andern, die vom Bett überhaupt nichts wissen wollen und ihre Angst je nachdem in Anmaßung, in Zynismus, in Scheinheiligkeit oder in ein Desinteressement zugunsten «höherer Interessen» einkleiden. Körperlichkeit gehört zur Liebe, wie Politik zum Leben gehört. Aber wehe der Liebe, die vom Bett abhängt.

Als die beiden Freunde im Mai des Jahres 1938 promovierten, zum Dr. phil. Martin Dub, zum Dr. jur. Jan Dvorsky, und als sie solchermaßen für jene ehrwürdige Phrase gerüstet waren, derzufolge ein junger Mann nach Abschluß seiner Studien ins Leben hinaustritt und sich auf eigene Füße stellt – da schwankte der Boden unter ihren Füßen schon so bedrohlich, daß es kaum der Mühe wert schien, sich darauf zu stellen. Erst zwei Monate zuvor hatte der große Nachbarstaat, dem die Verzerrung ins Barbarische vortrefflich anschlug und der immer noch Deutschland hieß, sich über seine Grenzen hinauszuzerren begonnen und hatte den kleineren Nachbarstaat, der dann nicht mehr Österreich hieß, sondern Ostmark, verschluckt und sich einverleibt. Der Unhold, unter dessen Führerschaft dies alles geschah, versäumte nicht, einer erschrockenen Umwelt seine nunmehr eingetretene Sättigung ins Gesicht zu rülpsen, und weil er dabei gar so sehr aus dem Maule stank, gab es sogar einige, welche betäubt wurden und ihm glaubten. Ja selbst als er im Herbst desselben Jahres abermals mit begehrlicher Pranke auf den Tisch hieb und daraufhin von den Staatenlenkern, die ihrer Betäubung nun schon so weit Herr waren, daß sie sich mit ihm an einen Tisch setzten, die deutschen Randgebiete der Tschechoslowakei zum Fraße bekam – selbst da fand man es manchenorts noch begreiflich, daß ein derart gefräßiger Magen nach einem sättigenden Happen auch eines Desserts bedürfte, um sich endgültig zu besänftigen, und horch: schon ließ er deutlich vernehmen, daß er's wäre.

Ein Jahr, nachdem er sich am Happen gesättigt, ein halbes Jahr, nachdem er sich am Dessert endgültig besänftigt hatte: im März

1939 erwies sich, daß das Dessert nur eine Vorspeise zum nächsten Happen gewesen war. Im März 1939 verschlang er die ganze Tschechoslowakei.

Martin Dub und Jan Dvorsky standen um diese Zeit noch nicht sehr lange auf eigenen Füßen und waren mit dem Standort, der ihnen jetzt von der braunen Flut überschwemmt wurde, noch nicht sehr gründlich verwachsen. Während der folgenden Wochen, in denen sie und ihresgleichen sich zu entscheiden hatten, wie ein jeder der Katastrophe begegnen wollte, bekamen sie das auch immer wieder zu hören: daß sie ja noch jung wären und ihre Einbußen nicht gar so groß – es stünde ihnen im Grunde nichts Schlimmeres bevor, als daß sie ihr Leben jetzt eine Zeitlang nicht ganz wunschgemäß weiterführen könnten, aber dafür würde der Spuk sich desto rascher verflüchtigen, man sähe ja schon allenthalben die Anzeichen dafür, und hernach, wenn's vorüber wäre, würde das Ganze sich als eine Art Betriebsunfall darstellen, als eine nicht einmal sehr tief einschneidende Unterbrechung.

Sie waren weder die einzigen noch die ersten, die das zu hören bekamen. Es gab ihrer viele ringsum, in den kleinen Nachbarstaaten und wohl auch im großen selbst und in diesem ganzen Europa, überall gab es sie, die Heranwachsenden, die eines Tags ihr Wachstum aufgehalten fanden und abgebogen anderswohin, die sich unter Grund duckten oder sich schmal machten, um über eine Grenze zu schlüpfen und in der Fremde sich dann noch schmaler zu machen, oder denen die Heimat zur Fremde sich wandelte und der Tag zur Nacht, überall gab es sie. Und hernach, als es vorüber war (aber das dauerte nicht bloß eine Zeitlang), hernach, als der Spuk sich verflüchtigt hatte (aber die Anzeichen dafür gerannen zu blutigen Malen): da konnte von einem Betriebsunfall nicht mehr die Rede sein, sondern der ganze Betrieb stand kopf; da hatte die Unterbrechung nicht eingeschnitten, sondern durch, glatt hindurch, so, daß nichts sich fortsetzen und nichts sich wieder aufnehmen ließ, und wenn man irgendwo anknüpfen wollte, entstanden häßliche, wulstige Knoten, die überdies gar nicht hielten, immer aufs neue zerriß das Gewebe, und schmerzhafter von Mal zu Mal und mitten durchs Leben ging dieser Riß, mitten durchs Leben der damals Zwanzigjährigen, die hernach am Anfang der Dreißig standen. Nämlich dem Kalender zufolge. In Wahrheit galten ihnen keine Jahre mehr. Sie waren älter und jünger zugleich, sie hatten zu viel erlebt und zu wenig, hatten manches allzu genau gesehen und manches gar nicht oder nur verkehrt, wie auf dem Negativ einer Fotografie. Und standen jetzt da, ein befremdliches, befremdetes Gemisch, erfahrungssicher und unbeholfen, sich selbst voraus und hinter sich zurückgeblieben: die junge Generation von damals, die sich weiterbewegt hatte und nicht entwickelt, die gealtert war und nicht gewachsen, die unterbrochene Generation. So war das hernach.

Aber so hatte man es zuvor nicht absehen können.

Martin und Jan, als die Katastrophe hereingebrochen war, sahen dreierlei Möglichkeiten vor sich, ihr zu begegnen: indem sie gemeinsam in der Heimat blieben, indem sie gemeinsam über die Grenze gingen, indem der eine bliebe und der andre ginge. Und je länger sie berieten, desto gleichmäßiger fanden sie Für und Wider auf jede dieser Möglichkeiten verteilt. Der Anstoß zu ihrer Entscheidung kam schließlich von außen her. Die Entscheidung war, daß Martin gehen würde. Den Anstoß gab Wera.

Nicht als ob Wera ins Für und Wider eingegriffen hätte mit Ratschlägen oder Meinungen. Das tat sie keineswegs. Und sie schwieg nicht etwa deshalb, weil Heimatlosigkeit und Emigration ihr von Kindesbeinen an selbstverständlich waren und weil sie nicht begriff, um was es da überhaupt ginge. Sie schwieg mit Absicht. Ja selbst ihr Name fiel in den Beratungen der beiden Freunde nur ein einziges Mal – und auf so unerquickliche Weise, daß Martin und Jan ihn nie wieder erwähnten, damit es nicht gerade jetzt zum ersten wirklichen Zerwürfnis zwischen ihnen käme. Aber desto spürbarer stand Wera hinter allem, was Martin sagte und dachte, und wenn er sich schließlich von Jan dazu bestimmen ließ, den Weg über die Grenze anzutreten (der mittlerweile immer schwieriger und gefährlicher wurde), so trieb ihn auch der Wunsch nach voller Klarheit über Wera.

Oft genug im Lauf des vergangenen Jahrs hatte er diese Klarheit schon zu besitzen geglaubt. Daß es sie nicht gab, nicht geben konnte, und daß sie gerade in den Unklarheiten bestand, mit denen Wera sie zu trüben schien – das wußte er nicht; und beschied sich dahin, daß Wera nun eben das Bedürfnis hatte, ihn von Zeit zu Zeit an ihrer Liebe zweifeln zu machen – um ihn zu erproben, um ihn nicht allzu sicher werden zu lassen, um sich selbst ihrer Liebe zu versichern, oder was immer sie sich dann an Erklärungen zusammensuchte: die ihr so wenig genügten wie ihm. Erst wenn sie zu suchen abließ, erst in der angstvollen Verklammerung ihrer Hingabe war alles erklärt und war genug. Und eine Woche, einen Tag, eine Stunde später war es schon wieder zu viel und sie ertrug es nicht länger, sie wollte nicht mehr, sie schloß sich ein und ließ keinen Menschen an sich heran, sie verschwand, zweimal während des Sommers war sie verschwunden, für ein paar Tage zuerst und dann für eine Woche, ihre Wohnungstür war versperrt, ihr Telefon war ausgeschaltet, und niemand war da, der ihm Auskunft gegeben hätte. Von den Höllen, durch die er da hindurch mußte, hatte Martin nichts geahnt, und eigentlich wollte er auch jetzt noch nicht wahrhaben, daß es so etwas wie schlaflose Nächte aus Eifersucht wirklich gäbe und daß Schwätzereien über einen neu ans Nationaltheater engagierten Charakterkopf sie verursachen könnten. Er beschloß, fest und krampfhaft beschloß er, sich wenigstens vor Wera nichts davon anmerken zu lassen, und als sie nach ihrem ersten Verschwinden wieder auftauchte und tat, als ob nichts geschehen wäre, tat er fest und krampfhaft desgleichen. Zum Glück verplauderte sich Mamuschka schon am nächsten Tag, so daß Martin am Abend nur noch den Krampf vorzutäuschen brauchte und keine Festigkeit mehr. Am Abend, aus vorsichtig blinzelnden Augen, sah er Wera immer zappliger und unsicherer werden, und es war schon ein rechter Triumph, als sie ihn dann wirklich fragte, wie er's denn nach all dem Geschehenen über sich brächte, sie zu küssen; und auf seine interessierte Gegenfrage, was denn eigentlich geschehen wäre und warum sie denn mit Mamuschka nicht ein paar Tage in den Bergen verbringen sollte, begann sie auch wirklich zu stampfen und zu kratzen und durcheinander auf russisch und französisch zu fluchen, es war schon ein rechter Triumph. Beim nächsten Mal allerdings konnte Mamuschka nichts mehr verraten, weil sie selbst nichts wußte. Weras Telegramm, von unterwegs aufgegeben, besagte lediglich, daß sie sich auf einer Autotour befände und in einer Woche zurückkäme. Diesmal war es der Charakterkopf, so viel hatte Martin schon vor ihrer Rückkehr herausgefunden. Und diesmal stampfte und kratzte sie nicht, als sie einander hernach gegenüberstanden und aus ihrer Stummheit hervorbrachen, diesmal wurde nichts vorgetäuscht, und er hatte schon wieder nicht geahnt, daß es so etwas gäbe; daß eine so aufstöhnen könnte und so zusammenknicken und niederkauern, hilflos und verzweifelt – nicht weil etwas geschehen war, sondern weil nichts geschehen war, ich lieb dich zu sehr, ich wollte weg von dir und ich kann nicht, ich war schon nackt und war schon in seinem Bett und ich kann nicht, ich lieb dich zu sehr.

«So geht das nicht weiter, Martin. So kann ich nicht leben. Ich lieb dich zu sehr.» Manchmal sagte sie es auch ganz ruhig, mit nahezu sachlichem Bedauern, als nötigte sie der Anblick eines sehr schönen Pelzmantels, der ihr sehr gut gefiel, zu der nüchternen Feststellung, daß der Preis ihr zu hoch sei und daß sie sich das nicht leisten könne. Und selbst wenn Martin ein Pelzhändler gewesen wäre und bereit, den Preis herabzusetzen – Wera hätte davon nichts profitieren mögen. Er konnte es ihr gar nicht teuer genug machen, konnte gar nicht zuviel von ihr verlangen. Nicht einmal alles war ihr genug. Es mußte zuviel sein. Es mußte mehr sein, als sie sich leisten konnte. Und so ging das nicht weiter.

«Du meinst, daß ich dir im Weg bin? Daß ich dich zu sehr in Anspruch nehme?» Und da Wera nur stumm und heftig den Kopf schüttelte, trieb seine Ratlosigkeit ihn zur kindisch unbeholfenen, kindisch deutlichen Frage: ob sie es eine Zeitlang ohne ihn versuchen wollte?

Sie lächelte, als hätte ein kleiner Junge ihr seinen Spargroschen angeboten, um ihr die Fahrt nach Amerika zu ermöglichen.

«Wozu, Martin? Und würdest du mich das überhaupt versuchen lassen, wenn ich nachher nicht wieder zu dir zurückkäme?»

«Nein», sagte er und senkte beschämt und beglückt den Kopf. «Dann nicht.»

«Siehst du. Und ich weiß schon jetzt, daß ich wieder zu dir zurückkommen würde. Also wozu. Was sollte sich dadurch ändern.»

Der Entschluß, den Wera ihm eines Tags ohne jede Vorbereitung bekanntgab, zielte vielleicht nur darauf ab, daß irgend etwas sich ändere, sei es was immer. Die Bekanntgabe erfolgte nach einem gemeinsamen Theaterbesuch, und insoweit aus Martins eigener Schuld. Denn schließlich war es sein Werk, daß Wera so gerne ins Theater ging. Sie las auch gerne in Büchern, sie hörte auch gerne Konzerten zu – aber das Theater hatte es ihr angetan. Da saß sie hingerissen und aufgelöst und konnte zittern und jubeln, als sähe sie dergleichen zum allerersten Mal (und konnte doch auch mit einer unscheinbaren kritischen Bemerkung derart ins Schwarze treffen, als wäre sie im Innersten des Baus herangewachsen und ergraut).

An diesem Abend hatten sie eine besonders geglückte Aufführung der «Maria Stuart» gesehen, im Deutschen Theater, das Wera den tschechischen Bühnen vorzog – nicht etwa des besseren Ensembles wegen, sondern sie hatte von ihrem dritten bis zu ihrem elften Lebensjahr in Deutschland gelebt und sprach Deutsch so gut wie Französisch (indessen sie bei der Erlernung des Tschechischen von ihrer Muttersprache eher gehindert als gefördert wurde).

«Eigentlich möchte ich Schauspielerin werden», äußerte Wera auf dem Heimweg.

Martin, von ihrem beiläufigen Tonfall irregeführt, antwortete mit der unbedachten Feststellung, daß sie ebensogut beschließen könnte, sich aus einer Russin in eine Bulgarin zu verwandeln; aber als er nach einer stummen Pause, nun schon argwöhnisch geworden, zu ihr hinüberschielte, begegnete ihm ein herausforderndes Augenfunkeln.

«Du glaubst vielleicht, daß ich Witze mache? Oder daß mir das nur so im Vorübergehen eingefallen ist? Ich denk schon sehr lange daran, Martin. Das Tanzen langweilt mich nämlich. Und wenn ich's noch lange weitermache, wird es mich noch mehr langweilen, und das möchte ich nicht. Ich möchte Schauspielerin werden.» Und ihr Kinn schnellte nach vorne.

Bei dem Rückzugsgefecht, das ihm jetzt noch zu liefern übrigblieb, stieß Martin auf einen Schlachtplan von überraschender Strategie. Wera verstand ihre mangelnde Freude am Tanzen höchst sinnvoll mit ihrer neuerdings mangelnden Freude am Trinken zu kombinieren – sie tränke jetzt immer vor dem Auftreten, um sich in Stimmung zu bringen, und das mißbehagte ihr, das wäre nicht gut, nicht für sie, nicht fürs Trinken und nicht fürs Tanzen. Und auf Martins Erkundigungen, ob das in ihren Augen schon Grund genug wäre, um mit der Schauspielerei anzufangen, hatte sie die mühelose Auskunft bereit: es wäre jedenfalls Grund genug, um mit dem Tanzen aufzuhören.

Martin versuchte einen andern und kräftigeren Durchbruch. Woher sie denn wüßte, daß sie überhaupt Talent zum Theaterspielen hätte?

«Ich hab Lust dazu», sagte Wera. «Ist das nicht dasselbe?»

Hm. Na ja. Und was sie eigentlich spielen wollte?

«Etwas, wo die Menschen weinen müssen. Oder lachen. Ein häßliches Mädchen, oder eine dumme Gans.»

«Das ist aber sehr schwer, beides.»

Mit großen, vorwurfsvollen Augen sah Wera ihn an und schüttelte den Kopf.

«Martin», sagte sie. «Aber Martin.»

Er kannte diesen Blick und dieses Kopfschütteln zur Genüge, es hatte ihn schon oft genug zum Verstummen gebracht, und er verstummte auch jetzt. Gar so viel, fand er, ließ sich ja wirklich nicht dagegen einwenden, daß eine Neunzehnjährige, die so aussah wie Wera und sich so bewegte und mit Publikum und Bühnenwirkung so vertraut war, sich am Theaterspielen erproben wollte. Der Vorfall war somit gleich an diesem Abend entschieden, auf die gleiche Art, wie Wera ihre Entscheidungen immer traf, unbekümmert um

Voraussetzungen oder Folgen. Die Voraussetzungen änderte sie eben, und mit den Folgen würde sie dann schon fertigwerden. Gewöhnlich wurde sie es auch. Diesmal nicht.

Denn diesmal reichte ihre Entscheidung in jenes Gebiet hinüber, von dem sie sich bisher so völlig ferngehalten hatte, daß sie nicht begriff, wie es mit einer von ihr getroffenen Entscheidung in Konflikt geraten könnte. Wenn Martin damit einverstanden war, daß sie Theater spielte – warum versteifte er sich darauf, daß sie nicht in Deutschland beginnen dürfte? Warum ließ er den naheliegenden Gedanken, mit ihr zu gehen, gar nicht an sich herankommen? Was zum Teufel hatten die politischen Verhältnisse eines Landes mit ihrem Theaterspielen zu tun? Und als Martin, von ihrer immer trotzigeren Unzugänglichkeit um alle richtigen Argumente geprellt, endlich mit einem falschen angerückt kam – daß er ja gar nicht wüßte, wovon er in Deutschland leben sollte –: da flitzte auch schon die Frage auf ihn zu, ob *sie* sich denn solche Sorgen gemacht hätte, damals, als sie aus dem Ballett ausgeschieden war, um bei ihm zu bleiben? Und von dieser Frage an war alles falsch, mußte falsch sein, es gab keine Rettung mehr, es fruchtete ihm nichts, von den Abscheulichkeiten der Nazi zu sprechen, weil ihm das alsbald wieder mit der Unvorstellbarkeit eines Lebens in Deutschland durcheinandergeriet, derart durcheinander, daß Wera zum Schluß auch noch in logischem Oberwasser einherfuhr: er sollte sich klar ausdrücken, ob er nun also nicht nach Deutschland gehen wollte, weil die Nazi so abscheulich wären – oder weil er Angst vor dem Verhungern hätte? Mit bös geschlitzten Augen sagte sie das, und als sie noch hinzufügte, daß er keine solche Angst zu haben brauchte und sie ließe ihn bestimmt nicht verhungern, war das Gespräch an seinem bösen Ende angelangt.

Ach, und auch bös geschlitzte Augen und bös beendete Gespräche hatte es schon gegeben, aber die hatten nichts weiter auf sich gehabt, nichts Falsches von Grund auf, nichts, was nach einer kleinen, verhaltenen Weile sich nicht gelockert hätte und aufgelöst in ein süßes, seliges Lächeln, ja manchmal schien Wera die Augen überhaupt nur deshalb geschlitzt zu haben, damit sie hernach desto süßer und seliger lächeln könnte, und alles war gut und richtig. Ach, und so ging es auch diesmal – nur daß er's diesmal nicht damit gut sein lassen und es nicht für richtig nehmen wollte, so nicht. Er wollte es nicht geflüstert bekommen, sondern gesagt, daß sie nicht nach Deutschland gehen würde. Er wollte es ihr bewiesen haben, nicht entlockt und entlokkert. Sonst wäre es kein Entschluß, sonst stünde es nicht fest genug, und vielleicht würde es gar nicht dabei bleiben.

Es blieb dabei, und es war ein Entschluß. Daß es der einzig mögliche wäre, und warum, ließ Wera sich freilich nicht beweisen – erklär mir nicht, Martin, es genügt mir, daß du's nicht haben willst, und jetzt sprechen wir nicht mehr davon.

Als Martin nach einiger Zeit doch wieder die Rede darauf brachte, mußte er sich von Wera belehren lassen, daß die Handvoll deutscher Bühnen, die es in der Tschechoslowakei und in der Schweiz noch gäbe, doch ganz gewiß nicht auf sie warteten; und ihr Tschechisch wäre leider noch nicht gut genug. Sie sagte das keineswegs feindselig, sondern mit einem gewissen Stolz, mit einem gewissen Vergnügen sogar: weil sie sich nun selbst der Argumente bediente, die andernfalls wohl er gebraucht haben würde. Und beinahe hätte sie ihn auch noch trösten müssen, weil er sich beinahe die Vorwürfe gemacht hätte, die eigentlich ihre Sache gewesen wären. Aber als sie kurz darauf den Vertrag unterschrieb, mit dem das Nationaltheater sie für das Spieljahr 1938/39 neu engagierte, und als er abermals erst die vollzogene Tatsache erfuhr, machte er sich diese Vorwürfe wirklich und machte sie auch ihr: ob sie es denn für gänzlich zwecklos hielte, sich mit ihm zu beraten? Ob sie ihm denn nicht den geringsten Einfall zutraute, der ihren Plänen zugute kommen könnte?

«Welchen Plänen, Martin? Ich hab keinen Plan, als bei dir zu bleiben. Ich lieb dich doch. Weißt du noch immer nicht, was das heißt?»

Er schwieg, wie er schon vor Monaten einmal geschwiegen hatte, beschämt und beglückt.

«Oder hast du Angst davor, Martin?»

«Angst», sagte er und fühlte sich auf sonderbare Weise ertappt. «Angst hab ich höchstens vor dem Tag, an dem du mir sagen wirst, daß ich dir deine Karriere verpatzt habe.»

«Meine *was*?» Ungläubig sah Wera ihn an. «Meine Karriere schmeiß ich hin, wenn du *so* machst.» Und sie schnippte ihren Mittelfinger vom Daumen weg.

Er machte nicht *so*. Er hatte gar nicht gewußt, daß er *so* machen könnte und solche Wirkung damit hervorbringen würde. Nichts lag ihm ferner. Hielt Wera ihn für so kindisch und selbstgefällig? Es war ihm unbehaglich, daß sie ihm das überhaupt gesagt hatte. Er wollte nicht *so* machen. Er wollte sein Leben mit ihr teilen.

Für sie aber war er das ganze Leben, und das war der Unterschied, der mörderische Unterschied, über den er sich nicht klar war und noch lang nicht klarwerden sollte, lang über dieses Jahr hinaus nicht, das zweite, das sie miteinander durchlebten, und noch im nächsten Jahr nicht, im Jahr des Unheils, da sein Bedürfnis nach dieser Klarheit ihn schon so sehr bedrängte, daß er sich von hier aus zur Flucht über die Grenze entschied – und besaß die Klarheit, die er sich damit verschaffen wollte, noch immer nicht und noch lang nicht. Erst später, viel später, als wäre in einer versteinten und versteint für alle Zeiten sich erhaltenden Landschaft noch ein armes, lebendiges Kraut aufgesprossen – erst im späten Rückblick übers Unabänderliche hin erkannte Martin, daß in jenem Gefühl des Ertapptseins auf Weras Frage, ob er Angst hätte, in jenem Gefühl des Unbehagens vor der Vorstellung, *so* zu machen: daß hier sein erstes Nachlassen lag, sein erstes Zurückzucken, der erste Verrat an seiner Liebe – und die Rechtfertigung für alles, was Wera hernach an Verrat geübt haben mochte.

Aber konnte es denn überhaupt Verrat genannt werden, daß Wera ihn nicht hindern wollte, über die Grenze zu gehen, und daß sie nicht mit ihm ging? War es nicht eher die äußerste Treue, die äußerste Wahrhaftigkeit? Vollendete sich hier nicht ihr schmerzliches: «Ich lieb dich zu sehr und ich kann so nicht leben», und war es nicht die schmerzlichste Vollendung, deren Liebe fähig ist – die Vollendung durch den Verzicht?

Martin, indem es sich vorbereitete und geschah, wußte keine Antwort zu finden, weil er die Frage nicht so zu stellen wußte. Für ihn vollendete es nur die Düsternis und die Verzweiflung, die da im März und im April des Jahres 1939 über der vergewaltigten Heimat lastete. Es waren bittere Tage, da ihm inmitten all des Wirrsals ringsum, inmitten all der Lähmung und Gefahr, inmitten all der Ungewißheit noch im kleinsten Bereich der eigenen Entscheidung nur eines gewiß wurde: daß er die Flucht allein würde anzutreten haben. Es waren bittere Wochen, da er auf den vielfach verschlungenen Umwegen, die eine damals erst im Entstehen begriffene Untergrundbewegung ihm angab, sich durch die Slowakei und weiter über Ungarn und Jugoslawien und Italien bis nach Frankreich durchschlug. Es waren bittere Monate, da er in Frankreich selbst, aus Weras immer spärlicheren Briefen, unzweifelhaft die Einsicht gewann, daß sie ihm nicht nachkommen würde und es wohl niemals beabsichtigt hatte. Aber wie bitter das alles auch war, wie sehr er sich auch verlassen fühlte und sogar verraten: es war kein schmählicher Verrat, kein niedriger und nichtiger, keiner, der das Vergangene entwürdigt hätte oder gar ungültig gemacht. Es blieb bestehen. Und Weras Bild, indem es verblaßte und versteinte, blieb rein.

(Aus den Notizen des Martin Dub)

Paris, Ende August 1939

Vor einigen Tagen wurde der Abschluß des deutsch-russischen Paktes bekanntgegeben, und wenn nicht alles trügt, wird in einigen Tagen der Ausbruch des Krieges bekanntgegeben werden.

Die unerschütterlichen Apologeten der Parteilinie, die bis vor kurzem jeden Zweifel an Stalins Zuverlässigkeit als faschistische Propaganda gebrandmarkt haben, erbringen jetzt mit der gleichen heiligen Überzeugung den Nachweis, daß er gerade im Interesse des antifaschistischen Kampfes nichts andres tun konnte, als sich mit Hitler zu verbünden, und wer das nicht einsieht, ist ein Faschist. Die weniger Anspruchsvollen begnügen sich damit, daß Stalin «von seinem Standpunkt aus» recht hatte. Wahrscheinlich hatte er das. Auch ein Einbrecher, der von einem Polizisten überrascht wird und ihn niederschießt, hat von seinem Standpunkt aus recht. Aber da ich seinen Standpunkt nicht teile, interessiert mich auch sein Rechthaben nicht. Was mich interessiert, ist wieder einmal etwas Nebensächliches, nämlich die Dummheit und Verlogenheit der Vorwürfe, die jetzt von allen Seiten über Stalin hereinbrechen und die ihn der «Inkonsequenz» oder gar des «Verrats» bezichtigen. Welche «Konsequenz» hatte man denn von ihm zu erwarten? Doch nur die eine: daß er immer das tun wird, was ihm im Augenblick gerade nützlich erscheint. Und wen oder was hätte er denn «verraten»? Die kapitalistischen Westmächte? Denen hat er doch oft und deutlich genug gesagt, daß er Demokratie und Faschismus nur als verschiedene (und nicht einmal als sehr verschiedene) Äußerungsformen der von ihm bekämpften Gesellschaftsordnung ansieht. Seine eigenen Ideale? Für einen Verrat an seinen eigenen Idealen, falls er welche hat, wäre er doch ganz gewiß nicht dem Kapitalismus verantwortlich. Und daß er durch den schweißig-blutigen Händedruck, den er jetzt mit seinem Todfeind austauscht, daß er durch seinen Pakt mit Hitler den Krieg entfesselt –: das dürften ihm doch erst recht nur jene vorwerfen, denen daran gelegen ist, daß es zu keinem Krieg gegen Hitler kommt, also nur die Nazi selbst, seine Bundesgenossen; keinesfalls die übrige Welt, die doch weiß oder wissen müßte, daß Hitler nur durch einen Krieg vernichtet werden kann und daß nur die Vernichtung Hitlers sie davor bewahren kann, von ihm vernichtet zu werden.

Im Herbst 1938, nach dem Ausverkauf von München, ging bei uns aus sehr begreiflichen Gründen eine starke antifranzösische und antienglische Welle hoch und eine noch stärkere prorussische. Aus der unleugbar gegebenen Tatsache, daß Frankreich und England uns verraten hatten, Rußland aber nicht, schloß man auf die unleugbar nicht gegebene, daß Rußland eines solchen Verrats unfähig wäre. In Wahrheit war Rußland nur in der glücklichen Lage, keinen Verrat begehen zu müssen. In Wahrheit durfte man auf Grund des Münchner Paktes so wenig prorussisch werden, wie man jetzt auf Grund des Moskauer Paktes antirussisch werden darf. Und falls es eines Tags zu einem neuerlichen Seitenwechsel kommen sollte – was ich allerdings für unwahrscheinlich halte, denn Stalin hat ja leider kein Interesse mehr daran, in diesen Krieg einzutreten, und Hitler wird ja leider nicht dumm genug sein, ihn von selbst anzugreifen – aber falls es dazu kommen sollte: so dürfte man deshalb ebensowenig wieder prorussisch werden, wie man jetzt antirussisch werden darf.

Sondern man hat zu wissen, wo man steht. Man hat sich seine Stellung nicht von Stalin vorschreiben zu lassen. Sonst ist man verloren.

Man wäre denn ein Kommunist. Dann ist man zwar auch verloren, aber dann ist man's wenigstens mit Absicht.

Was mich an diesen Überlegungen am meisten bedrückt, ist die Tatsache, daß ich sie gerade jetzt anstelle, zu einem Zeitpunkt, da die Vernichtung Hitlers endlich in greifbare Nähe gerückt ist. Jetzt dürfte man doch eigentlich an gar nichts andres denken und dürfte sich von Nebensächlichkeiten doch nicht ablenken lassen?

Aber das ist es ja, und ist es nicht zum ersten Mal: daß die Fronten, die sich demnächst als wirkliche Fronten abstecken sollen, nicht einmal in ihren Voraussetzungen abgesteckt sind; daß die scheinbaren Nebensächlichkeiten nicht nur ablenkend wirken, sondern zerstörerisch; daß sie in die Hauptsache eingreifen und sie deformieren; daß man auf kein Geschehnis, auf keine Entwicklung, auf keine Konstellation eindeutig und direkt reagieren kann. Es gibt keine reine Freude mehr und keinen reinen Haß, es gibt nur noch gemischte Gefühle, nur noch Teilreaktionen, und wenn man nicht schon beim ersten Schritt stolpern will, darf man an den zweiten gar nicht denken: bei dem man dann desto sicherer stolpern wird, weil man ihn beim ersten nicht bedacht hat.

Die Vorstellung, daß Europa sogleich mit dem Ausbruch des Kriegs wie Zunder brennen würde, erwies sich als irrig. So geschwind fing der Zunder nicht Feuer. Er war feucht und schwammig geworden von vielem Dreck, er war verrottet von innen her, und die gleiche Fäulnis, welche den Unhold hervorgebracht hatte, stak längst auch denen in Gebein und Rückgrat, die sich ihm entgegenstellten. Martin, in den Monaten bis zum Kriegsausbruch, den Monaten seines eigentlichen Emigrantenlebens in Paris, sah diese Fäulnis noch am Werk – unter seinen Asylgebern wie unter seinen Schicksalsgefährten. Er war nicht allzu sehr überrascht von dem, was er sah. Ohnehin hatten die Gewitzteren seiner Freunde ihn darauf vorbereitet, ohnehin wußte er noch aus eigenen Erfahrungen mit deutschen und österreichischen Emigrantengruppen, wie es in der politischen Emigration zuging, und es ging jetzt in Paris genau so zu wie damals in Prag; nur daß er jetzt zu den Betroffenen gehörte.

Am Tag des offiziellen Kriegsbeginns meldete er sich zur Tschechoslowakischen Armee, die in Frankreich rekrutiert wurde – offiziell aus Freiwilligen, aber wer sich nicht freiwillig meldete, wurde eingesperrt, so daß die übliche Verwaschenheit gewahrt blieb. Immerhin gab es auch solche, die es ernst meinten mit der freiwilligen Meldung und sogar mit der Freiheit, immerhin gab es auch solche wie Josef Kral, an dessen bäuerlicher Stämmigkeit Martin schon während der wackligen Vorkriegsmonate großen Gefallen und großen Trost gefunden hatte und mit dem er sich jetzt zu desto innigerer Freundschaft zusammenschloß. In der Tat, und so ungern er sich's eingestand, sosehr es seinem ganzen Wesen zuwiderlief: er empfand den Ausbruch des Kriegs, den Wechsel vom Emigranten- zum Soldatenleben geradezu als Erlösung, und um den mehrfach ihm angebotenen Posten im Propagandadienst der Exilregierung tat es ihm niemals leid. Es war eine trostlose Beschäftigung, Soldat zu sein (und sie wurde mit dem Zusammenbruch Frankreichs, mit den Jahren des Wartens in den englischen Garnisonen ganz gewiß noch trostloser). Aber sie hatte in ihrer trostlosen Eingeleisigkeit, in ihrer selbstgenügsamen Absperrung beinahe etwas Sauberes an sich. Sonst aber war, als der Krieg begann, von Erlösung und Sauberkeit wenig zu spüren. Auch ließ sich nichts entdecken, was nach Entschlossenheit und Zielbewußtsein ausgesehen hätte. Sondern da stolperte die Nachlässigkeit, als sie sich endlich in Bewegung setzte, auch schon über den ersten Knüppel, den der Widerwillen ihr zwischen die Beine warf, da fiel dem verspäteten Rad, das sich knarrend an Ort und Stelle zu drehen begann, auch schon die Hinterlist in die

Speichen, und das organisierte Durcheinander aus Angst und aufgeblähter Wichtigtuerei, aus Korruption und Sabotage nahm solchen Umfang an, daß man sich wundern mußte, wenn am Morgen die Sonne tatsächlich im Osten aufging. Und nur weil der Stein, der jetzt wohl oder übel im Rollen war, seine eigene Schwerkraft besaß, rollte er auf eine Entscheidung zu, die in jedem Fall eindeutiger sein mußte als der Frieden, wie man ihn zuvor in der Alternative «Krieg oder Frieden» immer noch vor sich gesehen hatte. Die Alternative eines erst einmal begonnenen Kriegs heißt «Sieg oder Niederlage». Und er muß erst einmal beendet sein, damit man erkenne, daß auch «Sieg» kein eindeutiger Begriff ist, und damit man mit der nächsten Alternative konfrontiert werde.

Es dauerte annähernd sechs Jahre, ehe der Krieg beendet war, siegreich beendet; und Martin Dub brauchte noch ein weiteres Jahr in der Heimat, ehe er die Zweideutigkeit dieses Siegs und die neu entstandene Alternative erkannte. Ein Jahr lang wehrte er sich noch. Was ihm jetzt in der Heimat mißfiel, besaß doch wohl den gleichen Anspruch auf Verständnis und Nachsicht wie das, was ihm zuvor in der Fremde mißfallen hatte, und er suchte die Ursachen seines Unbehagens lieber bei sich selbst, in seinen eigenen Empfindlichkeiten und Eitelkeiten. Wenn es ihm recht war, daß ihm aus seiner schäbigen Kriegsverletzung kein Mitleid erwuchs, dann mußte es ihm billig sein, daß man aus seiner ganzen Kriegsteilnahme kein Wesen machte und sie gerade noch als eine Art rückwirkenden Berechtigungsnachweis für seine Heimkehr gelten ließ. Und wenn man Flucht und Emigration jetzt plötzlich mit einem geruhsam vorbereiteten Abgang in irgendwelche geschützten Winkel der Sicherheit und des Wohlergehens verwechselte, so mußte er sich sagen, daß zumindest diejenigen, mit denen er Verkehr hatte, auch ihrerseits nicht um Sicherheit und Wohlergehen in der Heimat verblieben waren. Es ging wahrhaftig nicht an, die Fährnisse des Krieges etwa gegen die des Widerstandskampfs auszuspielen oder eine zerschossene Kniescheibe gegen einen Martertod im Konzentrationslager. Es war zu viel geschehen, und zu wirr durcheinander, als daß aus den einzelnen Posten, auf denen ein jeder gestanden, noch eine klare Abrechnung sich ergeben hätte mit klarem Resultat. Genug daran, daß im großen Umriß sich unterscheiden ließ, wer ein Lump gewesen war und wer nicht. Nuancen spielten da keine Rolle – so wenig, wie es draußen im Feld eine Rolle spielt, ob das tödliche Geschoß um Armeslänge vorbeigeht oder um Haaresbreite. Hauptsache, daß es vorbeigeht. Hauptsache, daß man lebt. Unversehrt der eine, mit einem verkürzten Bein der andre, dieser noch knapp der Verhaftung entronnen, jener nach jahrelanger Haft der Freiheit wiedergegeben – und jetzt wollen wir alle ein neues Leben beginnen. Es hat keinen Sinn, mit spitzem Suchstecken in den sechs Jahren der Unterbrechung herumzustöbern und herauszufinden, was da ein jeder getan hatte oder was er vielleicht besser hätte tun sollen. Und es hat erst recht keinen Sinn, die Zeit vor der Unterbrechung heraufzubeschwören und den windverwehten Anfragen einer enterbten Vergangenheit nachzuhorchen – mochten sie dann und wann, in heimlicher Gespensterstunde, noch so vernehmlich aus jener hastig geschaufelten Gruft empordringen, in der das Abgetane dahinmoderte. Da mußte man sich eben die Ohren zuhalten, oder man mußte, damit keine wehmütigen Vergleiche aufkämen, an die in reicher Auswahl vorhandenen Fragwürdigkeiten dieser Vergangenheit denken. Ihre Werte aber, soweit sie wertbeständig waren, würden sich in der Gegenwart aufs neue behaupten, auch ohne ihren alten Ursprung erkennen zu lassen. Der würde sie nur kompromittieren. Aus dem kam nichts Gutes, das wußte man, das hatte man erlebt, und das wollte man kein zweites Mal erleben.

Wie das neue Leben beschaffen sein sollte, stand natürlich noch nicht ganz fest, und das war ja auch nicht zu verlangen. Einigkeit herrschte nur über eines: daß es neu sein würde, neu sein müßte, daß man allem, was nach Wiederholung aussähe, in weitem Bogen auszuweichen hätte und daß es jetzt vor allem darauf ankäme, die Zeichen der Zeit zu verstehen. Beinahe wörtlich bekam Martin diesen Ratschlag zu hören, als er seine Tätigkeit bei der «Freien Zeitung» wieder aufnahm, und es machte ihn ein wenig stutzig, daß er ihn gerade von Dr. Pejr zu hören bekam, dem vormaligen Leiter des politischen Teils und jetzigen Chefredakteur, der fünf Jahre in den Konzentrationslagern der Nazi hinter sich hatte und ganz gewiß keines Gesinnungsalibis bedurfte. Dennoch glaubte er es beibringen zu müssen, nicht nur in jenem ersten, vertraulichen Gespräch, sondern ständig und bei jeder Gelegenheit, als wollte er beweisen, daß er um diese fünf Jahre nicht etwa hinter der allgemeinen Entwicklung zurückgeblieben wäre. Kaum eine Redaktionskonferenz verging, in der er seine Redakteure nicht ermahnt hätte, die Zeichen der Zeit zu beachten. Das gälte auch für die Buch- und Theaterkritik, fügte er gelegentlich hinzu und sah Martin so durchdringend an, als sein nervöses Augenzwinkern es zuließ. Oder er legte ihm nahe, sich doch etwas aktuellere Themen für die «Glossen zum Tage» auszusuchen – vielleicht würde er nächstens noch über die Schwäne im Stadtpark schreiben wollen, wie? – und man könnte fast glauben, daß er sich künstlich vor den Zeichen der Zeit verschlösse. Dann und wann nach solchen Konferenzen gesellte er sich allerdings an Martins Seite und ließ eine flüchtige Bemerkung fallen, daß er ihm mit dergleichen Hinweisen keinen Zwang anzutun gedächte, weder politischen noch geistigen. «Wenn Ihnen das Stück morgen nicht gefällt, dann sagen Sie's. Und sagen Sie's klar und deutlich. Sie sind jung, und Sie können sich das erlauben. Ich nicht. Ich muß mich in acht nehmen.»

Äußerungen solcher Art, besonders wenn sie von Menschen solcher Art vorgebracht wurden, wirkten auf Martin immer nachhaltiger ein. Es schwang da ein Unterton mit, der ihm nicht geheuer war und ihn verdächtig an die Atmosphäre jener wenigen Wochen erinnerte, die er damals noch unter der deutschen Besetzung zugebracht hatte. Was hieß denn das: «Ich muß mich in acht nehmen»? Vor wem? Und warum sollte er, Martin Dub, der doch heute kaum weniger ein Anfänger war als vor zehn Jahren – warum sollte denn er sich etwas erlauben dürfen, was einer der angesehensten Journalisten des Landes, der für sein Ansehen mit jahrelanger KZ-Haft gebüßt hatte, sich nicht erlauben durfte? So jung, daß seine Jugend ihm einen Freibrief ausgestellt hätte, war er doch gar nicht mehr? Und so alt, daß er um seinen Posten bangen mußte, war doch Dr. Pejr noch nicht?

Einmal nahm Martin Anlauf und brachte das zur Sprache. Dr. Pejr zwinkerte lange vor sich hin, ehe er jäh und beinahe jugendlich lebhaft den Kopf ihm zuwandte (aber die Jugendlichkeit hatte sich in dieser Gebärde schon erschöpft):

«Nein», sagte er. «Das nicht. Den Jahren nach bin ich gewiß nicht zu alt. Aber Sie müssen bedenken, daß ich noch in der Monarchie zu schreiben begonnen habe. Gegen die Monarchie, natürlich. Und das hat mir in der Ersten Republik natürlich geholfen. Jetzt haben wir die Zweite Republik, nicht wahr. Und gegen die Erste Republik habe ich nie geschrieben.»

«Ich auch nicht.» Martin biß sich auf die Lippen; er fürchtete, eine Respektlosigkeit begangen zu haben, die ihm übelgenommen werden müßte.

Dr. Pejr blieb undurchdringlich.

«Weil Sie zu jung waren», sagte er. «Sonst hätten Sie es getan. Oder tun sollen. Oder zumindest sollten Sie jetzt so tun, als ob Sie es getan hätten. Adieu.»

Damit ließ Dr. Pejr ihn stehen; und bei den folgenden drei oder vier Redaktionskonferenzen wußte er jedes direkte Gespräch zu vermeiden.

Martin versuchte, es zunächst noch damit bewenden zu lassen, daß der alte Herr – erst seit dieser Unterredung dachte er an Dr. Pejr wirklich als an einen alten Herrn – von den Jahren im Konzentrationslager eben doch ein wenig schwerer mitgenommen war, als er selbst sich's eingestehen wollte. Offenbar rührte nicht nur sein nervöses Augenzwinkern daher, sondern auch seine Angst. Man mußte über beides hinwegsehen.

Aber es gab zu viel andres, worüber man auf die Dauer nicht hinwegsehen konnte und vielleicht gar nicht hinwegsehen durfte. Es gab zu viel andre, die an keinen Folgen einer Haft litten (und nicht einmal an den Folgen einer Kriegsteilnahme), die keine Angst hatten und in keiner Weise zwinkerten. Martin sah sie am Werk, und sie kamen ihm sonderbar vertraut vor. Waren es nicht dieselben, die damals in der Emigration ihre kleinen und großen Machenschaften in Szene gesetzt hatten – und die jetzt in die Posten und Pöstchen des aufgedunsenen Regierungsapparats sich hineinmanövrierten, mit denselben Ambitionen wie damals, wenn auch häufig in andrem Auftrag? Waren es nicht dieselben, die damals in der Armee an den deutschsprechenden Soldaten ihr billiges Patriotenmütchen gekühlt hatten – und die jetzt darauf drängten, daß die deutschsprachige Bevölkerung unterschiedslos und zu Hunderttausenden außer Landes getrieben wurde? Waren es nicht dieselben, die damals im Ausbildungslager in Frankreich einen Freiwilligen-Transport aus Palästina mit antisemitischen Spottchören begrüßt hatten – und die jetzt den (ohnehin nicht sehr zahlreichen) jüdischen Heimkehrern einen ganz ähnlichen Empfang bereiteten? Und wie lange hatten solche Dinge noch Anspruch darauf, als mißliche Begleiterscheinungen eines neuen Beginnens abgetan zu werden? Wo steuerte ein neues Leben hin, dessen Kinderkrankheiten aufs Haar den Verfallserscheinungen des alten glichen? Spielte es nicht unvermeidlich jenen in die Hand, die jetzt ihre Posten und Pöstchen in andrem Auftrag bekleideten, im Auftrag einer vorgeblich totalen Heilung oder einer vorgeblich heilenden Totalität?

Es war Jan Dvorsky, von dem Martin Antwort auf diese bedrohlichen Fragen verlangte. Die Antworten, die Jan ihm gab, befriedigten ihn nicht immer. Aber sie unterschieden sich von allen andern, die sonst zu haben waren, durch ihre schonungslose Klarheit, sie bagatellisierten nichts und beschönigten nichts, und manchmal, im privaten Gespräch sowohl wie in seiner öffentlichen Wirksamkeit als Anwalt (die er seinem mißmutig dahinalternden Vater immer energischer aus der Hand nahm) – manchmal rückte Jan den von Martin vermerkten Übelständen so scharf zuleibe, daß Martin sich unversehens in die Rolle des Vermittlers zurückversetzt fand. Insgeheim freute er sich darüber, daß er das wieder tun konnte, daß es immer noch Jan war, so wie er ihn kannte, der alte Jan, vielleicht etwas nüchterner als zuvor und zielbewußt bis zur Verbissenheit, vielleicht auch etwas unduldsamer und seiner selbst noch sicherer: aber dafür hatte er ja auch jahrelang auf wichtigem Platz in der Widerstandsbewegung gearbeitet, dafür besaß er ja auch die härtere Erfahrung und den zuverlässigeren Einblick in die Situation, nämlich den an Ort und Stelle erkämpften und gewonnenen. Martin gestand ihm die Überlegenheit, die aus jeder seiner Antworten sprach (auch aus den unbefriedigenden), gut und gerne zu. Es machte eben doch einen Unterschied aus, ob man die letzten sechs Jahre in der Heimat verbracht hatte, oder – was heißt da politische Emigration und Krieg und Kontakt mit der Außenwelt – in der Fremde; ob man von unter Grund wieder durch- und hervorgebrochen war an die Oberfläche, oder ob man von außen her auf dieser Oberfläche wieder Wurzel schlug, wie eine ausgegrabene und wieder eingesetzte Pflanze.

«Es ist ein andrer Boden geworden, Martin», sagte Jan. «Damit mußt du dich abfinden. Ein härterer Boden. Er verlangt mehr. Er braucht das Beste – dann wird er das Beste hergeben. Für das Unkraut, das dich jetzt noch stört, ist sowieso kein Platz. Es wird verschwinden, warte nur.»

Aber die Sonne? wollte Martin fragen. Aber die Luft und der Regen? Die bleiben doch, was sie immer waren?

Er fragte es nicht. Ein Gespräch fiel ihm ein, welches unendliche Jahre zurücklag und in welchem Jan, neu angelesener Weisheit voll, ihm den Nachweis erbracht hatte, daß die Klassen nicht aus Menschen bestünden, sondern die Menschen aus Klassen. Am Ende würde er ihm jetzt noch nachweisen, daß auch Sonne und Regen Agenten des Monopolkapitalismus wären und daß es in einer klassenlosen Gesellschaft kein Unkraut gäbe.

Jan sprach sehr häufig vom Unkraut. Er wollte es mit ungefähr der gleichen Beharrlichkeit ausgejätet wissen, mit der Dr. Pejr von seinen Redakteuren Verständnis für die Zeichen der Zeit verlangte. Und weil an Unkraut nun wahrlich kein Mangel herrschte, wäre Martin auch durchaus dafür gewesen, es erst einmal auszujäten und sich vorläufig noch keine Sorgen darüber zu machen, was dann gesät und gepflanzt werden sollte – wenn er sich mit Jan nur hätte einigen können, was da als Unkraut zu bezeichnen war und was nicht? Aber mit derlei Meinungsverschiedenheiten hatten sie es ja auch in den alten Zeiten oft genug zu tun bekommen, und wie in den alten Zeiten konnte es geschehen, daß Jan nach einem besonders kräftigen Zusammenstoß am nächsten Tag unter Krümmen und Winden sich die eigenen Worte im Mund umdrehte, so lange, bis sich erwies, daß er eigentlich Martins Meinung teilte, ja eigentlich war es von Anfang an seine Meinung gewesen und war von Martin nur geteilt worden. Und dann waren sie wieder der beste Burgenbauer und der beste Wasseringenieur, je nach Wahl, und in jedem Fall die besten Freunde, sie sahen einander an und lächelten, ein bißchen unwillig der eine, ein bißchen nachsichtig der andre, und wer oder was immer ihren Streit verursacht hatte, wurde einvernehmlich zum Trottel oder zum Blödsinn degradiert – da hülfe eben nichts, stellte bald der eine und bald der andere fest, und was dem Krieg und den sechs Jahren der Trennung nicht gelungen wäre, das würde diesem Trottel oder diesem Blödsinn erst recht nicht gelingen.

Eine erste, leise Erschütterung dieser Zuversicht ergab sich aus einem Besuch Josef Krals in Prag. Allerdings war Josef Kral kein Trottel, und das, wofür er stand, kein Blödsinn, und darauf einigten sie sich auch – obgleich sie vielleicht besser getan hätten, sich gleich bei dieser Gelegenheit ernsthaft und bis zum Ende auseinanderzusetzen, statt es mit halben Zugeständnissen und halben Verschweigungen bewenden zu lassen. Es stand zu viel auf dem Spiel. Aber das wußten sie damals noch nicht, weder Jan noch Martin. Oder sie wollten es noch nicht wahrhaben, damals, als sie mit Kral in der Weinstube «Zur goldenen Spinne» beisammensaßen und als Jan sich wieder einmal über das Unkraut ereiferte, das ausgejätet werden müßte. Desto heftiger ereiferte er sich, je weniger Martin und Kral ihm widersprachen. Denn Jan Dvorsky begehrte nicht einfach recht zu haben, sondern recht zu behalten, gegen möglichst scharfen Widerspruch recht zu behalten, und was ihm völlig wider die Natur ging, war Zustimmung um des lieben Friedens willen. Und als Kral die Diskussion mit einer versöhnlichen Bemerkung zu schlichten und zu schließen versuchte, verbat Jan sich's ganz ausdrücklich, um des lieben Friedens willen abgespeist zu werden.

Bis dahin hatte Josef Kral auf Jans Temperamentsausbrüche immer nur mit einem verlegenen Lächeln reagiert, oder er hatte sich die

Hand auf den Kopf gelegt und sie langsam gegen sein borstig aufgestelltes Haardach gerieben – eine Gebärde der Nachdenklichkeit, die Martin schon aus andern und kritischeren Situationen kannte; jetzt aber wurde das flache, gutmütige Bauerngesicht Josef Krals hart und abweisend.

«Das weiß ich», sagte er ruhig. «Das könnt ihr alle nicht vertragen, daß man etwas um des lieben Friedens willen tut. Weil ihr gar keinen Frieden wollt.»

«Was heißt das?» fragte Jan. «Wer sind wir alle? Und was für einen Frieden meinen Sie? Es gibt nämlich zweierlei Frieden. Den Frieden, den die Satten haben – und den Frieden, den die Hungrigen brauchen.»

«Und den werden *Sie* ihnen verschaffen.»

«Allerdings. Deshalb muß ja das Unkraut ausgejätet werden: damit alle sich sattessen können.»

«Vom Unkraut», sagte Kral vergnügt und kratzte sich durchs borstige Haar, «verstehe ich etwas. Vom Unkraut und vom Jäten. Ihr versteht nichts davon. Ihr werdet so jäten, daß zum Schluß nur das Unkraut übrigbleibt. Und das wird euch gar nicht stören. Euch kommt's ja gar nicht darauf an, ob die Hungrigen satt werden. Es ist euch viel wichtiger, daß die Satten hungern. Die Ersten sollen die Letzten sein, das schon. Aber was mit den Letzten geschieht, ist euch gleichgültig.»

«Für die sorgt doch der Himmel? Oder die, die an den Himmel glauben? Und die ihn den Hungrigen als Nahrungsersatz verkaufen wollen? Das sind die Gefährlichsten, wissen Sie. Mit denen müssen wir zuallererst aufräumen.»

«Also doch: wir. Vorhin haben Sie noch gefragt, wer damit gemeint ist. Jetzt sagen Sie's selbst.»

«Nämlich?» In verdächtig übertriebener Erwartung beugte Jan sich nach vorne, er legte sogar die Hand ans Ohr.

«Die Roten.» Kral sagte es so unbekümmert, als hätte er gar nicht bemerkt, daß sich da etwas vorbereitete.

«Jetzt mußt du aufpassen», sagte Martin (der das sehr wohl bemerkt hatte). «Für einen Roten halt ich mich eigentlich auch.»

«Dann also: die Kommunisten», verdeutlichte Kral.

Jan, von Martins Eingreifen immerhin so weit besänftigt, daß er sich wieder zurücklehnte, stieß ein kurzes Lachen durch die Nase und nickte ein paarmal vor sich hin.

«Interessant. Das haben also die Kommunisten entdeckt, daß man die Bibel nicht essen kann. Übrigens –» und damit wandte er sich wieder an Kral, in der offenkundigen Absicht, ihn zu einer neuen Attacke herauszufordern – «ich bin kein Kommunist.»

«Um so besser», sagte Kral, ruhig und unbekümmert wie zuvor. «Dann hab ich Ihnen unrecht getan. Entschuldigen Sie.»

Und obschon das abermals und unverkennbar um des lieben Friedens willen gesagt war – es kam für Jan so überraschend, daß er sich's gefallen ließ, und in den restlichen Stunden ihres Beisammenseins wurde er sogar noch recht umgängig und friedfertig.

Tags darauf fuhr Josef Kral in sein mährisches Heimatdorf zurück, die Felder zu bebauen und das Unkraut zu jäten, wie er es verstand.

Jan, als er Martin am Abend aus der Redaktion abholte, kam sofort auf das gestrige Rencontre zu sprechen.

«Den hast du mir ja ganz falsch geschildert, Martin. Der plappert ja einfach nach, was der Dorfpfarrer ihm vorsagt. Die Roten. Alles, was ihm nicht paßt, ist rot. Kommt alles in einen Topf. Nur gut, daß du ihm da ins Wort gefallen bist. Das war sogar dir zuviel, wie?»

«Es lag mir daran, daß er sich klar ausdrückt», sagte Martin. «Damit kein Irrtum entsteht.»

«Der Irrtum ist bereits entstanden. Es ist ja schon so weit, daß man nur noch die Kommunisten als Rote bezeichnet. Wenn das so weitergeht, wird es eines Tags auch noch richtig sein. Wir sollten es den Reaktionären nicht so leicht machen, einen Keil zwischen uns und die Kommunisten zu treiben.»

«Eben hast du dich beschwert, daß sie uns mit den Kommunisten in einen Topf werfen. Was willst du eigentlich?»

Aber sosehr Jan Dvorsky des Widerspruchs bedurfte, um voll in Schwung zu kommen: wenn man ihn selbst bei einem Widerspruch ertappte, kam sein Schwung zu jähem Halt.

«Eins weiß ich», sagte er nach einer Weile. «Ich bin lieber mit den Kommunisten im selben Topf als mit den Reaktionären.»

Am nächsten Tag fand Martin in der Redaktion einen Brief von Josef Kral vor.

«Grüß deinen Freund, der kein Kommunist ist», stand darin. «Und sag ihm, daß man nicht nur die Bibel nicht essen kann, sondern auch das Kommunistische Manifest nicht. Ich hab ihm das verschwiegen, damit er nicht noch ungemütlicher wird. Aber du stehst viel besser mit ihm, und von dir wird er sich's bestimmt sagen lassen.»

Dessen war Martin durchaus nicht sicher. Es schien ihm nach

dem Gespräch vom Vortag viel wahrscheinlicher, daß Jan sich auch von ihm nichts mehr dergleichen sagen lassen würde. Und er sagte es ihm nicht.

(Aus den Notizen des Martin Dub)

Prag, Frühjahr 47

Über die Lockung des Kommunismus auf den Intellektuellen.

Von ein paar Mönchen und ein paar Millionären abgesehen, gibt es niemanden, der gleichzeitig mit sich und der Welt zufrieden wäre. Eine gewisse Unzufriedenheit mit der bestehenden Weltordnung hat zu irgendeinem Zeitpunkt seines Lebens noch jeden erfaßt, und manchen erfaßt sie so heftig, daß er es nicht über sich bringt, ihr ein stilles Plätzchen in der für unangenehme Gefühle reservierten Dunkelkammer seines Gewissens anzuweisen. Sondern er beginnt darüber nachzudenken, wie er die bestehende Weltordnung ändern könnte.

Weil aber «die Welt» nur ein pompöserer Ausdruck für «den Menschen» ist, weil es im Grunde um den Menschen geht, um den einzelnen und um das Zusammenleben der vielen, so reduzieren sich alle Weltverbesserungen früher oder später auf die Alternative, ob man die Gesellschaft gegen den einzelnen schützen will oder den einzelnen gegen die Gesellschaft. Ob man die Organisation für das Übergeordnete hält oder den Menschen. Und zum Schluß lautet die Frage ganz einfach: ob man an das Gute im Menschen glaubt.

Nicht: ob man glaubt, daß Gott den Menschen in Seinem Ebenbild geschaffen hat; es hilft, das zu glauben, aber es ist nicht jedermanns Sache. Und nicht: ob man glaubt, daß der Mensch gut ist. Der Mensch ist nicht gut. Er ist nur nicht so schlecht, wie er sein könnte. Und das ist immerhin etwas. Es ist, wenn man will, sogar eine Grundlage, eine minimale, der Erweiterung und Verfestigung dringend bedürftige Grundlage, von der man ausgehen kann, um den menschlichen Zustand zu bessern. Wenn man will.

Der Kommunismus will nicht. Er zieht es vor, diese Grundlage zu vernichten – was auf jeden Fall leichter und lohnender ist, als sich mit ihren schwachen Möglichkeiten abzugeben – und er ersetzt sie durch eine andre, noch nicht dagewesene, die mit dem «Guten im Menschen» schon deshalb nichts zu tun hat, weil sie den Begriff des «Guten» nicht anerkennt und dem Begriff des Menschen einen neuen Inhalt gibt, wie es geschrieben steht: am fünften Tage aber schuf

Gott die ökonomischen Voraussetzungen. Es kommt in der Tat einem Schöpfungsakt gleich, was da geplant ist, und dafür steht der Kommunismus ja auch ein: daß er den Beginn der Menschheitsgeschichte erst datieren wird. Es ist in der Tat ein Plan von atemraubender, visionärer Großartigkeit.

Leider sind es wieder nur Menschen, die sich seiner Durchführung unterfangen, Menschen wie du und ich, Menschen noch vor Beginn ihrer eigenen Geschichte und noch nicht in den von ihnen selbst zu schaffenden Zustand der Erschaffung getreten. Leider bleibt der ganze Plan auf diese Weise ein ewig vordatierter Scheck, der niemals eingelöst werden kann.

Es ist nicht schwer zu sehen, warum ein Hungernder, ein Bedürftiger, ein sozial Benachteiligter sich dem Kommunismus zuwendet und was er sich davon erhofft. Die steinerne Dummheit derer, die ihm den Zugang zum Besitz versperren, läßt ihm auf die Dauer keinen andern Weg, und daß der Kommunismus seine Hoffnungen nicht erfüllen wird, kann ihm niemand beweisen. Zumindest, so sagt er sich, und sagt sich's vielfach nicht einmal mit Unrecht, zumindest wird er auch unterm Kommunismus nicht schlechter dran sein als jetzt, und damit ist die Diskussion für ihn erledigt.

Mit der Lockung des Kommunismus auf den Intellektuellen verhält es sich anders und komplizierter. Ich nehme mir schon seit vielen Jahren vor, diese Frage, die mich gerade jetzt wieder sehr beschäftigt, genauer zu untersuchen – es ist die einzige größere Arbeit, zu der ich mich befähigt und berechtigt glaube und die meiner einstigen Konzeption vom «Hilfsschreiber» entspräche. Aber es gibt, wie immer, gerade jetzt Dringenderes zu tun. Und inzwischen häuft sich das Material bis zur Unübersichtlichkeit, inzwischen macht die Trübung und Verwirrung der Begriffe und ihre Entstellung bis zum völligen Gegenteil solche Fortschritte, daß man jeden einzelnen Begriff aufs neue definieren müßte, ehe man an eine solche Untersuchung überhaupt herangehen kann.

Und zwar müßte man tatsächlich «neue» Definitionen finden, also nicht etwa zu den «klassischen» zurückkehren. Denn ihrer sind zu viele. Es gehört zum Wesen, zum verwirrenden Wesen des Kommunismus, daß er in der Lage ist, alle gewünschten Definitionen als «klassisch» zu bezeichnen, daß die von ihm als klassisch bezeichneten Definitionen einander je nach Wunsch stützen oder aufheben und daß im künstlichen Dschungel aus Marxismus, Leninismus und

Stalinismus kein einziger Beweis sich verirren kann, der nicht schon von seinem Gegenbeweis antizipiert wäre, keine einzige Theorie, die ihrer Praxis nicht gleichzeitig voran- und nachliefe.

Zu den Haupttreffern des dialektischen Materialismus gehört zum Beispiel die Lehre vom soziologischen Unterbau, der das wahre Gesicht der Dinge bestimmt, und vom ideologischen Überbau, der dieses wahre Gesicht im Dienste einer herrschenden Klasse verschleiert. Ich bin fest überzeugt, daß sich das alles ganz genau so abspielt, und halte infolgedessen den soziologischen Unterbau, an den der Kommunismus bei den Proletariern aller Länder so erfolgreich appelliert, für einen ideologischen Überbau im Dienste der imperialistischen Expansionsbestrebungen Rußlands.

Mit klassenloser Gesellschaft oder gar damit, daß jeder nach seiner Fähigkeit arbeiten und nach seinem Bedürfnis essen soll, haben die unter Rußlands Ägide aufgerichteten Gewaltherrschaften jedenfalls sehr wenig gemein, und die peinliche Sorgfalt, mit der sie es vermeiden, sich als kommunistisch zu bezeichnen, ist durchaus anerkennenswert. Warum sie gerade «Volksdemokratien» heißen, läßt sich schon schwerer verstehen. Wahrscheinlich wohnt der guten, alten, abgebrauchten Demokratie ein Verkaufswert inne, den sogar ihre Mörder auszunützen wünschen. Es scheint sich da um eine Art Opium fürs Volk zu handeln, oder eher um eine Art Jodtinktur, mit einem Totenkopf auf dem Schildchen und der strengen Anweisung: «Äußerlich».

In den maßgebenden Kreisen gilt es mit Recht als lebensgefährlich, Ausdrücke beim Wort zu nehmen, und wer Griechisch versteht, hat sich das selbst zuzuschreiben. Er ist entweder humanistisch gebildet, also ein dekadenter Reaktionär, oder ein Agent des griechischen Faschismus, der seinerseits im Dienst der anglo-amerikanischen Kriegshetze steht. Aus all diesen Gründen hat sich noch niemand zu dem Hinweis aufgerafft, daß «Demokratie» wörtlich «Volksherrschaft» heißt und daß «Volksdemokratie» ein ebensolcher Pleonasmus ist wie aristokratischer Adel, runder Kreis oder kommunistische Diktatur.

Die aussichtsreichste Definition des Kommunismus wird noch in einer erschöpfenden Aufzählung alles dessen bestehen, was er nicht ist. Keinesfalls möchte ich mich bei der geplanten Untersuchung darauf verlassen, daß man doch ohnehin wüßte, was man sich unter Kommunismus vorzustellen hat. Von den Intellektuellen, die seiner Lokkung erliegen, wissen es die wenigsten (und die werden sich hüten, es zu sagen). Die meisten wissen es entweder wirklich nicht, oder sie wollen es gegen ihr besseres Wissen nicht wahrhaben. Äußerstenfalls werden sie «gewisse Übelstände» zugeben – aber die sind natürlich vorübergehend (wie in Rußland, wo sie schon seit dreißig Jahren vorübergehen, um durch noch üblere ersetzt zu werden) und müssen entweder aus der Bedrohung durch eine nichtkommunistische Umwelt verstanden werden, oder (wie in den neu errichteten Diktaturen, die ja noch keine Umwelt darstellen) aus der «mangelnden politischen Reife» des jeweils betroffenen Volkes, und bei uns wird das alles ganz anders sein.

An diesem Märchenglauben lassen sie sich durch nichts beirren, schon gar nicht durch die Erfahrungen der andern Märchengläubigen, bei denen es mittlerweile ganz genau so ist, obwohl auch sie geglaubt haben, daß es bei ihnen ganz anders sein wird. Und wenn sie nicht gestorben sind, dann glauben sie's noch heute. Aber meistens sind sie gestorben.

Überhaupt soll man die Bereitschaft des Intellektuellen zur Selbsttäuschung nicht unterschätzen; sie geht in der Tat bis zur Selbstauslöschung, und es könnte sein, daß er sich vom Kommunismus gerade deshalb angelockt fühlt, weil er darin die edelste Form des Selbstmords erblickt. Im Grunde ist die Verbindung des Intellektuellen mit dem Kommunismus ein Widerspruch in sich. Sie ergibt, chemisch gesprochen, keine Lösung. Ein intellektueller Kommunist stellt entweder sich selbst oder den Kommunismus in Frage und muß zum Schluß entweder sich selbst oder den Kommunismus aufgeben. Erfahrungsgemäß zieht er die Selbstaufgabe vor. Das heißt: daß sein Intellekt vom Kommunismus absorbiert wird, genau im gleichen Maß, in dem er selbst den Kommunismus zu absorbieren meint.

Die Natur kennt ähnliche Prozesse, im parasitären Pflanzenleben sowohl wie in der niedriger organisierten Tierwelt. Vielleicht wurzelt hier der Ehrgeiz des Marxismus, als Naturwissenschaft zu gelten.

Daß der innere Widerspruch des intellektuellen Kommunisten unlösbar ist, liegt gewiß nicht am Kommunismus, für den es keine Unlösbarkeiten gibt. Es liegt am Intellektuellen: sofern er einen Menschentypus darstellt, der bereit und imstande ist, über sich selbst hinauszudenken und sich für Dinge zu interessieren, die außerhalb seiner unmittelbaren Lebensinteressen liegen. Mit andern und simpleren Worten: ein Intellektueller kümmert sich um Dinge, die ihn nichts angehen. Das ist eine sehr notdürftige und rudimentäre Definition, aber sie enthält ausbaufähige Elemente, sie impliziert Vielseitigkeit, Dilettantismus, Unruhe, geistige und ästhetische Ambitionen und, vor allem, die wesentliche Tendenz des Intellektuellen: etwas zu tun, was ihm keinen Nutzen bringt. (Es geht mich nichts an», heißt auf französisch: «ce n'est pas mon affaire» und auf englisch: «it's none of my business», und sowohl «affaire» wie «business» bedeuten Geschäft».) Der Intellektuelle denkt von der Nützlichkeit weg. Der Kommunismus denkt auf die Nützlichkeit hin. Er ist die extreme Nützlichkeit. Er ist es vorgeblich für die Menschheit und in der Tat um seines eigenen Beweises willen. Er ist die Nützlichkeit als Selbstzweck, das Perpetuum mobile der Nützlichkeit, die schauerlichste Onanie der Weltgeschichte.

Man kann aus Menschenliebe zum Kommunismus kommen oder aus Menschenhaß. Der Intellektuelle, der bereits weiß, was er sich unter Kommunismus vorzustellen hat und dennoch Kommunist wird oder bleibt, ist ein Menschenhasser oder zumindest ein Menschenverächter. Mit seiner kollektivistischen Opferbereitschaft – «auf mich kommt es nicht an» – meint er eigentlich, daß es auf den Menschen nicht ankommt. Ordnungsliebe und Organisationsglauben sind noch die menschlichsten seiner Motive, und vor den Äußerungsformen dieser Ordnung und Organisation, vor der totalen Diktatur, hat er schon deshalb keine Angst, weil ja er es ist, der diktieren wird. Er stellt den Typus des modernen Söldners dar, den Revolutionär aus Beruf, den Parteisekretär, und er muß aus einer Betrachtung, die eigentlich dem Amateurkommunisten gilt, dem Kommunisten aus Liebhaberei, notwendig ausscheiden.

Der intellektuelle Liebhaber des Kommunismus sitzt einer Verwechslung auf, die an anachronistischer Unhaltbarkeit etwa einer Verwechslung des Urchristentums mit der Inquisition um nichts nachsteht. Wenn er an Kommunismus denkt, schweben ihm immer noch die meuternden Matrosen vom Panzerkreuzer Potemkin vor oder eine Gruppe freiheitsdurstiger Studenten, die sich in einem Kellerlokal zu St. Petersburg wider die Tyrannei des Zaren verschwören. Er ist eigentlich das getreue Pendant des von ihm so sehr verachteten Monarchisten, dessen politischer Wirklichkeitssinn sich immer noch darauf beschränkt, daß es doch wirklich schön und farbenprächtig anzusehen war, wenn Väterchen Zar mit seinem Hofstaat eine Ausfahrt unternahm.

Sie beide sind hoffnungslos rückwärtsgewandte Romantiker. Ursprünglich, und zweifellos mit Recht, hat der intellektuelle Kommunist seine Motive für moralisch gehalten – bis er eines Tags erfahren muß, daß sie nichts weiter sind als kleinbürgerliche Sentimentalitäten, deren er sich raschestens entledigen möge, weil sie die Revolution nicht fördern, sondern verhindern. An diesem Tag darf er zum letzten Mal darüber nachdenken, ob eine Revolution, die sich die Förderung durch moralische Erwägungen so energisch verbittet, nicht in der Tat besser verhindert würde.

Das heißt: er dürfte darüber nachdenken, wenn er noch denkfähig wäre. In den meisten Fällen ist er's nicht mehr. Indem er seinen Klasseninteressen entgegenzuhandeln glaubte, hat er seinen geistigen Interessen entgegengehandelt und ist jetzt schon überzeugt, daß sie nur eine Funktion seiner Klasseninteressen waren. Infolgedessen verzichtet er zugunsten des Befreiungskampfs für die Unterdrückten auf die einzige Freiheit, mit der er den Unterdrückten zur Befreiung verhelfen könnte: auf sein Denkvermögen. Daß seine Doktrin ihm jetzt viel krasser und unnachgiebiger vorschreiben wird, was er zu denken hat, als seine Klasse es ihm jemals vorzuschreiben gewagt hätte, ist ihm sehr willkommen. Auf diese Weise kann er sich endlich auch ein wenig unterdrückt fühlen und kann die Basis für eine Bundesgenossenschaft herstellen, auf die er klassenmäßig keinen Anspruch hat. Jeder nach seiner Fähigkeit, jedem nach seinem Bedürfnis, und was dem einen die unfreiwillige Ausnützung durch das monopolisierte Kapital, ist dem andern die freiwillige Hingabe an das monopolisierte Denken.

Diese Freiwilligkeit stellt einen weiteren und sehr wesentlichen Antrieb des intellektuellen Kommunisten dar. Sie vermittelt ihm das prickelnd heroische Gefühl eines Byzantinismus nach unten, einer Kalifenlaune, die er genausogut aufgeben könnte, aber aus Charakter und edelmütiger Selbstdisziplin nicht aufgibt. Und für den Spott und Schaden, der ihm aus seiner Verkleidung etwa erwachsen mag, entschädigt ihn das Bewußtsein, daß er die Zukunft für sich hat. Der kommunistische Intellektuelle ist in der einzigartigen Lage, das Märtyrertum des Verfolgten mit der Arroganz des Siegers zu verbinden.

Natürlich hat er auch noch andre Entschädigungen in Aussicht. Denn nicht nur er selbst schmeichelt seiner Eitelkeit, sondern das tut vor allem die Propagandamaschinerie, die ihn exploitiert. Und je höher sein intellektueller Rang, je größer seine Brauchbarkeit als Aushängeschild, desto saftiger ist die Schmeichelei. Keine zweite Maschinerie kann das so gut wie die kommunistische. Nirgends wird der Persönlichkeit solche Befriedigung geboten wie gerade dort, wo man am gründlichsten auf die Auslöschung der Persönlichkeit hinarbeitet.

Die kompromißlose Überzeugung eines einbekannten Kommunisten, der erst gar keinen Versuch macht, sich mit der «bürgerlichen Moral» zu verständigen, hat immer noch ein gewisses Format. Aber was soll man mit den deformierten Zwittergehirnen anfangen, die ihre bürgerliche Moral mit dem Kommunismus in Einklang zu bringen suchen? Sie sind zu feig, um sich zu einer totalen Unerbittlichkeit zu bekennen – und halten sich für weiß Gott wie verwegen. Sie sind zu dumm, um zu merken, daß noch ihre Vorbehalte in Zustimmungen umgelogen werden – und halten sich für weiß Gott wie gescheit. Manches am Kommunismus lehnen sie zwar ab – manches aber, so finden sie, muß man ihm lassen. Man muß es nicht etwa vor seinem mörderischen Zugriff retten, sondern man muß es ihm lassen.

«Ich bin gewiß kein Giftmörder, aber objektiv betrachtet, und ganz gleichgültig, wie man prinzipiell dazu steht, hat schließlich und endlich auch der Giftmord seine guten Seiten.»

Zweifellos hat er die. Zum Beispiel wird das Opfer eines Giftmords nie mehr von Zahnschmerzen geplagt. Aber vielleicht sollte dieses innigst zu wünschende Ziel doch lieber mit andern Mitteln angestrebt werden, selbst auf die Gefahr hin, daß die Möglichkeit gelegentlicher Zahnschmerzen sich nicht gänzlich ausschalten läßt.

Eine moralisch noch abscheulichere und intellektuell noch gefährlichere Abart dieser Gegenwarts-Objektiven sind die Zukunfts-Detachierten, die allem zustimmen, was man gegen den Kommunismus vorbringt – und sich dennoch damit beschwichtigen, daß manche seiner Maßnahmen der Menschheit zum Segen gereichen werden, auf dem Weg einer künftigen Angleichung, eines künftigen Ausgleichs der jetzt herrschenden Gegensätze. Nun mag es sich ja einem künftigen Geschichtsschreiber wirklich so darstellen, als hätte die Menschheit dem Kommunismus gewisse Fortschritte zu verdanken.

Aber diese Fortschritte werden gegen den Willen und gegen die Absicht des Kommunismus erfolgt sein (wie er ja im zweiten Weltkrieg auch gegen seinen Willen für die britischen Kolonialinteressen und den amerikanischen Weltmarkt gekämpft hat). Sie werden nicht das Ergebnis revolutionärer Maßnahmen sein, sondern das genaue Gegenteil, nämlich eine Evolution. Sie liegen nicht in der Natur des Kommunismus, sondern in der Natur des Menschen. Und man könnte trübsinnig werden bei der Vorstellung, daß eine spätere Zeit sie dem Kommunismus gutschreiben wird.

Aber selbst dieser Trübsinn ist ein Luxus, auf den man als Zeitgenosse kommunistischer Maßnahmen kein Recht hat. Und jenes Detachement ist vollends eine Lumperei.

Nach und nach wurde es zur Regel, daß Martin lieber schwieg, als etwas zu sagen, was Jan sich vielleicht nicht mehr sagen ließe. Und das war noch nicht einmal das Schlimmste. Das Schlimmste war, daß Jan davon nichts merkte, ja daß er sich Martins Schweigen als Zustimmung zu deuten schien, als Einbekenntnis einer Niederlage, die von Mal zu Mal, von Schweigen zu Schweigen endgültiger wurde.

Oder tat er nur so? Kam er von Mal zu Mal nur deshalb mit immer sieghafteren Forderungen angerückt, mit immer unwahrscheinlicheren Prognosen und immer rücksichtsloser gedroschenen Phrasen, weil er erproben wollte, wie lange Martin ihn denn überhaupt noch ernst nehmen würde? Vielleicht trieb er da eine heimliche Variante jenes sinnvollen Spiels, daran sie sich als Knaben ergötzt hatten, vor ungefähr einem Vierteljahrhundert – es hieß «Wer früher lacht» und bestand darin, daß sie einander mit regungslosen Gesichtern, die unter keinen Umständen zu Grimassen verzehrt werden durften, so lange anstarrten, bis einer oder der andre es nicht mehr ertrug und herausplatzen mußte. Nun waren sie ja dem intellektuellen Niveau dieses Spiels einigermaßen entwachsen; aber manchmal wollte Martin beinahe glauben, daß Jan auf gar nichts andres abzielte. Manchmal wieder gewann er den Eindruck, als verausgabte sich Jan an seiner eigenen Sieghaftigkeit und als müßte sie eines Tags, wenn sie sich erst genug übersteigert hätte, am schweigenden Wall von selbst zusammenbrechen. Und manchmal, immer seltener, hoffte er sogar, daß es sich da nur um die altvertrauten Temperamentsausbrüche handelte, denen Jan – diszipliniert und nüchtern, wie er's mittlerweile schon war – eben nur noch vor dem altvertrauten Freund freien Lauf gab.

Diese Hoffnung faßte Martin besonders dann, wenn Jans Ausbrüche sich gegen die Kommunisten wandten. Es waren allerdings sonderbar gemäßigte Ausbrüche, auf sonderbar engen Raum beschränkte, sie bezogen sich weniger auf die kommunistische Theorie oder die sowjetrussische Praxis als auf die Mißgriffe der tschechoslowakischen Partei – die für Jan dann immer aus Dummköpfen und Dilettanten bestand. Martin, als diese Scheuklappen an Jans Temperament ihm zum erstenmal auffielen, hatte sich noch zu dem Hinweis ermannt, daß Dummheit und Dilettantismus – wie sehr sie auch zu verurteilen sein mögen, besonders in der Politik – doch schließlich keine moralischen Defekte wären und daß eine solche Kritik am Kommunismus ihm ebenso unzulänglich und geradezu unstatthaft erschiene, wie wenn man gegen die Prostitution nichts weiter einzuwenden hätte als die Häßlichkeit einiger älterer Huren. Jan schmunzelte, das Argument gefiel ihm, er sagte auch ganz ausdrücklich, daß es ihm gefiele, und er begründete sogar, warum: weil das ja wirklich alles sei, sagte er, was die bürgerliche Moral gegen die Prostitution einzuwenden habe. Und das mochte zwar richtig sein, aber es war in diesem Zusammenhang vollkommen belanglos; und Martins immer gründlicheres Verstummen rührte zu gutem Teil eben daher, daß Jan sich aus unangenehmen Zusammenhängen immer häufiger heraushalf, indem er etwas ebenso Richtiges wie Belangloses vorbrachte.

Gegen Ende des Sommers – des zweiten, den er wieder in der Heimat verlebte – schien Martins Zurückhaltung Früchte zu tragen. Ganz von selbst stellte Jan Dvorsky eines Tags fest, daß es so nicht weiterginge und daß die Kräfte des wahren Fortschritts sich nun endlich sammeln und konsolidieren müßten, ohne dabei einer fremden Diktatur botmäßig zu werden, die – bei aller Anerkennung ihrer sonstigen Verdienste, bei aller Verbundenheit und Dankbarkeit, auf die sie Anspruch hätte – eben doch nur fremd und doch nur eine Diktatur sei. Und, kurzum, ob Martin an einer in Gründung begriffenen Wochenschrift, deren rechtliche Verwaltung in Jans Händen läge, einen der drei gleichgestellten (und sehr gut bezahlten) Herausgeberposten übernehmen wollte, den des «parteilosen Liberalen»; eine Lösung seines Verhältnisses zur «Freien Zeitung» würde natürlich sehr begrüßt werden, aber daran sollte es nicht scheitern.

Daran scheiterte es auch nicht. Es scheiterte nicht einmal daran, daß der eine der beiden Gleichgestellten, mit denen Martin Herausgeberschaft und Verantwortung teilen sollte, der Kommunistischen Partei angehörte. Das hatte Jan sofort und eindeutig klargestellt, und davon hätte Martin sich um diese Zeit noch nicht abschrecken lassen. Aber der andre, von Jan ebenso eindeutig als Sozialdemokrat bezeichnet, war vor einigen Monaten aus der Sozialdemokratischen Partei ausgeschieden, um eine prokommunistische Splittergruppe zu organisieren. Und das wirkte auf Martin denn doch ein wenig abschreckend; die Tatsache sowohl wie daß Jan sie ihm verschwiegen hatte.

Vielleicht wußte Jan nichts davon? Martin hatte es selbst erst kurz zuvor und nur durch Zufall erfahren (aus unanfechtbarer Quelle allerdings, nämlich von Josef Kral, der in der letzten Zeit öfter in Prag erschien).

Nein, er hätte nichts davon gewußt, bestätigte Jan gleichmütig. Er fände es indessen recht nebensächlich, ob jener formell zur Sozialdemokratischen Partei gehörte oder nicht; die Hauptsache wäre doch wohl, daß er nicht zur Kommunistischen Partei gehörte?

Jan behielt seine Gleichmütigkeit während des ganzen Gesprächs bei, auch Martins weiteren Argumenten und Martins endlicher Ablehnung gegenüber. Schade, meinte er kopfschüttelnd. Er hätte sich für diesen Posten niemand bessern gewußt als Martin, und für Martin nichts besseres als diesen Posten. Wirklich schade.

Und sein Bedauern klang so echt, sein Benehmen blieb so frei von Ausfällen und Vorwürfen, daß Martin sich's in den folgenden Wochen doppelt angelegen sein ließ, die sachliche Entfremdung nicht ins Persönliche übergreifen zu lassen.

In diesen Wochen sah Martin das dumpfe, erinnerungsträchtige Unbehagen, das ihn zum erstenmal vor Dr. Pejrs nervösen Mahnungen und Andeutungen befallen hatte, ringsum und allenthalben an Boden gewinnen. Und man brauchte in diesen Herbstwochen des Jahres 1947 auch wirklich keine allzu wache Erinnerung mehr und keinen allzu scharfen Blick, um die bedrohliche Parallele zu merken, in der sich die Entwicklung der Dinge vollzog. Das alles hatte man doch schon einmal erlebt? Und damals, als der Unhold vom Norden her seine gierige Pranke immer unverhohlener heranschob, hatte man sich doch genau so stand- und krampfhaft den Anschein gegeben, als wäre man vor ihrem Zugriff gefeit? Bei uns nicht. Wir sind nicht wie diese und jene, und mit uns kann er so etwas nicht machen. Außerdem will er gar nicht.

Und dann wollte er doch und machte es auch.

Ja, aber jetzt gab es doch einen Unterschied, auf den man sich stützen durfte. Denn damals, der im Norden, war doch der angesagte Feind, der Todfeind seit eh und je, der Inbegriff des Feindes.

Und der im Osten jetzt ist doch der Freund und Stammverwandte, der große Bruder, und hat uns doch vom Todfeind befreit? Was wäre selbstverständlicher, als daß wir ihm die Treue halten – ihm, und nicht den falschen Freunden von damals, die uns verkauft und verraten haben? Er hat allen Anspruch auf unsre Freundschaft, und wir haben alles Recht, seinen Anspruch zu erfüllen; ein freies Volk, das ihm freiwillig gibt, was ihm gebührt. Über uns wird er keine Wächter und Büttel setzen. Wir sind nicht wie diese und jene, und mit uns kann er so etwas nicht machen. Außerdem will er gar nicht.

Und jetzt sah es ganz danach aus, als wollte er doch. Schon dehnten und spreizten sich die ihm Verschworenen auf ihren überhöhten Plätzen, schon schoben sie das Gesetz, das sie mit den anderen zusammen in Händen hielten, nach Willkür und Gefallen hin und her und deuteten es so, daß jeder, der es anders deutete, zum Volksverräter wurde, zum Söldling der internationalen Reaktion, zum Agenten im Feindesdienst. Schon bezichtigten sie die andern genau jener Übeltaten, die sie selbst zu begehen im Begriffe standen, schon war, was sie begingen, keine Übeltat mehr, sondern die Übeltat war, es als Übeltat zu bezeichnen, schon forderten sie nicht den eigenen Freispruch bloß, sondern die Verurteilung der andern, und schickten sich an, sie von ihren überhöhten Plätzen zu vertreiben, sie durch Mitverschworene zu ersetzen oder doch durch Gefügige. Und schon sah es ganz danach aus, als sollte es nach ihrem Willen gehen (der nicht einmal der ihre war).

Weil es aber doch allzu deutlich danach aussah, ging es nicht so glatt und so geschwind, wie sie wollten. Denn auch das erinnerungsträchtige Unbehagen wurde immer deutlicher.

Martin Dub nahm jede Gelegenheit wahr, um diesem Unbehagen Ausdruck zu geben: in der «Freien Zeitung» (soweit Dr. Pejrs nervöses Zwinkern es zuließ), in den Zeitschriften, in denen er bisher nur über Literatur und Theater geschrieben hatte, in den politischen Organen junger katholischer Gruppen, mit deren einer Josef Kral in Verbindung stand und die undogmatisch genug waren, um nach sozialistischer Unterstützung auszuspüren, und schließlich, am liebsten und am schärfsten, in den Flugblättern einer Studentenorganisation, der er während seiner Universitätsjahre angehört hatte und in der sich heute wie damals all jene zusammenfanden, die unter «Freiheit» immer noch etwas verstanden, was sich mit Diktatur nicht vertrug. Und es waren ihrer gar nicht so wenige. Es waren, in der Tat, die Prager Studenten, die dem Kampf um die Freiheit das geistige Rückgrat gaben, genau wie vor hundert Jahren schon, genau wie vor acht Jahren wieder, und einige von ihnen waren sogar vor acht Jahren selbst noch dabeigewesen (und konnten ihre Studien erst jetzt abschließen, weil sie für ihren Kampf um die Freiheit mit jahrelanger Haft im KZ gezahlt hatten und mit der gewaltsamen Schließung ihrer Universität). Sie waren es, denen Martin sich am liebsten zugesellte, und sie schienen selbst auf Jan Dvorsky – der ja vor acht Jahren desgleichen noch dabeigewesen war – genügend Anziehungskraft zu üben, daß er ihretwegen die Zurückhaltung aufgab, in der er neuerdings verharrte und die in auffälligem, von Jan auch gebührlich ironisiertem Gegensatz zu Martins gesteigerten Aktivitäten stand. Immerhin ließ er sich von Martin überreden, einem Diskussionsabend dieser Gruppe beizuwohnen; daß er an der Diskussion teilnehmen würde, wollte er ihm allerdings nicht versprechen.

Es kam für Martin weder überraschend noch unerwünscht, daß er's dann dennoch tat, und sogar gleich nach ihm. Und weil die Diskussion sich um die eben stattgefundene Kräfteverschiebung innerhalb der Sozialdemokratischen Partei drehte, um den Sieg des gemäßigten Flügels und um den am Vortag offiziell gewordenen Rücktritt des prokommunistischen Parteiführers: so war Martin auch durchaus darauf vorbereitet, seine eigene Stellungnahme von Jan attackiert zu finden. Was ihn völlig unvorbereitet und darum doppelt schmerzhaft traf, war die Feindseligkeit, mit der Jan ihn ansprang, war die Tücke, mit der er in vertraulichsten Stunden zur Sprache Gekommenes sich zunutze machte, waren die persönlichen Anspielungen, die er – ohne Martin zu nennen, ohne ihn anzusehen – in seine Worte einflocht. Vergebens suchte Martin sich damit zu trösten, daß ja niemand außer ihm diese Anspielungen verstünde, daß niemand ahnte, wo Jan seine Einblicke in die «Psychologie des schlechten Gewissens» gewonnen hatte und wer da gemeint war mit den «ideologisch Entwurzelten», mit den «Heimkehrern ins Niemandsland». Es ging ja nicht darum, ob die andern es durchschauten. Es ging um Jan und ihn, es ging um die Freundschaft, die mehr als ein Vierteljahrhundert ihres Lebens ausgefüllt hatte, es ging vielleicht, wenn es so weiterging, um dieses ihr Leben selbst.

Nein, die andern hatten nichts gemerkt. Für sie gab es ja auch nichts zu merken. Wahrscheinlich sahen sie in den zwei Freunden, die da gemeinsam erschienen waren und jetzt gemeinsam weggingen, einen besonders eindrucksvollen Beweis dafür, daß auch die schärfsten politischen Differenzen einer echten menschlichen Beziehung nichts anhaben könnten.

«Das war eigentlich eine Überraschung», sagte Martin.

«Was?»

«Das hätte ich vom besten Burgenbauer der Welt eigentlich nicht erwartet, daß er Dreck in den Sand mischt.»

«Sei nicht sentimental.»

«Ich bin's aber. Tu was dagegen.»

«Genau das hab ich ja versucht: etwas dagegen zu tun. Weil ich sehen wollte, wie du darauf reagierst. Und pünktlich reagierst du so, als ob nur deine persönlichen Gefühle auf dem Spiel stünden. Es stehen aber bedeutend wichtigere Dinge auf dem Spiel.»

«Und diese wichtigeren Dinge kann man nicht behandeln, ohne dabei persönliche Gefühle zu verletzen? Gehört das unbedingt dazu? Das wäre mir neu.»

«Verletzt», sagte Jan Dvorsky mit breiter Betonung. Und nochmals: «Du bist verletzt.» Plötzlich hielt er im Gehen inne und machte eine kleine, spöttische Verbeugung zu Martin hin. «Entschuldige», sagte er.

Martin erschrak. Er erschrak vor der Stimme, die das gesagt hatte, vor dem Blick, der sie begleitete, und vor der unsinnigen Wehmut, die ihn bei alledem auch noch wahrzunehmen hieß, daß Jan Dvorsky sich soeben zum erstenmal im Leben bei ihm entschuldigt hatte.

Wenige Tage später, ohne daß er ihn seither wieder zu Gesicht bekommen hatte, fand Martin in einer Liste sozialdemokratischer Dissidenten, die der kommunistischen Partei beigetreten waren, den Namen Jan Dvorskys. Jetzt erschrak er nicht mehr. Er staunte ein wenig, daß Jan, der von formeller Parteizugehörigkeit immer sehr geringschätzig gedacht und gesprochen hatte, diese Formalität nun selbst zu vollziehen für nötig fand, und er kränkte sich ein wenig, daß er auf diese Weise davon erfuhr. Nur der Sicherheit halber, nur um klarzustellen, ob das von seiten Jans eine Nachlässigkeit war oder Absicht, rief er in der Dvorskyschen Kanzlei an und hinterließ, da man ihm Jan als abwesend meldete, seinen Namen und die Bitte um Rückruf. Der Rückruf erfolgte nicht. Jan meldete sich nicht mehr. Es war Absicht, und Martin mußte sie zur Kenntnis nehmen.

Vielleicht wäre ihm das um einiges schwerer gefallen, als es ihm nun doch noch fiel – wenn nicht gerade um diese Zeit, da das alte Jahr zu Ende ging und das neue, das 48er-Jahr, begann, die Entwicklung der Dinge auf ein erregendes Wunder hinzusteuern schien, auf die Aufhebung aller akzeptierten Gesetze der Parallelität. Es war die Zeit, in der es nicht mehr ganz danach aussah, als sollte es nach dem Willen derer gehen, die sich fremdem Willen verschworen hatten, sondern es sah fast nach dem Gegenteil aus. Es war die Zeit eines mit fieberhafter Entschlossenheit auftrotzenden Widerstands, der aus den unvermutetsten Winkeln hervorkam und die unverhofftesten Wege fand. Selbst Dr. Pejrs nervöses Augenzwinkern hatte plötzlich etwas von verstohlenem Einverständnis an sich und von schmunzelnder Aufmunterung, nur zu, hieß das, nur drauflos, Sie dürfen sich's ja erlauben, jetzt geht es ums Ganze und jetzt zeigen Sie gefälligst, was Sie können – ach, Martin bedurfte solcher Aufmunterung nicht, er hätte eher eines Dämpfers bedurft, der ihn ein wenig zur Ruhe verhalten hätte zwischen Redaktionskonferenz und Gewerkschaftssitzung und Artikelschreiben und Studentenversammlung und Volksversammlung, es ist nichts verloren, es wird vielleicht alles noch gut, es ist ohnehin schon viel besser, als man's zu hoffen gewagt hätte, jetzt müßte Jan da sein, diese Arbeiter müßte er sehen und diese Studenten hören, diesem alten Gewerkschaftsführer Fragen stellen und diesem jungen Priester Antwort geben, jetzt müßte er da sein – und mit einem Mal war er wirklich da. Mitte Februar, in einer Versammlung, in der Martin ihn am allerwenigsten zu finden erwartete, weniger als in der oder jener andern, es war das erste Massenmeeting eines erst kürzlich ins Leben gerufenen «Demokratischen Forums» (von dem sich freilich bald genug erwies, daß es auf diese Bezeichnung ungefähr den gleichen Anspruch hatte wie die Freiheit, die es verfocht, auf die Bezeichnung Freiheit). Dort saß Jan Dvorsky, in einer der ersten Reihen, und grüßte unbefangen zu Martin herüber, nicht besonders freundlich und nicht besonders kühl, vollkommen unbefangen, als wäre in der Zwischenzeit gar nichts zwischen ihnen geschehen und als hätte nicht er das Geschehene in Szene gesetzt.

Dann aber erhob er sich und trat auf Martin zu.

Ein paar Sekunden blieb er schweigend vor ihm stehen, beide Hände in den Hosentaschen, mit einem Mienenspiel, das Martin zuerst noch als Überleitung zu ein paar heiter bagatellisierenden Worten deuten wollte – bis er merkte, daß er gemustert wurde, kalt und herablassend gemustert.

«Noch immer so aktiv, Martin? Willst du heute wieder sprechen?»

«Ja.»

«Du mußt achtgeben, was du sagst. Du mußt überhaupt achtgeben. Sehr gut achtgeben.»

«Aber Jan. Das klingt ja wie eine Drohung?»

«Es ist eine Warnung.»

«Ich hab dich nicht gebeten, mich zu warnen.»

«Auch gut. Dann war es eine Drohung.»

Und dann ging, kaum daß Martin zu sprechen begann, ein Zischen und Stampfen los und ein unverkennbar organisiertes Zwischenrufen, und weil es nicht unerwidert blieb – denn Martin stand nicht allein, es waren nur, die zu ihm standen, in der Minderheit –, so schien Tumult und Auflösung unausbleiblich. Und als es Jan Dvorsky war, der den Tumult zum Abklingen brachte, der sich Ruhe verschaffte und das Wort ergriff, hegte Martin für ein paar letzte wirrsälige Augenblicke noch die verwegene Hoffnung, daß Jan vielleicht zu protestieren gedächte gegen den Bruch der zugesicherten Redefreiheit oder sonst etwas Anständiges täte. Er tat nichts dergleichen. Die Empörung seiner Kameraden sei nur allzu verständlich, sagte Jan Dvorsky, und es hätte wahrhaftig keinen Sinn, dem armseligen Gestammel verkappter Reaktionäre zuzuhören, die nicht einmal den Mut und die Ehrlichkeit besäßen, sich offen auf die Seite der Reaktion zu stellen. Sollten sie sich aber dazu nicht entschließen können, dann mögen sie, da sie doch auch in der Heimat Emigranten blieben, lieber gleich in die Emigration zurückgehen und ihrer Selbstgefälligkeit dort ein Monument errichten – vielleicht an jener Stelle, wo ihnen diese bescheidene Kriegsverletzung zugestoßen wäre, auf die sie nun schon genug gesündigt hätten. Sie mögen nicht länger so tun, als schleppten sie zum linken Bein auch eine linke Vergangenheit nach. Wir, die Kräfte des wahren Fortschritts, fallen ihnen nicht länger darauf herein. Wir haben genug von ihnen. Wir brauchen sie nicht.

Das sagte Jan Dvorsky, dicht neben Martin stand er, als er das sagte, und dicht vor ihm, als der Tumult dann von neuem losbrach, so dicht, daß sie ihre letzten Worte ganz leise miteinander wechseln konnten, starr und reglos vom Vakuum ihrer eigenen Auflösung umkapselt inmitten der Auflösung ringsum.

«Verschwind», sagte Dvorsky. «Verschwind, solang du noch Zeit hast. Möglichst weit weg, und möglichst rasch.»

«Das ist nicht so einfach», sagte Martin. «Mein linkes Bein schleppt nach.»

«Darauf werden wir dann leider keine Rücksicht nehmen können.»

«Wann?»

«Wenn wir an der Macht sind. Morgen. Und dann wird es für dich zu spät sein.»

«Bin ich denn so wichtig?»

«Mir schon. Das ist dein Pech. Wenn du willst, kann ich dir auch jetzt sofort zeigen, wie wichtig du mir bist.»

«Ja–?»

Aber da kam die Auflösung von ringsumher schon über sie beide hinweggetost, und die Hand, die Jan schon zum Schlag erhoben hatte, verfing sich im Knäuel der Eindrängenden.

Es verging noch eine Woche, ehe die ersten Aktions-Komitees der Kommunistischen Partei in den Straßen Prags auftauchten. Martin sah sie und versuchte sich vorzustellen, daß er wirklich gefährdet wäre, wenn jene an die Macht kämen. Es gelang ihm nicht. Aber vielleicht gelang es ihm nur deshalb nicht, weil er sich nicht vorstellen konnte, daß jene wirklich an die Macht kämen. Die demonstrierenden Aktions-Komitees wurden auch von der alsbald ausgerückten Polizei sanft und entschieden in die Nebengassen abgelenkt.

Zwei Tage später marschierten sie bewaffnet, und die Polizei schritt nicht mehr ein.

Einen weiteren Tag später schoß die Polizei in unbewaffnete Studenten, die zum Hradschin zogen, um den Präsidenten der demokratischen Republik in seinem Widerstand gegen ein diktatorisches Ultimatum zu stützen.

Noch einen Tag später führte die Polizei gemeinsam mit den Aktions-Komitees die ersten Razzien gegen die Zentren des Widerstands durch, gegen Parteihäuser und Redaktionen, gegen Arbeiter- und Studentenheime. Am Abend und in der Nacht erfolgten Razzien in Privatwohnungen und in öffentlichen Lokalen, die verdächtig waren, staatsfeindlichen Elementen als Treffpunkt zu dienen. Unter diesen Lokalen befand sich auch die Weinstube «Zur goldenen Spinne».

Tags darauf, am 25. Februar 1948, gab der Präsident der demokratischen Republik seinen Widerstand auf und beugte sich – um, wie er sagte, Blutvergießen zu vermeiden – vor dem Ultimatum der Diktatur.

An diesem Tag erwachte Martin Dub zu ungewohnt früher Stunde aus einem ungewohnten Schlaf. Er kannte das Bett nicht, in dem er lag, und aus dem eben erst aufdämmernden Morgengrau traten die Umrisse des Raums nur verschwommen hervor. Es war ein durch und durch fremdartiges Erwachen, und Martin, indem er sich der fremdartigen Geschehnisse besann, die es herbeigeführt hatten, schob sie auch schon von sich und schloß rasch die Augen. Das Bild der schlafenden Gestalt neben ihm haftete noch sekundenlang hinter seinen Lidern, und er verwunderte sich noch, daß ihn gerade dieser Tag neben einer Frau erwachen ließ – dann schlief er wieder.

Als er aufs neue die Augen aufschlug, hatte der Raum sich nur um weniges erhellt. Mit einem tastenden Blick stellte Martin fest, daß er allein war und daß die derbe Weckuhr, die vom Fenster herübertickte, auf zwölf zuging.

Plötzlich schrak er auf. Nicht nur war er allein – sondern das Bett sah überzeugend danach aus, als wäre er immer allein gewesen. Straff und glatt lag das andre Kopfkissen neben dem seinen, und der rosafarbenen Decke war nichts davon anzumerken, daß sie sich über einen zweiten Körper gebreitet hätte.

Verdutzt sah Martin um sich. Nach einem Scherz stand ihm nicht der Sinn, und um einen Traum konnte es sich nicht handeln. Sein Kopf war klar und war es auch vorher gewesen, in jener kurzen Spanne seines morgendlichen Erwachens, als er Zdenka neben sich liegen und schlafen gesehen hatte, er erinnerte sich genau. Sogar an den Ausdruck ihres Gesichts glaubte er sich zu erinnern – aber das mochte schon Täuschung sein und schon ein Teil seiner Erinnerung an die Geschehnisse der Nacht. Denn mit diesem zugleich verschmitzten und erschöpften Ausdruck hatte Zdenka ihn angesehen, als der letzte Polizist endgültig verschwunden und die unglaubliche, die märchenhafte Frechheit ihr endgültig geglückt war, heute nacht, vor ungefähr elf Stunden – die Weckuhr wies jetzt genau auf zwölf, und die Razzia auf die «Goldene Spinne» war kurz vor eins erfolgt.

Um diese Zeit hatte Martin noch nicht einmal Zdenkas Namen gewußt. Er kannte sie, wie er und seine Freunde die meisten der Mädchen kannten, die in der «Goldenen Spinne» auf Kundschaft warteten, er kannte sie vom Sehen und Nicken und Winken, aber er wußte nicht, wie sie hieß. Und dann, mit einem Mal, als atemlos und um die entscheidenden Sekunden zu spät vom Garderobenverschlag her der bucklige Lojza vorbeigesaust kam und gerade noch «Polizei!» zischen konnte – als der Lärm aus Musik und Geschwätz und Geklirr zerbröckelte und erstarb und als hinter Weindunst und Rauchschwaden die Uniformen sichtbar wurden, im Eingang zuerst und schon an der Hintertür auch – als vom Tisch die Gefährten auf- und davonstoben, zwei noch zum Fenster hinaus und einer durchs Klosett und zwei den Uniformierten in die Arme – und als er selbst, weil es für ihn ja auch Sekunden früher schon zu spät gewesen wäre, nur noch stur zu Boden glotzte und beharrlich sich frug, ob jetzt vielleicht Jan Dvorsky auf ihn zukommen und sich nach seinem linken Bein erkundigen würde –: als dies alles mit einemmal geschah, saß mit einemmal auch Zdenka am Nebentisch, oder vielleicht war sie schon früher dagesessen und er sah sie erst jetzt, da sie ihn am Ärmel zupfte und ihm ihren Namen zuraunte und auf der hölzernen Bank, die längs der Wand verlief, ein wenig näher zu ihm gerutscht kam und er ein wenig näher zu ihr, schon hatte sie ein halb gefülltes Weinglas vor ihn hingeschoben und sprach mit ruhiger, gedämpfter Stimme auf ihn ein, ihre ersten Worte verstand er nicht, denn im gleichen Augenblick, von einem schroff hörbaren Befehlswort angetrieben, hatte die Musik wieder eingesetzt, da und dort klirrten verlegen ein paar Gläser auf und jetzt begann er allmählich zu verstehen, was Zdenka sagte – nimm dein Glas, mach dich nichts wissen, nimm dein Glas, mit denen werden wir noch fertig –, jetzt näherte sich auch schon einer der Hilfsgardisten, die an der Verfolgung der Entflohenen nicht teilnahmen, ein blutjunger Lümmel mit Stahlhelm und roter Armbinde und Karabiner – nur keine Aufregung, trink, so ist's recht – über der Tischplatte preßte sie ihren Arm gegen ihn und unterm Tisch ihr Knie – sei ruhig und laß mich reden – – wie bitte? nein, leider, Herr Inspektor, die kenn ich nicht, und wenn's Politische sind, will ich sie gar nicht kennen, mit solchen Sachen hab ich nichts zu tun – weißt du vielleicht etwas, Liebling? nein? sehen Sie, Herr Inspektor, auch mein Freund interessiert sich nicht für Politik, er ist auf etwas ganz andres neugierig, das können sie sich doch denken – und der Handgriff, mit dem sie plötzlich nach Martin langte, war so unverfroren obszön, daß der blutjunge Lümmel sich grinsend abwandte und zu einem andern Tisch trat. Und als es dann endgültig vorbei und endgültig geglückt war und Martin sich zurücksinken ließ, sah Zdenka ihn mit jenem zugleich verschmitzten und erschöpften Ausdruck an, den sie dann auch im Schlaf auf ihrem Gesicht getragen hatte, im Morgengrauen, vor ein paar Stunden noch, dicht neben ihm, hier in diesem Bett.

Aber wer jetzt etwa hier hereinkäme, dürfte getrost schwören, daß in diesem Bett niemand außer Martin die Nacht verbracht hatte.

Martin setzte sich auf den Bettrand, das linke Bein vor sich hingestreckt, das rechte untergeschlagen – das war die Positur, die er nach jedem Erwachen noch für eine kurze Weile beibehielt, ehe er sich im neuen Tag zurechtfand.

Diesmal dauerte es mit dem Zurechtfinden etwas länger. Er sah auf dem Sessel in der Ecke seine Kleider liegen, im gleichen, unordentlichen Haufen, zu dem er sie in der Dunkelheit zusammengeworfen hatte, indessen Zdenka ins Nebenzimmer verschwunden war und dann plötzlich nackt vor ihm stand, auch daran erinnerte er sich genau, an diesen peinlichen Irrtum, der noch aus der «Goldenen Spinne» herrührte: denn Zdenkas Frage, ob er mit ihr nach Haus kommen wollte, hatte durchaus kein Asylangebot bedeutet, sondern genau das, was eine solche Frage immer bedeutet, wenn sie in der «Goldenen Spinne» gefragt wird, Razzia oder nicht, Sittenpolizei oder Politische. Und weil er mit ihr nach Haus gegangen war, stand sie dann eben nackt vor ihm, und weil sie nackt vor ihm stand, konnte er ihr den Irrtum doch nicht mehr aufklären und folgte ihr ins Bett und versuchte auch noch den ersten Regungen ihres Körpers zu folgen –

«Du mußt nicht, Liebling.» Sie sagte es leise in sein Ohr, mit ihrer ruhigen, gleichmütigen Stimme, und tätschelte noch ein wenig seinen Arm entlang, ehe sie sich von ihm loslöste. «Das war heute ein schlechter Tag für dich, was? Nach so einer Aufregung braucht der Mensch seine Ruhe. Du bist müde, Liebling, und ich auch. Schlaf schön. Morgen erzählst du mir alles.»

Nicht daß er ihr jetzt wirklich alles erzählen wollte. Aber er hätte ihr gerne ein paar dankbare Worte gesagt und ein paar Worte der Entschuldigung.

Und jedenfalls hätte er sie gerne gesehen. Ihr spurloses Verschwinden wurde ihm langsam unbehaglich.

Jetzt begann er auch noch zu frösteln. Das kommt vom langen Herumsitzen, dachte er, ich bin ja noch immer nackt, worauf warte ich denn noch.

Im nächsten Augenblick, kaum daß er sich erhoben hatte, warf ihn ein heftiger Schüttelfrost aufs Bett zurück; nur mit Mühe gelang es ihm, die Decke um sich zu schlagen.

Minutenlang lag er so da, mit klappernden Zähnen, von kalten Schauern durchjagt. In diesen Minuten kam er sich jämmerlicher und hilfloser vor als jemals seines linken Beines wegen, als jemals im Krieg und in wirklicher Gefahr. Hab ich denn solche Angst, fragte er sich, schon jetzt solche Angst? Und wie soll das weitergehen, wenn ich schon jetzt solche Angst hab?

Ein Badezimmer. Jetzt möchte ich ein Badezimmer haben, ganz für mich allein.

Das Aufsetzen kostete ihn noch einige Anstrengung. Dann war die Schwäche unvermittelt vorbei.

Gab es hier überhaupt ein Badezimmer? Und welche der beiden Türen führte hinein? Aber um das zu erkunden, mußte er sich zuerst einmal ankleiden.

Und wenn er erst einmal angekleidet wäre, würde er sich lieber sofort davonmachen. Nein, kein Badezimmer mehr. Einen Geldschein auf den Tisch legen – und hinaus. Rasch und hoffentlich unbemerkt hinaus. Oder doch noch einen Zettel mit ein paar Dankesworten dazu. Und jetzt zu den Kleidern.

Die Holzdiele – das hatte er gestern gar nicht bemerkt – knarrte bei jedem Schritt. Vielleicht weil er barfuß ging und ungeschickt auftrat.

Gerade als er sich aufatmend in den Sessel niederließ, wurde die kleinere der beiden Türen behutsam geöffnet. Zdenka lugte hindurch, nickte und kam ins Zimmer geschlüpft; sie war im Schlafrock, aber ihre Morgentoilette hatte sie sichtlich schon hinter sich.

«Der Tonik schläft noch», flüsterte sie. «Der Tonik ist mein Freund, weißt du. Ich bin schon lange wach. Und jetzt hab ich gehört, daß du aufstehst.»

Etwas Harmloses und Beruhigendes ging von ihrer Gegenwart aus, von ihrer Stimme, sogar von der Ungeniertheit, mit der sie sich jetzt aufs Bett setzte und ihm beim Ankleiden zusah. Das alles stand in so jähem Gegensatz zum eben noch Gewesenen und wirkte so unverbindlich und selbstverständlich wie der Bahnhofsplatz in einer fremden Stadt. Für ein paar wirre Augenblicke zweifelte Martin an der Wirklichkeit der vergangenen Nacht.

«Ich hab dich schon sehr vermißt», sagte er. «Und ich hab fast schon geglaubt, daß du gar nicht hier geschlafen hast.»

Zdenka strich über das faltenlose Kopfkissen.

«Das ist wegen Tonik. Der Tonik hat's nicht gern, wenn jemand über Nacht bei mir bleibt. Deshalb bin ich dann zu ihm übersiedelt und hab hier ein bißchen Ordnung gemacht. Wenn er früher aufgewacht wär, hätt ich ihm sagen können, daß du die ganze Zeit allein warst.»

«Ich verstehe», sagte Martin und verstand bestenfalls die Hälfte.

«Jetzt müssen wir's anders anpacken.» Mit gerunzelten Brauen dachte Zdenka nach. «Hast du Geld? Es muß nicht sein, aber es macht sich besser.»

Wieder verstand er nicht ganz – denn über die bloße Geldfrage hätte Zdenka doch nicht so lange nachdenken müssen?

Der Betrag, den sie ihm nannte, war erstaunlich gering; er konnte ihn nach oben abrunden und konnte sogar noch fragen, ob das bestimmt genug wäre.

«Na hörst du?» machte Zdenka beinahe vorwurfsvoll. «Für das, was du von mir gehabt hast, ist es viel zuviel.»

«Das lag ja an mir.» Er kam um ein verlegenes Lächeln nicht

herum. «Und für das, was du für mich getan hast, ist es viel zuwenig.»

Zdenka hob ihm ein gleichmütiges Gesicht entgegen; auch ihre Stimme war ausdruckslos:

«Was ich für dich getan hab, Liebling, hab ich nicht für dich getan, sondern gegen die Polizei. Das kostet nichts. Daraus mach ich mir kein Geschäft.»

«So hab ich's auch nicht gemeint.» Der Gedanke, daß er Zdenka verletzt haben könnte, steigerte seine Verlegenheit. «Ich wollte dir nur sagen, daß ich dir sehr dankbar bin. Auch wenn du's nicht für mich getan hast.» Er stand auf. Sein Blick wanderte von einer Tür zur andern.

«Ein bißchen hab ich's schon auch für dich getan.» Zdenka war auf ihn zugetreten, und ihre Stimme klang sanft und leise wie in der Nacht. «Weil du doch nicht so gut laufen kannst. Und weil ich dich gern hab.» Sie drückte ihn in den Sessel zurück und rieb im Niederbeugen ihre glatte, nach kalter Sonne duftende Wange ganz leicht gegen die seine. «Wart», sagte sie plötzlich. «Der Tonik ist aufgewacht. Ich bin gleich wieder da.»

Wenigstens stand jetzt fest, daß Zdenka nicht gekränkt war. Aber worauf sollte er noch warten? Gedachte sie ihn als Zeugen dafür vorzuführen, daß es sich hier um keinen Geschäftsbesuch handelte? Damit würde sie auf ihren Freund wohl schwerlich Eindruck machen. Oder wollte sie nur noch zurückkommen, um sich von ihm zu verabschieden? Das mochte am ehesten zutreffen.

Wie sich zeigte, traf das ziemlich genaue Gegenteil zu. Zdenka, als sie bald darauf wieder eintrat, verkündete schon von der Tür her (und so befriedigt, als brächte sie ihm die Erfüllung eines ausdrücklichen Versprechens): sie hätte mit Tonik gesprochen, es wäre alles in Ordnung, und er sollte sich's bequem machen.

Einigermaßen dümmlich sah Martin sie an.

«Du kannst hierbleiben», verdeutlichte Zdenka. «Willst du ins Badezimmer? Es ist auf dem Gang draußen. Komm, ich zeig's dir.»

«Danke. Danke vielmals.» Martin, auf der Höhe seiner Verständnislosigkeit angelangt, wußte nicht recht, wie er sich wieder hinabturnen sollte. «Das ist wirklich sehr lieb von euch beiden. Aber ich muß jetzt sowieso nach Hause gehen.»

«Jetzt? Am hellichten Tag?» Ungläubig und verblüfft sah Zdenka ihn an. «Hast du vergessen, daß die Polizei dich sucht?»

«Ach so.» Endlich gingen Zdenkas Besorgnisse ihm auf, und er lächelte, weil sie so rührend gradlinig waren. «Nein, das hat gestern gefährlicher ausgeschaut, als es ist. Die suchen ja nicht mich persönlich. Ich muß mich ja nicht verstecken.»

Aber noch während er sprach, fühlte er, wie sein Lächeln ihm auf den Lippen einfror, wie seine Schläfen kalt wurden und seine Stimme leblos. Jäh und mit alberner Greifbarkeit trat eine Erinnerung aus seiner Gymnasiastenzeit ihm vor die Augen: als er sich einmal zum Unterricht verspätet hatte und dem Professor die übliche Ausrede vom Nasenbluten vorzulügen begann – und plötzlich hatte ihm wirklich die Nase geblutet.

«Einen Augenblick», sagte er. «Laß mich überlegen.» Und er setzte sich wieder hin.

«Was gibt's denn da zu überlegen?» Zdenka trat ans Fenster, öffnete es und trug das Bettzeug heran, um es Stück für Stück auszuklopfen und übers Fensterbrett zu schichten; dabei sprach sie gleichmütig und wie zum Zeitvertreib weiter. «Ich weiß schon, daß du kein Einbrecher bist, sondern ein Politischer. Und deine Freunde gestern? Waren die vielleicht Einbrecher? Na also. Und warum soll die Polizei dich nicht suchen? Kennst du die Polizei? Ich kenn sie. Da muß man auf alles gefaßt sein. Vielleicht sitzen sie schon bei dir zu Hause und warten auf dich? Du darfst sie nicht für dumm halten, weißt du.»

«Ich halt sie gar nicht für dumm. Ich glaub nur nicht –» Er brach ab. Das war ja absurd: wie er sich da von Zdenkas Vorstellungen, so primitiv und mißverständlich sie waren, immer mehr überzeugen ließ; wie er sich selbst schon vorstellen konnte, daß die Polizei in seiner Wohnung auf ihn wartete, ganz unabhängig von der gestrigen Razzia. «Aber so schnell geht das doch nicht», sagte er unwillig – und hielt abermals inne. Denn natürlich ging das so schnell. Es ging überhaupt nicht anders.

«Mach was du willst, Liebling.» Zdenka setzte sich auf das nun völlig kahle Bett und zog eine Zigarette hervor. Als er ihr Feuer reichte, sah sie kurz zu ihm auf. «Mir tät's leid, wenn sie dich erwischen. Dazu hätt' ich mich nicht so anstrengen müssen – gestern in der Spinne, und jetzt mit dem Tonik.»

«Das ist wahr», sagte Martin. «Da hast du recht.» Mit ein paar unschlüssigen Schritten trat er ans Fenster. Er sah über die trostlosen Vorstadtdächer hinweg, über die Wäscheleinen mit ihren bunten Stücken reihenweise, und wandte sich um. «Ich mach dir einen Vorschlag, Zdenka. Ich schau jetzt erst einmal nach, was draußen vorgeht – und wenn's wirklich so gefährlich ist, komm ich in einer Stunde wieder zurück.»

«Und die Polizei gleich hinter dir, du Obergescheiter? Damit auch wir sie noch am Hals haben? Nein, Liebling. Wenn du jetzt weggehst, bist du weg. Entweder – oder.» Ein paar Sekunden wartete sie noch – dann, mit einem kleinen, ungeduldigen Seufzer, stand sie auf und strich sich den Schlafrock zurecht. «Komm», sagte sie. «Ich zeig dir, wo das Badezimmer ist.»

Damit war allerdings noch nichts entschieden. Zdenka äußerte sich nicht weiter darüber, ob ihre Besorgnisse um Martins Sicherheit vom Tageslicht abhingen, ob er bei Einbruch der Dunkelheit auf jeden Fall gehen oder auf jeden Fall bleiben sollte, oder ob er dann vielleicht gehen und wieder zurückkommen könnte. Und Martins Bedürfnis, sie oder sich selbst auf eine Entscheidung festzulegen, verringerte sich mit jeder neuen Nachricht, die von einem der Hausbewohner – offenbar dem einzigen Besitzer eines Radioapparats – in Umlauf gesetzt wurde. Zumindest machten ihn diese Nachrichten in keiner Weise darauf erpicht, seinen Unterschlupf, wenn er ihn damit endgültig aufgeben müßte, nun etwa zu verlassen.

Zu einer klaren Entscheidung kam es indessen auch bei Einbruch der Dunkelheit nicht. Sondern Zdenka, nachdem sie die Abendblätter geholt und einiges von den Auswirkungen des mittlerweile legal gewordenen Machtwechsels erzählt hatte, begann mit Tonik ohne weitere Umstände zu besprechen, wie Martin für die heutige Nacht am besten unterzubringen wäre. Ihre Berufsstunden, die auch Tonik zumeist außer Haus verbrachte, dauerten gewöhnlich von neun Uhr abends bis drei Uhr früh – bis dahin konnte Martin sich also je nach Wunsch in einem der beiden Zimmer aufhalten; wenn Zdenka dann mit einem Besuch nach Haus käme (was keineswegs immer geschah), müßte Martin sich in Toniks Zimmer zurückziehen, und hernach stünde ihm Zdenkas Bett zu ungestörtem und unbegrenztem Schlaf zur Verfügung. Das war ein ebenso wohlgemeintes wie einleuchtendes Arrangement – es wurde größtenteils von Tonik entwickelt – und Martin wartete nur auf die Zustimmung Zdenkas, um es dankend anzunehmen. Zdenka jedoch schüttelte mißbilligend den Kopf und erklärte, zu Tonik gewandt: man könnte diesem Herrn doch nicht zumuten, in einem eben erst benützten Bett zu schlafen. Tonik fand, daß dieser Herr, wenn er so empfindlich wäre, auf der bloßen Matratze schlafen sollte, und sichtlich richtete sein Aufbegehren sich mehr gegen Zdenka als gegen Martin (den er mit brummiger Scheu behandelte und nur selten direkt ansprach). Zdenka überhörte ihn, überhörte auch Martins Beteuerung, daß er schlafen würde, wo immer man ihn hinlegte oder hinsetzte – und kam nach einer beharrlichen Pause des Nachdenkens mit einer Lösung herausgerückt, von der sie sogleich ankündigte, daß sie im Notfall auch für mehr als eine Nacht brauchbar wäre (womit die Möglichkeit eines solchen Notfalls zum ersten Mal ausdrücklich erwähnt war). Die Lösung bestand in einer Dachkammer, die von Zdenka und ihrer im selben Haus wohnhaften Freundin und Berufskollegin Emmy zur Aufbewahrung teils überflüssiger, teils besonders sicherheitsbedürftiger Gegenstände verwendet wurde und die sich sehr leicht in eine Schlafstatt umwandeln ließe. Dazu war es allerdings erforderlich, Emmy ins Vertrauen zu ziehen, aber das wollte Zdenka gut und gerne auf sich nehmen; sie schien auf ihre Freundin überhaupt große Stücke zu halten (und wie sich später noch zeigte: mit Recht). Tonik zuckte die Achseln, erklärte sich mit allem einverstanden, was seine eigene Bequemlichkeit, Zdenkas Geschäft und ihrer beider Verhältnis zur Polizei nicht belasten würde, und der Fall war erledigt.

Das Feldbett, das an der schräg abfallenden Längswand der Dachkammer stand – man mußte erst allerlei Gerümpel beiseite schieben, um heranzugelangen – erwies sich nach kurzer Prüfung als völlig intakt, auch die Beleuchtung funktionierte, und daß der Raum im übrigen nicht eben wohnlich aussah, fand Martin ganz natürlich. Zdenka hingegen, die schon mehrmals zuvor ihr hausfrauliches Verantwortungsgefühl bekundet hatte, ließ bei jedem neuen Stolpern und jeder neu aufwirbelnden Staubwolke einen leisen Fluch hören und schalt sich eine dumme Kuh, weil sie nicht rechtzeitig auf den Einfall gekommen wäre, die Dachkammer instand zu setzen; aber das wollte sie morgen gründlich nachholen, sagte sie beim Abschied (und damit war die kurz zuvor erwähnte Möglichkeit, daß Martin vielleicht mehr als eine Nacht hier verbringen würde, bereits zur Wahrscheinlichkeit geworden).

In der Tat wartete Zdenka nicht einmal bis zum nächsten Tag. Sie klopfte schon gegen ein Uhr nachts an die Tür der Dachkammer, gerade als Martin mit der Lektüre der Abendblätter hoffnungslos zu Ende war und sich notdürftig für den Schlaf einzurichten begann. Und sie hatte nicht nur eine warme Decke mitgebracht und neue Zeitungen und Zigaretten und einen Topf Kaffee, sondern sie holte von draußen auch noch Besen und Kübel und Schaufel und ein feuchtes Staubtuch herein: es hätte heute nacht ohnehin kein Geschäft gegeben, erläuterte sie, und da der Tonik noch nicht zu Hause wäre, könnte sie diesen Saustall gleich jetzt in Ordnung bringen.

Das tat sie denn auch, von Martins Handlangerdiensten nicht besonders wirksam unterstützt, und nach einer knappen Viertelstunde war das Gerümpel im Hintergrund des Raums zusammengeschoben, Bett und Fenster waren freigestellt, und über Gebälk und Diele lagerte der hölzern strenge Geruch von Sauberkeit. Jetzt könnte man sich wenigstens bewegen, stellte Zdenka gleichmütig fest. Jetzt brauche man sich nicht bei jeder Bewegung vor dem Staub in acht zu nehmen.

Sie sagte «man», und das hob den sachlichen Charakter ihres Unternehmens noch weiter hervor, das hieß, daß sie hier Ordnung geschaffen hatte, weil es fällig war, nicht etwa Martins wegen. Mit dieser unpersönlichen und dennoch freundlichen Gelassenheit tat Zdenka alles, was sie tat – und hätte es ebensogut auch ungetan lassen können. Es war gleichgültig, ob es geschähe, und selbstverständlich, so wie es geschah. Und durchaus auf diese Weise geschah es jetzt auch, daß sie an ihn herantrat, ihm beide Hände auf die Schultern legte und ihren Körper mit hartem Ruck an den seinen preßte.

«Ich bin dir noch etwas schuldig», sagte sie. «Von gestern nacht.»

Heftiger als ihm zumut war, nahm Martin sie auf, heftig und rasch, als hätte auch er eine Schuld abzustatten und als müßte ihm diese Schuld für immer angekreidet bleiben, wenn er sich jetzt erst bedächte. Er sah, wie Zdenka die Augen schloß, er hörte sie durch die Zähne Luft holen, und weil das wie ein kleiner Schmerzenslaut klang, fürchtete er ein paar verhaltene Sekunden lang, daß Zdenka ihm jetzt mit einer vorgetäuschten Erwiderung seiner Heftigkeit aufwarten würde und mit dem ganzen Register der beruflichen Hingabe, die sie ihm von gestern nacht noch schuldig sein wollte. Aber Zdenkas Umarmung blieb stumm.

Es wurde niemals klar, für welche Zeitdauer man ursprünglich mit Martins Bleiben gerechnet hatte und ob es immer weiterer Absprachen zwischen Zdenka und Tonik bedurfte, damit dieses sonderbare Zwischending aus gleichgültiger Improvisation und unerbittlicher Alternative sich immer weiter fortsetzte. Klar, von allem Anfang an und bis zum Schluß, war nur die Unerbittlichkeit der Alternative: entweder du bleibst, dann mußt du dich nach uns richten – oder du gehst, dann bist du für immer gegangen; entweder du brauchst ein Versteck – oder du brauchst keines. Und da sich das nur unwiderruflich entscheiden ließ oder gar nicht, war es völlig belanglos, ob man den Begriff des «Verstecks» wirklich so streng interpretieren mußte, wie Zdenka und Tonik es taten; völlig belanglos, ob die Polizei diesen Martin Dub, der ihr da bei einer Razzia versehentlich durch die Lappen gegangen war, wirklich so planvoll suchte; völlig belanglos, in der Tat, ob Martin wirklich ein Versteck brauchte. Im gleichen Augenblick, da er es angenommen hatte, brauchte er es, und mußte dem strengen Versteckslreglement, das Zdenka und Tonik ihm vorschrieben, schon aus simpler Dankbarkeit Folge leisten, schon weil sie ihm zu einem solchen Zeitpunkt und unter solchen Umständen überhaupt Versteck boten. Denn so wenig er feststellen konnte, ob er gefährdet war, so wenig konnte er ausschließen, daß er es wäre, so wenig ließ sich leugnen, daß alle öffentlichen und geheimen Machtmittel jetzt in den Händen jener lagen, die er bekämpft hatte und die als Gegner keine Skrupel kannten und als Sieger keine Nachsicht. Wie es zuging, wenn solche Gegner über Nacht zu Siegern wurden, hatte er schon einmal erfahren, auch damals über Nacht. Und diesmal war ihm von einem der Sieger schon im voraus und ganz ausdrücklich jede Nachsicht verweigert worden.

Das alles bedeutete indessen keine gültige Entkräftung seiner Bedenken, ob er sich da nicht vielleicht aus Angst oder Schwäche in eine künstliche Zwangslage hineinmanövriert hätte, die am Ende um vieles schwerer zu meistern wäre als die gewissermaßen natürliche, in der er sich sonst befände. Er konnte diese Bedenken niemals richtig loswerden. Aber er konnte sich aus den Zeitungen, die Zdenka ihm regelmäßig mitbrachte, ein Bild davon machen, wie seine natürliche Zwangslage etwa aussehen würde – und sie hätte sich nach wenigen Tagen kaum noch von jener unterschieden, in der er sich schon einmal zuvor befunden hatte und der er schon einmal zuvor in nächtliche Verstecke entgangen war. Und als er unter den neu ernannten Funktionären der neuen Machthaber Jan Dvorskys Namen las und tags darauf unter den neu verhafteten Staatsfeinden die Namen einiger vormals gemeinsamer Freunde, begann er sich damit vertraut zu machen, daß es aus seiner Lage auch nur den gleichen Ausweg gäbe wie schon einmal zuvor.

Desto unerläßlicher wurde es, daß er die abgeschnittene Verbindung zur Außenwelt wieder herstellte: um seinen Freunden nun endlich Nachricht von sich zu geben und Nachricht von ihnen zu bekommen, und um sich für die ungewisse Zeitspanne, die ihm in seinem Unterschlupf bevorstand, tauglicher einzurichten. Und dazu mußte er sich an Zdenka wenden.

Zdenka – die ihm seit jener stummen Dachkammerepisode wieder mit so unpersönlich freundlichem Gleichmut entgegenkam, als hätte sie damals wirklich nur eine Geschäftsschuld begleichen wollen – entschied sein Anliegen mit einem glatten, ruhigen Nein. Nein, das käme gar nicht in Frage, daß er das Haus verließe. Nein, nicht einmal in der Nacht. Vielleicht später, aber jetzt noch nicht. Und was wären das für Freunde, die er verständigen müßte? Auch Politische? Von denen sollte er sich nur hübsch fernhalten. Und was er eigentlich so dringend brauchte?

Nach einigem Hin und Her brachte Martin eine Auskunft zustande, die für Zdenka unverfänglich klingen mochte und dennoch wichtig genug: er brauchte vor allem Geld und ein paar Sachen aus seiner Wohnung – Wäsche und Bücher und persönliche Dokumente, die der Polizei nicht in die Hände fallen dürften.

Zdenka schien immerhin so weit beeindruckt, daß sie nachzudenken begann. Das wäre etwas für ihre Freundin Emmy, sagte sie schließlich. Die wäre gescheit. Die könnte ein Kinderfräulein aus sich machen oder eine Sekretärin, eine Cousine vom Land, und sogar eine Dame. Auf die könnte er sich verlassen.

Dessen war Martin nicht so sicher, obgleich er Emmy schon kannte und ihre flinke, heitere Intelligenz durchaus nicht unterschätzen wollte. Aber es blieb ihm nichts andres übrig, als zuzustimmen.

Emmy übernahm den keineswegs unkomplizierten und nicht einmal ungefährlichen Auftrag vergnügt wie einen Faschingsscherz, und vielleicht war das die beste Art, ihn durchzuführen. Jedenfalls kehrte sie innerhalb weniger Stunden von den angegebenen Wegen und Umwegen zurück (sie hatte eine beträchtliche Anzahl von Büro- und Privatadressen, von Telefonnummern und Kaffeehäusern bewältigen müssen, um insgesamt vier Personen stellig zu machen). Und jedenfalls befand sich Martin am Abend im Besitz einer kleinen Wäschegarnitur, einiger Bücher und Schreibbehelfe, eines nicht ganz erwartungsgemäßen Geldbetrags und eines über Erwarten präzisen Situationsberichts, den ihm Lesensky, sein jüngerer Redaktionskollege aus der «Freien Zeitung», in leicht verständlicher Chiffresprache zugehen ließ. Lesensky war auch der einzige, bei dem es richtig geklappt und bei dem Emmy volle Unterstützung gefunden hatte. Zu den beiden Verlegern, mit denen Martin als Übersetzer unter Vertrag stand, war sie nicht einmal vorgelassen worden (was sie jetzt noch kränkte, denn sie hatte sich eigens Lesenskys Brille aufgesetzt und ganz bestimmt wie eine Sekretärin ausgesehen). Martins Arzt, ein alter Freund der Familie und überdies sein Taufpate, hatte sie zwar empfangen, aber sogleich (noch ehe sie sich als Cousine vom Land zu erkennen geben konnte) wieder hinauskomplimentiert, mit der inständigen Bitte, künftig aus dem Spiel gelassen zu werden; allerdings hatte der ebenso gutmütige wie furchtsame alte Herr seine Bitte durch einen nicht unerheblichen Geldbetrag unterstützt, zu dem dann auch Lesensky noch etwas beisteuerte. An das Geld, das Martin in seiner Wohnung verwahrt hielt, war leider nicht heranzukommen gewesen – die Vermieterin, verängstigt durch zwei in den letzten Tagen erfolgte Besuche der Polizei, hätte ihnen so wenig Zeit gelassen, daß Emmy (diesmal vermutlich zum Kinderfräulein gewandelt) nur die Wäsche an sich nehmen konnte und Lesensky nur die Bücher und Schreibbehelfe. Ein melancholischer Zufall fügte es, daß unter diesen planlos zusammengerafften Büchern sich auch ein medizinisches Lehrbuch mit dem Namenszug Alois Cikans befand; denn gerade von Cikan – einem Führer der sozialistischen Studentenschaft, mit dem Martin während der letzten Monate häufig zusammengetroffen war – hatte Lesensky keine Nachricht und befürchtete das Schlimmste. Auch von einigen andern wußte er nicht, ob sie verhaftet wären oder sich versteckt hielten, und überhaupt wäre im Augenblick alles noch so verworren, daß sich nichts tun, nichts sagen und nichts raten ließe. Martin sollte froh sein, einen sicheren Unterschlupf zu haben, und sollte noch ein paar Tage stillhalten, ehe er den direkten Kontakt mit ihm wieder aufnähme.

Nachdem Emmy diesem Bericht noch ein paar Mitteilungen hinzugefügt hatte, deren Bedeutung sie nicht zu erfassen schien (oder sie ließ sich's nicht anmerken, und vielleicht Zdenkas wegen nicht), stellte sie abschließend fest, daß alle Menschen mit vollen Hosen herumliefen und daß keiner sich traute, den Mund aufzumachen; sondern jeder täte, als freute er sich, als hätte er die ganze Zeit auf nichts andres gewartet, und als wäre jetzt alles gut.

«Vielleicht freuen die sich wirklich?» fragte Zdenka. «Vielleicht wird's jetzt wirklich gut?»

«Red keinen Blödsinn», sagte Emmy. «Was mit der Polizei anfängt, kann nicht gut werden. Und wenn die Freude wirklich so groß wäre, hätten wir ein besseres Geschäft.»

Zdenka nickte in trübem Einverständnis, Tonik ließ eine höchst unwirsche Aufforderung an sämtliche Politiker ergehen, und Martin fand, daß Emmy die eben stattgefundene Revolution ungleich vernünftiger und treffender analysiert hatte als alle Zeitungsartikel der letzten Tage.

Martins Dachkammer-Existenz begann sich in geordnete Bahnen zu lenken. Zweimal täglich trug Zdenka ihm etwas zum Essen hinauf – zwischen drei und vier am Nachmittag eine Art Frühstück, und abends, kurz ehe sie das Haus verließ, einen warmen oder kalten Imbiß, der immer ausgiebig mit Brot versehen war und von dem Martin immer noch einen Rest beiseite legte (denn er gewöhnte es sich allmählich an, den größten Teil der Nacht zu durchwachen). Manchmal, wenn Zdenka allein und zu früher Stunde nach Hause kam, brachte sie ihm, außer den Zeitungen, einen dicken Porzellantopf mit frisch gekochtem Kaffee, und je nachdem, ob Tonik schon zu Hause war oder nicht, blieb sie dann noch zu kürzerem oder längerem Geplauder. Daß sie ihn jetzt nicht mehr, wie in den allerersten Tagen, zu einer der beiden regelmäßigen Mahlzeiten herunterrief oder abholte, lag offenbar daran, daß Tonik an solchem geselligen Beisammensein, dem auch Emmy sich gerne anschloß, keinen Gefallen fand. Und Toniks Anfrage, ob er Karten spielen könnte, hatte Martin verneint; er hielt es nicht für ratsam, Geld zu gewinnen, und von seinen beschränkten Mitteln auch noch zu verlieren, schien ihm schon deshalb überflüssig, weil er sogleich nach ihrer Überbringung durch Emmy mit der Zahlung eines täglichen Mietbetrags begonnen hatte. Seither beschränkte er seinen Aufenthalt fast ausschließlich auf die Dachkammer und seinen Umgang fast ausschließlich auf Zdenka.

Durchaus belanglos erkundigte er sich bei Zdenka eines Tags, wie es dem Tonik denn ginge und warum er ihn nie mehr zu Gesicht bekäme.

Zdenka suchte sich um die Antwort herumzudrücken; dann setzte sie ein Lächeln auf, das seltsam zwischen Freimut und Verlegenheit schwankte.

«Der Tonik hat etwas gegen dich», sagte sie.

Was das denn wäre? und ob es sich vielleicht um die Miete handelte? fragte Martin mit einer nicht ganz echten Unbefangenheit.

«Es hat nichts mit Geld zu tun», sagte Zdenka. «Und nichts mit dem Geschäft», fügte sie nach einer kleinen Pause hinzu. «Nichts mit dem, was passiert ist. Aber der Tonik glaubt –» Wieder zögerte sie, und jetzt war ihr Lächeln nur noch verlegen. «Er ist sehr eifersüchtig, der Tonik.»

Martin holte zu einer erstaunten Geste aus – und ließ die Hände rasch wieder sinken. Es war, als hätte Zdenkas Verlegenheit nun auch auf ihn übergegriffen, ja als wäre Zdenka sie gänzlich an ihn losgeworden; sie zuckte die Achseln, und ihre Stimme klang jetzt ganz gleichmütig.

«Wahrscheinlich hab ich ihm zu viel davon erzählt, wie gescheit du bist und wie gut sich's mit dir redet. Das versteht der Tonik nicht. Weißt du, was er darauf gesagt hat? Du bist so blöd, daß du nicht einmal Karten spielen kannst, hat er gesagt.» Damit stand sie auf und ging zur Tür.

Martin erbot sich, den guten Ruf, den Zdenka ihm gemacht hatte, nach Kräften zu bestätigen, und er käme sehr gerne zu einer Kartenpartie hinunter, wann immer Tonik wollte – aber Tonik schien nicht mehr zu wollen, und Zdenka brachte nicht mehr die Rede darauf. Im übrigen änderte sich nichts am unbeteiligt hausfraulichen Gleichmaß, mit dem sie sich seines Daseins annahm, und nichts am Gleichmaß dieses Daseins selbst, dem er durch Lesen und Schreiben, durch Schlafen und Sinnieren beizukommen suchte und dessen unentrinnbare Gegenpole eine sonderbare Ähnlichkeit mit denen des Soldaten-Daseins aufwiesen: indem sich die Langeweile nur um den Preis der Gefahr umgehen ließ und die Gefahr nur um den Preis der Langeweile.

(Aus den Notizen des Martin Dub)

Prag, März 48

Das völlig Lähmende eines politischen Machtwechsels rührt nicht etwa daher, daß er sofort und in allem zur Geltung käme, daß von einem Tag auf den andern alles ganz anders wäre, sondern daß, im Gegenteil, alles beim alten bleibt. Abgesehen von ein paar Flaggen und Wimpeln und Abzeichen, wie sie schließlich auch bei harmloseren Anlässen auftauchen, läßt sich von der fundamentalen Veränderung, die da geschehen ist, nichts entdecken. Das Leben geht weiter, die Häuser stehen da wie zuvor, die gleichen Straßenbahnen fahren durch die gleichen Straßen, und die Menschen, die gestern noch nicht geknechtet waren, merken gar nicht, daß sie es heute schon sind. Vielleicht wissen sie's nicht einmal.

Und darin besteht der nie wieder aufzuholende Vorsprung derer, die sie knechten.

Wer an einer Kartenpartie teilnimmt, muß sich darüber klar sein, daß er mit Karten spielt, die eine bestimmte Bedeutung haben. Keinesfalls kann er die Partie im entscheidenden Augenblick mit der Begründung verlassen, daß es ja nur bemalte Pappendeckel wären. Keinesfalls kann er einen von Anfang an bekannten und akzeptierten Faktor als Überraschung auftischen, deren plötzliches Eintreten alles hinfällig macht.

Hingegen scheint es zulässig zu sein, daß einer im entscheidenden Augenblick einen politischen Machtkampf aufgibt, um Blutvergießen zu vermeiden. Als hätte er eben erst entdeckt, daß politische Machtkämpfe zu Blutvergießen führen können. Als wüßte er nicht, daß jene, die er da kampflos an die Macht läßt, ihre Widersacher nun desto ungestörter einfangen, einsperren, zu Krüppeln schlagen und hinrichten können.

Aber es ist schon wahr: jetzt wird wenigstens nur das Blut der einen Seite vergossen.

Das Gefühl der Traumhaftigkeit, das mich in der letzten Zeit so häufig überkommt, ist tatsächlich eine Erscheinung der letzten Zeit. Früher, unter ähnlichen Umständen, und obwohl sie sozusagen «abenteuerlicher» waren, ist es mir niemals zugestoßen: weil eben alles, was ich damals auf der Flucht und in der Emigration erlebt habe (vom Krieg rede ich erst gar nicht), von vornherein so ungewohnt und fremdartig war, daß es die Traumhaftigkeit bereits in sich schloß, daß sie sich gleichsam von selbst verstand. An einer nächtlichen Grenze zwischen zwei Ländern, deren Sprache man nicht versteht, im Heuschober eines ungarischen Bauern, im Geräteschuppen eines kroatischen Hufschmieds, ja selbst in einer italienischen Hafenkneipe oder in einem Bistro am Montparnasse kann ohnehin alles geschehen. Da wird man von allem überrascht sein und von nichts, da ist man in der Fremde, da weiß man nicht, woran man ist, und hat auch keinen Anspruch, es zu wissen. Wenn aber zu Hause, im Heimatlichsten, in der gewohntesten Umgebung, wo einem jeder Pflasterstein und jedes Gesicht vertraut ist – wenn da plötzlich alles geschehen kann, wenn man da plötzlich nicht mehr weiß, woran man ist, und plötzlich den Anspruch verliert, es zu wissen: dann muß man sich doch fragen, ob man nicht vielleicht träumt?

1939, beim Einmarsch der Nazi, war das anders. Da sah man ganz deutlich, daß man es mit einer fremden Macht, mit einem ausländischen Eroberer zu tun hatte, und um so viel einfacher, um so viel selbstverständlicher und leichter war damals der Widerstand. Denn eines konnten die Machthaber mit aller ihrer Macht nicht ändern: daß sie in der Fremde waren und die Übermächtigen zu Hause.

Ich habe in meinem Versteck zwei beunruhigende Entdeckungen gemacht.

Erstens: daß ich im Grunde der gleichen Lähmung anheimgefal-

len bin wie die Masse der andern, indem ich mich an meine geänderten Lebensverhältnisse «gewöhne».

Und zweitens: daß die Verwüstung des Privatlebens durch die Politik noch viel tiefer geht, als ich geglaubt hatte. Es ist für jemanden in meiner gegenwärtigen Situation ein nahezu unlösbares Problem, sich von außen her zum Beispiel ein Taschentuch zu verschaffen. Denn da der politische Knochenfraß solche Ausmaße angenommen hat, daß man nur noch mit annähernd Gleichgesinnten verkehren kann, befinden sich die Menschen, die ich um ein Taschentuch bitten könnte, jetzt auch in einer annähernd gleichen Situation wie ich – und das heißt, daß ich sie mit meiner Bitte entweder nicht erreichen oder, wenn ich sie erreiche, gefährden würde.

Ob diese Knochenfraß-Kolonien aus Gesunden bestehen oder aus Kranken, ob sie sich aus Furcht vor der Ansteckung durch die andern zusammenschließen oder von den andern aus Furcht vor der Ansteckung gemieden werden, spielt längst keine Rolle mehr. Sie sind isoliert.

Gegen Ende der zweiten Woche gaben Zdenka und Tonik ihre Bedenken wenigstens teilweise auf und hatten nichts mehr dagegen, daß Martin bei Nacht das Haus verließe; er sollte nur nicht allzu lange wegbleiben, mahnten sie beide, und Zdenka, als sie ihm den Haustorschlüssel übergab, tätschelte seine Hand und sagte: «Gib acht auf dich.» Eine verdeckte Besorgnis schien ihm in ihrer Stimme zu liegen, aber das mochte Täuschung sein, oder es galt gar nicht seiner Person, sondern der verschwörerischen Gemeinschaft, die ihn jetzt mit Zdenka und Tonik verband: der Gemeinschaft gegen das Gesetz.

Martin nahm sich vor, seine nächtlichen Exkursionen nach Möglichkeit auf das winkelzügige, schlecht beleuchtete Straßengeviert zu beschränken, das er wohl oder übel als seine Wohngegend zu betrachten hatte (und das sich aus dem ohnehin nicht sehr anheimelnden Vorstadtbezirk Smichov durch ganz besondere Häßlichkeit hervorhob). Mehr noch als vor dem Entdecktwerden fürchtete er sich vor den Lockungen, die ihn in vertrauteren Gegenden überkommen könnten – und vielleicht würde er dann sein Versteck gefährden oder gar, wenn er's erst einmal weit genug hinter sich hätte, freiwillig aufgeben. Denn neuerdings plagten ihn wieder sehr kräftige Zweifel, ob dieses Versteck wohl all die Einbußen verlohnte, an die es gebunden war.

Schon die Schwierigkeiten, die es bei der Herstellung seiner Kontakte zu überwinden galt, belehrten ihn eines bessern. Es dauerte drei Nächte, ehe in einer kleinen Kneipe am Smichover Moldauufer der erste «Treff» zustande kam, mit Lesensky und mit dem inzwischen wieder aufgetauchten Komár, einem jungen katholischen Gewerkschaftler, den er durch Kral kennengelernt hatte. Von Kral selbst lag noch keine Nachricht vor, von Cikan wußte man jetzt schon, daß er der Polizei in die Hände gefallen war, von Nikodem, seinem engsten Mitarbeiter, daß er sich seit kurzem in der amerikanischen Okkupationszone Deutschlands befand – wie übrigens auch Dr. Pejr und ein paar andre Redakteure der mittlerweile eingestellten oder in kommunistischen Besitz übergegangenen Zeitungen. Was die täglichen Verhaftungen betraf, so ließen sie kein System erkennen: exponierte Gegner des Regimes waren verschont geblieben und zum Teil schon wieder aktiv – harmlose Mitläufer des Widerstands, die weit weniger auf dem Kerbholz hatten als Martin und seine beiden Freunde, saßen im Gefängnis. Und was Martin von Lesensky und Komár sonst noch zu hören bekam, beschwichtigte nicht nur seine Zweifel, ob er denn überhaupt eines Verstecks bedürfte – es machte auch seine ganz zaghaft angedeuteten Hoffnungen zunichte, vielleicht anderswo unterschlüpfen zu können, wo er etwas größere Bewegungsfreiheit fände. Die wenigen sicheren Verstecke, über die man derzeit verfügte, mußten für dringende Fälle freigehalten werden, und mit dem seinen, das wurde ihm deutlich zu verstehen gegeben, hätte er geradezu einen Haupttreffer gemacht. Jetzt hieße es abwarten, wie die Dinge weiterliefen. Entweder würden dic Verhaftungen nach einiger Zeit abflauen und die Wachsamkeit der neuen Machthaber so weit nachlassen, daß man vor einer neuen Situation stünde – oder man würde ihm zur Flucht ins Ausland verhelfen. Mehr ließe sich unter den gegebenen Umständen eigentlich nicht sagen.

Es war unter diesen immer noch gegebenen Umständen, am Morgen des 15. März, daß Martin Dub von den Strahlen einer hemmungslos in seine Dachkammer einbrechenden Sonne geweckt wurde, daß eine sonderbar prickelnde Unruhe ihn erfaßte und daß es ihn schließlich, in jäher Übermächtigung wie aus Kindertagen her, hinaustrieb in diesen unverschämt schönen Vorfrühlingstag, der überdies ein Sonntag war, hinaus und aufs Belvedere hinauf, und es war alles ganz normal und hatte keinen Sinn.

Martin, auf seinem Rückweg jetzt, strebt einem der sanften Serpentinenwege zu, die vom Belvedere zum Moldaukai hinunterführen. Es liegt jetzt schon so viel Raum zwischen ihm und Wera, so viel Gemenge aus Menschen und Bäumen, daß sein Blick sie nicht mehr erreichen könnte, selbst wenn er sich umsähe. Aber sein Schritt bleibt vom Rhythmus des ihren beschwingt, als ginge sie neben ihm, als trüge ein unbeirrbares Gleichmaß sie beide dahin, weich und wolkig und schwerelos, es hat etwas Nachtwandlerisches an sich, wie er da geht, und etwas nachsichtig Bewußtes zugleich, ein lässiges, beinahe heiteres Gefühl der Traumhaftigkeit hält ihn umfangen, nicht eigentlich dem Bezirk des Traumes zugehörig, sondern jenem dämmrigen Zwischenreich zwischen Traum und Erwachen, jenen rätselhaften Sekunden, in denen ein Schläfer gerade weit genug seinem Traum sich entzieht, um ihn als Traum zu durchschauen – und sogleich aufs neue sich ihm anheimgibt: jetzt aber wissend, daß es ein Traum ist. Immer wieder im Laufe der vergangenen Wochen hat Martin diese sekundenschnelle Verwandlung an sich erfahren. Als auf dem letzten Versammlungs-Podium, im feindselig entfesselten Lärm, der Freund, der's nicht mehr war, die Hand gegen ihn aufhob – als in der «Goldenen Spinne» der letzte Kreis, zu dem er sich mit seinesgleichen zusammengeschlossen hatte, unterm Zugriff der jäh sich umstürzenden Staatsgewalt auseinanderbarst und als er plötzlich die Retterin, deren Namen er noch gar nicht kannte, an seiner Seite fand – als er neben Zdenka erwacht war, ohne mit ihr geschlafen zu haben, als er mit ihr geschlafen hatte, ohne neben ihr zu erwachen – und dann und wann in seinem Versteck, und dann und wann auf seinen heimlichen Gängen des Nachts –: immer wieder hat das Gefühl ihn angewandelt, als wäre er für Sekunden einem Traum entzogen, dem er sich sogleich aufs neue anheimgeben würde. Nur daß er dann den Traum als Wirklichkeit durchschauen muß. Nur daß er sich dann der Wirklichkeit anheimgegeben weiß.

Er weiß es auch jetzt. Das traumhafte Gefühl, das ihn auf lässige und beinahe heitere Weise umfangen hält, macht ihn nicht etwa irre daran und macht es ihm nicht etwa leichter, die sinnlose Normalität dieses sonntäglichen Belvedere-Plateaus als Wirklichkeit zu akzeptieren. Daß so die Wirklichkeit aussieht, erstaunt ihn immer noch weit mehr, als daß er in solcher Wirklichkeit mit Wera zusammengetroffen ist. Das will ihm fast schon selbstverständlich erscheinen, und vollends den Verlauf ihres Zusammentreffens könnte er sich gar nicht mehr anders vorstellen. Er könnte sich vorstellen, daß Wera ihm nie mehr begegnet wäre, und sogar daß sie tot sei. Aber daß sie einander getroffen hätten und vielleicht nach ein paar belanglosen Worten wieder ihrer Wege gegangen wären, beide am Leben und nur füreinander tot: das nicht. Daß sie einander getroffen hätten, ohne sich ineinander zu verfangen: das nicht.

Und nicht einmal, daß er jetzt weiterginge, ohne vom Rhythmus ihrer Schritte beschwingt zu sein: nicht einmal das.

Es ist halb zehn am Abend, als Martin sich auf den Weg zum Kinsky-Garten macht. Er möchte vor der vereinbarten Zeit dort sein. Er möchte auf Wera warten. Darin besteht sein ganzer Plan. Was weiter geschehen soll, wird sich erst finden müssen.

Daß er Wera auf keinen Fall in sein Versteck mitnehmen kann, steht fest. Und mochte er gestern, in jenem lässig-heiteren Gefühl der Traumhaftigkeit sogar bezweifelt haben, ob es denn gar so unumstößlich feststünde – dieser durch und durch peinliche Auftritt mit Zdenka hat es ihm sehr nachdrücklich zu Bewußtsein gebracht. Da nämlich auch Tonik den einladenden Sonntagnachmittag ganz normal ausgenützt hatte, zum Besuch eines Fußballspiels auf dem Belvedere, war Martins Abwesenheit trotz der frühen Stunde nicht unbemerkt geblieben, und Zdenka stellte ihn sogleich nach seiner Rückkehr scharf zur Rede. Schon das war peinlich genug. Aber es wurde noch peinlicher, als er – eben in jener leichtmütigen Hoffnung auf ihr Verständnis oder gar ihre Mithilfe – etwas davon anzudeuten begann, was ihm dort oben auf dem Belvedere zugestoßen wäre. Das interessierte sie nicht, fuhr Zdenka gallig dazwischen, das zeigte höchstens, wie dumm so ein Gescheiter sein könnte: mit einem Mädel anzubändeln, wenn man von der Polizei gesucht wird! Und gab ihm erst gar keine Zeit für weitere Erklärungen, sondern stellte ihn zum Abschluß nur nochmals vor die schroffe Wahl, seine Ausgänge in Hinkunft auf die vereinbarten Nachtstunden zu beschränken oder sich ein andres Quartier zu suchen. Und er sollte sich nur ja nicht in den Sinn kommen lassen, diese Hure vielleicht hinaufzubringen, hier wäre kein Bordell.

Martin, auch ohne diesen drastischen Verweis, der ihn weniger erheitert als ernüchtert hat (und der einen unaufgelösten Rest von Verlegenheit in ihm zurückläßt) – Martin ließ sich nichts dergleichen ernsthaft in den Sinn kommen. Allzu viel andres nimmt seinen Sinn in Anspruch, allzu verworren und ungewiß geht es zu, wenn seine Gedanken an Wera nur um ein kleines hinausgeraten über die Klarheit und Gewißheit der Wiederbegegnung selbst. Allzu wenig weiß er noch von Weras äußerem Dasein: eigentlich nur, daß sie es auf anscheinend gleichgültige Art mit einem anscheinend gleichgültigen Ehemann teilt. (Und allzu wenig sie noch von seinem: eigentlich nur, daß er sein linkes Bein nachschleppt und daß sie ihn nicht besuchen kann.) Nein, da lassen sich keine Pläne machen, die schon ins Äußere hinübergreifen würden. Da läßt sich nichts vorausbedenken, nichts für die Zukunft, nichts für den morgigen Tag und nichts für den heutigen Abend. Da läßt sich nichts weiter berechnen als die Dauer des Fußwegs von der Palackystraße zum untern Eingang des Kinsky-Gartens, und die beläuft sich auf etwa zwanzig Minuten, und deshalb hat Martin, um rechtzeitig vor zehn Uhr anzukommen, das Haus um halb zehn verlassen.

Martin geht zu Fuß. Von der Straßenbahn, die ihn in fünf Minuten und viel bequemer ans Ziel brächte, macht er vorsätzlich keinen Gebrauch. Das gehört zu den kleinen Grotesken seines Daseins in der letzten Zeit, zu den kleinen Umkehrungen ins Sinnlose – denn einer, der mit dem Gehen immerhin gewisse Schwierigkeiten hat, würde doch normalerweise die Straßenbahn benützen? Aber weil da zum Beispiel jemand einsteigen könnte, von dem man nicht gesehen werden will, und weil man durch diese gewissen Schwierigkeiten am Abspringen gehindert wäre und dem Gesehenwerden bis zur nächsten Station ausgesetzt bliebe – so zieht man eben die dunkle Straße mit ihren Haustoren und Nischen der beleuchteten Straßenbahn vor und geht lieber zu Fuß.

Heute freilich täte er das in jedem Fall, auch unter normalen Umständen, nämlich wenn das Normale noch normal wäre, normal wie damals, da er begonnen hat, an Parkeingängen oder vor Bühnentüren oder unter öffentlichen Uhren auf Wera zu warten. Auch damals, wenn seine Zeit es irgend zuließ, ist er lieber zu Fuß gegangen. Er konnte da viel besser mit sich allein sein und ans Alleinsein mit Wera sich besser heranträumen, konnte das Ringsumher ungestörter von sich abgleiten lassen und ohne Schlacken dann vor ihr stehen, gänzlich ihr zugekehrt, nur ihr allein noch zugehörig, wie sie nur ihm. Bewußt, beinahe genießerisch glitt er da ein in die endlich erreichte Vollkommenheit eines Zustands, der oft genug schon im Lauf des Tags, im Hörsaal oder beim Studium oder während der Redaktionsarbeit, ihn überkommen hatte mit wolkiger Betäubung sekundenlang, so daß er innehalten mußte und lächeln und Atem schöpfen, ehe er sich wieder in den Lauf des Tags zurückholte. Dann aber, endlich, ging es aufs Ziel, dann stand Wera ihm bevor, und der Fußweg, den er dazwischenlegte, war Übergang und Zurüstung zugleich, war fromme Sammlung für die Inbrunst des Gebets, in das er sich dann endlich ganz versenken konnte und welches anhob und endigte und hieß: ich liebe dich.

Martin, während er jetzt dem Kinsky-Garten zustrebt, ist in dieses «Ich liebe dich» so tief versammelt und versenkt wie nur je. Und als an einer Straßenkrümmung die Silhouette der wipfelüberragten Gartenmauer sich dunkel vor ihm in den Nachthimmel hebt, beginnt sein Herz so stolz und stürmisch zu klopfen, wie ein Herz nur klopfen kann, wenn die Begegnung mit der Geliebten ihm schon ganz nahe bevorsteht. Denn dies bezweifelt er nicht: daß Wera kommen wird. Nicht einmal in die hundertfach vergeblichen Überlegungen, die in den letzten vierundzwanzig Stunden doch immer wieder auf ihn eingedrungen sind, nicht einmal in ihre qualvollsten Ungewißheiten und Unklarheiten hat solcher Zweifel sich einschleichen können. Wera wird kommen, er weiß es, und glaubt sogar zu wissen, aus welcher Richtung sie kommen muß, von unten, vom Moldaukai her, und glaubt sie schon auftauchen zu sehen aus dem halben Dunkel jenseits der verkehrsarmen Straßenkreuzung, und es drängt sich der kindische Gedanke ihm auf, ob Wera nicht vielleicht in großem Aufzug daherkäme, mit einem verwegenen Hut überm Kopf oder sonstwie herausstaffiert. Dergleichen ist zwar nicht ihre Gepflogenheit (und Martin denkt in der Tat «ist», nicht «war», obgleich er von ihren Gepflogenheiten längst nichts mehr weiß), aber sie kommt doch schließlich zu einem abendlichen Rendezvous und ist schließlich eine Frau –

«Wieso trägst du eigentlich keinen Hut, Wera?»

Denn sie steht schon da. Es ist sieben Minuten vor zehn, und Wera steht schon da und wartet und ist genauso gekleidet wie gestern, und weil Martin in ihrem Rücken herangekommen ist, sieht er ihr schwarzes Haar genauso im Wind sich heben.

Erst als er zu Ende gesprochen hat, dreht Wera sich um, langsam, und läßt auch dann noch ein paar Sekunden vergehen. Aber ihre Stimme ist leicht und geschwind.

«Siehst du – jetzt hab ich in die falsche Richtung geschaut. Das könnte nicht passieren, wenn ich wüßte, wo du wohnst. Wo wohnst du?»

«Dort.» Er deutet mit dem Daumen über seine Schulter.

«In welchem Stock?» fragt Wera beharrlich und widerstrebt ihm noch ein wenig, als er seinen Arm in den ihren legt und sie zum Parkeingang hinlenkt, gerade genug widerstrebt sie ihm, daß dann im Ausschreiten ihr Körper seitlich an den seinen sich schließt, von den Schultern her und die Schenkel entlang in straffem Schritt und Rhythmus, und nah ihr Gesicht dem seinen zugekehrt und unverwandt ihr Blick, bis er's kaum noch erträgt und fester die Hand um ihren Oberarm spannt und zudrückt, daß es ihn schmerzt, ihn, nicht sie, oder sie läßt sich's nicht anmerken.

Der Kinsky-Garten liegt hügelaufwärts gestuft, und man muß, ehe man das erste Rondeau erreicht, eine kleine Böschung bewältigen. Sie lockern sich ein wenig voneinander los, aber darum hat Wera ihren Blick noch immer nicht abgewendet.

«Glaubst du's nicht, Wera? Ich glaub's.»

Jetzt erst lockert sich auch ihr Blick, zum erstenmal.

«Ja. Du glaubst es, und ich nicht. Für dich ist es auch leichter, es zu glauben. Für dich bedeutet es nicht so viel. Du hättest auch sonst weiterleben können. Ich nicht.»

«Du hast doch aber weitergelebt, du auch?»

«Nein», sagt Wera, ein wenig erstaunt, daß sie es noch einmal sagen muß – wo doch schon gestern von ihrem Selbstmord die Rede war. «Nein, Martin. Ich fang erst jetzt wieder an. Vor einer Stunde, beim Anziehen, ist es mir erst richtig aufgegangen. Wie ich mir überlegt hab, ob ich einen Hut nehmen soll oder nicht. Ich hab dann keinen genommen, weil du mich doch gestern an meinen Haaren erkannt hast, und es war so schön, daran zu denken: daß du meine Haare liebst. Vor dem Spiegel zu stehen und zu denken: er liebt meine Haare, und da nehm ich keinen Hut, damit er sie sehen kann. Das war vor einer Stunde, Martin. Und das hat es acht Jahre lang nicht gegeben. Verstehst du? Nein, sogar achteinhalb.»

«Sag ruhig neun, Wera. Nächsten Monat werden es neun Jahre sein. Es war im April neununddreißig.»

«Wirklich?» Sie schüttelt den Kopf, als müßte sie sich erst besinnen. «Ich hab immer bis zum September gerechnet, bis zum Krieg. Bis ich wußte, daß ich jetzt nicht mehr hinauskann und nicht mehr zu dir – selbst wenn ich wollte. Selbst wenn ich gewußt hätte, ob ich will.»

Es war sehr wichtig, daß sie das hinzugefügt hat. Sonst klänge das alles wie ein kleinlicher Entschuldigungsversuch, wie ein Feilschen um ein paar Monate mehr oder weniger. Und das ist es doch nicht. So meint sie's doch nicht. Ihr scheint es doch wirklich auf jeden Monat anzukommen, auch jetzt noch.

«Ja», sagt sie. «Bis zum September. Und nicht einmal da hat's aufgehört, noch lange nicht. Ich bin noch lange mit dir beisammengeblieben, Martin, nur mit dir. Ich hab noch lange bei jedem Hut und jedem Kleid daran gedacht, ob's dir gefallen wird – und bei jedem Theaterstück und jedem Buch, was ich dir davon erzählen soll – noch lange, Martin, noch lange. Aber dann ist es nicht mehr weitergegangen. Dann hab ich's nicht mehr ausgehalten. Dann –»

Sie verstummt. Ihre Schultern ziehen sich hoch und krümmen sich unter der Last des Unausgesprochenen. Und Martin kann ihr nur das Schweigen abnehmen und nicht die Last, Martin verstummt an ihrem letzten Wort nicht anders als sie selbst. Dann –. Wann beginnt dieses Dann? Und was geht ihm voran, damit es beginne? Wer setzt das Datum fest und wer die Schuld, daß etwas Vorangegangenes zum Dann wird? Denn was dann geschieht, ist niemandes Schuld mehr. Dann – Natürlich kommt dann ein andrer. Wenn der eine weg ist, muß ein andrer kommen. Oder *weil* der eine weg ist?

«Weil du da warst, Martin!» Als hätte sie seine Stummheit belauscht und wollte ihr Einhalt gebieten: so heftig kehrt Wera sich ihm zu, so verzweifelt dringt ihre Stimme auf ihn ein. «Weil du genauso da warst wie immer, Tag und Nacht. Ich wollte sehen, ob ich vielleicht ohne dich leben kann, weil ich doch mit dir nicht leben konnte – aber es war genau dasselbe. So, als ob du gar nicht weggewesen wärst. Es war alles umsonst, Martin. Und das konnte ich doch nicht wissen, daß es umsonst sein wird, so fürchterlich umsonst, Martin, so fürchterlich –»

Und ihr Schluchzen jetzt bricht in so wilden Stößen aus ihr hervor, daß er sie kaum an sich zu stützen vermag und daß es ihren Kopf gegen seine Schulter schleudert wieder und wieder – bis unterm Streicheln seiner Hand und unterm kräftigeren Druck, mit dem er sein Gesicht in ihr Haar gepreßt hält, sich's allmählich besänftigt hat, bis aufgelöst und federleicht ihr Körper an seinem lag, noch rieselte ein letztes, leises Frösteln durch sie hindurch und sie schämte sich noch, und ihr Lächeln war blind von Tränen, aber was jetzt aus diesem Lächeln hervorbrach und auf ihn zu: das war kein Frösteln mehr, das war die Wärme und das Leben selbst, das Leben, welches sie ihm hingeben mußte jedesmal aufs neue – wann? jetzt? gestern? vor Jahren? wann?

Martin öffnet die Augen. Ihm ist schwach in den Knien, ihn schwindelt, er weiß nicht, ob er sich auf Wera stützt oder sie sich auf ihn.

Wera hat ihren Kopf von seiner Schulter gehoben und starrt erschrocken zu ihm auf. Erst nach Sekunden glättet sich ihr Gesicht, und ihre Stimme schwebt sonderbar hell einher:

«Warum stehen wir noch hier? Warum gehen wir denn nicht?

Warum rennen wir nicht, rasch, rasch – so komm doch – – o Gott, Martin.» Sie zuckt zusammen und klammert sich mit beiden Händen an seinen Arm. «Ich hab vergessen, daß du – – ich muß mich erst dran gewöhnen. Verzeih mir. Stört es dich eigentlich sehr, dieses Bein?»

«Nicht sehr.» Sie gehen langsam auf eine Bank zu, die schon im fahlen Lichtkreis einer Bogenlampe steht – die andern im Rondeau, die vom Licht verschonten, sind sämtlich besetzt. «Aber selbst wenn ich laufen könnte, Wera – ich hätte gar nicht gewußt, wo wir hinlaufen sollen.»

Er hält inne – und möchte plötzlich aufheulen vor Wut, daß er jetzt damit begonnen hat, daß alles jetzt über sie hereinstürzen wird und den glitzernden Vorhang zu Fetzen reißen und das Lächeln zerstampfen und die Tränen.

«Ja –?» macht Wera. «Warum sprichst du nicht weiter? Ich bin auf alles vorbereitet.»

Ach, wenn sie's doch wäre. Wenn ich ihr doch erzählen könnte, daß ich Geld gestohlen oder jemanden umgebracht habe und daß ein Steckbrief gegen mich läuft. Aber das würde sie mir nicht glauben. Sie würde es verstehen, aber sie würde es nicht glauben. Und was ich ihr wirklich sagen muß, wird sie mir glauben, aber sie wird es nicht verstehen.

«Also sag schon, daß du mit einer Frau zusammenlebst. Das ist es doch.»

Martin seufzt, und es wandelt die wehmütige Lust ihn an, um einen letzten Aufschub zu spielen.

«Ja», sagt er. «Das ist es.»

«Du bist verheiratet?»

«Nein. Aber du mußt mir trotzdem ein bißchen Zeit geben, damit ich die Sache in Ordnung bringen kann.»

«Du hast seit gestern nachmittag Zeit gehabt», sagt Wera unversöhnlich in die Luft hinauf. «Und wenn du jetzt vielleicht den Spieß umdrehen willst und mich nach diesem Mann fragst, mit dem du mich gestern gesehen hast: so sind wir erstens verheiratet, und zweitens leben wir schon längst nicht mehr wie Mann und Frau. Wir sind nur nach außen hin ein Ehepaar. Wir haben eine gemeinsame Wohnung. Verstehst du?»

«Natürlich. So schwer ist das ja nicht.»

«Ich meine, ob du den Unterschied verstehst. Ich bin verheiratet, aber es stört mich nicht. Du bist nicht verheiratet, aber dich – aber bei dir – –»

Vornüber aus der kantigen Härte, in die sie sich hineingetrieben hat, kippt ihre Stimme ab, und langsam, in lautlosem Gleichmaß, beinahe friedfertig beginnen ihre Tränen zu quellen, die vom erstenmal her noch ungeweinten Tränen, die geweint sein wollten in jedem Fall und aus welchem Anlaß immer, die Tränen um die vergeblichen Jahre, und der Irrtum, der sie jetzt ausgelöst hat, gehört mit zur Vergeblichkeit, über die sie hinwegspülen.

Und darum läßt Martin sie ruhig zu Ende fließen, darum wartet er, bis sie versiegt sind und an sich selbst gestillt, ehe er darangeht, den Irrtum zu berichtigen und Wera damit vertraut zu machen, wie es um seine unzulängliche Adresse in Wahrheit bestellt ist.

Wera hat ihm angespannt zugehört, hat ihn nicht unterbrochen und keine Fragen gestellt, hat auch nicht etwa auf die bloße Berichtigung hin schon aufgeatmet (und das scheint ihm den tieferen Ursprung ihrer Tränen nur zu bestätigen).

Aber als ihr Schweigen noch immer andauert, auch jetzt, da alles gesagt und geklärt ist, beginnen die Zweifel, die ihn schon vorher gehemmt haben, sich wieder in ihm zu regen.

«Siehst du, auf was du dich da eingelassen hast, Wera? Ist es zuviel für dich?»

Sie schüttelt den Kopf, stumm, ohne aufzuschauen.

«Vielleicht verstehst du mich nicht? Vielleicht weißt du noch immer nicht genug von diesen Dingen?»

«Doch, Martin. Doch.» Sie wendet ihr Gesicht zu ihm hin, und es ist ein bleiches, ein angstvoll bedrängtes Gesicht. «Ich bin nicht mehr so dumm wie früher. Ich versteh dich sehr gut. Und ich weiß genug. Du wirst es schon merken, wenn ich dir von diesen letzten Jahren erzähle – und was da alles geschehen ist – und wie ich zu diesem Mann gekommen bin – – ich erzähl's dir noch, Martin, alles erzähl ich dir: aber nicht jetzt. Ich bitte dich, Martin: nicht jetzt.»

Ihr Gesicht hat sich während dieser Worte sonderbar verändert, es ist jetzt kein bedrängtes Gesicht mehr, es drängt jetzt selbst, und nicht mehr angstvoll, sondern fordernd immer näher, und wie es dicht vor dem seinen innehält, ist es schon ganz von jener letzten Starre überkommen, aus der es nur noch den einen, den einzigen Aufbruch gibt, und ist der Raum zwischen ihrer beider Lippen schon so gering, daß sie ihn nur noch ineinander überbrücken könnten, mit der nächsten Zuckung, im nächsten Augenblick – und halten sich dennoch reglos einander gegenüber und bringen noch Worte zuwege mit gläserner Stimme, und Wera sagt noch:

«Ich kann jetzt nämlich kein Wort mehr sprechen, Martin.»

Und Martin noch:

«Das macht nichts, Wera. Ich könnte dir jetzt gar nicht mehr zuhören.»

Und beide zugleich, so völlig zugleich, daß keins von beiden mehr weiß, wessen Stimme das war:

«Komm.»

Vielleicht war es so am besten: daß sie nirgends anders hinkonnten. Vielleicht, wenn sie sich's nach Wunsch und Plan hätten einrichten können, wäre es zuviel gewesen oder zuwenig. Vielleicht, wenn sie einander empfangen hätten, wo eins von ihnen zu Hause war und dem andern voraus, wo eins von ihnen verantwortlich war für den Raum und die Luft und alles, was darin geschähe – vielleicht wäre dann irgend etwas mitgeschehen, was nicht mit dazugehörte, nicht gänzlich zu ihnen, und die Sicherheit des einen wäre die Unsicherheit des andern geworden, die Überfülle des einen dem andern zur Last.

So aber, weil das Tor, das nach raschem Läuten sich rasch vor ihnen geöffnet hat, sie in ein Stundenhotel einläßt, in ein billiges, barmherzig schlecht beleuchtetes Stundenhotel, das noch um einige Grade schäbiger ist, als es selbst in einem Vorstadtbezirk sein müßte; und weil das Zimmer, von dem sie sich dann aufgenommen finden, mit solcher Unverhohlenheit, mit solcher Arglosigkeit sich einbekennt, daß es fast schon etwas Rührendes an sich hat, etwas von der entwaffnenden Naivität der Königshütte in einem Negerkral – so sind sie gänzlich aufeinander angewiesen und restlos einander überstellt, und alles, was da ist, gehört zu ihnen, mitsamt der kleinen, verlegenen Heiterkeit, die sie in die peinliche Prozedur haben einsickern lassen – sie sind dem trüben Mummenschanz vorschriftsmäßig gerecht geworden, Martin mit der teuflischen Glätte eines gewiegten Verführers, Wera mit der ängstlichen Willenlosigkeit einer erstmals Verführten, und beinahe tut es ihnen leid, daß der schläfrige Portier von alledem nichts weiter zur Kenntnis genommen hat, als daß ein Stunden-Zimmer gewünscht wird, keines für die ganze Nacht, so daß kein Meldezettel ausgefüllt werden muß.

Es ist aber etwas andres, auf dem Belvedere-Plateau einander wiederzufinden von nirgendher, etwas andres, vor dem Kinsky-Garten einander zu treffen nach eigenem Willen und Vorsatz, und etwas andres, in einem Zimmer allein zu sein, etwas so überwältigend andres, daß Martin den Schlüssel nur mit Mühe im Schloß umdrehen kann und noch ein paar Sekunden abgewandt stehenbleibt.

Wera ist hinter ihn getreten, er weiß es, noch ehe sie ihre Stirn an seinen Rücken lehnt, und weiß, daß sie die Augen geschlossen hat wie er.

Sekundenlang verharren sie so und jetzt schon eine Minute lang, in ihr Alleinsein hineingestellt wie in ein vergessenes Ritual, das ohne sie in Gang geraten ist und dem sie sich nicht mehr einzufügen wissen.

Dann aber, als Martins Hand dem Lichtschalter zustrebt, langsam und vorsichtig, damit nichts sonst an ihm sich regt, spürt er Weras Stirn stärker gegen seinen Rücken gepreßt, immer stärker, als wollte sie ihn stützten, als wollte sie ihm helfen, den trockenen Knacks hervorzubringen, mit dem die schwache Deckenlampe erlischt. Und löst sich gerade weit genug von ihm los, daß er sich umwenden kann.

Martin wendet sich um. Dicht vor ihm, den Kopf in den Nacken gelegt und mit kraftlos hängenden Armen, steht Wera. Das fahle Laternenlicht, das seitlich durchs Fenster einfällt, streicht über ihren Scheitel und läßt den Ansatz ihrer Stirn unter den schwarzen Haaren heller erscheinen, läßt ihre Backenknochen stärker hervortreten und läßt ihn des kleinen, feuchten Zitterns gewahr werden, von dem ihre halb geöffneten Lippen überweht sind, wie unter träumerischem Windhauch die Bucht eines abenddunklen Teichs sich kräuseln mag, gleich wird der Froschkönig emporgetaucht kommen und wird sie beide in seinen Palast laden, dessen Mauern und Säulen sich schon mit schwankenden Konturen auf sie zuspiegeln und seltsam sich biegen und bauschen und schon sich zurechtgezittert haben, schon sich aufsteilen vor ihnen und sie hinabfordern in die Dunkelheit, die mit lautlosem Dröhnen zusammenrauscht über ihren Häuptern und rings um sie in wirbligem Schwall – bis eine rettende Woge sie doch noch unterfängt und hochträgt eng aneinander ins vergessene Atemholen: und erst an ihrer Umschlingung, die sich nicht gelöst hat und in der sie sich bebend festhalten immer noch, wird ihnen inne, wie nahe sie schon dem Ertrinken gewesen sind, jetzt und so und hier, schwer in ihren Gewändern, hart an der eben erst versperrten Tür eines Stundenzimmers, und stünde das Lager nicht so dicht nebenan: sie müßten vielleicht aufs neue niedersinken, aus Erschöpfung vielleicht oder aus Ungeduld, wer weiß.

Daß es Erschöpfung war, wissen sie erst, als das Lager sie aufgenommen hat. Jetzt breitet auch die Stille sich wieder aus und hält sie beinahe sichtbar umfangen, bettet sich beinahe spürbar herzu und summt im Gleichmaß ihrer Atemzüge mit.

«Du hast recht.» Er flüstert es nur, und dennoch ist es voller Ton und Klang. «Gestern auf dem Belvedere hab ich dich für verrückt gehalten, wie du's gesagt hast. Aber du hast recht.»

Wera stützt sich ein wenig hoch, aus ungewisser Dunkelheit taucht ihr Antlitz ins fahle Licht und neigt sich über ihn.

«Gestern auf dem Belvedere.» Ohne Gewicht schwebt ihre Stimme einher, nur ihm zu Gefallen scheint sie die Worte nachzuformen, die er ihr vorgesagt hat und deren Sinn sie erst aufspüren muß, suchend wandert ihr Blick in seinem Gesicht und ihre Stimme dazu, Blick und Stimme Hand in Hand, gestern auf dem Belvedere. «Was hab ich denn gestern auf dem Belvedere gesagt?»

«Du hast gesagt: das ist alles. Erinnerst du dich?»

«Nein, das war ja schon gestern. Nein, ich erinnere mich nicht.» Näher dem seinen zu senkt ihr Gesicht sich herab, wachsamer noch überspäht ihn ihr Blick. «Das ist schon so lange her, Martin. Wie soll ich mich da noch erinnern, was ich gesagt hab.» Sie schüttelt leise den Kopf, nun schon so nah über ihm, daß ihr Haar seine Stirne streift. Jetzt haben auch ihre Lippen die Suche aufgenommen und forschen mit kleinen, pochenden Schlucken an seinen Augenbrauen, an seinem Mundwinkel, an seiner Schläfe, dann und wann unterbricht sie die Wanderung zu prüferischer Umschau, dann und wann läßt sie auch wieder ihre Stimme dazwischengleiten in schwebendem Singsang. «Sag's mir doch, Martin. Sag's mir. Ich will es doch wissen.»

Ach nicht, als glaubte er wirklich, daß sie es wissen will, oder als hoffte er gar, daß sie's verstünde, nein. Aber er wird es ihr sagen: weil er selbst des Eingeständnisses bedarf, sich zu erleichtern und zu beschweren. Er wird es ihr sagen, noch ehe er gänzlich der wolkigen Betäubung anheimfällt, in der die Worte nichts mehr gelten und keinen Sinn mehr haben, jetzt gleich wird er es ihr sagen, da es noch gilt, da es noch Sinn hat und noch ein freiwilliges Eingeständnis ist, Bekenntnis und Preisgabe, Widerruf und Reue, ich habe geglaubt, daß es noch etwas andres gäbe, ich habe gefehlt, dieses ist alles.

«Du hast gesagt –» Seine Handflächen schließen sich um ihr Gesicht und klammern es fest, daß es reglos über ihm in der Dunkelheit hängt, weiß und aufgedeckt und die Augen starr an seinen Mund geheftet – ach nicht, als glaubte er wirklich, daß es um seiner Worte willen geschähe, sie wird nicht einmal wissen, daß es gestern ihre eigenen Worte waren, sie wird nur seine Stimme hören. «Du hast gesagt: laß doch, Martin, du liebst mich nicht mehr, das ist alles. – Erinnerst du dich jetzt?»

Fast scheint es, als dächte Wera über die Bewandtnisse nach, die es mit alledem haben soll. Dann sagt sie, und ihre Stimme klingt trostreich und abtuerisch, damit er sich nicht länger darum quäle, er, nicht sie:

«Aber du liebst mich doch. Und du hast mich doch auch gestern geliebt.»

Ohne die Klammer seiner Hände um ihre Wangen zu lockern, drückt Martin ihren Kopf in das Kissen hinab; nun ist es er, der von oben her über ihr Antlitz späht, nun ist es er, dessen Stimme verzeihend zu ihr herniederraunt:

«Ich lieb dich, ich lieb dich, und hab dich auch gestern geliebt. Ich hab nur nicht geglaubt, daß es alles ist. Und daß man es sagen kann, ohne zu lügen und ohne sich zu verlästern.»

«Ich bin so dumm, Martin. Ich weiß nicht, was du meinst. Ich lieb dich.»

«Das ist es ja. Das meine ich ja. Das ist alles.»

Letztes Wort und letzter Sinn, ein letzter Ruderschlag noch vor dem Eingleiten in die große selbstherrliche Strömung, noch kann er Weras offene Augen sehen und die dunkle Schlucht ihrer Lippen, als wären sie aufgeklammert vom Druck seiner beiden Hände und reckten sich ihm entgegen atemlos –

Da aber befällt ihn mit hohlem Schlag eine lähmende, eisige Angst: daß dieses hier, darin sich nun alles vollenden soll, ihnen entglitten sei und über sie beide hinausgewachsen; daß die Zeit, die sie nicht gelten lassen wollen, sich Geltung verschaffen und in ihre Umarmung einbrechen könnte – nein, nicht einbrechen, nicht von außenher, von dort droht keine Gefahr: sondern daß aus ihrer Umarmung selbst der Bruch sich gebären und sie auseinanderreißen wird; daß an einer Regung, an einem Zucken, an einem Laut die entwohnten Jahre sich verraten werden ungeheuerlich, an einer Glätte, wo einstens Unebenheit war, an einer Sperre, die einstens ihm offenstand, an einem Zaudern, an einer Gewandtheit, o Gott, und was täte er dann. Er kann doch nicht tun, als merkte er's nicht. Und kann doch die fremde Spur nicht aufnehmen wie einen erwünschten Wegweiser. Und kann auch zurück nicht mehr. Und hält so inne, zwischen den Zeiten erstarrt und sehnsüchtig eingebannt in die Vertrautheit dieser Erstarrung, in die Vertrautheit des harten, herrischen Griffs, mit dem Weras Hände um seinen Nacken sich verklammert haben, in die Vertrautheit des kehligen Aufstöhnens, das aus der dunklen Schlucht zu ihm empordringt, ein erster Ruf aus dem Jenseits schon, aus der heiligen Bewußtlosigkeit, die in den letzten Augenblick seines Bewußtseins noch herübergreift –

Und endlich da, in diesem letzten Augenblick, wird seine Erstarrung ihm bewußt und daß sie schon völlig durch ihn hindurchgegangen ist und bis in seine Hände: die sich von beiden Seiten her irrsinnig gegen Weras Wangen pressen, gerade daß sie Atem genug hat, um noch einmal zu stöhnen, Kraft genug, um noch einmal an seinem Nacken zu zerren, endlich merkt er's, da ihre Hände schon schlaff von ihm abgleiten.

Dann, unterm jähen, schreckhaften Pulsschlag, der ihn heiß durchbebt, taut die Erstarrung auf und löst sich die Angst und die Not und die Sehnsucht, die ihm in der Kehle geronnen sind, daß es ihm endlich den Atem sprengt und daß er stöhnend aus sich hervorbrechen kann und abstürzt ins Namenlose.

Es liegt aber nicht und niemals am Namenlosen selbst. Es liegt am Hernach. Erst da entscheidet sich, was es bedeutet. Da läßt es sich sogar nennen.

Freilich, wenn alles zuvor nur auf den Absturz hindrängt und hernach mag kommen, was will: so wird der Absturz in sich selbst erfüllt sein und erschöpft, und was nachkommt, läßt sich nicht anders nennen als Trauer, und was es bedeutet, ist im besten Fall nichts. Und du bist ausgestoßen und nackt, und um dich ist die Fremde, und vielleicht weißt du es nicht einmal, weil du dich nicht einmal umwenden willst.

Wenn aber das, was zuvor geschieht, kein bloßer Vorwand für den Absturz ist, wenn es auch in sich selbst bestehen könnte: so wird der Absturz nur ein Vorwand gewesen sein fürs Hernach und wird das Hernach in sich selbst bestehen, und läßt sich nennen mit jeglichem Namen, den die Seligkeit ihm eingibt, und es bedeutet alles. Und du weißt, daß du jetzt in der Heimat bist, und wohin du dich wendest, wartet die Wärme auf dich, welche keinen Wunsch mehr hat, als daß du geborgen seist und getrost. Und sie umschließt dich ganz und ist allem aufgetan, nichts gilt ihr zu gering, als daß sie's nicht in ihre Obhut nähme und gedeihen ließe, aus noch so leichter Gebärde blüht große Zärtlichkeit, im dunkel Geraunten liegt heller Sinn, nur halb Gesagtes ist voll von Inhalt, und erst allmählich, in Pausen gebettet, vom Schweigen gepolstert, wird Gebärde und Raunen und halb Gesagtes zum Wort und zur Antwort sich fügen.

«Aber vorher hatte ich Angst, Martin.»

«Ich auch. War es sehr schlimm? Beinahe hätte ich dir die Backenknochen eingedrückt.»

«Das? Nein, Martin, das war schön. O wie schön das war. Und da hab ich auch keine Angst mehr gehabt. Vorher, Martin, vorher. Solange ich noch nicht wußte, ob nicht doch eine andre Frau da ist. Deshalb hab ich ja im Kinsky-Garten so weinen müssen – weil du mich gar nicht richtig geküßt hast, sondern nur gestreichelt und getröstet. Ich hatte Angst, daß du mich immer weiter nur streicheln und trösten wirst, wegen der andern. Martin: wenn wirklich eine andre dagewesen wäre – ich hätte sie erwürgt.»

«Da hat sie aber Glück gehabt, daß es sie nicht gibt.»

«Und diese Hure, bei der du wohnst – hast du mit ihr geschlafen?»

«Komisch, daß du Hure sagst. Sie sagt dasselbe von dir.»

«Mit Recht. Ob du mit ihr geschlafen hast, ja oder nein?»

«Nein.»

«Das glaub ich dir nicht.»

«Ich sag's ja auch nur, damit du sie nicht erwürgst.»

«Wie heißt sie?»

«Zdenka.»

«Ein blöder Name. Wie alt ist sie?»

«Danach hast du schon gestern gefragt – warum eigentlich? So alt bist du doch selbst noch nicht?»

«Doch, Martin. Ich bin so alt. Ich bin entsetzlich alt.»

«So alt, daß es dich stören müßte, wenn eine andre jünger ist?»

«Es stört mich nur bei dir. Und sogar bei dir hat es mich erst gestern zu stören begonnen. Erst bei dem Gedanken, daß du vielleicht eine andre hast und daß sie so jung ist, wie ich damals war. Für mich bist du doch seit damals nicht älter geworden, Martin. Ich hab dich doch all die Jahre hindurch so vor mir gesehen wie damals. Und hab mir wahrscheinlich eingebildet, daß das alles bei dir genau so sein muß und daß du jetzt, wo du mich wieder getroffen hast und ich bin achtundzwanzig statt zwanzig – daß du jetzt enttäuscht sein könntest. Deshalb stören mich diese acht Jahre. Und deshalb erst jetzt.»

«Ich bin aber nicht enttäuscht. Und bei mir ist das alles ganz anders. Mir sind deine achtundzwanzig Jahre heute so gleichgültig wie damals deine zwanzig. Ich denk an dein Alter heute so wenig wie damals. Und weißt du warum? Weil es nicht darauf ankommt, wie alt wir sind, sondern wie alt unsre Liebe ist. Weil Liebe ihr eigenes Alter hat und ihr eigenes Leben. Daß wir älter geworden sind, macht unsre Liebe nicht älter. Die ist genau so alt wie vor acht Jahren. Und jetzt stören dich diese acht Jahre nicht mehr.»

«Martin. O Martin. Doch, ein bißchen stören sie mich noch immer. Ich möchte noch immer acht Jahre jünger sein. Damit ich die letzten acht Jahre mit dir leben kann.»

Weil aber die heimatliche Geborgenheit alles umschließt, weil in ihrer Wärme alles gedeiht und das Leichte gewichtig wird und das halb Gesagte trächtig von Inhalt: so wird auch das Schwere leicht und das Inhaltsträchtige läßt sich ganz zu Ende sagen. Ohne daß Martin darauf hingewirkt hätte, ist Wera auf ihre letzten Jahre zu sprechen gekommen und auf diesen anscheinend gleichgültigen Mann – und es verhält sich so, daß Martin nun erst voll begreift, warum sie vorher nicht davon gesprochen hat, warum sie erst in die heimatliche Geborgenheit einkehren wollte. Es verhält sich so, daß von den unbestimmten Auskünften, die ihm nach seiner Heimkehr ans Ohr geschwirrt waren und wieder vorbei – daß von diesen unbestimmten, für Wera recht nachteiligen Auskünften ungefähr alles zutrifft: bis auf den Schluß (vor dem dann freilich keine Nachteiligkeit mehr bestehen bleibt). Zwar hat Wera, nach ein paar unvermuteten und ungewohnten Mißerfolgen, ihre Erfolge tatsächlich dort zu suchen begonnen, wo sie nicht ausbleiben konnten: auf den «zur Hebung der Kampfmoral» offiziell arrangierten Theater-Tournéen, die sie schließlich auch an die Ostfront geführt hatten. Aber sie war dann keineswegs, wie jene Auskünfte es wußten, ohne Spur und Verdienst von der Bildfläche verschwunden. Sondern eines Tags, in Zusammenhängen und unter Umständen, von denen ihre Schilderung keinerlei Aufhebens macht, war eine an der Ostfront operierende Gruppe der tschechischen Widerstandsbewegung mit ihr in Kontakt getreten und hatte ihr angetragen, sie als Entgelt für einen von ihr zu leistenden Dienst (dessen Wichtigkeit sie erst nachher durchschaute) hinter die russischen Linien in Sicherheit zu bringen. Wera – und sie macht es sehr klar, daß sie da weniger aus patriotischen oder sonstwie heldenhaften Motiven gehandelt hat als aus impulsivem Entschluß, aus Lust am Abenteuer, und, vor allem, aus einer damals schon bis zum Überdruß gesteigerten Unlust an dem Leben, das sie führte – Wera war auf diesen Vorschlag eingegangen und hatte ihn zur Zufriedenheit ihrer Auftraggeber erledigt: denn sie fand sich binnen kurzem auf russischem Gebiet und schließlich in Moskau, wo sie, zusammen mit einigen andern auf ähnliche Weise dorthin Gelangten, unter die Obsorge eines tschechischen Komitees gestellt wurde. Da diese Obsorge praktisch einer Überwachung glich und ihr Leben praktisch dem einer Gefangenen, ließ Wera es ohne Widerstreben geschehen, daß einer der tschechischen Parteifunktionäre, mit denen sie gelegentlich in Berührung kam, ihr ein immer deutlicheres Interesse zuwandte und sie zuerst zu seiner Sekretärin machte, dann zu seiner Freundin, und dann – weil um jene Zeit die Heiligkeit der Ehe sich mit der Heiligkeit der Parteilinie sehr gut vertrug – zu seiner legitimen Frau. Mit Liebe hatte das alles auch seinerseits wenig zu tun – er nahm zwar ihr attraktives Aussehen gerne in Kauf, aber ihre Kenntnis der deutschen und tschechischen Verhältnisse, und daß unter den von ihr beherrschten Sprachen sich neben Deutsch und Tschechisch auch Russisch befand, stellten unverkennbar ihre größeren Attraktionen dar. Andre und hart genug erworbene Lebenserfahrungen kamen hinzu und kamen ihr zustatten: bis sie sich an der Seite dieses Mannes – er hieß Rudolf Malovan und stand mit seinen vierzig Jahren an besonders zukunftsreicher Stelle in der Parteihierarchie – nach und nach ein Dasein einzurichten wußte, das sie innerlich unbeteiligt ließ und dessen äußere Anforderungen sie so glatt und klaglos bewältigte, daß man es (nicht einmal mit Unrecht) für Zuverlässigkeit nahm. Ja, die Tatsache, daß er zu seinen übrigen Qualitäten auch eine so versierte und verwendbare Frau besaß, mochte nicht unwesentlich zu Rudolf Malovans Karriere beigetragen haben – vielleicht sogar zu seiner Entsendung auf den Prager Posten, der ein wichtiger und vertraulicher Posten war und über dessen Besetzung erst anfangs März entschieden wurde.

Und da ist nun Wera mit Rudolf Malovan nach Prag gekommen, dem gleichen Dasein entgegen, an das sie sich schon in Moskau gewöhnt hatte, es würde sich nach außenher genau so abspielen, es würde sie innerlich genau so unbeteiligt lassen – und wäre nur um so viel reicher oder um so viel bitterer, als es auf Schritt und Tritt über seinen geheimen Boden hin die Erinnerung an Martin ihr näherbrächte, an den Geliebten ihrer besten Jahre, an den einzig Geliebten, an das große Glück.

«Ich hab's mir beinahe wie ein Doppelleben vorgestellt, Martin.» Die kleine Pause, die sie jetzt verstreichen läßt, ist keine bloße Stokkung mehr; sie leitet schon in die Gegenwart zurück (und nimmt vielleicht schon vorweg, wie wenig diese Gegenwart sich vom Doppelleben ihrer Vorstellungen unterscheiden wird). «Ich hab nichts davon geahnt und nichts davon gewußt, daß wir uns in Wirklichkeit wiedersehen werden. Ich wußte ja nicht einmal, ob du in Wirklichkeit lebst. Ich wußte nur, daß du für mich immer gelebt hast und immer leben wirst. Und daß die Wirklichkeit nichts daran ändern kann.»

Wera schweigt. Sie hat gesagt, was zu sagen war. Ihr Bericht ist zu Ende. Und daß sie ihn gerade jetzt als beendet ansieht, läßt ihn in eine ganz andre Richtung auslaufen, verlagert ihn auf eine ganz andre Ebene, wo seinem Schwerpunkt alles Gewicht entzogen ist und nur eines gewogen wird: ob die Gewißheiten, die Wera sich zurechtgebildet hat, vor der Wirklichkeit bestehen bleiben oder nicht. Es ist eine sonderbar zwingende, eine wohltätige und zugleich bedrohliche Ablenkung, die da geschieht, und Martin spürt ihre Bedrohlichkeit viel zu genau heraus, als daß er sich nicht zur Wehr setzen wollte.

«Und jetzt?» fragt er.

«Was – jetzt? Was meinst du?»

«Jetzt haben wir's doch mit der Wirklichkeit zu tun.»

«Eben.» Sie macht ihre Stimme leise und nachsichtig, als müßte sie ihm etwas beschämend Selbstverständliches noch verdeutlichen. «Jetzt ist es eben für uns beide so, wie ich's mir immer gedacht hab. Wenn ich dich nicht getroffen hätte, wär's nur für mich so gewesen. Jetzt ist es für uns beide so. Weil die Wirklichkeit nichts daran ändern kann.»

«Dazu werden wir erst die Wirklichkeit ändern müssen.» Es klingt gar nicht widerspruchsvoll, wie er das sagt, es klingt wie ein bloßer Zusatz, wie eine kleine, unwesentliche Einschränkung eben jenes Tatbestands, dessen Voraussetzung es doch ist.

«Ja?» Wera, offenbar befriedigt von der erzielten Einigung, läßt sich wieder ins Kissen zurückgleiten. «Was willst du tun, Martin?»

«Über die Grenze gehen», sagt Martin.

«Da geh ich mit», sagt Wera, und im ungefähr gleichen Tonfall hätte sie ihm auch sagen können, daß sie zur nächsten Theaterpremiere mitgehen wollte.

Im ungefähr gleichen Tonfall hat sie ihm allerdings auch gesagt, daß sie aus dem «Ballet Russe de Paris» ausscheiden würde, um bei ihm zu bleiben. Oder daß sie ihre Laufbahn als Tänzerin hinzuwerfen gedächte, um es mit der Schauspielerei zu versuchen. Oder noch dies und jenes, wovon sich erst nachher erwiesen hat, wie ernst es ihr war. Ihrem Tonfall läßt sich das niemals entnehmen. Es erweist sich immer erst nachher. Und immer noch rechtzeitig.

Und es wäre zwecklos, sie etwa sogleich darauf festlegen zu wollen. Was Martin jetzt auch sagen oder fragen könnte – und er könnte jetzt vielerlei sagen und fragen, er könnte Wera sogar daran erinnern, daß sie sich schon einmal zuvor in einer ähnlichen Situation befunden hat und schon einmal zuvor nicht über die Grenze mitgegangen ist – es würde sie, wenn die Ähnlichkeit ihr überhaupt einleuchtet, darum nicht fester an ihre Worte binden.

Martin stützt sich halb hoch. Scharf durch die Dunkelheit späht er nach Wera hin, um wenigstens den Ausdruck ihres Gesichts zu fassen. Es gelingt ihm nicht. Aber da er sich nähergebeugt und dicht über sie, da ihr Kopf, in den Nacken gestützt, sich aus dem Kissen hervorzuzeichnen beginnt, wie aus nächtlicher Landschaft eine vertraute Erhabenheit sich dem niedergleitenden Flieger entgegenhebt, stumm und fraglos, weil sie selbst schon die Antwort ist – wird ihm unfehlbar inne, daß er jetzt gar nichts besseres tun kann, als sich in diese Stummheit, in diese Fraglosigkeit zu schicken; daß er den Worten, an die er Wera binden wollte, kein größeres Gewicht verleihen kann, als wenn er sie jetzt auf sich beruhen läßt, dort wo sie bei Wera ruhen: an der Schwelle ihres Bewußtseins.

Denn nähme er sie jetzt auf – er müßte sie schon mitnehmen über diese Schwelle hinweg und in die wolkige Betäubung dahinter, in der Worte nichts mehr gelten und keinen Sinn mehr haben.

«Weißt du, wie spät es ist, Wera?»

Wera – er kann es nicht sehen, er spürt es nur – antwortet mit einem Kopfschütteln, als glaubte sie, daß er sie nach der Stunde wirklich hat fragen wollen und nicht die Stunde ihr sagen. Hätte sie ihn anders verstanden, dann hätte sie anders den Kopf geschüttelt, dann hätten ihre Haare anders seine Schulter gestreift, die geliebten Haare, deren Sprache er noch im Dunkel versteht.

«Nein», sagt Wera. «Mein Ziffernblatt leuchtet nicht.»

«Es ist drei Uhr vorbei. Wir müssen gehen.»

«Müssen wir?» Sie seufzt und rückt ein ganz klein wenig zur Seite, in einem ersten, zaghaften Versuch. «Warum?»

«Warum –» Wäre es jetzt an der Zeit, sich zur Wehr zu setzen? Die Wirklichkeit herbeizurufen, daß sie ihr antworte? Ziel und Vorsatz jetzt so klar, so eindeutig, so ausweglos vor ihr aufzupflanzen, daß alles fortan nur ein Hinstreben darauf sein kann? Wäre es jetzt an der Zeit? «Warum –» sagt Martin noch einmal. Und sagt: «Wahrscheinlich, weil wir jetzt ganz von vorne anfangen.»

«Geliebter.» Sie legt die Hand auf seinen Arm, und ihr Druck reicht ihm Verständnis und Einverständnis zu. «Ja, wir müssen gehen. Sonst gibt es Krach.»

Denn so ist es ja ganz am Anfang gewesen, damals, als Martin noch in seiner Studentenbude am Riegerpark gewohnt hat und Wera noch mit Mamuschka im Hotel: daß sie gehen mußten, daß Wera nach Haus kommen mußte. Mamuschka, die sonst so vernünftige, deren flinke Kugeläuglein ein paar Jahre später noch einen Mann entdeckten, welcher sie ohne Zaudern (und von Weras Segenswünschen begleitet) als Gattin in seine Schweizer Heimat führte – Mamuschka hatte sich in diesem einen Punkt vollkommen verständnislos und unnachsichtig gezeigt und hatte sogar, was sie sonst niemals tat, mit Gegenmaßnahmen gedroht, die weder Wera noch Martin heraufbeschwören wollten; aber als dann einmal von selbst und übermächtig die erste volle Nacht sich ihnen ergeben hatte, bis in den Morgen, bis in den Tag hinein, war es geschehn und erledigt.

Mit unvermittelt energischem Ruck hat Wera sich jetzt neben Martin hochgesetzt.

«Du mußt das Licht anmachen, Martin. Es hilft nichts. Du mußt das traurige Licht anmachen.»

Doch bekommt selbst das traurige Licht und selbst der trockene Knacks, mit dem es angeht, noch etwas von der Wärme und der Geborgenheit ab, die sie immer noch umfängt und in der sie einander jetzt zum erstenmal wahrnehmen, und bleiben sekundenlang festgebannt beide und kehren sich beide zugleich voneinander ab, rasch, als schämten sie sich, daß sie jemals der Dunkelheit bedurft haben sollten.

«Das Licht ist gar nicht so traurig.» Martin sagt es schon zwischen den zielstrebigen Handgriffen des Ankleidens hervor. «Viel trauriger ist, daß in solchen Hotels der Portier nach ein paar Stunden ungemütlich wird. Wenn's ihm paßt, rechnet er einem das Zimmer dann für die ganze Nacht an, und man muß sich noch nachträglich legitimieren und einen Meldezettel ausfüllen. Sonst könnte ich ja jede Nacht in einem andern solchen Hotel schlafen. – Nein, auch dann nicht», berichtigt er nach einiger Besinnung. «Die geben ja an Einzelpersonen gar keine Zimmer ab. Und bei einer Razzia hilft auch der Meldezettel nicht.» Das hat er schon halb für sich gesagt, und hält jetzt abermals inne, weil er Weras Blick immer deutlicher auf sich gerichtet spürt. «Was ist denn los, Wera?»

«Nichts», sagt Wera, und dreht sich wieder dem Spiegel zu. «Ich muß mich nur wundern, wie gut du dich in den Gebräuchen der Stundenhotels auskennst.»

«Erfahrene Freunde haben mich belehrt. Sonst wüßte ich's nicht.»

«Wann warst du das letzte Mal in einem solchen Hotel?»

«Das weiß ich ganz genau. Zwei Monate vor dem Prager Gastspiel des Ballet Russe de Paris.»

«Davon hast du mir aber damals nichts gesagt.»

«Ich wollte es dir sagen. Wirklich. Ich wollte auf dich zutreten und sagen: Erlauben Sie, Wera Kirsanowa, daß ich mich vorstelle – mein Name ist Dub, und ich war vor zwei Monaten in einem Stundenhotel. Aber dann hab ich's mir anders überlegt.»

«Du hast dir überhaupt nichts überlegt, du Idjott. Das hab alles ich gemacht. Bringst du mich jetzt wenigstens nach Hause?»

Martin legt den Kopf schief. Es ist ihm nicht ganz klar, ob Weras Frage noch zum einverständnisvollen Spiel der Vergangenheit gehört oder schon zur Gegenwart, zu jener nicht mehr ganz so einverständnisvollen, nicht mehr ganz so spielerischen Angriffslust, die sie auch gegen Zdenka richtet, gegen frühere Hotelbesuche, gegen alles, was sie versäumt hat – und ob sie sich um die feindseligen Aspekte dieser Gegenwart am Ende so wenig zu kümmern gedenkt, daß sie jetzt wirklich von ihm nach Hause begleitet werden will.

«Ich möchte lieber nicht.»

Aber er hat mit seiner Antwort schon allzu lange gezögert, als daß Wera sich's entgehen lassen könnte.

«Natürlich nicht. Ich vergaß. Deine Hure wartet ja.»

«Das solltest du nicht einmal im Spaß sagen, Wera.»

«Es freut mich, daß du sie gegen mich in Schutz nimmst.»

«Ich hab allen Grund dazu.» Und jetzt müssen sie doch endlich emportauchen aus den seligen Gewässern, in denen sie so unbekümmert umherplätschern und auf denen die Wirklichkeit dahintanzt wie ein kleines Spielschiff. Seine Stimme sammelt und spannt sich. «Du weißt doch sehr gut, daß sie nicht auf mich wartet und daß es nichts mit ihr zu tun hat, wenn ich dich nicht begleite.»

Er hält inne, weil seine Worte gar so ungeschickt gewählt sind und seine Stimme ganz anderswohin sich zu spannen scheint, als er will: vom Wirklichen weg, auf Weras Entgleiten zu – und da gleitet es auch schon weiter: «Woher soll ich das wissen? Vielleicht weil du mit ihr geschlafen hast?»

Aber gleich darauf, da er gerade den Mund öffnen will – oder den Mund schon offen hat und nur noch überlegt, was er sagen soll –, hängt Wera an seinem Hals und sät ihre kleinen, atemlosen Küsse dicht in sein Gesicht.

«O Martin. Daß du dich jetzt nicht sehen kannst, Martin. Du schaust noch immer so aus wie ein gekränkter Bernhardiner. Nein, natürlich bringst du mich nicht nach Hause – ich weiß schon ganz gut, warum das nicht geht. Ich hab's ja auch nur so gesagt.»

Nur so. Und das mit der Grenze – hast du auch das nur so gesagt?

Noch wäre es Zeit, sie zu fragen, noch Zeit, sie an ihre Worte zu erinnern, und die Wirklichkeit, der sie gegolten haben, ihr einzuprägen.

Er tut es nicht und wird es auch in Zukunft nicht tun. Es wäre vergeblich und wird vergeblich bleiben bis zum Augenblick des Erweises. Und müßte er Wera dann erst an Worte erinnern, so wird es nur desto vergeblicher sein. Wenn das, woran keine Wirklichkeit etwas ändern kann, nicht stark genug ist, um die Wirklichkeit zu ändern, dann werden auch Worte es nicht zustande bringen. Und dann mögen jene Worte die einzigen bleiben, die von der Wirklichkeit Lügen gestraft werden. Dann möge die Wirklichkeit sich mit dem Triumph begnügen, daß sie nicht geändert worden ist. Dann will er sich dem einen, woran sie nichts ändern kann, wenigstens zur Gänze unterworfen haben, ohne aufzubegehren, ohne selbst etwas ändern zu wollen daran, ohne die eine Unabänderlichkeit an der andern aufzusplittern.

Vielleicht, indem er der einen sich unterwirft, kann er die andre bezwingen. Vielleicht nur so. Es wird sich erweisen.

Als sie endlich ein Taxi gefunden haben, nennt Wera – für Martin sehr deutlich hörbar – dem Chauffeur zuerst ihre eigene Adresse, ehe sie sich bei Martin erkundigt, wo sie ihn absetzen soll. Martin läßt es bei der Angabe einer nahen Straßenecke bewenden. Er will den Rest des Wegs zu Fuß gehen, er will in dieser Gegend und vor diesem Haus nicht im Auto vorgefahren kommen, es ist ein guter und plausibler Grund, und Wera müßte ihn verstehen, ohne daß er's ihr ausdrücklich erklärt. Auch sollte der andre und noch plausiblere Grund ihr vertraut sein, aus dem er ihr seine Adresse weiter verschweigt: weil die Kenntnis eines Verstecks, wie es das seine ist, unter den gegebenen Umständen allerlei Gefahren in sich birgt, für ihn wie für sie.

Aber darüber hinaus wird Martin noch von der leisen Besorgnis bewegt, daß jene halb verspielte Angriffslust, die Wera heute ein paarmal auf so verwirrend glaubhafte Art bekundet hat, sie dann eines Tags auch verleiten könnte, in sein Versteck einzubrechen. Und das ist der Grund, den Wera ganz bestimmt und am besten von allen verstünde.

Es kann sogar sein, daß sie ihn durchschaut. Martin sieht sie lächeln und lächelt wieder und weiß, daß jene Unterwerfung ihm geglückt ist. Und weiß nur nicht: ob er damit den Kampf gegen die Wirklichkeit begonnen hat oder die Flucht vor der Wirklichkeit vollendet.

(Aus den Notizen des Martin Dub)

Prag, März 48

Die weitaus gefährlichste Eigenschaft, die man heutzutage besitzen kann, ist ein gutes Gedächtnis. Denn es liegt zwar im Bestreben eines jeden neuen Systems, sich selbst in möglichst gutem Licht erscheinen zu lassen und das vorangegangene in möglichst schlechtem – aber die totale Diktatur wünscht nicht nur die Erinnerung an alles auszulöschen, was früher besser war, sondern an alles, was früher war, einschließlich ihrer eigenen Vergangenheit. Sie dehnt ihre natürliche Traditionsfurcht auf sich selbst aus, sie kann gar nicht akzeptieren, daß es so etwas wie «Vergangenheit» überhaupt gibt, sie rückt ihr mit den gleichen dialektischen Verwandlungstricks zuleibe, mit denen sie sich über die Unsicherheiten und Zweischneidigkeiten eines noch stattfindenden Ablaufs hinwegzuhelfen pflegt – bis schließlich die Gegenwart nicht mehr aus der Vergangenheit folgt, sondern umgekehrt. Dieser rückläufige Determinismus, diese zutiefst reaktionäre Geisteshaltung schlägt der verachteten Formallogik ein Schnippchen von genau 180°, und wenn zum Beispiel jemand Bedenken dagegen äußert, daß aus dem Organisator und siegreichen Führer der Roten Armee, aus dem Kampfgenossen Lenins und Helden der bolschewistischen Revolution ein faschistischer Verräter geworden sei, so wird ihm mit anerkennendem Lächeln zugestanden, daß seine Bedenken nur allzu berechtigt sind: indem Trotzki schon damals, als er die Rote Armee zum Sieg führte, ein faschistischer Verräter war.

Weil dem Gedächtnis von Natur aus konservative Funktionen zukommen, ist es die zuverlässigste Geheimwaffe im Kampf gegen die Diktatur und das zuverlässigste Mittel individueller Selbstbehauptung.

Leider gerät das Individuum, das sich selbst zu behaupten versucht und den Verzicht auf seine Menschenwürde nicht für den geeigneten Weg hält, um auf Erden einen menschenwürdigen Zustand herbeizuführen – leider gerät der wahrhaft fortschrittliche Mensch unfehlbar zwischen zwei übermächtige Mühlsteine: auf der einen Seite die aktive, als Bringerin der Menschenwürde maskierte und von keinen moralischen Skrupeln gehemmte Vernichtungsgier, die alles, was sich ihr in den Weg stellt, als Reaktion bezeichnet, und auf der andern Seite die unbewegliche, als Bewahrerin der Menschenwürde maskierte Hab- und Besitzgier, die alles, was ihren Status quo anzutasten droht, als Kommunismus bezeichnet. Zwischen diesen beiden Mühlsteinen wird der fortschrittliche Mensch binnen kurzem vollauf damit beschäftigt sein, zu überleben, also den Individualismus als Selbstzweck zu betreiben. Seine Position nimmt sich im Nebel der Begriffe wahrhaftig trübe aus. Auf sein Gedächtnis und somit auf die Vergangenheit angewiesen; zu keiner Aktivität imstande als zur passiven Resistenz, weil er bei der geringsten Bewegung sofort vom einen Mühlstein gegen den andern geschleudert wird; immer nur «gegen» etwas und niemals «für»; zu keinen Konzessionen bereit und von keinen Konzessionen zu locken –: so bietet er durchaus den Anschein eines mieselsüchtigen, wirklichkeitsfremden, in seinen Erinnerungen vergrabenen Außenseiters, eines Pensionisten der Weltgeschichte, über den das Neue, welches sich bekanntlich nicht aufhalten läßt, unbarmherzig hinwegschreitet.

Und so bleibt ihm nur die Hoffnung, daß eines Tags, wenn die Begriffsnebel sich geklärt haben, die Nutznießer dieser Klärung erkennen werden, wie verdammt schwer es doch gewesen ist, sich damals im Nebel nicht zu verlieren, oder, mit andern Worten: ein Mensch zu bleiben.

Wenn er Glück hat, so kann er sich dabei auf seine Religion stützen. Wenn er Glück hat, so wird er die menschlichen Werte, um deren Bewahrung es ihm geht, als göttliche identifizieren und die Unmenschlichkeit, gegen die er sie verteidigt, als Gottlosigkeit.

Aber ich fürchte, daß die Religion wirklich nur ihm als einzelnem taugt, zur Rückendeckung gewissermaßen, zur Sicherung seines inneren, persönlichen, um nicht zu sagen: privaten Gleichgewichts. Zum Sammel- und Ausgangspunkt einer aktiven Gegenbewegung taugt sie nicht, am allerwenigsten jenen, die dem Angriff der Gottlosigkeit am nacktesten ausgesetzt sind: den Jungen. Denn da die Kirche – und darin gleicht ihre Situation sogar der des einzelnen – das Überleben als Selbstzweck betreiben muß, wird sie mit dem Angreifer entweder einen faulen Frieden schließen, oder sie wird jeden Bundesgenossen gegen ihn akzeptieren. Und damit tut sie genau das, was einem jungen, sauberkeitsbedürftigen Menschen am unerträglichsten ist. Damit hat sie die Bundesgenossenschaft Gottes für ihn diskreditiert.

Freilich: Gott ist kein bloßer «Bundesgenosse». Aber um sich von ihm führen zu lassen, muß man von vornherein gläubig sein – und ich wüßte nichts, was ein heutiger junger Mensch von vornherein weniger wäre als gläubig.

Es ist schon viel darüber geschrieben und schon viel daraus abgeleitet worden, daß die Zehn Gebote zum weitaus größten Teil Verbote sind, daß also die abendländischen Sittlichkeitsbegriffe auf einer größtenteils negativen Grundlage ruhen. Vielleicht darf man sich das als Trost, vielleicht sogar als Rechtfertigung dafür gelten lassen, daß der Kampf um die Aufrechterhaltung dieser Sittlichkeitsbegriffe sich zunächst aufs Negative zu beschränken scheint. Es scheint nur so. Denn indem ich dagegen bin, daß die Welt einer totalitären Finsternis anheimfalle, habe ich bereits klargestellt, wofür ich bin. Aber solange die Finsternis nicht beseitigt ist, kann ich mich mit keinen Details abgeben. Das Positive besteht in der Bekämpfung des Negativen.

Die Forderung nach einer «neuen» Plattform, auf der sich die Kräfte der Menschlichkeit zum Gegenangriff sammeln könnten, ist ebenso begreiflich wie unerfüllbar. Es gibt keine «neue» Plattform. Und die gegebene – gegeben auf dem Berg Sinai, ratifiziert auf dem Ölberg und von der abendländischen Welt als Grundlage aller Verfassungsurkunden anerkannt – kann es mit den hemmungslos «neuen» Strömungen, von denen sie unterspült wird, an verwegener Anziehungskraft nicht aufnehmen. Sie ist reizlos wie alles Statische und in ihren Möglichkeiten beschränkt wie alles Anständige. Der Erpresser hat hundert Drohungen zur Verfügung; der Erpreßte nur eine Abwehr: zu zahlen.

Und wir wollen getrost zugeben, daß wir gegen unsre demokratischen Verfassungsurkunden schwer genug verstoßen haben, um der Erpressung durch den Kommunismus ausgesetzt zu sein. Unrecht bleibt Unrecht, auch wenn es von einem Erpresser angezeigt wird, und ein Erpresser bleibt ein Erpresser, auch wenn er ein Unrecht anzeigt. Nichts wäre verhängnisvoller, als die Fehler der Demokratie zu leugnen. Sie darf nicht nur Fehler machen, sondern sie darf sie auch eingestehen. Sie darf nicht nur, sondern sie muß. Denn ihre Fehler sind abstellbar. Die Diktatur muß sich als unfehlbar gebärden, weil ihre Fehler nicht abstellbar sind.

Man kann diesen sehr wesentlichen Unterschied auch so formulieren: die Demokratie trifft Vorkehrungen, daß begangene Fehler nie wieder begangen werden; die Diktatur trifft Vorkehrungen, daß begangene Fehler nie wieder als Fehler bezeichnet werden.

Einen einzigen Fehler wird die Demokratie nicht länger begehen dürfen: daß sie dem totalitären Ansturm erlaubt, außer ihren Fehlern auch noch ihre Vorzüge auszunutzen. Das Zetermordio der Diktatur-Partisanen, daß sie damit aufhört, eine Demokratie zu sein, wird sie in Kauf nehmen müssen. Man kann aus Angst vor dem Tod Selbstmord begehen, vielleicht auch noch aus Angst vor dem Mord, aber keinesfalls aus Angst vor dem Rufmord. Das Recht der Opposition, sich hörbar zu machen, das Recht der Minorität, zur Majorität zu werden, gehört zwar zu den unveräußerlichen Prinzipien der Demokratie – aber sie veräußert sich selbst und zur Gänze, indem sie diese Rechte einer Gruppe zugesteht, die ihrerseits, einmal an die Macht gelangt, keine Opposition mehr zu Wort kommen läßt und keiner Minorität mehr die Chance gibt, zur Majorität zu werden. Demokratie ist eine Übereinkunft zwischen zivilisierten Menschen, die entschlossen sind, bestimmte Regeln einzuhalten. Das ist ihr Sinn und ihr Wesen. Das Auftreten eines Partners, der die Einhaltung dieser Regeln von ihr verlangt, ohne sich selbst nach ihnen zu richten, war beim Abschluß der Übereinkunft nicht vorgesehen. Es fragt sich ganz einfach, ob man jetzt im Interesse dieses einen Partners die Übereinkunft außer Kraft setzen soll oder im Interesse der Übereinkunft den einen Partner. Und es ist für beide Teile eine Frage auf Leben und Tod.

Im Fußball ist es verboten, den Ball in die Hand zu nehmen. Im Rugby ist es erlaubt. Die Demokratie muß sich darüber klarwerden, daß sie mit Fußballregeln gegen ein Rugbyteam spielt. Sie muß aufhören zu spielen.

Und sie muß aufhören, sich von den falschen Alternativen der dialektischen Taschenspieler ins Bockshorn jagen zu lassen. Die Auseinandersetzung vollzieht sich nicht zwischen Kommunismus und Faschismus, sondern zwischen Diktatur und Demokratie, und durch die exzeptionelle Verweigerung einer Freiheit wird die Demokratie so wenig zur Diktatur, wie die Diktatur durch die exzeptionelle Gewährung einer Freiheit zur Demokratie wird. Übrigens steht in dieser Auseinandersetzung der Begriff der Demokratie keineswegs für vollkommene Freiheit. Er steht für die Möglichkeit der Freiheit gegen ihre garantierte Unmöglichkeit.

Daß der Zweck die Mittel heiligt, ist nicht erst vom Kommunismus entdeckt worden. Diese Vergünstigung haben schon andre Zwecke vor ihm beansprucht, und schon andre Zwecke vor ihm sind durch ihre Mittel entheiligt worden. Die verwirrende Originalität des Kommunismus besteht darin, daß er sich unterschiedslos aller Mittel bedient, deren er habhaft werden kann, auch der denkbar besten, und daß er sie unterschiedslos schlecht macht. Hier, zum ersten Mal, entheiligen nicht nur die Mittel den Zweck, sondern der Zweck entheiligt die Mittel. An jeder Kreuzung des Wegs, den ein um Besserung der Dinge bemühter Mensch zurücklegen muß, damit er einen festen Standpunkt erreiche, begegnet ihm der Kommunismus und ist ganz seiner Meinung. Du bist für gerechte Güterverteilung, für Redefreiheit, für das ungehinderte Wahlrecht der Neger in den Südstaaten Amerikas, für die kulturelle Autonomie der tschungusischen Minderheit in Prostatanien – und siehe: auch der Kommunismus ist dafür, er ist es schon längst, schon lange bevor du dafür warst, er hat es überhaupt erfunden, dafür zu sein, und du fragst dich ein wenig beschämt, warum du dich erst mühsam zu einem Standpunkt durchringen willst, den der Kommunismus fix und fertig und mit allem fachmännischen Zubehör für dich vorbereitet hält. Er hat überhaupt nur auf dich gewartet.

Manchmal stelle ich mir den Kommunismus als einen riesenhaften Staubsauger vor, der jede gute und anständige Regung, wo immer sie entsteht, sofort an sich zieht und verschluckt. Er tritt, unterwegs zur Machtergreifung, für alles Gute und Anständige ein, sogar für die Aufrechterhaltung der Demokratie. Und man kann, wenn man nicht sofort in die schlechteste und unanständigste Gesellschaft geraten will, für nichts Gutes und Anständiges mehr eintreten, nicht einmal für die Bekämpfung des Kommunismus.

Denn natürlich schart sich hinter den Fahnen des antikommunistischen Kreuzzugs allerlei übles Gelichter zusammen. Aber mit denen habe ich weiter nichts gemein, und was wichtiger ist: sie haben mich niemals in die Versuchung gebracht, etwas mit ihnen gemein zu haben. Der Kommunismus hat das getan und tut es immer noch. Der Kommunismus ficht mich an. Der Faschismus nicht. Ich war und bin für sehr vieles, wofür der Kommunismus zu sein vorgibt. Der Faschismus gibt dergleichen erst gar nicht vor. Seine Bundesgenossenschaft, wie sehr sie mich auch kompromittiert, legt mich nicht fest. Und wenn ich gegen Hitler sogar Stalin als Bundesgenossen akzeptieren mußte, so werde ich gegen Stalin noch Franco akzeptieren dürfen, gegen Franco noch die Bourbonen, gegen die Bourbonen noch die Carlisten. Es ist ganz einfach nicht wahr, es ist eine der infamsten falschen Alternativen der kommunistischen Demagogie: daß ich nicht gegen Stalin sein könne, ohne für Franco zu sein. Ich kann gegen Stalin sein, wie es mir paßt. Aber für Stalin kann ich nur so sein, wie es ihm paßt.

Das Beste, was wir zu hoffen haben, ist der sukzessive Abbau des jeweils größeren Übels zugunsten des jeweils kleineren – so lange, bis das größere Übel klein genug sein wird, um ohne Begünstigung eines kleineren beseitigt werden zu können.

Das Schlimmste, was wir zu fürchten haben, ist der sukzessive Ablauf aller noch möglichen Revolutionen – so lange, bis die letzte sich ad absurdum geführt hat und bis die reizlose, statische, altmodische Plattform der Menschlichkeit, aus langer Vergessenheit hervorgeholt und frisch abgestaubt, wie neu aussehen wird.

Ich merke zu meiner Verwunderung, daß ich da zu einem sehr hoffnungsfrohen Schluß gelangt bin. Also wäre ich ein Optimist?

Ja. Denn da ich meine Vergangenheit nicht verrate, kann ich auf die Zukunft hoffen, da ich mein Gedächtnis bewahre, kann ich denken, und da ich an den Menschen glaube, kann ich leben.

Es fügt sich so, daß mir gerade jetzt eine Vergangenheit zur Gegenwart wird, daß mein Gedächtnis und mein Glaube an den Menschen gerade jetzt eine Bewährungsprobe zu bestehen hat, die mir für die Zukunft entscheidend werden mag. Es fügt sich so, daß ich gerade jetzt, unter den lebensfernsten und lebensfeindlichsten Umständen, viel intensiver lebe als irgendwann in den letzten Jahren, als irgendwann seit jenem Zeitpunkt, da mein Leben zum erstenmal durch eine Flucht unterbrochen wurde.

Ob ich damals gut daran getan habe zu fliehen, weiß ich nicht. Und wenn ich auch diesmal nur um mein Leben zu fliehen hätte oder nur vor dem Leben fliehen wollte, könnte ich ebensogut bleiben. Aber ich glaube, daß ich diesmal ins Leben fliehe und daß es keinen andern Weg ins Leben gibt als die Flucht. Vielleicht ist «Leben» überhaupt schon mit «Flucht» identisch geworden, vielleicht wird, solange ich noch daran teilhabe, alles das, was ich mir unter «Leben» vorstelle, nur noch auf die kurzen Atempausen der Flucht beschränkt bleiben: so daß nicht mehr das Leben von der Flucht unterbrochen wird, sondern die Flucht vom Leben.

Oder vielleicht erlebe ich es noch, daß man wieder atmen kann.

Ganz vom Anfang, Wera. Wir fangen jetzt ganz vom Anfang wieder an.

Oh, zu erwachen in solchen Anfang hinein und die kaum geöffneten Augen schon vom Bild der Geliebten überhangen zu finden, und mit dem ersten Herzschlag schon ihr Antlitz zu denken und vom ersten Gedanken schon berauscht zu sein, ganz vom Anfang wieder, und dennoch so wie je, dennoch so, als wäre es niemals anders gewesen.

Wera hat es gewußt. Sogleich in jener ersten Nacht – ist es denn wirklich schon zwei Wochen her? wirklich erst zwei Wochen? – hat sie es gewußt und hat es ihm gesagt. Wie gut, daß er nicht versucht hat, sie eines Wirklicheren zu belehren, oder gar mit ihr sich zu besprechen und zu beraten über diese Wirklichkeit: denn kein Gespräch und keine Beratung könnte ihnen größere Klarheit bringen und tiefere Gewißheit als ein Blick, ein jähes Erbleichen, ein stummes Verweilen im heimatlichen Hernach. Wie gut, daß er mit Willen und Wissen ins dämmrige Zwischenreich zwischen Traum und Erwachen eingekehrt ist, daß er die Unterwerfung vollzogen hat und – woferne es Flucht war – die Flucht.

Aber fliehen sie denn überhaupt? Ist es nicht vielmehr so, daß sie mit jeder Zusammenkunft aufs neue der Wirklichkeit sich stellen, die Wirklichkeit herausfordern?

Nur daß eine Herausforderung, die sich mit ihrem bloßen Stattfinden zufriedengibt, eine kindische und sinnlose Herausforderung ist – weit sinnloser noch, als sich etwa am Sonntag nachmittag aufs Belvedere zu setzen. Und hat er diesen Sonntag und dieses Belvedere nicht eben darum so grotesk empfunden, weil sich an der Wirklichkeit nichts geändert zu haben schien?

Dann und wann, am liebsten im Zusammensein mit Wera, fällt die alte Zweifelsucht noch über Martin her. Er wird, was ihnen beiden da geschieht, er wird ihre Wiedervereinigung wohl niemals so fraglos und unbeirrt hinnehmen können wie Wera – als geschähe da etwas, was zwar auch hätte ungeschehen bleiben können, aber wenn es geschähe, dann nur so und nicht anders. Und je klarer sich zeigt, daß die Wirklichkeit nichts daran ändert, desto erschrockener nimmt Martin den Gegensatz wahr, in dem es zu dieser Wirklichkeit steht – und den Wera so selbstverständlich bewältigt, als ob es ihn gar nicht gäbe. Sie weiß gar nicht, worüber Martin sich eigentlich wundert? Warum er denn so tut, als hätten noch nie auf der Welt zwei Menschen einander geliebt? Und das wäre doch etwas ganz Normales?

Dann und wann sucht Martin ihr noch begreiflich zu machen, daß es ja gerade daran liege; daß etwas Normales, wenn es unter so ganz und gar nicht normalen Umständen geschieht, sich eher grotesk ausnehme als normal; und daß es ja gerade darauf ankomme, überhaupt, nicht nur jetzt, nicht nur für sie beide, sondern überhaupt darauf: einen Zustand zu beheben, den man schon dadurch herausfordern kann, daß man einander liebt – einen Zustand, in dem man nur etwas Normales zu tun braucht, um grotesk zu wirken.

Indessen hat Martin mit solchen Darlegungen bei Wera noch niemals mehr erreicht als ein nachsichtiges Nicken: Ja, ja, sie verstehe schon – aber was soll das alles mit ihnen beiden zu schaffen haben? Da sie doch wieder beisammen sind, trotz allem? Und streicht ihm mit zärtlicher Hand über Stirn und Haar, wie man einem Knaben die bösen Gedanken verscheucht, die ihn in langer Einsamkeit geängstigt haben – aber jetzt ist alles wieder gut, jetzt hab ich dich wiedergefunden und bin bei dir, komm –.

Ach, sicherlich liegt's auch an diesem «Komm!», das in jedes ihrer Worte einklingt, in jede ihrer Gebärden sich einschmiegt, und sicherlich hat auch lange Einsamkeit das Ihre dazu getan, daß alles jetzt wieder gut ist. Aber es liegt doch bei weitem nicht daran allein und nicht nur am Wiederfinden – mag Wiedergefundenes noch so viel schwerer wiegen als bloß Gefundenes, schwerer um den Verlust, schwerer um die Erkenntnis, was da verloren gewesen ist und sich nun wiedergefunden hat. Es liegt nicht nur daran.

Sondern im gleichen Gegensatz, über den er zuzeiten erschrickt, wird ihm dies alles zum Hort vor diesem Schrecken, zur einzigen Gewißheit inmitten der Ungewißheiten rings, zum einzigen Bestand inmitten des Zusammenbruchs, zur einzigen Wahrheit inmitten von lauter Lüge. Und er schämt sich vor Wera, der das alles so selbstverständlich ist, schämt sich jeder Frage, zu der es ihn noch versuchen will, schämt sich, als wäre er wankelmütig geworden oder mißtrauisch, und fragt nicht mehr und spricht kein zweiflerisches Wort mehr, mit Willen und Wissen nicht, fast sieht es nach gegenseitiger Übereinkunft aus, nach Vertrag und Verschwörung, und wenn er dann und wann noch eines unbedachten Wortbruchs sich schuldig zu machen droht, legt Wera ihm zu feierlicher Mahnung den Finger auf die Lippen und schüttelt stumm den Kopf und schließt die Augen, und das dämmrige Zwischenreich ist ihrer ganz und gar.

«Nur ein einziges Mal, Wera. Das möchte ich nur einmal wieder haben.»

Sanft hat Martin ihr Handgelenk umspannt, sanft drängt er den Finger, den sie ihm über die Lippen gelegt hat, auf ihre eigenen Lippen zurück. Und das Lächeln, mit dem sie ihn gewähren läßt, kommt so tief aus dem Brunnen der Erinnerung heraufgestiegen wie seine Worte und seine Gebärde selbst.

Es ist eine Gebärde ganz vom Anfang her, aus jenen ersten Nächten, die sich ihnen bis in den Morgen, bis in den Tag hinein ergeben hatten. Und immer war der Tag für Wera zu bald gekommen, und Martins noch so behutsam tastende Morgenstimme klang ihr immer zu laut. Immer noch um ein kleines wollte Wera die Nacht erstrekken und wollte aus ihrem Schlaf nicht hervor, mit keiner Regung, mit keiner Silbe, und das Äußerste, wozu sie sich verstand, um den neben ihr schon Erwachten in die Stille zurückzuscheuchen, war eben dies: daß sie den Finger auf ihre Lippen legte und ein «Sch – sch» hören ließ, ein vernehmliches Ausatmen, mehr war es nicht, und der nächste Atemzug trug sie schon wieder in den Schlaf hinein. Aber ihr Finger blieb noch eine Weile auf ihren Lippen liegen und glitt erst nach und nach wieder ab – Martin, hochgestützt dicht neben ihr und reglos über das kindisch süße, das kindisch satte Antlitz geneigt, sah es mit an und war von rätselhafter Trauer so durchpocht, als hätte ein dunkler Orgelton ihm an die Kehle gegriffen. Erst sekundenlang später, erst wenn ihr Finger sich ganz von ihren Lippen gelöst hatte, wagte auch Martin sich wieder zu regen und glitt ins Kissen zurück, in einen aufgeknüllten, vom Tag schon überlichteten Schlaf – dem er alsbald aufs neue entstreben würde, um mit behutsamer Morgenstimme aufs neue an Weras Ohr sich zu tasten, um sie wachzuraunen und wachzuflüstern, um ihren ersten Blick zu empfangen und geblendet zu sein von ihrem ersten geblendeten Lächeln – – welches in schmerzlicher, in erinnerungsschwerer Verwandlung auch jetzt auf ihrem Antlitz liegt, da sie jene Gebärde an sich geschehen läßt und traumverloren den Finger an ihre Lippen hält.

Dies alles aber hat sich nicht von ungefähr ergeben, nicht aus der angestauten Fülle ihres dämmrigen Besitzes und nicht aus feierlicher Übereinkunft wie sonst. Es ist aus ungewohntem Wirrsal hervorgegangen, aus einem Zwist, der sich schon gestern angesponnen hat und der in dieser Gebärde, in dieser Verwandlung erst jetzt sich entwirrt und auflöst: da sie an einem kleinen Tisch in der Ecke eines Vorstadtcafés sitzen, zum erstenmal an solchem Ort und um solche Zeit, denn es ist heller Nachmittag.

Bisher haben sie immer die Dunkelheit abgewartet, um einander zu treffen, und der untere Eingang des Kinsky-Gartens ist ihr ständiger Treffpunkt geblieben; sie setzen von Mal zu Mal immer nur den Tag ihrer Zusammenkunft fest und die genaue Stunde, die im Fall einer Verhinderung auch für den nächsten Tag in Geltung bleibt und weiter für den übernächsten – erst dann, erst im äußersten Notfall würde Martin von Weras Adresse Gebrauch machen, und nicht durch die Post, sondern durch persönlichen Boten (am ehesten wohl durch Emmy). Aber diese Sicherungen sind im Grunde nur deshalb besprochen worden, damit alles bedacht und nichts versäumt sei, nur um jener Vorsicht willen, die den äußersten Notfall schon ausschließen soll, indem sie mit ihm rechnet. Es hat sich auch noch kein Anzeichen dafür ergeben, daß er eintreten wird, es ist alles in Ordnung, sie haben einander an jedem festgesetzten Abend genau zur festgesetzten Zeit getroffen, und leichten Herzens, ohne daß Martin seine Bedenken gegen das immer selbe Hotel erst hätte äußern müssen, sind sie einmal auch schon in eine kleine Weinstube nahe dem Kinsky-Garten eingekehrt und haben erst beim nächsten Mal sich um ein andres Hotel umgesehen, und sind beim übernächsten Mal, weil die Nacht so lau und der Himmel so voll von Sternen war, auf einer Bank im Kinsky-Garten sitzen geblieben, es ist alles in Ordnung. Und sie werden dieser Ordnung mit ernsthafter Hingabe gerecht, als wären sie Kinder und spielten «Küche» und wüßten nicht, daß es ein wirklicher Herd ist, an dem sie hantieren und aus dem beim ersten falschen Handgriff die sengende Flamme auf sie loszüngeln kann. Und tun, als hätten sie sehr viel Zeit, als stünden noch viele der spielerischen Zusammenkünfte ihnen bevor, es eilt nicht, wir müssen uns nicht jedesmal einschließen, wir können ebensogut darauf verzichten, oh schön, und daß du zittern mußt, wenn mein Haar dich streift, daß ich die Augen schließen muß, wenn deine Hand mich umspannt, daß wir jählings innehalten müssen dicht voreinander und jedes am Ende der starren Brücke, und nächstens reißen wir die Brücke ein und stürzen ineinander mit offenen Augen und ohne zu zittern.

Wenn du aber nächstens nicht kommen kannst? Oder ich nicht?
Nun, für diesen Fall ist ja alles vorgesehen.

Und folglich hat Wera gestern genau das Unvorgesehene eintreten lassen. Gestern um neun Uhr abends, wie immer ein paar Minuten verfrüht, steht Martin am untern Eingang des Kinsky-Gartens und ist, wie immer, so tief ins Kommende versunken, daß die Zeit ihm gar nicht bewußt wird. Als er dann zufällig und absichtslos nach seiner Uhr schaut, zeigt sie schon zwanzig Minuten nach neun. Und da Wera noch nie zu spät gekommen ist, hat Martin große Mühe, seine jäh aufgewirbelten Gedanken dem simplen Schluß zuzuführen, daß sie dann eben heute zum erstenmal zu spät kommen wird, ja daß eine solche Verspätung eigentlich fällig war und daß somit kein Anlaß zu Befürchtungen besteht, zumindest nach zwanzig Minuten noch nicht. Gerade als er zu überlegen beginnt, wie groß eine Verspätung werden müßte, um Befürchtungen zu rechtfertigen, taucht an der Straßenbiegung Wera auf, in sichtlicher Eile, und von dieser Eile geht nun doch etwas Beunruhigendes aus. Die Art, wie Wera auf seine fragende Gebärde hin den Kopf schüttelt und ihren Schritt noch weiter beschleunigt, verstärkt sein ungutes Vorgefühl, und ihre überstürzten Worte, als sie einander endlich erreichen, bestätigen es vollends: sie sei nur gekommen, damit er sich keine Sorgen mache, sagt Wera, sie müsse sofort wieder weg, und er solle jetzt keine Fragen stellen, morgen würde sie ihm alles erklären, vorausgesetzt, daß sie ihn am Nachmittag treffen könne, denn mit den abendlichen Zusammenkünften sei für die nächste Zeit nicht zu rechnen, darüber müsse sie eben mit ihm sprechen, aber nicht jetzt, jetzt sag, wo wir uns morgen nachmittag treffen, rasch, ich hab keine Zeit, oder sag's nicht, wenn du nicht willst – – und Martin, rasch, wie ihm geheißen, sagt eine Stunde und sagt einen Treffpunkt, um drei an der Kreuzung Plzenská und Palackystraße, unter der großen Uhr, und dann war Wera schon weg, und das war gestern abend. Und seit gestern abend pendeln Martins Gedanken zwischen zwei unablässigen Ausgangs- und Endpunkten hin und her: daß er doch gar nichts andres tun hat können als auf die nachmittägliche Zusammenkunft eingehen, daß doch eine zwingende Nötigung vorliegen müsse, wenn Wera ihm ein solches Ultimatum stellt – oder daß sie inzwischen seine Adresse erfahren hat und, wenn er sich dem Ultimatum widersetzt hätte, ganz einfach bei ihm eingedrungen wäre, das sähe ihr ähnlich und das darf man ihr zutrauen, beides, daß sie seine Adresse schon weiß und daß sie solchen Gebrauch davon machen würde. Aber je näher der Nachmittag heranrückt, desto schamvoller weist Martin diesen Verdacht von sich und desto drohender bestürmt ihn die Frage, ob denn Wera, da sie doch gestern schon unter so schwerem Druck stand, sich heute überhaupt freimachen könnte – bis er zum Schluß von solcher Unruhe gepeinigt wird, daß es ihn beträchtlich vor der vereinbarten Zeit zur großen Uhr an der Kreuzung treibt. Und weil Wera natürlich noch nicht da ist und Martin im beängstigend ungewohnten Tageslicht und Tagesverkehr nicht so lange an Ort und Stelle warten will, streift er die Plzenská hinauf und weiter durch quere Seitengassen (in deren einer er auch das kleine Volkscafé entdeckt hat, in dem sie jetzt sitzen) und strebt dann im Bogen zum vereinbarten Treffpunkt zurück, zur Kreuzung an der Palackystraße, und das war vor einer halben Stunde.

Wera steht schon unter der großen Uhr, als er die Kreuzung erreicht. Wera sieht ihm mit strahlend aufgedecktem Gesicht entgegen, mit diesem unverwandten Blick aus dunkelblauen Augen, der sich mit den halb geöffneten Lippen zu sonderbar magnetischer Wirkung vereint – immer wieder, wenn Wera ihm so entgegensieht, hat Martin das Gefühl, als wolle ihn dieser Blick in den Weg einbannen, auf dem er sich dahinbewegen soll und an dessen Ende die halb geöffneten Lippen sich ganz ihm öffnen werden – immer wieder muß er sich erst besinnen und bemeistern, damit er nicht traumwandlerisch auf ihren Mund auftaumle. Und immer brauchen sie dann noch eine ganze Weile, beide, ehe sie aus dem magnetischen Strom herausfinden und zu den ersten Worten.

Diesmal ist es Martin, der die ersten Worte spricht.

«Gott sei Dank», sagt er.

«Freust du dich, daß ich da bin?» fragt Wera. Und: «Wohin gehen wir?» fragt Wera. «Zu dir?»

Aber das fragt sie nur aus Gewohnheit und nicht um Antwort. Damit hat sie ihn schon bei den letzten Zusammenkünften begrüßt. Und weil sie es auch heute tut, weiß Martin wenigstens sofort, daß es auch mit der heutigen Zusammenkunft und mit Weras Ultimatum keine katastrophalen Bewandtnisse haben kann.

«Eigentlich –» sagt er, und fühlt sich halb noch erleichtert und halb schon gefoppt – «eigentlich könnten wir auch zu mir gehen. Wenn du mich einmal so weit gebracht hast, dich am Nachmittag auf der Straße zu treffen, dann könnten wir auch zu mir gehen.»

«Siehst du», sagt Wera. «Das denk ich mir schon die längste Zeit. Also gehen wir. Ist das die Richtung?»

Sie hat sich zu keinem Erstaunen hinreißen lassen, und nur daß sie mit gar so demonstrativer Folgsamkeit neben seinem Schweigen einhertrippelt, beruhigt ihn darüber, daß sie seine Antwort nicht auch noch ernst genommen hat.

«Bist du böse wegen gestern?» fragt sie nach einer Weile.

«Böse? Warum? Du hast dir doch sicherlich nicht anders helfen können? Da müssen doch tolle Dinge passiert sein, damit du so etwas machst?»

Er faßt sie ins Auge, so scharf er's vermag – aber alle Schärfe reicht nicht aus, um ihren lächelnd unverwandten Blick zu beirren. Und da in diesem Blick alsbald auch die magnetischen Ströme sich wieder einschalten, wendet Martin sich wieder ab, und es ist ihm sehr willkommen, daß sie kurz darauf das kleine Kaffeehaus erreicht haben und daß er Wera durch die Eingangstür schieben kann und vor sich her bis an den kleinen runden Tisch in der Ecke.

Fromm und erwartungsvoll sitzt Wera ihm gegenüber, gerade daß sie nicht die Hände faltet. Und jetzt beginnt der Ärger über die kindische Fopperei doch langsam in ihm überhandzunehmen.

Aber er wird sich diesen Ärger – auf den Wera es zweifellos abgesehen hat – nicht anmerken lassen. Das wäre ja noch kindischer. Er bringt sogar eine glaubhafte (und nicht einmal gänzlich vorgetäuschte) Heiterkeit zustande, als er ihr jetzt zunickt.

«Also sag schon etwas. Dann haben wir's wenigstens hinter uns.»

Weras Blick bleibt auf ihn geheftet, damit ihr nichts von diesem raren Schauspiel entgehe: von Martin, wie er sich ärgert und es nicht zeigen will.

«Was möchtest du denn hören?»

«Irgendeine Erklärung für dein ausgefallenes Benehmen gestern.»

«Eine Erklärung. Mein Gott.» Es klingt, als wäre nicht ihr gestriges Benehmen ausgefallen gewesen, sondern Martins soeben geäußerter Wunsch.

«Zum Beispiel Schwierigkeiten mit dem Herr Gemahl?» schlägt Martin hilfsbereit vor.

«Leider.» Sie schüttelt den Kopf. «Ich hab dir doch schon gesagt, daß der Herr Gemahl mich in meinem Privatleben nicht stört.»

«Also warum?» Und wie zuvor seine Erleichterung vom Ärger verdrängt wurde, beginnt jetzt sein Ärger einer nahezu sachlichen Neugier Raum zu geben.

«Weil ich es ganz genau wissen wollte», sagt Wera langsam und lächelnd, und ihre Lippen stehen halb offen.

«Weil du *was* wissen wolltest?»

Als zöge der magnetische Strom, der jetzt von ihr ausgeht, sie selbst nach vorne und näher an sein Gesicht.

«Daß du mich liebst, Martin. Daß du mich liebst.»

Es dauert Sekunden, ehe Martin begreift, was da gemeint war, was schon gestern gemeint war und was Wera ihm jetzt noch offen sagt, ganz offen, weil sie ihrer selbst ganz sicher ist und gar nicht daran zweifelt, daß alle Wege ihr freistehen, wenn sie sich seiner Liebe zu vergewissern wünscht; daß sie jeden Beweis von ihm fordern darf – und daß er ihr jeden Beweis erbringen wird. Es dauert Sekunden, ehe Martin das begreift; ehe er erkennt, daß ihm da ein viel bedrohlicheres Ultimatum gestellt worden ist, als er's noch in seiner tiefsten Unruhe und Besorgnis bedacht hat – ein Ultimatum von solcher Ausweglosigkeit, wie es nur einem schon Geschlagenen gestellt wird, nur einem, der auf jeden Fall verloren hat.

Ich hab verloren, denkt Martin, und denkt es immer hartnäckiger in sich hinein, wie andre in sich hineinfluchen oder vielleicht beten oder sogar eine Melodie summen. Ich hab verloren. Wenn es doch nur eine Laune von ihr gewesen wäre, eine plötzliche, oberflächliche Laune, die sich mit einem oberflächlichen Ärger abtun ließe! Aber das war es nicht. Es war zu Ende gedacht, bis zum Ende, und an diesem Ende hab ich verloren. Ich kann jetzt nicht einmal mehr aufstehen und weggehen. Gestern hätte ich das vielleicht noch tun können – und hab's schon gestern nicht getan. Nur wollte ich mir gestern noch nicht eingestehen, daß ich verloren hab; daß ich – und jetzt gesteh ich's mir also ein, klar und wörtlich – daß ich ohne sie nicht leben kann. Daß sie der einzige Sinn in dem leeren, sinnlosen Leben ist, das ich führe. Daß sie mir wichtiger geworden ist als der Zweck, um dessentwillen ich dieses Leben zu führen begonnen habe, wichtiger als mein Anspruch auf ein wieder sinnvolles Leben – sonst würde ich ihn doch um ihretwillen nicht gefährden. Und gerade darum, gerade um den Beweis, daß sie mir wichtiger ist, hat sich's für sie gehandelt – sonst würde sie mir eine solche Gefährdung, oder was ich dafür halte, doch nicht abgedrungen haben. *Sie* hat den Kampf gegen die Wirklichkeit aufgenommen, nicht ich. Die Zeit, in der ich alles tun wollte, um mir den Sieg in diesem Kampf zu sichern, ist offenbar vorbei. Offenbar bin ich bereit, alles zu tun, damit *sie* mir gesichert bleibe.

Wirklich alles? Und wenn das Ultimatum sich nach und nach dahin zuspitzt, daß ich auf den Kampf, statt ihn bloß zu gefährden, überhaupt verzichten müßte? Wenn ich sie mir eines Tags nur dadurch noch sichern könnte, daß ich aus meinem Versteck hervorkomme und bei den Malovans und Dvorskys um Gnade und um Frieden bitte? Auch das?

Offenbar auch das. Ich bin ja schon auf dem Weg dazu. Da ich jetzt nicht mehr aufstehen und weggehen kann, da ich jetzt nicht umkehre, muß ich ja über kurz oder lang an einen Punkt gelangen, an dem jeder weitere Kampf gegen die Wirklichkeit zur eitlen Spiegelfechterei würde. An diesem Punkt werde ich den Kampf aufgeben und die Wirklichkeit nicht mehr ändern wollen, sondern sie akzeptieren.

«Aber jetzt mußt *du* etwas sagen, Martin.»

Und das ist der Punkt, auf den Wera ganz bewußt und planmäßig hinarbeitet. Es fällt mir noch ein bißchen schwer, ihr das zuzutrauen, aber es dürfte mich eigentlich nicht überraschen. Denn daß sie imstande wäre, meine Adresse auszuspionieren, hab ich ihr schon gestern zugetraut, und wozu sie sonst noch imstande ist, hat sich heute gezeigt. Warum sollte sie nicht auch imstande sein, mit der freundlichen Unterstützung des Herrn Gemahls, der sie ja in ihrem Privatleben nicht stört und der ihr vielleicht schon bei der Auffindung meiner Adresse an die Hand gegangen ist –

«Schau mich doch nicht so an, Martin. Bitte nicht. Du machst mir angst.»

«Angst? Wieso Angst? Es klappt doch alles, so wie du's willst. Was hast du denn sonst noch für Pläne, um mich auf die Probe zu stellen?»

«Martin –? Nein, das meinst du nicht im Ernst. Ich hab keine Pläne. Ich hab Angst, daß du aufstehen könntest und weggehen.»

Aufstehen und weggehen. Daß sie mir das angemerkt hat. Aber davor braucht sie doch keine Angst zu haben? Und das muß sie doch wissen?

«Ich weiß ja nicht einmal, wohin ich dir nachlaufen soll, Martin.»

Das kann doch aber nicht wahr sein. Wenn sie auch das nicht wüßte, wirklich nicht, und wenn sie mir auch all das andre noch angemerkt hätte, alles – nein, es kann nicht wahr sein.

«Und solange ich das nicht weiß, werde ich immer Angst haben, Martin. Warum sagst du mir denn nicht, wo du wohnst? Doch nur, damit ich dich nicht finden soll, wenn du mich eines Tags stehnläßt. Oder warum sonst? Warum darf ich's nicht wissen?»

«Du weißt es doch ohnehin.»

Er hat es nicht mehr zurückdämmen können, und jetzt ist es gesagt. Obgleich er's jetzt gar nicht mehr glaubt. Obgleich ihm gar nicht mehr danach zumut ist, es zu glauben. Aber jetzt ist es gesagt.

Und jetzt zuckt Wera zusammen, einmal und noch einmal, in

kleinen, sichtbaren Schlucken scheint sie's in sich aufzunehmen und zu erstarren daran, selbst die Tränen in ihren geweiteten Augen sind stehngeblieben, und ihr bleiches Gesicht ist ohne Regung – bis sie, kaum merklich zuerst und noch festgefroren in ihrer Not, den Kopf zu schütteln beginnt, langsam und stumm, wie nur hilflos verzweifeltes Mitleid den Kopf schütteln kann, wahrhaftig, sie hat Mitleid mit ihm, sie mit ihm, o er spürt und weiß es, und er weiß, daß alles wahr ist und daß sie ihm alles angemerkt hat, die ganze Pein, das ganze Grauen dieser schleichenden Zersetzung, die in ihn eingedrungen war, erbarmungslos und unaufhaltsam, Knochenfraß vom gleichen Giftherd her, dem er schon so viel Glauben, schon so viel Hoffnung, schon Freundschaft und Freiheit zum Preis hat geben müssen – und der sich jetzt bis tief an sein Innerstes herangefressen hatte, an sein Letztes, an die einzige Gültigkeit, die ihm aus all dem ungültig Gewordenen noch verblieben ist.

Daß er nun auch dies schon bedroht sieht, daß er nun auch daran schon zweifeln muß.

Und daß sie selbst von solchem Zweifel ihn noch erlösen kann, vor solcher Drohung noch ihn bergen, Anker und Bucht, Heimat und Zuflucht und Hort.

Und eben da, als Martin endlich den Mund auftut, um etwas zu sagen, um etwas zu stammeln, wie gering es immer sei – hat Wera mit einer Gebärde von unendlicher Nachsicht ihren Finger auf seine Lippen gelegt und jenes traumverlorene «Sch – sch» hören lassen, das ihn zur Ruhe mahnen soll; und läßt ihn lächelnd gewähren, als er sanft ihr Handgelenk umspannt und sanft ihren Finger zurückdrängt auf ihre eigenen Lippen – und seine Worte jetzt sind kein Gestammel mehr und nicht gering.

«Nur ein einziges Mal, Wera. Das möchte ich nur einmal wieder haben.»

Sekunden vergehen noch, über die Zeiten hinweg. Für Sekunden, auch da er ihr Handgelenk schon losgelassen hat, bleibt Weras Finger noch auf ihren Lippen liegen und noch das Lächeln auf ihrem Gesicht. Dann, als hätte die Erinnerung sich in die Gegenwart hindurchgeendet, als hätte Martins Flüstern noch zu laut geklungen und Wera gegen ihren Willen wachgerufen – dann gleitet ihr Finger ab, und sie läßt die Hand auf den Tisch sinken.

«Das hättest du nicht sagen sollen, Martin. Wo sollen wir denn eine ganze Nacht hernehmen. Das geht doch nicht. Das ginge doch nur in deiner Wohnung – und du hast mir doch schon beigebracht, wie unmöglich das ist. Warum sprichst du davon.»

Sie hält inne – gerade lang genug, daß die Frage sich in ihm festhakt: ob es denn wirklich unmöglich wäre, auch nur ein einziges Mal? Ob denn Zdenka sich auf gar keinen Fall dazu bewegen ließe, auch wenn er's anders und klüger anpackt als damals?

«Ich hab aus dem Schlaf gesprochen, Wera. Ich hab geträumt.»

«Eben.» Sie seufzt, wie sie einst geseufzt hat, wenn sie sich endlich doch ins Erwachen fügen mußte. «Das darf man eben nicht. Es passiert ja manchmal auch mir, daß ich davon träumen muß. Und wenn mir dann einfällt, daß wir's nicht haben können – das nicht, und noch so viel andres nicht – dann ist mir plötzlich alles, was wir haben, zu wenig, und ich kann mir nicht helfen und mach solche Sachen wie gestern. Und dann glaubst du, daß ich übermütig bin oder rücksichtslos oder daß ich mir igendeinen fürchterlichen Plan ausgeheckt habe. Ich bin aber nur unglücklich. Kannst du das nicht verstehen, Martin? Kannst du nicht verstehen, warum ich nicht einmal dran denken will, daß es so etwas wie eine ganze Nacht überhaupt gibt?»

«Doch. Ich versteh's.» Martin sagt es ein wenig abwesend. Er muß erst seine Gedanken zurückholen, die jetzt schon so eng um jene festgehakte Frage kreisen, daß sie nie wieder loskommen werden.

«Ich hab aber ein sehr gutes Mittel dagegen, weißt du. Gegen diese Träume von einer ganzen Nacht.» Ihre Stimme senkt sich zu wichtigem Flüstern. «Ich bilde mir ein, daß Mamuschka noch auf mich aufpaßt und daß ich mich heimlich wegstehlen muß, damit ich wenigstens ein paar Stunden mit dir beisammen sein kann. Dann geht's ganz gut. Dann bin ich nicht mehr unglücklich.»

In trotziger Genugtuung schnellt ihr Kinn nach vorne, und sichtlich wünscht sie für das Schnippchen, das sie sich da selber schlägt, Martins Respekt einzuheimsen.

«Das ist sehr raffiniert von dir, Wera. Weißt du, wie mir das vorkommt?»

«Jedenfalls komischer als mir.» Mit mißtrauisch geschlitzten Augen nimmt sie die Heiterkeit wahr, in die Martin sich entspannt hat. «Was ist denn so komisch daran?»

«Stell dir zum Beispiel einen Hochtouristen vor, Wera – einen, der gerade den höchsten Gipfel des Matterhorns erklommen hat – und der sich an der triumphalen Vision berauscht, daß bei ihm zu Hause der Lift nicht funktioniert und daß er jetzt fünf Stockwerke zu Fuß hinaufgestiegen ist. *Das* hält dieser Hochtourist für eine großartige Leistung. Ist das nicht komisch?»

«Ich habe keine Ahnung, wovon du sprichst.»

«Von Mamuschka», sagt Martin mit vergnügter Selbstverständlichkeit.

«Idjott», sagt Wera und fügt, da sie sich schon zum Aufbruch anschicken, noch tadelnd hinzu: «Jetzt kann man nicht einmal mehr vernünftig reden mit dir.»

Sie sagt «vernünftig», und Martin wird ihr nicht widersprechen. Sie weiß nicht, was ihm so komisch vorkommt, und Martin wird es ihr nicht erklären. Denn daß ihr das Risiko der bloßen Zusammenkünfte mit ihm nicht genügt; daß sie keine Befriedigung daran findet, sich von einem Mitglied des zentralen Parteiapparats wegzustehlen, von einem Mitverwalter ebenjener Macht, die ihn verfemt hält; daß sie sich erst glücklich fühlt, wenn sie sich einbildet, der Aufsicht Mamuschkas entwischt zu sein – das ist komischer, als er's ihr erklären kann. Es ist nicht nur komisch. Es ist bereits irrsinnig, genau so irrsinnig, wie sich's gehört: weil ja das Merkmal des Irrsinns genau darin besteht, daß er mit verkehrten Maßstäben mißt, daß er die Wirklichkeit auf den Kopf stellt. Und aus der Konsequenz, mit der er das tut, ergibt sich seine eigene Vernunft, ergibt sich die Normalität des Sinnlosen und die Sinnlosigkeit des Normalen. Und genau damit haben wir's ja zu tun.

Dann wollen wir aber auch konsequent bleiben. Wir sind ein normales Liebespaar und möchten gerne eine Nacht für uns haben, eine ganze Nacht bis zum Morgen. Das ist ein vollkommen normaler Wunsch. Und daß es nach vollkommenem Irrsinn aussieht, ihn erfüllen zu wollen: das liegt nicht an uns und soll uns nicht hindern.

Aber so einfach ist das gar nicht. Sondern es ist auch innerhalb dieser Normalität für Hindernisse gesorgt. Sie braucht gar nicht erst über ihre Grenzen zu treten (und sich an solchem Übertritt als Irrsinn zu erweisen), damit es grotesk und kompliziert zugehe.

Fürs erste ist freilich nichts davon zu merken. Fürs erste ist ein wirrer Nachmittag zu gutem, klarem Abschluß gediehen – es war eine fast gekränkte Selbstverständlichkeit, mit der Wera zur Kenntnis genommen hat, daß die nächste Zusammenkunft wieder am Abend stattfinden soll: natürlich am Abend, Martin, warum fragst du denn, ob mir das recht ist – und sonst haben sie an diesem Nachmittag nicht mehr viel gesprochen. Doch war das Schweigen, das sie in der schon beginnenden Dämmerung draußen umfing, nicht etwa feindselig, und nicht verhemmt von unausgesprochenen Resten. Sie schwiegen aus Erschöpfung, aus einer wohltätigen, fast schon heimatlichen Erschöpfung, und als Martin dieses Schweigen noch einmal brach – in der Palackystraße geschah das, kurz vor der Brücke, an der sie sich trennen wollten – war alles gesagt, was es noch zu sagen gab: «Schau dir das Haus dort drüben an», sagte er und griff zur Sicherheit nach Weras Arm. «Bleib nicht stehen – schau's dir nur an und merk dir den Eingang und die Nummer. Nein, keines von den Fenstern, die du sehen kannst. Die Luke in meiner Dachkammer geht nach hinten, in den Hof.» Und dann blieben nur noch ein paar Minuten, ein paar stumme, vom heimatlichen Schweigen übervolle Minuten, bis zum Brückenkopf, bis Martin ihren Arm losließ und ihr nachsah in die stärker gewordene Dämmerung, dem straffen Gang sah er nach und dem schwarzen Haar, das sich in aufgekämmter Welle mitwiegte zum Rhythmus ihrer Schritte – und nie zuvor hat er ihr noch mit solcher Sehnsucht nachgesehen, mit solcher drängenden, strömenden Sehnsucht: die dennoch schon ihre eigene Erfüllung und Bestätigung war, weil es nun nichts mehr gab, was ihren Strom noch ablenken konnte.

Über die Tage des Wartens und leichter als je trägt dieser Strom ihn zur nächsten Zusammenkunft, zur abendlich gewohnten wieder, zur neuerlichen Bestätigung – die er sich daraus erholt, daß Wera ihn diesmal nicht mehr mit der Frage begrüßt, ob sie vielleicht zu ihm hinaufgehen würden? Und weil sie den Kaffeehausbesuch vom letzten Mal nicht wiederholen wollen; weil anderseits die Zeiten, in denen man etwa auf Hotelbesuche angewiesen war, nun schon zu nah vor dem Ende stehen, als daß es verlohnte, noch ein neues Hotel aufzuspüren – so haben sie sich aus lässiger, spielerisch gleichzeitiger Eingebung in ein unweit gelegenes Kino entschlossen, dem unter den Kinos ähnlicher Rang gebührt wie jenem Hotel ihrer ersten Nacht unter den Hotels. Nur daß sie diesmal schon im voraus auf alles gefaßt sind und der Unternehmung um so vieles besser gewachsen. Nur daß Martin, um jeglichen Erkundigungen nach seiner lasterhaften Kino-Vergangenheit vorzubeugen, erst ganz ausdrücklich um Weras Zustimmung einkommt, ehe er an der Kassa zwei Logenplätze verlangt – denn in einem Kino dieses Ranges bieten die Logen keineswegs den besten Ausblick auf die Leinwand, sondern den schlechtesten, und werden deshalb nur von Besuchern verlangt, die nicht um des Filmes willen kommen und die, wie Martin und Wera jetzt, sich auch nicht darum kümmern, wie lange die Vorstellung schon im Gang ist.

Die Loge, zu der ihnen ein ältlicher Platzanweiser mit der blicklosen Sachlichkeit eines Hotelportiers vorausschlurft, liegt denn auch wirklich so weit abseits im Hintergrund des schlauchartigen Zuschauerraums, daß man den Vorgängen auf der Leinwand nur unter starrer Mißachtung aller optischen Gesundheitsregeln folgen könnte, und in diesem Winkel hier spricht auch die Tonapparatur den primitivsten Forderungen der Akustik schnarrend Hohn. Aber das alles merken sie erst nach und nach, denn der Schlurfende mit seiner kümmerlichen Taschenlampe ist sogleich nach Entgegennahme des Trinkgelds entwichen, und sie brauchen einige Zeit, ehe sie sich zurechtgefunden und installiert haben.

«Weißt du, daß wir noch nie in einem solchen Kino waren?» raunt Wera ihm zu. «Überhaupt noch nie, weißt du das? Nicht einmal ganz am Anfang.»

«Damals erst recht nicht. Das hätte sich doch damals mit meinen Begriffen von Menschenwürde nicht vertragen: ins Kino zu gehen, um an der Dunkelheit zu schmarotzen. Das wäre mir feig und verlogen vorgekommen. Und noch dazu banal. Also doppelt unwürdig.»

«Und heute?» Interessiert beugt Wera sich heran, sogar etwas näher, als es in einer Diskussion über so schwerwiegende Fragen notwendig wäre. «Hast du deine Begriffe von Menschenwürde geändert?»

«Im Gegenteil. Ich bin ihrer so sicher, daß ein Kinobesuch ihnen nichts mehr anhaben kann.»

«Und es ist auch nicht mehr feig und nicht mehr banal?» Wera kommt noch näher, weil sie noch genauere Auskunft begehrt.

«Eins von beiden», sagt Martin unbewegt. «Und wenn man sich eingesteht, daß es banal ist, hört die Feigheit auf. Das ist wahrscheinlich der beste Weg. Wahrscheinlich kann man ohne den Mut zur Banalität gar nicht glücklich sein.»

«Bist du glücklich, Martin?»

«Ja.»

«Schön», flüstert Wera. «Schön. Ich auch. Ganz banal glücklich, Martin.»

Und damit ist der Diskussion nun doch Genüge getan, gute Genüge. Am fernen Ende des Saals, dort, wo der überlang ausgewachsene Lichtkegel sich kraftlos zerstäubt, flimmert und schwimmt es in grauem Selbstvergessen über die Leinwand, mit unverständlichen Gerinnseln aus Stimmen und Worten dazwischen, ja selbst die Musik, die plötzlich eingesetzt hat, dringt nur gebrochen heran, in regellosen Klangfetzen, stärker bald und bald schwächer, als schwenkte irgendwo eine Parade in eine andre Straße ein.

«Martin?»

«Ja?»

«Ob du bestimmt nicht mehr böse bist, wegen letztens?»

«Bestimmt nicht.»

«Und ob du nicht glaubst, daß du gar keinen Grund hattest, böse zu sein?»

«Weil zufällig nichts passiert ist?»

«War das ein Zufall? O weh, jetzt bist du böse.»

Denn Martin hat sich zurechtgesetzt und stützt sich auf die Logenbrüstung, und da auf der Leinwand gerade etwas sehr stark Belichtetes abrollt, eine Wüste vielleicht oder ein Gletscher, kann er in Weras Gesicht spähen (und sie in das seine), und beinahe fühlt er sich wieder gefoppt: als hätte Weras Frage keiner nachträglichen Besorgnis über das letzte Mal gegolten, sondern schon einer Vorkehrung für das nächste.

«Warum fragst du das, Wera? Möchtest du mich nächstens wieder am Nachmittag treffen?»

«Nein, Martin. Wirklich nicht. Jetzt doch nicht mehr. Aber wie du vorhin gesagt hast, daß du glücklich bist – – ich möchte, daß du das öfter sagst, Martin. Ich möchte, daß du dir's nicht immer wieder selbst verdirbst, mit deinen überflüssigen Ängsten.»

«Wieso überflüssig? Du meinst: weil beim ersten Mal nichts passiert ist, wird auch beim zweiten und dritten Mal nichts passieren, und überhaupt nie?»

«Wenn du's so sagst, klingt es natürlich sehr dumm.»

«Das ist ja auch das Dumme an einem schadhaften Steg. Der sieht ja auch noch so aus, als ob man ihn immer noch einmal benützen könnte. Wann es das letzte Mal war, merkt man leider erst daran, daß man durchbricht und ertrinkt.»

«Dann steh ich unten und fang dich auf.»

«Oder du ertrinkst mit mir.»

«Oder ich ertrink mit dir, ja.»

«Ich will aber nicht, daß wir zusammen ertrinken, Wera. Ich will, daß wir zusammen leben. Wirklich leben, Wera – nicht von Mal zu Mal, nicht, solange bis der der Steg einbricht. Sondern solange es überhaupt geht.»

«Was heißt das?» Jählings strafft Wera sich auf. «Warum sagst du: solange es geht? Weißt du vielleicht schon, wie lange das sein wird?»

«Wera. Um Himmels willen, Wera.» Daß sie die Angst nicht loswerden kann, diese sprungbereite Angst vor dem Ende und dem Verlust – die ihr so viel tiefer in den Knochen sitzt als ihm die seine (denn von der seinen könnte ihn ein bloßes Achselzucken der Weltgeschichte befreien). Er greift nach ihrem Handgelenk und hält es fest, bis sie ihr Widerstreben aufgegeben hat und ihre Sprödigkeit sich lockert. «Du hast mir doch versprochen, daß du keine Angst mehr haben wirst, wenn du einmal weißt, wo ich wohne.»

«Ja», flüstert Wera. «Das ist wahr.» Und nickt zu ihm auf, erstaunt und ungläubig. «Vielleicht muß ich mich erst dran gewöhnen, daß ich's weiß. Es hat sich ja sonst noch nichts geändert.»

«Ist das ein Vorwurf, Wera?» Er fragt es lächelnd und leichthin, obschon ihm gar nicht so leicht zumut ist dabei. Denn wenn es ein Vorwurf wäre – er wüßte ihm nicht zu begegnen. Oder nur, indem er ihn auf die Wirklichkeit abschiebt. Indem er Wera daran erinnert, daß es die Wirklichkeit ist, an der sich noch nichts geändert hat. Und damit kann er ihr doch nicht kommen. Das wäre doch eine billige Ausrede. Das ließe sie doch nicht gelten. Und er beugt sich bedeutungsvoll vor: «Ich hab schon mit Zdenka gesprochen.»

«Zdenka?» macht Wera gedehnt und hat jetzt gar keine Angst mehr und ist dem Ansturm, der das dämmrige Zwischenreich bedroht hat, glanzvoll zuvorgekommen.

«Wer ist Zdenka?»

«Zdenka. Erinnerst du dich nicht? Palackystraße. Dachkammer. Eine ganze Nacht. Zdenka.»

«Ach ja. Und die mußt du erst um Erlaubnis bitten? Das ist mir neu.»

«Was ist dir neu, Wera?»

«Daß diese Zdenka so große Rechte auf dich hat. Also doch.»

«Nicht auf mich, sondern auf ihre Dachkammer.»

«Und war sie gnädig genug, dir die Erlaubnis zu erteilen? Deine Zdenka?»

«Da sie gnädig genug war, mich zu verstecken –» beharrt Martin, als könnte er der arg mißhandelten Wirklichkeit wenigstens auf diese Weise noch einen gewissen Tribut zollen «– und da sie gnädig genug ist, mich weiter versteckt zu halten, obwohl ich es mit ihren Bedingungen seit einiger Zeit nicht mehr allzu genau nehme –»

«Erlaubt sie's oder erlaubt sie's nicht?»

«– so ist sie gnädig genug», fährt Martin fort, von Weras Knurren unbeirrt, «ihre Erlaubnis nur an eine einzige Bedingung zu knüpfen, die aber nicht ich zu erfüllen habe, sondern du. Sie will dich kennenlernen.»

«Interessant», sagt Wera zwischen entblößten Zähnen hervor.

«Aber das kommt natürlich nicht in Frage.»

«Interessant», sagt Martin. «Ungefähr so hat auch sie zuerst reagiert. Aber ich hab ihr gut zugeredet, und da hat sie sich's überlegt.»

«Gut zugeredet, ja?» Weras Kopf schiebt sich schräg an ihn heran, und die seifige Freundlichkeit, von der ihre Stimme durchtränkt ist, spritzt ihm direkt in die Augen. «Darf ich wissen, *wie* gut?»

«So gut, daß sie sich's überlegt hat. So gut, wie ich jetzt dir zurede, damit auch du es dir überlegst.»

«Du glaubst?» Wera zieht sich langsam zurück und läßt eine kleine, ungewisse Pause verstreichen. «Du glaubst, daß ich's mir überlegen werde?»

«Du wirst wohl müssen», sagt Martin, nun seinerseits ein wenig steif, und merkt verdutzt die sonderbare Wendung, die sich da vollzieht, merkt verdutzt, was Wera da in einer knappen Minute zuwege gebracht hat: daß er ihr überhaupt zureden muß, daß er ihr die kostbar einzige Möglichkeit einer ganzen Nacht erst anpreisen muß – statt daß sie auf solchen Preis begeistert einginge. Wahrhaftig, es ist grotesk. Es ist selbst innerhalb jener Grenzen, die sie sich als die Grenzen des Normalen abgesteckt haben, immer noch um eine Kleinigkeit grotesker, als es im Zusammenstoß mit dem Außerhalb sein könnte, und immer noch um eine Kleinigkeit komplizierter, als sich's vorausbedenken läßt. Denn in Wahrheit hat Martin noch gar nicht mit Zdenka gesprochen. Er hat sich nur für den durchaus denkbaren Fall, daß sie den Wunsch nach Weras Bekanntschaft äußern würde, die nötige Mitwirkung von seiten Weras sichern wollen. Und deren ist er nun also ganz und gar nicht sicher.

«So einen blöden Film hab ich im Leben noch nicht gesehen.» Wera schiebt ihren Sessel von der Logenbrüstung zurück.

«Du hast doch nicht etwa zugeschaut –?»

«Was soll ich denn machen, wenn du dich nicht um mich kümmerst? Und jetzt tun mir die Augen weh. Gehen wir?»

«Willst du mir nicht erst sagen, ob du dir's überlegt hast?»

Wera ist aufgestanden und steht seitlich zur Brüstung, so daß ihr Profil sich schärfer gegen den Lichtkegel abhebt.

«Das sag ich dir nächstens. Übermorgen, gut? Vielleicht fällt mir bis dahin etwas besseres ein.»

Nächstens. Übermorgen. Von Mal zu Mal. Immer nur von Mal zu Mal. Alle Zubehöre des Zusammenlebens – ohne das Zusammenleben selbst. Glas und kein Fenster, Fenster und kein Haus, Haus und keine Treppe. Immer nur Ankunft, die schon zum Aufbruch mahnt.

Kleine Atemlosigkeiten, noch so süß – und niemals die Ruhe, die nur aus dem Stetigen wächst. Kleine Dummheiten, noch so einverständnisvoll – und niemals die Weisheit, die nur im Wechselseitigen gilt. Immer nur Stückwerk und niemals das Ganze, auch hier nicht. Auch hier nur Teile, nur Teilreaktionen, auch hier keine volle Umfassung.

Aber wie sollte es denn anders sein, da doch auch dies der zerstückelten Wirklichkeit untertan ist, noch immer. Da sich an dieser Wirklichkeit noch immer nichts geändert hat. Da Martin von seinen Freunden in all den nächtlichen Telefongesprächen (die in bestimmten Intervallen erfolgen und natürlich in einer albernen Chiffresprache) noch immer nichts andres zu hören bekommt, als daß er sich leider mit seinem Theaterbesuch gedulden müsse, das neue Stück sei ein großer Erfolg und der Andrang so gewaltig, daß nur sehr wenig Karten zur Verfügung stünden; man werde sich aber bemühen, ihn so bald wie möglich vorzunehmen. Und als Martin sich jüngst einmal mit dieser Auskunft nicht zufriedengeben wollte, hat ihm der Auskunftgeber (es war, wie immer bei den letzten Malen, nicht Lesensky, sondern Komař) ein wenig gereizt bedeutet: er wüßte doch selbst sehr genau, daß es wichtigere Anwärter gäbe, die man nicht länger warten lassen könnte. Darin lag eine deutliche Anspielung, denn Martin hätte erst kurz zuvor einen dieser wichtigeren Anwärter in seinem Versteck unterbringen sollen, und das war ihm leider nicht geglückt – obgleich er sich damals noch ohne Vorbehalt und ohne Bedachtnahme auf eigene Pläne bei Zdenka darum bemüht hatte. Und jetzt wird ihm nicht nur von Komár die Erfolglosigkeit seiner Bemühung verübelt, sondern von Zdenka, daß er ihr einen solchen Mißbrauch der Dachkammer überhaupt zugemutet hat.

So sieht die Wirklichkeit aus, von der Martin sich nicht hindern lassen will an der Erfüllung seines ganz normalen Wunsches, eine Nacht mit der Geliebten zu verbringen. So ist es um seine Aussichten auf Zdenkas Mithilfe bestellt – die ja immer schon gering waren und die seit jenem mißglückten Versuch noch weiter geschrumpft sind. Zdenka spricht nur noch das Allernötigste mit ihm, kehrt nur noch das Allernötigste vor, und gleicht in Miene und Gehaben durchaus einer mürrischen Zimmervermieterin, die ihrem Zimmerherrn zu verstehen geben will, daß sie ihn nur des Mietschillings wegen bei sich duldet. Und das könnte sogar mit den Tatsachen übereinstimmen. Die unsicheren Zeiten, unter denen auch Zdenkas Geschäft zu leiden hat, könnten dem von Martin regelmäßig erlegten Betrag ja wirklich zu einer ursprünglich gar nicht vorgesehenen

Bedeutung verholfen haben. Martin wüßte nicht einmal zu sagen, ob sein zweiter Nachmittagsausflug vor ein paar Tagen unbemerkt geblieben ist oder ob Zdenka bloß nichts gemerkt haben will, um den notdürftigen Frieden aufrechtzuerhalten. Und darum fühlt Martin sich einigermaßen beunruhigt, als Zdenka, am Tag nach dem zwiespältigen Kinobesuch, ihm zu ungewohnt früher Nachmittagsstunde das Essen bringt und ihn nicht sogleich wieder allein läßt (was sie in der letzten Zeit immer getan hat), sondern mit verschränkten Armen sich gegen die Tür der Dachkammer lehnt und ihn stumm beobachtet.

«Willst du etwas, Zdenka?»

Sie antwortet nicht. Eine Weile verstreicht in unbehaglichem Schweigen.

«Schmeckt's dir?» Es klingt, als hätte sie erst Anlauf nehmen müssen zu dieser Frage, Anlauf von nirgendher, es klingt auf sonderbare Weise beschämend. Und als Martin aufblickt und in ihr Gesicht, begegnet er einem schüchternen und dennoch ermutigenden Lächeln, das sonderbar zum Klang ihrer Stimme paßt.

«Ja», sagt er verlegen. «Danke. Es schmeckt besonders gut.» Und beugt sich rasch wieder über seinen Teller, weil ihn mit einem Mal der verwirrende Gedanke überkommt, daß vielleicht er selbst es wäre, von dessen mürrischem Gehabe die Spannung der letzten Zeit herrührt, und daß Zdenka diese Spannung beseitigen möchte und nur den Weg nicht weiß.

«Warum hast du gefragt, ob ich etwas will?» Ihre Stimme ist sicherer geworden und ihr Lächeln freier.

«Weil du in der letzten Zeit immer so unfreundlich zu mir warst.» Allmählich schwindet auch Martins anfängliche Beunruhigung. «Weil ich Angst hab, daß du mich hinauswerfen willst.»

Mit einem lautlosen Aufkichern duckt Zdenka den Kopf zwischen die Schultern.

«Das ist das erste Mal, daß jemand Angst vor mir hat», erläutert sie vertraulich. «Nein, Liebling. Wenn du sonst keine Angst hast, kannst du ruhig schlafen.» Und da Martin unterdessen mit seinem Imbiß zu Ende gekommen ist, löst sie sich vom Türpfosten, stellt die Tasse mit dem Geschirr zu Boden und setzt sich auf die freigewordene Kiste. «Ich möchte nur wissen», sagt sie nachdenklich, «warum du überhaupt noch hier schlafen willst. Wenn du sonst keine Angst hast.» Jetzt erst wendet sie sich voll zu ihm. «Und du hast doch sonst keine Angst mehr. Du gehst ja schon ganz gemütlich bei Tag spazieren.»

Martin sucht seine neu erwachte Unruhe hinter möglichst belanglosem Widerspruch zu verbergen:

«Ich geh nicht spazieren, und gemütlich ist es mir schon gar nicht.»

«Dann bleib zu Haus, Liebling. Was versäumst du denn draußen?»

«Nichts», sagt Martin, und zögert noch, den entscheidenden Vorstoß zu wagen. «Nichts Besonderes. Ich könnte ebensogut zu Haus bleiben. Aber dazu brauch ich deine Hilfe.»

In Zdenkas Gesicht zuckt ein Verdacht auf, der zusehends anwächst und es schließlich ganz verfinstert.

«Wieso? Was für eine Hilfe? Soll ich jetzt vielleicht Nachrichten übernehmen von deinen Politischen? Fällt mir nicht ein. Damit geh zur Emmy. Für die ist das eine Hetz. Für mich nicht.»

«Es hat nichts mit meinen Politischen zu tun.» Abermals zögert er (statt es schleunigst auszunützen, daß Zdenka da einer falschen Fährte nachgeht). Abermals, da er sich ihres schüchternen Lächelns vom Anfang besinnt, verwirrt ihn der Gedanke an eine Verfehlung, deren er achtlos schuldig geworden sei und achtlos jetzt noch schuldiger werden könnte. «Habe ich dich gekränkt, Zdenka?»

So unvermittelt und dringlich steht diese Frage jetzt im Raum, wie nicht einmal er selbst sie hat stellen wollen – und Zdenka hat sich ihrer erst recht nicht versehen und versieht sich der Antwort nicht.

«Gekränkt», sagt sie. «Warum fragst du. Nein, das ist schon so lange her.» Sie macht eine Handbewegung, die das Vergangene auslöschen soll – oder vielleicht ihre Hemmung, darüber zu sprechen. «Das war damals im März, an diesem Sonntag, wie du vom Belvedere zurückgekommen bist. Das hättest du dir doch denken können, daß mich sowas nicht freut. Von mir wolltest du die ganze Zeit nichts wissen – und kaum, daß du unter Menschen kommst, bandelst du schon mit einem Mädel an. Und erzählst mir noch davon.»

Das hätte er sich freilich denken können. Er hat sich's an jenem Sonntag, als Zdenka ihm mit so unerwarteter Heftigkeit das Wort abschnitt, auch beinahe schon gedacht – und hat's nur rasch wieder von sich geschoben, weil es ihm gar zu albern und eitel erschienen ist. Aber das würde Zdenka, wenn er's ihr jetzt sagt, doch nicht glauben. Sie würde es wohl gar nicht verstehen, wohl gar nicht ernst nehmen, würde sich am Ende verspöttelt fühlen. Nein, damit könnte er's nicht besser machen. Eher schon damit, daß es doch schließlich nicht irgendein Mädel war, nicht irgendeine billige Lokkung, um derentwillen er Zdenka vernachlässigt hätte? Das macht doch wohl einen Unterschied?

«Mit der hab ich nicht erst anbandeln müssen, Zdenka. Das war mein Mädel.»

Sekundenlang sieht Zdenka ihn an, und ihr Gesicht verfällt vor seinen Augen in die alte Ausdruckslosigkeit.

«Dein Mädel.» Auch ihre Stimme ist leer, und ihr Blick geht an ihm vorbei. «Du hast ein Mädel. Da sitz ich herum und wunder mich, was mit dir los ist – da laß ich mir vom Tonik deinetwegen das Leben schwermachen – – und auf einmal hast du ein Mädel. Herrgott, bin ich eine Kuh.» Noch immer hat sie die Stimme nicht gehoben und sieht ihn noch immer nicht an: «Warum erzählst du mir das erst jetzt?»

«Du hast mich ja damals nicht zu Ende erzählen lassen, Zdenka. Du warst –»

«Nicht an diesem Sonntag.» Die unwillige Grimasse, mit der sie ihn unterbricht, scheint ihm eine erste, zaghafte Erleichterung zu bedeuten. «Vorher. Warum hast du mir's nicht vorher gesagt. Gleich am Anfang.»

«Weil ich vorher schon lange Zeit nicht mit ihr zusammen war. Ich hab sie erst an diesem Sonntag wieder getroffen.»

Aus Zdenkas Tonfall lauert ein spitzes Interesse hervor: «Und da war sofort wieder alles in Ordnung?»

«Ja», sagt Martin.

«So», sagt Zdenka. «Und warum bist du dann nicht sofort zu ihr gezogen?»

Selbst die Falle, in die er ihr da gegangen ist, wirkt entspannend, wirkt wie ein Ventil, das ihrem Zorn einen lindernden Abzug eröffnen könnte.

«Ganz so in Ordnung ist es wieder nicht. Es gibt da noch einen andern Mann.»

«Natürlich.» Zdenka nickt mit säuerlicher Befriedigung. «Der, zu dem sie dir weggelaufen ist, was? Der hat natürlich das Geld?»

«Ich weiß nicht. Möglich. Jedenfalls ist er noch da, und sie hat's genau so schwer wie ich. Deshalb hab ich dich ja um deine Hilfe gebeten.»

«Deshalb? Ich dachte: damit du bei Tag nicht mehr auf die Gasse gehen mußt?»

«Das ist dasselbe.»

«Du warst ihretwegen draußen?»

«Ja.»

«Und? Klappt's nicht? Hat sie schon wieder genug von dir? Will sie dir wieder weglaufen und soll ich jetzt zu ihr gehen und ihr sagen, was für ein prachtvoller Kerl du bist?»

«Die will mir nicht weglaufen, Zdenka. Du tust ihr überhaupt ein bißchen Unrecht. Das würdest du schon merken, wenn du sie kennenlernst. Möchtest du sie nicht kennenlernen?»

«Ich? Wozu?» Es klingt eher verblüfft als abweisend.

«Damit du dich dann entscheiden kannst, ob du mir helfen willst. Ob du ihr erlauben willst, öfter heraufzukommen.»

Mit verhaltenem Atem wartet er. Wenn Zdenka jetzt nicht sofort aufsteht, wenn sie das Gespräch nicht abbricht wie damals –

Zdenka steht auf. «Damit machst du mir wirklich den Mund wäßrig, Liebling: daß ich so einer feinen Dame etwas erlauben soll. Aber es hat keinen Zweck. Am Nachmittag, solang der Tonik zu Haus ist, will ich's nicht haben – und in der Nacht geht's ja nicht, weil sie da nicht frei ist. Also lassen wir's.»

«Es ginge in der Nacht.» Das stößt er so hastig hervor, daß Zdenka, die schon halb nach der Geschirrtasse gebückt war, sich wieder aufrichtet.

«Ja? Wirklich? Warum mußt du dann bei Tag auf die Gasse hinaus?»

«Sie hat nicht jede Nacht für sich. Nur manchmal. Je nachdem.» Kraftlos und zerfahren läßt er seine Worte gegen einen Abschluß anrennen, den er doch nicht mehr aufhalten wird. «Das hängt nicht von ihr ab. Ich hab dir doch gesagt, daß noch ein andrer Mann da ist. Da kann sie nicht immer so, wie's ihr paßt.»

Das Lächeln, mit dem Zdenka ihn ansieht, ist beinahe mitleidig.

«Erzähl mir nichts, Liebling. Was du dir von ihr erzählen läßt, geht mich nichts an – aber mir erzähl nichts. Ich kenn das alles. Die mit den zwei Männern, die immer den einen damit hinhalten, daß noch ein andrer da ist – die kenn ich. Und wenn sie sich auch in der Nacht freimachen kann, wird's schon nicht so schlimm sein. In der Nacht könnt ihr gehen, wohin ihr wollt.»

«Das ist es ja, Zdenka. Wohin?»

Zdenka zuckt die Achseln. Dann, mit einer sonderbar brutalen Gebärde, streicht sie sich dicht über ihren Brüsten das Kleid zurecht.

«Meinetwegen unter die Karlsbrücke», sagt sie gleichgültig. «Kein schlechter Platz. Dort hab ich angefangen.»

Und nimmt die Geschirrtasse auf und geht ohne Hast zur Türe hinaus.

Es ist eine sonderbar nüchterne Enttäuschung, in der Martin zurückbleibt. Sie hat nichts mehr von dem verzweifelten Nachdruck an sich, mit dem er das Gespräch noch anders zu wenden versucht hat. Und wie bedrückend dieses Gespräch auch war, wie schonungslos dieser Abschluß, wie schmerzhaft Zdenkas Bitterkeit und wie groß seine Schuld – irgendwie spielt das alles schon wieder ins Bereich jenseits der Wirklichkeitsgrenze, dessen eigene Gesetze sich ihre eigenen Grotesken schaffen. Oder ließe sich etwas Groteskeres denken, als daß er gerade jetzt, gerade in diesem Zeitpunkt seines Lebens (da er noch weniger dazu taugt als je zuvor), einen «Mann zwischen zwei Frauen» abgeben soll? Und liegt nicht eine tiefere Berechtigung darin, daß er an der grotesken Seite seines Unternehmens gescheitert ist, ohne den leisesten Zusammenstoß mit der Wirklichkeit? Daß Zdenka ihm ihre Mithilfe nicht aus den sachlichen Gründen verweigert hat, auf die er vorbereitet war, sondern aus persönlichen?

Natürlich stimmt es auch auf der andern, der Wirklichkeit zugekehrten Seite, und stimmt mit der gleichen Berechtigung. Denn eine Wirklichkeit, die so aussieht, muß sich der Erfüllung normaler Wünsche zwangsläufig widersetzen und muß eben erst geändert werden, ehe sie den Preis einer ganzen Nacht abwirft. Der bloße Vorsatz, sie zu ändern, tut's nicht. Noch weniger tut's der Vorsatz, sich von ihr nicht hindern zu lassen. Hat er das vergessen? Hat er vergessen, um was es geht? Dann war es höchste Zeit, daß er wieder daran gemahnt wurde. Ohnehin ist es bei dieser Mahnung noch glimpflich abgegangen.

Es fehlte nicht viel, und Martin hätte für Zdenka jene makabre Dankbarkeit empfunden, wie sie etwa ein ehrsamer Familienvater nach einem verwegenen Ausflug ins Spielkasino für die Roulettekugel empfinden mag, die ihn um seine ganzen Ersparnisse gebracht hat – aber er ist noch rechtzeitig zur Besinnung gekommen und wird von Stund an mit doppeltem Eifer wieder ehrsam sein, oder gar ein neues Leben beginnen. Es fehlte nicht viel.

Es fehlte gerade genug, daß Wera noch dazwischenkommen konnte.

«Hätten wir uns nicht erst am Abend treffen sollen, Wera? Vor dem Kinsky-Garten?»

Martin muß sich zwingen, es mit gerunzelten Brauen zu sagen und mit vorwurfsvoll überraschter Stimme. Denn in Wahrheit ist er ganz und gar nicht überrascht. In Wahrheit, als er gegen drei Uhr nachmittags das kurze, eilige Klopfen an seiner Tür hört, ist er so sicher, daß jetzt Wera eintreten wird, als wären sie tatsächlich schon für heute nachmittag und hier in der Dachkammer verabredet gewesen.

Wera, offenbar auf andern Empfang gefaßt, auf schlimmern oder bessern, braucht immerhin ein paar Sekunden, ehe sie seiner Überraschungslosigkeit gewachsen ist und mit dem gleichen, sanften Vorwurf zurückfragt:

«Aber doch nur, wenn mir nichts Besseres einfällt?»

Sie ist an der Tür stehengeblieben. Erst jetzt bricht ihr Lächeln sich Bahn.

«Ja», sagt Martin, schon um vieles leiser. «Das stimmt.» Und sitzt noch immer auf seinem Eisenbett, lächelnd auch er.

«Siehst du», sagt Wera. Es ist kaum noch zu hören.

Der kleine, niedrige Raum, den das quere Gebälk noch niedriger macht, von dessen vier Wänden die eine im schrägen Winkel abfällt – und der dennoch ein Raum ist mit vier Wänden und einer geschlossenen Tür –: er hält sie nun gänzlich eingebannt in die Erstarrung ihres Alleinseins, die langsam über sie gesunken ist und über ihr Lächeln und erst langsam sich wieder lockert und sie zueinander entläßt, lächelnd noch immer, lächelnd auch da sie sich wieder voneinander gelöst haben und tiefen Atem holen.

«Ist dir im Stiegenhaus jemand begegnet?»

«Niemand. Ich hab ganz allein heraufgefunden.» Ihr Blick geht rundum. Sie steht auf. Sie macht die wenigen Schritte bis wo das Gerümpel zusammengehäuft ist und wieder zurück. Und sagt, was jetzt gesagt werden mußte (und genausogut hätte er es sagen können): «Das Zimmer am Riegerpark damals war auch nicht viel größer.»

«Ob du noch weißt, wie die Vermieterin geheißen hat?»

«Natürlich weiß ich's. Frau Nepomucká.»

«Und die Frau Nepomucká hat es auch nicht gerne gesehen, wenn man Damenbesuche empfing.»

«Jetzt kann ich's dir ja sagen, Martin: ich hab bei den ersten Malen fürchterliche Angst vor ihr gehabt. Obwohl ich da immer nur am Nachmittag gekommen bin.»

«Sie hat es am Nachmittag genau so ungern gesehen wie bei Nacht. Denn sie war eine aufgeklärte Frau und wußte, daß man das Verbotene auch am Nachmittag tun kann.»

«O Martin. Wie schwer wir's doch früher einmal hatten.»

«Aber zum Glück hast du ihr gefallen. Das hat sie mir selbst gesagt. Herr Redakteur, ich weiß ja, daß das kleine Fräulein sehr oft heraufkommt, was strengstens gegen die Hausordnung geht – aber ich drück ein Aug zu, weil das kleine Fräulein so hübsch ist.»

«Gar nicht wahr.»

«Was?»

«Sie hat dir gar nicht ‹Herr Redakteur› gesagt. Das hattest du ihr ausdrücklich verboten.»

«Auch das weißt du?»

«Ganz genau. Ich war sogar dabei, wie du ihr einmal einen todernsten Vortrag gehalten hast über den Unterschied zwischen einem Redakteur und einem Mitarbeiter, und daß sie dich nicht mit ‹Herr Redakteur› anreden darf, solang du noch keiner bist, und mit ‹Herr Doktor› auch nicht, weil du damals auch noch kein Doktor warst. Und da war sie ganz verzweifelt und hat dich gefragt, ob du nicht wenigstens ein Journalist bist, wenn du doch für die Zeitung schreibst, und das hast du zugeben müssen, und von da an hat sie dir ‹Herr Journalist› gesagt. Und bei diesem ganzen Gespräch bin ich hinter deinem Sessel gestanden und hab ihr zugedeutet, daß in deinem Kopf etwas nicht stimmt. Ich versteh mich nämlich mit Zimmervermieterinnen sehr gut. Wo ist sie?»

«Die Nepomucká?»

«Nein, deine jetzige. Ihretwegen bin ich ja heraufgekommen. Weil sie mich kennenlernen will.»

«Wirklich deshalb?»

«Frag nicht so dumm», sagt Wera. «Und hol sie schon. Oder bring mich zu ihr. Mir ist alles recht.»

«Ja. Warte.» Ein wenig umständlich arbeitet Martin sich an die Tür heran. «Ich geh jetzt einmal hinunter nachschauen. Hoffentlich ist sie zu Hause. Sie wußte ja nicht, daß du kommst. Ich bin gleich wieder da.» Und schiebt sich hinaus, um in Ruhe zu überlegen, ob er nun wirklich hinuntergehen oder was er statt dessen tun soll.

Er ist dieser Überlegung im gleichen Augenblick enthoben, da er auf den Gang tritt. Am Ansatz der wenige Schritte entfernten Treppe steht Zdenka, gelassen und selbstverständlich, als hätte sie ihn erwartet – und das wird ja wohl zutreffen; sie wird ja, denkt Martin resigniert und dennoch erleichtert, auch schon darüber informiert sein, was in der Dachkammer vorgeht.

«Du hast mehr Glück als Verstand», flüstert Zdenka, als er sie erreicht. «Der Tonik schläft.»

«Dann komm doch hinein.» Und daß auch er seine Stimme gesenkt hält, schafft eine unverhoffte Vertraulichkeit. «Du darfst dich jetzt nicht mehr ärgern, Zdenka. Ich hab das alles wirklich nicht deshalb gemacht, weil ich dich ärgern wollte. Oder glaubst du, daß ich sie dir zum Trotz heraufgebracht hab?»

«Du hast sie nicht heraufgebracht – sie ist allein gekommen», berichtigt Zdenka gleichmütig. «Und hör schon auf, mich zu trösten. Ich bin kein kleines Kind.»

«Ich weiß.» Sogar das klingt im Flüsterton gewichtiger, als es sonst wohl klänge – wenn auch offenbar nicht gewichtig genug, um aus Zdenka ein weiteres Wort hervorzulocken. «Und jetzt ist sie sowieso schon da – und der Tonik schläft – – komm doch Zdenka.» Ratlos, weil sie immer noch vor sich hinschweigt, zupft er am Ärmel ihres Schlafrocks.

«So wie ich ausschau –?» Und sie deutet an sich hinab. «Damit deine feine Dame dort drinnen sich noch feiner vorkommt?»

«Mach dir keine Sorgen. Die ist nicht so.»

«Die ist nicht so.» Zdenka wölbt überlegen die Brauen. «Davon verstehst du nichts, Liebling. Das weiß ich besser. Mitkommen. Was denn sonst. Nein, geh du nur allein zu ihr zurück. – Aber wenn der Tonik fest genug schläft, komm ich nach.» Und ist auch schon die Treppe hinuntergeschlüpft, mit einer Lebendigkeit, die Martin nie zuvor an ihr gesehen hat oder nur vermutet hätte.

Er bekommt im Lauf der nächsten Stunde noch allerlei andres zu sehen, was er nie gesehen hat, nicht an Zdenka, nicht an Wera, überhaupt nie. Es geht da noch allerlei andres vor sich, was er nie vermutet hätte. Es geht teils auf breit ausgetretenen, von vielem Verkehr längst abgenützten Wegen vor sich, teils auf geheimen und geheimnisvollen Schlängelpfaden, und immer um ihn herum. Und weil die groteske Unwahrscheinlichkeit seines eigenen Standorts ihm ohnehin bewußt ist, darf er sich der grotesken Unwahrscheinlichkeit dessen, was da um ihn herum vorgeht, mit einem nahezu sachlichen Vergnügen hingeben.

Es beginnt damit, daß Zdenka, obgleich sie schon nach wenigen Minuten erscheint, sich auf schlechthin rätselhafte Weise zu ihrem Vorteil verändert hat (rätselhaft allerdings nur für Martin, weil er davon eben nichts versteht). Ihr Betragen und ihr Äußeres wirken hausfraulich und stubenmädchenhaft zugleich – eine Hausfrau, die sich selbst das Stubenmädchen machen muß, oder ein Stubenmädchen im eigenen Haushalt (auch das könnte Martin nicht entscheiden, denn er versteht auch davon nichts). Sie trägt ein Tablett vor sich her, ein andres als das, auf dem sie ihm sonst das Essen bringt, ein schwarzes Lacktablett mit einer Flasche darauf und drei Likörgläsern. Und sie begrüßt Wera mit einem formell entschuldigenden Lächeln.

«Es tut mir leid, daß ich Sie nicht in die Wohnung führen kann. Aber mein Freund schläft noch.»

«O bitte, bitte.» Wera hat sich zu unbestimmter Hilfeleistung erhoben. «Ich wollte nicht stören.»

«Er ist heute sehr spät nach Hause gekommen, wissen Sie. Und er war ein bißchen betrunken.»

«Das kenn ich.»

«Ja? Der Ihrige trinkt auch?»

Die unbekümmerte Unterstellung, daß Wera einen Ihrigen haben müsse, um solche Kenntnis zu besitzen, mag von Zdenka bereits als Spitze gemeint sein – Wera jedoch fühlt sich nicht getroffen.

«Er trinkt nur selten», sagt sie bedächtig. «Aber wenn, dann gibt's aus. Da muß man sie eben schlafen lassen.»

«Ganz richtig. Bedienen Sie sich, bitte.» Denn während dieses einleitenden Geplauders hat Zdenka sich auf die Kiste niedergelassen, hat das Tablett auf dem Schoß balanciert und reicht es jetzt mit gefüllten Gläsern herum. Dann setzt sie es neben der Flasche zu Boden, nahe bei Wera, am Fußende des Betts, so daß Wera ihr Glas bequem wieder abstellen kann. (Martin, der am Kopfende sitzt, wird sein Glas wohl in der Hand behalten müssen.) «Prost», sagt Zdenka. «Das ist ein sehr guter Sliwowitz. Den bekommen nur Gäste. Vor dem Tonik versteck ich ihn.»

«Trinken Sie gerne Wodka? Wenn Sie wollen, kann ich Ihnen einen echten russischen schicken.»

«Danke, sehr liebenswürdig. Aber ich möchte Sie nicht berauben. Offen gesagt, ich mach mir nicht viel aus dem Trinken.»

«Ich auch nicht mehr. Früher, in meinem Beruf, hätte ich ohne Trinken nicht leben können.»

«Sie hatten einen Beruf?» Und das klingt nun so ehrlich verblüfft, daß die Spitze, die diesmal zweifellos und von langer Hand darin verborgen ist, gar nicht zum Vorschein kommt.

«Ich war Tänzerin», antwortet Wera mit aller Bereitwilligkeit, die einer sachlichen Anfrage gebührt. «Ich hab auch Theater gespielt. Aber das ist schon lang vorbei.»

«Tänzerin –!» In Zdenkas Blick und Stimme leuchtet es auf wie von freudigem Wiedererkennen, und erst nach Sekunden, mit eilends zusammengerafftem Nachdruck, fügt sie hinzu: «Und Theater gespielt. – Warum hast du mir nie etwas davon gesagt?» Es hat den Anschein, als sollte Martin nun endlich ins Gespräch miteinbezogen werden; indessen bleibt es beim Anschein, denn Zdenka kehrt sich sogleich zu Wera zurück: «Das hab ich nämlich nicht gewußt, daß Sie berufstätig waren.»

Wera hebt abtuerisch die Schultern:

«Eigentlich haben wir Frauen doch alle den gleichen Beruf.» Und sie macht eine Handbewegung, die ihre völlige Unschuld an diesem Tatbestand bekunden soll.

Mit hurtigem Ruck hat Martin den nicht vorhandenen Rest seines Sliwowitz hinuntergespült, ehe er nach Wera hinschielt. Aber die sitzt mit blanker Stirn da, als wüßte sie wirklich nicht, woher ihre Weisheit kommt, als hätte sie wirklich vergessen, daß sie eines Tags – es war in der Ära Nepomucká, und das Büchlein war ein Geschenk Jan Dvorskys, der dem fortschreitenden Verfall seines Freundes offenbar mit Hilfe Schopenhauers zu steuern gedachte – daß sie eines Tags auf Martins Schreibtisch die Aphorismensammlung «Über die Weiber» entdeckt und in immer hellerer Empörung darin herumgeblättert hatte, bis zum lodernden Zornesausbruch gerade angesichts jenes Satzes, welcher die weibliche Eifersucht als Berufsneid definiert, jenes Satzes, von dem sie damals nicht ganz sicher war, ob sie ihn nur als Blödsinn oder doch lieber als Gemeinheit bezeichnen sollte – und den sie jetzt mit blanker Stirn und nachlässigem Achselzucken als selbstverständlichen Tatbestand von sich gibt.

«Wie man's nimmt.» Zdenka will sich auf so allgemeine Formulierungen offenbar nicht festlegen; aber daß Wera einen Beruf ausgeübt hat und noch dazu einen ganz geläufigen, durchsetzt die Atmosphäre mit einer fast schon kollegialen Bereitschaft zu gegenseitigem Verständnis und Vertrauen, die sich in Zdenkas nächsten Worten noch deutlicher äußert: «Davon hätte er mir aber wirklich erzählen können», sagt sie und wendet sich diesmal erst gar nicht nach Martin um, so daß er vollends den Anschein hat, als spräche sie über einen Abwesenden, über einen für sie und Wera gemeinsam Abwesenden. «Wo er mir doch sonst so viel von Ihnen erzählt. Er liebt Sie sehr – das wissen Sie ja.»

In maßvoller Abwehr hebt Wera die Hand:

«Das weiß man nie.»

«Ja», nickt Zdenka. «Da haben Sie recht. Ja, die Männer. Die sind's gar nicht wert, was man für sie tut.»

«Wenn wir schon dabei sind», sagt Wera. «Ich muß mich noch bei Ihnen bedanken, daß Sie ihm Logis gegeben haben.»

Zdenkas Entgegnung trifft wohlbemessen in zweifaches Ziel:

«Nichts zu danken. Er zahlt ja dafür.»

«Nein, nein», beharrt Wera, nicht ganz so geschmeidig ihrerseits. «Das war sehr schön von Ihnen. Ich weiß ja von Martin, was da geschehen ist und wie Sie's gemacht haben. Er hat so von Ihnen geschwärmt, daß ich beinahe eifersüchtig auf Sie geworden bin.»

«Wirklich?» Zdenka ist sichtlich verblüfft über das merkwürdige Zusammentreffen. «Und mein Freund, der Tonik, ist beinahe auf den Martin eifersüchtig geworden. Genau so grundlos.»

Aber wie glatt und gewandt sie das auch fallenläßt – Wera hat es mitten in der Luft aufgegriffen und scheint es zwischen zwei Fingern vor sich hinzuhalten und zu betrachten.

«Das kann ich mir gar nicht vorstellen», sagt sie kopfschüttelnd und wendet sich mit interessiertem Aufblick wieder zu Zdenka: «Und ist er auch jetzt noch eifersüchtig, Ihr Freund?»

«Sind Sie's?» fragt Zdenka nicht weniger interessiert.

Ein paar atemlos vorgekrallte Sekunden stehen zwischen Kiste und Eisenbett, blockieren jedes Wort und jede Bewegung – bis endlich Weras Worte in den Block eine Bresche schlagen:

«Ich bin *immer* eifersüchtig», sagt sie, und da sie sich dieses freimütige Geständnis abgerungen hat, verfaucht, wie Luft aus einer aufgeschraubten Pneumatik, die Spannung durch den Raum. «Aber ich bin ja kein Mann. Und bei Frauen ist das doch anders, nicht?»

Ein wenig verloren nickt Zdenka vor sich hin. Auf Verallgemeinerungen scheint sie sich noch immer nicht einlassen zu wollen; aber den besonderen Fall möchte sie ordentlich abgeschlossen haben.

«Diesmal haben Sie *wirklich* keinen Grund», sagt sie lächelnd. Und damit ist die letzte überschüssige Luft ins Gebälk entwichen, und was Wera jetzt vorschlägt, hat mit dem besonderen Fall eigentlich nichts mehr zu tun:

«Fragen wir doch den Martin!» schlägt sie vor, als hätte sie soeben erst seine Existenz entdeckt und wäre überrascht, daß sie ihn nicht von draußen hereinholen muß.

«Der hört uns ja gar nicht zu», sagt Zdenka.

«Doch. Der tut nur so», sagt Wera. «Was sagst du, Martin?»

«Schade», sagt Martin. «Schade, daß der Tonik schläft. Sonst würde ich hinuntergehen und mit ihm Karten spielen.»

«Ich wußte gar nicht, daß du Karten spielst?» sagt Wera.

«Es ist auch gar nicht wahr.» Zdenka lenkt das Gespräch aufs neue von ihm ab. «Der Tonik hat mit ihm spielen wollen – aber das war dem Martin nicht recht, und seither hockt er die ganze Zeit hier oben. Er kann es ja nur in der Nacht riskieren, auf die Gasse zu gehen. – Oder er müßte bei Tag etwas *sehr* Dringendes draußen zu tun haben.»

«Das war meine Schuld», sagt Wera.

«Na ja. Es ist wegen der Polizei, wissen Sie. Da kann man nicht vorsichtig genug sein. Und in solchen Zeiten wie jetzt, wo sie selber

Angst haben, sind sie noch viel schärfer als sonst immer. Ach Gott. Ich könnte Ihnen Geschichten erzählen –.»

Und Martin, obgleich Zdenka von der Erzählung dieser Geschichten absieht, obgleich es Wera ist, die jetzt wieder das Wort ergreift, bleibt nach wie vor aus der Unterhaltung ausgeschaltet, bleibt rücklings in die Ecke gelehnt, die das schräg abfallende Dach mit dem Kopfende seiner Bettstatt bildet – indessen am untern Ende Wera nach wie vor zu Zdenka hingekehrt bleibt, die sich von ihrer Kiste so unbequem tief zum Nachfüllen der Gläser hinabbeugen muß, daß Wera ihr beim nächsten Mal mit einem entgegenkommenden «Darf ich?» die Mühe abnimmt.

Denn sie versteht sich mit Zimmervermieterinnen sehr gut.

Es ist jetzt beinahe so, daß die Groteske sich an ihrer eigenen Übersteigerung aufgehoben hat. Es ist jetzt beinahe so, daß das Normale wieder normal erscheint, normal im herkömmlichen Verstand. Und Martin kommt sich beinahe vor wie jener Kraftmensch im Zirkusakt der «Verkauften Braut», der knapp vor der Tanzeinlage, knapp bevor einstmals (mit Bewilligung des «Ballet Russe de Paris») die jugendliche Primaballerina Wera Kirsanowa auf die Bühne gewirbelt kam – der keuchend und bedrohlich schwankend ein gewaltiges, doppelkantiges Eisengewicht emporstemmt: welches bald darauf von einem halbwüchsigen Knaben mühelos in die Kulisse getragen wird, denn es war aus Papiermaché. Es ist jetzt beinahe so, daß wieder am Strauch die Knospen springen dürften und wieder die muntern Vöglein singen, und warum sollten wir uns nicht freuen. Beinahe.

Gar so einfach ist es nämlich auch jetzt noch nicht. Sondern da muß Wera noch um etliches mehr fertigbringen, als mit Zdenka sich verstanden und unter lauteren Sympathiebekundungen von ihr sich verabschiedet haben – und Zdenka noch zu etlichem mehr bereit sein als zu der (wenn auch fundamental wichtigen) Feststellung, daß Wera «wirklich nicht so schlimm» sei und, genau betrachtet, «gar keine von diesen feinen Damen». Da muß Wera jetzt erst im eigenen Bezirk zu Werke gehen und den nächsten Zeitpunkt ausspüren, an dem mit einiger Wahrscheinlichkeit eine freie Nacht sich ergeben könnte, und abwägen, was zu tun und was zu unterlassen sei, um diese Wahrscheinlichkeit zu steigern. Und da muß, wenn dann in Gottes, in des Teufels und jedenfalls in der Parteileitung Namen Genosse Malovan wieder einmal länger als vierundzwanzig Stunden von Prag ferngehalten ist, in der gleichen Nacht auch Tonik dem

Haus in der Palackystraße ferngehalten werden – denn darauf legt Zdenka (aus Gründen, die Martin nicht weiter zu erforschen begehrt) unabänderliches Gewicht: daß Tonik und Wera einander keinesfall in die Quere kommen dürfen. Nein, gar so einfach ist es noch immer nicht. Es wird noch viele Mühe aufzuwenden sein und viele Zeit, ehe eines Nachts alle Voraussetzungen dafür gegeben sind, daß es eine ganz normale Nacht werde, eine Nacht, die bis zum Morgen dauert.

Martin hat dieser Nacht, seit sie sich damals in ihm festgehakt hat, immer wachsenden Raum gewähren müssen in seinen Gedanken und Vorstellungen. Jetzt erfüllt sie ihn samt und sonders. Mit einer pochenden Sehnsucht erfüllt sie ihn, mit den hundert Gestalten ihrer Wolken und Monde, ihres Sturms und ihrer Stille, mit aller Schwermut der Erinnerung und allem Leichtsinn der Erwartung. Und darüber hinaus, über sich selbst hinaus mit der berauschenden Zuversicht, daß es sich am Ende doch anders verhält, als die Vernunft der umgekehrten Maßstäbe es ihm darstellen wollte. Daß nicht zuerst die Wirklichkeit geändert werden muß, damit eine ganze Nacht sich ihnen ergebe, sondern daß umgekehrt diese ganze Nacht, wenn sie sich ihnen erst ergeben hat, die Wirklichkeit ändern wird. Von dieser Nacht hängt alles ab. In dieser Nacht, da sie ins Zwischenreich zwischen Traum und Erwachen tiefer geflüchtet sein werden als je zuvor und dämmriger als je zuvor der Wirklichkeit entzogen – in dieser Nacht wird das Erwachen sich anbahnen und die Flucht in die Wirklichkeit sich vorbereiten müssen. In dieser Nacht wird sich's entscheiden.

Zwei Tage später, am Montag abend, äußert Wera eine erste, zaghafte Hoffnung für das kommende Wochenende. Es ist noch nicht sicher, es ist noch nicht genug, daß man damit schon an Zdenka herantreten könnte, aber nächstens wird es das vielleicht sein, und jedenfalls will Wera, um nichts zu versäumen und nichts zu gefährden, in den kommenden Tagen zu Hause auf Auslug bleiben. Am Donnerstag abend werden sie einander wieder vor dem Kinsky-Garten treffen.

Es fügt sich zwingend, es fügt sich abergläubisch zwingend in Martins Zuversicht, daß an diesem Montag auch vom andern Ende her Entscheidendes auf ihn zustrebt, daß es bei seinem nächtlichen Telefongespräch endlich wieder der Lesensky ist, der ihm Auskunft gibt, und weil sie obendrein sehr ermutigend klingt, erbittet Martin, unter Mißachtung des kürzlich empfangenen Verweises, doch wieder eine persönliche Zusammenkunft. Zu der erklärt Lesensky sich ohne weiteres bereit, und sie treffen einander gleich in der folgenden Nacht – es geht so schnell und glatt, daß Martin bereits mit den kühnsten Erwartungen ankommt: die sich dann allerdings als voreilig erweisen. Aber die wahre Ursache für den unverkennbaren Umschwung ist erfreulich genug. Die Gruppe Lesensky hat in der Zwischenzeit ihre Kontakte beträchtlich erweitert (zu ebendiesem Zweck war Lesensky, und das erklärt manches, vorübergehend aus Prag verschwunden) – es besteht nun engste Zusammenarbeit mit der von Josef Kral geführten Gruppe, die als besonders gut organisiert gilt und deren Tätigkeit sich hauptsächlich auf das tschechisch-bayerische Grenzgebiet erstreckt. Kral, so berichtet Lesensky, hätte sich sogleich nach Martin erkundigt, dessen Fall er nicht nur aus persönlichem Interesse für beschleunigenswert hielte, sondern aus gewichtigen sachlichen Gründen; und jetzt will Lesensky wissen, warum er denn erst von Kral erfahren müsse, daß dieser Jan Dvorsky – ohnehin einer der ambitioniertesten Scharfmacher unter allen sozialdemokratischen Überläufern (und, wie Renegaten immer, am schärfsten hinter seinen ehemaligen Genossen her) – auf Martin noch ein ganz besonderes Augenmerk gerichtet habe?

«Das ist Zurückhaltung am falschen Platz», tadelt Lesensky. «Wenn du Grund hast, dich persönlich gefährdet zu fühlen, dann mußt du es sagen. Wir können nicht alle Details in Evidenz halten.»

Martin nimmt Tadel und Zuspruch stumm zur Kenntnis. Es widerstrebt ihm, aus seinem Bruch mit Jan Dvorsky Kapital zu schlagen. Irgendwie, mitsamt seinen Erfahrungen in den Umsturztagen, hält er das alles auch jetzt noch für ihrer beider Privatsache. Daß es von Außenstehenden und gewissermaßen offiziell als besondere Gefährdung angesehen wird, Jan Dvorsky zum Feind zu haben, will ihm beinahe unpassend erscheinen.

«Überdies hatten wir den Eindruck, als ob es dir mit dem Wegkommen nicht besonders eilig wäre», fügt Lesensky jetzt noch hinzu.

«Der Eindruck war nicht ganz falsch.» Ein wenig betreten lächelt Martin zu Lesensky hinüber – und möchte ihm am liebsten jetzt gleich anvertrauen, daß er's demnächst um so eiliger haben wird, doppelt eilig, nämlich zu zweien. «Aber ich konnte euch nicht gut drängen. Ich weiß ja nicht, wieviel euch an mir gelegen ist.»

«Darüber mach dir keine Sorgen», sagt Lesensky. «Das wissen wir selbst, an wem uns gelegen ist, und wie viel.»

Vom Frühling, der Mitte März so selbstbewußt aufgetreten war, als sollte es niemals wieder Schnee und Kälte geben, ist neuerdings sehr wenig zu merken. Zwar hat an diesem Donnerstag, an dem Martin und Wera vor dem Kinsky-Garten zusammentreffen, schon die zweite Aprilwoche begonnen, aber es herrscht beinahe Frostwetter, und es bläst ein so unangenehmer Wind, daß sie den Abend keinesfalls im Freien verbringen werden – obgleich das eigentlich die beste Lösung wäre, denn sie haben heute nur wenig Zeit zur Verfügung. Wera will bald wieder zu Hause sein, nicht mehr um einer unbestimmten Vorsicht willen, sondern weil sie ihrem Gatten vielleicht noch heute nach bei den Vorbereitungen zu einer Reise behilflich sein muß, die ihn nach dem Osten der Republik führen wird, in die Slowakei (wo die Partei es mit immer neuen Widerspenstigkeiten zu tun bekommt); er wird diese Reise vielleicht schon morgen antreten, vielleicht erst Samstag, und er wird mindestens drei Tage wegbleiben.

Unter solchen Umständen verlohnt es keine lange Beratung, was mit der knappen Stunde, die sie für sich heute zubemessen haben, geschehen soll. Da Martin den Besuch eines öffentlichen Lokals vermeiden möchte (wobei auch ihn nicht länger die alte, oft genug vernachlässigte Vorsicht leitet, sondern eine neu belebte, und triftiger belebt, als Wera es ahnt) – sind sie alsbald auf dem Weg in jenes vom letzten Mal vertraute Vorstadtkino, und merken alsbald, wie sonderbar stumm dieser Weg verläuft, wie unbotmäßig ihre Gedanken ihnen schon in die kommende Nacht vorauseilen, wie sehr die Erregung des Wartens sie schon unterjocht. Es ist, als risse ihnen der Wind die Worte von den Lippen, wenn sie sich dann und wann zu Worten noch aufraffen, als wollte das Zittern, das sie im Gehen eng aneinander durchläuft, von den Schultern hinab und Körper und Schenkel entlang und bis in die Fußspitzen, beim nächsten Schritt in einen Schüttelfrost auskippen – und da Martin endlich nach Weras Hand faßt, spürt er sie fiebrig heiß und schüttelt den Kopf, und Wera bleibt stehen und sieht ihn an und holt tiefen, tiefen Atem, daß es beim Ausatmen ein richtiger Seufzer wird, der sich beinahe komisch anhört und über den sie beinahe lachen können. Und an der Kinokasse können sie sich schon mit kleinen Zwinkergebärden darüber verständigen, daß sie heute keine Logenplätze nehmen wollen.

Ginge es nach ihnen, so hätte der Platzanweiser, der ihnen unerbittlich voranschlurft, sich gar nicht erst die Mühe machen müssen und hätte sie ruhig im Vorraum sitzen lassen können. Es wäre ihnen auch hier draußen nicht anders zu Sinn geworden, sie hätten auch hier nichts andres getan, als sie jetzt drinnen tun: halb aneinander sich lehnen und halb zurück, mit halb geschlossenen Augen ihrer

Berührung sich hingeben und ihren Gedanken, den gleichen Gedanken wieder, beide den gleichen, atmend vor sich hin und vom Vorweggenommenen stumm – und nur dann und wann mit einem raschen Blick, mit einer flüchtigen Wendung sich vergewissernd, daß auch jetzt schon sie beide es sind, wirklich sie beide, die da so lässig sitzen und einander gänzlich vorwegnehmen dürfen, weil sie einander gänzlich gehören.

Und sitzen noch immer so da, auch als die Vorstellung schon zu Ende ist und schon die Lichter angehen, unter deren fahlem Schein der Saal sich im Übermaß seiner eigenen Länge zu verlieren scheint, mitsamt den wenigen in den vorderen Reihen verstreuten Zuschauern, die sich jetzt schattenhaft aus klapprigen Sitzen erheben und wie ertappte Gespenster dem Ausgang zuschleichen.

Vielleicht liegt, was jetzt geschieht, an dieser Verzögerung ihres Aufbruchs (die noch deutlicher wird, weil Martin, um sein Bein leicht abgestreckt zu halten, auf einem Eckplatz sitzt) – jedenfalls hat der Mann, der jetzt ein paar Reihen vor ihnen seine dickliche Begleiterin in den Mittelgang schiebt, plötzlich innegehalten und hat den Blick auf Martin gerichtet, mit einem schiefen Lächeln, das Martin noch ahnungslos erwidert.

Dann aber hat er den langsam Herankommenden schon erkannt, und dann steht der Redaktionsdiener Vrabec schon vor ihm und stippt zuerst den Zeigefinger in den Arm der Dicklichen, ehe er mit genau der gleichen, spitzen Gebärde nach Martin hinsticht:

«Siehst du – da hast du so einen. Damit du weißt, wie so einer ausschaut. Der Herr Redakteur Dub – » und er artikuliert genießerisch jede Silbe – «der ehemalige Herr Redakteur Dub von der Freien Zeitung. Der läßt sich auch nicht mehr blicken, seit wir das Blatt übernommen haben. Und der wundert sich auch, wieso er noch immer frei herumlaufen darf. Meine Verehrung, Herr Redakteur. Viel Glück.» Und der Redaktionsdiener Vrabec, nachdem er mit einer übertrieben tiefen Verbeugung die linke Faust zum Gruß erhoben hat, entfernt sich gemessenen Schritts, indessen die Dickliche sich nicht enthalten kann, im Abgehen noch einen neugierigen Blick zurückzuwenden.

Es hätte Schlimmeres geschehen können, und schon längst. Es hätte, und schon längst, ein andrer auf ihn stoßen können. Oder es hätte der Redaktionsdiener Vrabec (den Martin als ein besonders devotes Mitglied des Dienstpersonals in Erinnerung hat) sich mit dem bloßen Zusammenstoß nicht zufriedengeben müssen. Es ist eigentlich nichts geschehen, und Martin dürfte getrost die Achseln zucken: wäre ihm nicht erst wenige Tage zuvor von Lesensky ganz besondere Vorsicht eingeschärft worden und hätte er darauf nicht gar so hochnäsig erwidert, daß es solcher Mahnung nicht bedürfe – er würde doch nicht gerade jetzt, wo es ums Ganze ginge, mit einemmal leichtsinnig werden.

«Geschieht mir schon recht», sagt er im Aufstehen halblaut vor sich hin.

«Was denn?» fragt Wera mit künstlicher Beiläufigkeit.

«Daß mir sowas gerade jetzt passiert, wo es ums Ganze geht.»

«Was meinst du? Wieso ums Ganze?»

«Um eine ganze Nacht, Wera.» Er sagt es sanft und mahnend, als hätte sie es vergessen.

«Wenn uns sonst nichts dazwischenkommt, Martin – der da wird's uns nicht verderben. Der nicht.»

«Nein», sagt Martin. «Aber es ist gut zu wissen, daß es ihn gibt.»

Wenn nichts dazwischenkommt, wird Wera am Samstag abend anrufen – und wird dann entweder schon allein sein oder ihm den genauen Zeitpunkt sagen können, zu dem sie allein und bei ihm sein wird. Vielleicht noch am selben Abend, in derselben Nacht, vielleicht erst Sonntag. Aber der entscheidende Anruf – sie haben am Freitag noch ein paar verschwörerisch hastige, atemlose Minuten damit verbracht, die letzten Details festzulegen – wird schon am Samstag erfolgen, und es sieht nicht danach aus, als ob etwas dazwischenkommen sollte.

Eine bange Weile hat es fast danach ausgesehen, und zwar von seiten Martins. Denn um telefonieren zu können, muß man erst ein Telefon haben – und das ist, so normal es auch scheinen mag, oder gerade darum, gar nicht einfach. Weder kann Martin bei Wera anrufen, noch kann er sich auswärts, etwa in einem öffentlichen Lokal, von ihr anrufen lassen. Und ein Privattelefon gibt es weder bei Zdenka und Tonik, noch bei Emmy.

Es zeigt sich jedoch (und überrascht eigentlich niemanden), daß Emmy, als sie von Zdenka zur Beratung herangezogen wird, sogleich und mühelos Abhilfe zu schaffen weiß, indem sie nämlich zu Herrn Bohumil Fencl, Postrat i. P., wohnhaft im ersten Stock und Besitzer des einzigen Telefons im ganzen Haus, die denkbar besten Beziehungen unterhält. Andere Parteien, die gelegentlich mit der Bitte um Benützung des Apparats bei ihm anklopfen, werden je nach seiner Laune und je nach dem Grad des scheelen Ansehens, in dem er sie hält, schlecht oder noch schlechter behandelt: sie müssen warten oder die gleiche Sprechgebühr einlegen wie bei einem Telefonautomaten, oder es wird ihnen kurzweg empfohlen, sich eines solchen zu bedienen. Dem Fräulein Emmy hingegen steht es jederzeit frei, Anrufe zu machen, und was mehr ist: sie darf auch Anrufe empfangen. In diesem Fall klopft der Herr Rat dreimal mit dem Besenstiel gegen den Plafond seiner Küche, die direkt unter Emmys Zimmer liegt, und wenn Emmy nicht antwortet, übernimmt er sogar die ihr zugedachte Botschaft. Unter diesen, von Emmy mit bunter Ausführlichkeit geschilderten Umständen wird es ihr nicht schwerfallen, Martins Sorgen zu beheben. Und da Zdenka beim Herrn Rat nicht so beliebt ist, daß es für Martin förderlich wäre, als ihr Verwandter zu gelten, wird Emmy ihn lieber gleich als ihren eigenen Verwandten einführen. Auf die erfindungsfrohe Absicht, einen lang vermißten und jetzt endlich aus Brasilien zurückgekehrten Halbbruder aus ihm zu machen, muß sie allerdings verzichten; er ist ein studierter Vetter aus einer mährischen Provinzstadt, der sich in Prag nach Beschäftigung umsehen will.

Ob der Herr Rat das wirklich für bare Münze nimmt oder nur um Emmys willen so tut, kann Martin natürlich nicht feststellen. Hingegen glaubt er aus dieser Antrittsvisite schließen zu können, daß seine Anwesenheit im Haus bis jetzt kein Aufsehen erregt hat – denn Emmys anmutig in die Konversation geflochtene Mitteilung, daß Vetter Martin sich schon seit ein paar Tagen in Prag befinde, scheint den Herrn Rat eher zu überraschen: so, so, brummt er, und er hätte den jungen Mann noch gar nicht gesehen?

Daran, erläutert Martin, sei die kleine Grippe schuld, die er sich gleich nach seiner Ankunft zugezogen habe und die ihn immer noch ans Haus feßle, andernfalls, nämlich wenn er schon ausgehen könnte, würde er den Herrn Rat gewiß nicht belästigen.

Keine Belästigung, widerspricht der Herr Rat; da er dem Fräulein Emmy damit einen Gefallen erweise, stelle er sein Telefon mit Freuden zur Verfügung.

Martin versichert ihm, daß es sich ohnehin nur um den morgigen Abend handle und nur um den einen Anruf, den er da erwarte – es bestehe zwar die sehr entfernte Möglichkeit noch eines zweiten Anrufs am Sonntag nachmittag, aber das wäre dann ganz bestimmt schon alles; und vielen Dank im voraus.

Die sehr entfernte Möglichkeit, von der Martin gesprochen hat, bezieht sich darauf, daß Wera am Samstag abend mit ihrem Anruf nicht durchkäme oder nicht rechtzeitig, nicht solange Zdenka noch zu Hause ist und die nötigen Vorkehrungen treffen kann, auch Toniks wegen. Und deshalb muß Wera spätestens bis neun Uhr abends anrufen, genauer: zwischen acht und neun. Für den Fall, daß sie um diese Zeit noch nicht allein wäre oder aus andern Gründen noch nicht in der Lage, genaue Angaben zu machen, ist vereinbart, daß sie das am Sonntag nachmittag nachholt, entweder telefonisch oder persönlich, denn am Sonntag nachmittag ist Tonik sowieso beim Fußballmatch, und was den Abend und die Nacht betrifft, so wartet er nur auf Zdenkas Erlaubnis, mit seinen Freunden beisammenbleiben zu dürfen. Zdenka würde den Sonntag sogar vorziehen, weil sich da alles viel leichter arrangieren ließe. Sie ist indessen auch mit dem Samstag einverstanden, vorausgesetzt, daß Martin ihr rechtzeitig Bescheid gibt. Und als er kurz vor acht in den ersten Stock hinabsteigt, schickt sie ihm durchs Küchenfenster eine Grimasse zu, in der sich ihre eigene Erwartung ausdrückt und ihre Anteilnahme an der seinen; ja, vielleicht gilt ihre Anteilnahme auch schon der Pein des Wartens selbst, die ihm nun bevorstehen mag, wer weiß für wie lange.

Martin seinerseits sieht mit ungleich größerer Pein der Aussicht entgegen, von Herrn Bohumil Fencl in ein Gespräch verwickelt zu werden. Er könnte selbst eine volle Stunde Wartens besser ertragen als nur fünf Minuten eines solchen Gespräches (obgleich er alle etwaigen Erkundigungen über Herkunft und Beruf, über seine Verwandtschaft mit Emmy und seine Pläne in Prag zulänglich zu beantworten wüßte). Und er fühlt sich gewaltig erleichtert, als er im schmalen, gewundenen Vorzimmer der Fenclschen Wohnung an der gleichen Wand, an der auch der schwarze Telefonkasten hängt, eine längliche, leicht gewölbte Truhe stehen sieht, die er bei seinem Antrittsbesuch gar nicht bemerkt hat und die – weil in diesem Vorzimmer für einen Stuhl kein Platz mehr vorhanden ist – eine ganz brauchbare Sitzgelegenheit abgäbe.

«Darf ich mich vielleicht hierher setzen?» fragt er beinahe überstürzt und deutet nach dem rettenden Möbel. «Ich möchte nämlich nicht stören – und hier draußen kann ich gleich beim ersten Signal abheben.»

«Sie würden auch drinnen nicht stören», stellt der pensionierte Postrat Fencl im Ton eines amtlichen Verweises fest. «Aber ich kann Ihnen nicht vorschreiben, wo Sie warten wollen.»

Damit zieht er sich ins Wohnzimmer zurück, vertieft sich – Martin kann es durch die offengebliebene Tür sehen – sogleich in seine Zeitung, und scheint auf keine weitere Konversation erpicht zu sein.

Es wirkt auch nicht wie ein Anknüpfungsversuch, als er sich nach ein paar Minuten zu Martin hinauswendet und ihm freistellt, die große Beleuchtung anzuknipsen, falls er draußen etwas lesen wollte.

Martin lehnt höflich dankend ab.

Und jetzt ist es endgültig still, jetzt wird nur noch ab und zu das Rascheln der umgeblätterten Zeitung hörbar, jetzt hat Martin erst richtig zu warten begonnen. So wollte er's haben, und so hat er's jetzt: ohne Störung von außenher, und – wenn er's irgend zustande bringt – auch ohne sich selbst zu stören, etwa durch Gedanken an den Anlaß und Gegenstand seines Wartens, durch Vermutungen über die mögliche Dauer, die möglichen Ursachen dieser Dauer, die möglichen Ergebnisse. Von alldem will er kein Teil. Er will nichts als warten, so, als ginge es nur um das Warten selbst. Er hat sich vollgepumpt mit dem Vorsatz, so zu warten – wie einer, der unter Wasser taucht, sich mit Atem vollpumpt; auch der denkt dann unter Wasser an nichts andres als daran, möglichst lange mit seinem Atem auszukommen.

Man kann sich in der luftleeren Ausschließlichkeit dieses Zustandes beinahe wohlfühlen. Auch der Taucher, wenn er sich erst daran gewöhnt hat, daß er unter Wasser ist, fühlt sich eine Zeitlang beinahe wohl. Und vielleicht heimst Martin jetzt die Früchte seiner wochenlangen Gewöhnung ans Warten ein. Vielleicht ist sie's, von der er jetzt so konzentrierten Gebrauch macht, daß auch das dämmrig Traumhafte, das diesen letzten Wochen zu eigen war, ihn immer konzentrierter umfängt und immer spürbarer in ihn einsickert.

Martin – wie nach einiger Zeit der Taucher den Druck des Wassers zu spüren beginnt – beginnt zu merken, daß er müde ist. Aber es ist nicht die Müdigkeit, die einer großen, über die Spitze getriebenen Erregung folgt, noch ist es die simple Müdigkeit des Körpers, die des Schlafs bedarf. Martin will nicht schlafen. Er will wach bleiben, so müde wie er ist. Er will müde wach bleiben. Es verlangt ihn so wenig nach wirklichem Schlaf, wie es ihn nach wirklicher Wachheit verlangt.

Und allmählich, in diesen Minuten des Wartens jetzt (er weiß nicht, wie viele es schon sind, und will es nicht wissen, auch das nicht) – allmählich, wie die ersten Bläschen der vom Taucher ausgeatmeten Luft an die Oberfläche steigen – kommt lässig und lockend eine Frage auf Martin zugeschaukelt ... die Frage, ob er denn aus dem dämmrigen Zwischenreich, in dem er nun schon so lange dahinlebt, überhaupt noch herausmöchte ... ob er es nicht vielleicht vorzöge, immer so weiterzuleben, zu keinem Ende hin, weder zur völligen Besinnungslosigkeit noch zum klaren Bewußtsein dessen, wie er da lebt ... wie er da wartet ... wie da jetzt dichter schon die Luftbläschen emporsteigen und in kürzeren Intervallen ausgeatmet ... Martin strafft sich zurecht. Man müßte einmal eine gründliche Studie über die Zersetzung der Denkfähigkeit durch Einzelhaft machen. Es wäre vorstellbar, daß diese sonderbaren Geständnisse bei diesen politischen Hexenprozessen ohne jeden Druck zustande kommen, einfach dadurch, daß man einen denkfähigen Menschen so lange mit sich allein läßt und ihn so lange über alles nachzudenken zwingt, bis er an allem zweifelt, bis nichts mehr ihm sinnvoll erscheint und bis er schließlich ein Stadium von Infantilität erreicht hat, in dem er beseligt nachplappert, was immer ihm vorgesagt wird, ja in dem er am liebsten nach allem fragen möchte, zum Beispiel: warum die Wand eigentlich Wand heißt oder das Telefon Telefon. Und was für einen Sinn es hat, wenn das Telefon läutet oder wenn es nicht läutet, und wieso die Uhr, wenn ihr Sekundenzeiger jetzt noch einmal die volle Runde macht, mit dem Minutenzeiger genau auf halb neun stehen wird. Nicht ganz genau übrigens, weil Sekunden- und Minutenzeiger niemals ganz genau aufeinander abgestimmt sind, zumindest an Armbanduhren nicht, und warum sollten sie auch, warum gerade sie – aber jedenfalls halb neun. Warum. Und was das für einen Sinn hat.

Es ist nur noch ganz wenig Luft da. Eigentlich nur noch angehaltener Atem.

«Wünschen Sie etwas?» fragt Herr Bohumil Fencl, Postrat i. P.

«Nein», sagt Martin. «Danke.» Und merkt erst jetzt, daß er nicht mehr auf der Truhe sitzt, sondern drei Schritte entfernt an der offenen Zimmertür steht.

«Wollen Sie hereinkommen und die Zeitung lesen?»

«Nein», sagt Martin. «Danke. Entschuldigen Sie die Störung.»

Darauf gibt der Herr Rat keine Antwort mehr. Er brummt nicht einmal. Im übrigen scheint er seine Lektüre beendet zu haben. Martin, jetzt wieder auf der Truhe sitzend, lauscht vergebens dem raschelnden Geräusch des Umblätterns nach. Tatsächlich, er lauscht. Es täte ihm wohl, dieses Geräusch zu hören. Aber es kommt nicht.

Lautlos macht der Sekundenzeiger seine Runden, eine um die andre. Noch ein paar solche Runden, dann stehen Minuten- und Stundenzeiger beinahe zugleich auf dem Neuner, und das bedeutet, daß es dreiviertel neun ist.

Manche dieser Runden scheinen langsamer um zu sein und manche schneller, wahrscheinlich weil man ihrem Ablauf manchmal ganz aufmerksam folgt und manchmal nicht so ganz, da geht es dann schneller, oder langsamer, wer weiß.

Der schwarze Kasten hängt an der Wand und heißt Telefon. Minuten- und Stundenzeiger stehen auf dem Neuner. Und jetzt hat Martin gar keine Luft mehr, jetzt muß er endlich auftauchen und Atem holen.

Und das war jetzt auch endlich eine ganz normale, geradezu

menschliche Regung: daß er den schwarzen Kasten scharf ins Auge gefaßt hat, um ihn zu hypnotisieren und zum Läuten zu zwingen. Eine normale Regung aus normalen Zeiten, in denen er ja öfter als einmal vor einem Telefon gesessen ist und auf Weras Anruf gewartet hat, der nicht kommen wollte; und in denen es öfter als einmal geschehen ist, daß er das Telefon so lange und beschwörend angestarrt hat, bis es wirklich zu läuten begann.

Vielleicht hat Wera es auch diesmal wieder darauf abgesehen, gerade darauf. Vielleicht wartet sie absichtlich bis zur letzten Viertelstunde: damit sie die endlich wieder gegebene Möglichkeit, ihn überhaupt anzurufen, bis zur Neige auskosten kann. Es wäre ihr zuzutrauen. Es wäre ihr zuzubilligen. Es wäre schön. Und er wird ihr erzählen, wie schön es war.

Oder vielleicht hätte Wera ihn längst schon angerufen, wenn sie nur könnte, aber sie kann nicht – und hat vielleicht genau in dieser Sekunde den gleichen Blick nach ihrer Uhr geworfen wie er nach der seinen, hat mit dem gleichen Herzschlag auf den Verzicht sich vorbereitet, hat sich abzufinden begonnen mit dem bis vor kurzem noch nebelfernen Gedanken, daß es heute zu keinem Anruf mehr kommen wird, genau in dieser Sekunde.

Das Geräusch, das jetzt in die Stille bricht, trifft Martin so ungerüstet, daß er sich's nicht zu deuten weiß und ratlos um sich blickt. Aber da ist Herr Bohumil Fencl schon ins Vorzimmer getreten und öffnet die Tür, denn es hat geklopft.

«Guten Abend», sagt Emmy. «Wie geht's dem Herrn Rat? Habt ihr euch gut unterhalten?» Ihre gewohnte Munterkeit wirkt auf Martin wie eine dick aufgetragene Komödie, die Herr Bohumil Fencl im nächsten Augenblick durchschauen müßte. Und er zuckt ein wenig zusammen, als Emmy nun unbekümmert auf ihn lossprudelt: «Na, Martin? Hat es mit deinem Telefongespräch geklappt?»

«Bis jetzt noch nicht.»

«Macht nichts», tröstet Emmy. «Kann noch kommen. Der Herr Rat gibt sicherlich noch ein paar Minuten drauf. Nicht wahr, Herr Rat?»

«Selbstverständlich, Fräulein Emmy. Ihnen kann man ja nicht nein sagen.» Mit einem galanten Schmunzeln deutet der Herr Rat zum Zimmer hin. «Wollen Sie nicht ein bißchen Platz nehmen?»

Emmy sieht nach ihrer Uhr.

«O weh», macht sie. «Schon neun. Tut mir leid, Herr Rat, aber die Arbeit wartet. Und da muß ich pünktlich sein, das wissen Sie doch.»

Bedauernd nickt der Herr Rat; er weiß schon längst, was Martin erst knapp zuvor eingeschärft bekommen hat: daß Emmy als Kellnerin in der Nachtschicht eines Automaten-Buffets beschäftigt ist.

«Vertragt euch schön, Kinder. Auf Wiedersehn.» Sie beugt sich vor, um einen keuschen Kuß auf Vetter Martins Wange zu drücken, und tut dem Herrn Rat ein gleiches.

«Ein sehr lieber Mensch, Ihre Cousine.» Erst nachdem er die Tür geschlossen hat, nimmt der Herr Rat wieder von Martin Kenntnis. «Immer lustig. Immer gut gelaunt. An der könnten Sie sich ein Beispiel nehmen, Herr – Herr – – wie war der Name?»

«Novák», sagt Martin und hat das Gefühl, eine Leistung vollbracht zu haben, weil ihm jetzt nicht sein richtiger Name unterlaufen ist. «Ja, das ist wahr. Immer lustig, das muß man ihr lassen.» Er stockt. Es fällt ihm nichts mehr zu sagen ein. Er weiß auch nicht, wie das alles jetzt weitergehen soll. Der einzige Gedanke, den er fassen kann, ist irrsinnig genug: als wäre ihm über Emmys lautem Geplapper das Läuten des Telefons entgangen.

«Wollen Sie noch warten?» Der Herr Rat steht vor ihm und hat eine dicke, silberne Taschenuhr hervorgezogen.

«Nein. Danke. Das heißt –» Abermals stockt er. Und denkt: so kann ich doch nicht weggehen, ich kann doch nicht eine volle Stunde hier gewartet haben und dann einfach weggehen, ich muß doch irgend etwas tun.

«Also was?»

«Es ist möglich», sagt Martin, «daß mein Freund die Nummer falsch verstanden hat und daß er mich deshalb nicht erreichen konnte. Dürfte ich versuchen, ihn anzurufen?»

Mit einem brummigen «Meinetwegen» kehrt der Herr Rat ins Zimmer zurück. Daß er die Tür offenläßt, kommt für Martin ein wenig unerwartet – aber jetzt steht sein Entschluß schon fest, und von diesem Entschluß wird er jetzt nicht mehr abgehen.

«Theaterkartenbüro Vaněk», sagt Lesensky. «Sie wünschen?»

«Hallo», sagt Martin. «Hier Novák. Was ist los?»

«Gut, daß du anrufst», sagt Lesensky. «Wir haben gerade über dich gesprochen.»

«Das dachte ich mir», sagt Martin, vor allem der offengebliebenen Tür wegen, und vertraut darauf, daß Lesensky sich nicht wundern wird.

Lesensky wundert sich nicht.

«Willst du Mitte nächster Woche ins Stadttheater gehen?» fragt er. «Wir haben eine Freikarte für dich. Mittwoch oder Donnerstag, das wissen wir noch nicht genau. Das können wir dir erst am Montag sagen. In Ordnung?»

«Natürlich», sagt Martin.

«Dann hol dir morgen die Anweisung ab. Parkett, zehnte Reihe.»

«Sehr gut», sagt Martin. «Auf Wiedersehen.»

«Parkett» ist der eine von drei feststehenden Treffpunkten – die beiden anderen heißen «Balkon» und «Galerie» – und zwar ist es der für Martin nächstgelegene, an der Smichover Seite der Legionenbrücke. «Zehnte Reihe» ist die zehnte Abendstunde. Und «morgen» ist morgen. Morgen abend um zehn wird Martin die Anweisung auf seine Freikarte bekommen – nämlich erfahren, wo und wann die genauen Mitteilungen über den Fluchtweg ausgegeben werden (und nicht mehr an ihn allein, sondern an die ganze Gruppe, die Mittwoch oder Donnerstag über die Grenze gehen soll und die, wie üblich, aus sechs oder sieben Personen bestehen dürfte). Vermutlich ist auch schon Ort und Zeit dieser Zusammenkunft entschieden, und Lesensky hat es ihm bloß am Telefon nicht sagen wollen. Wenn es einmal so weit ist, daß die letzten Instruktionen bevorstehen, sagt man am Telefon nur noch das Allernötigste und Unverfänglichste. Und jetzt ist es soweit.

Langsam steigt Martin die Stufen zu seiner Dachkammer hinauf. Von Zeit zu Zeit muß er stehenbleiben oder am Treppengeländer sich entlanggreifen vor zittriger, beklemmender Erregung. Aber er kommt über diese Erregung nicht hinaus. Es will ihm nicht gelingen, zu dem klaren und eindeutigen Tatbestand, daß es jetzt soweit ist, eine ebenso klare und eindeutige Stellung zu gewinnen. Das ist ihm ja schon am Telefon nicht gelungen, obgleich er da nur von der Bedachtnahme auf den lauschenden Herrn Postrat abgelenkt war. Wie sollte es ihm jetzt gelingen, da eine viel gewichtigere Ablenkung an ihm zerrt, mit Rucken wirr durcheinander und nach allen möglichen Richtungen hin.

Als wollte die Unmöglichkeit der direkten Reaktion sich auch hier noch beweisen. Als genügte es nicht, daß die Freiheit, die ihm nun endlich werden soll, ohnehin kein Gegenteil von Unfreiheit ist, sondern nur ein Ausweg aus ihr.

Aber wenigstens diesen Ausweg hat er doch lange und inbrünstig genug herbeigewünscht, um sich darüber freuen zu dürfen, daß er ihn jetzt offen sieht?

Es ist ihm nicht gegönnt, nicht einmal das. Mit immer heftigeren

Rucken zerrt jene Ablenkung an ihm, und immer heftiger gerade in jene Richtung, der er sich die ganze letzte Stunde hindurch so krampfhaft widersetzt hat, krampfhaft bis zur Atemnot.

Und jetzt, da er den dritten Stock erreicht, steht auch noch Zdenka auf dem Gang und nickt ihm fragend zu. Und da er mit stummem Kopfschütteln an ihr vorbei will, hält sie ihn auch noch auf.

«Was?» fragt sie leise. «Kann sie heute nicht kommen? Kommt sie morgen?»

Erst im letzten Augenblick besinnt sich Martin, daß Zdenka mit Fug und Grund nach alledem fragt.

«Sie hat nicht angerufen», sagt er. Und setzt auf Zdenkas spöttischen Blick ein wenig gereizt hinzu: «Weil sie nicht konnte.»

Zdenka wischt mit der Hand durch die Luft, dreht sich wortlos um und verschwindet.

Es ist diese Handbewegung, von der Martins Gedanken jäh und mit vollem Gegengewicht in eine andre Richtung gezerrt werden. Die Promptheit und Selbstverständlichkeit, mit der Zdenka da unterstellt, daß Wera aus purem Mutwillen nicht angerufen hat und daß von ihr nichts andres zu erwarten war, erfüllt ihn mit einer Erbitterung, in die alle andern Regungen der vergangenen Stunde sich nun mit gierigem Schwall erlösen. Wäre es nicht Zdenka, sondern ein Mann – wahrhaftig, Martin würde kehrtmachen und Genugtuung fordern, würde sich ganz so gebärden wie ein verliebter Gymnasiast, der die Ehre seiner Angebeteten von niemandem in Zweifel ziehen läßt. Und so hat er sich doch nicht einmal in den Tagen seiner jungen und wirklich noch fast gymnasiastenhaften Liebe gebärdet, nicht einmal Jan Dvorsky gegenüber, der ihn doch lang genug auf ähnliche Weise zu sticheln und zu provozieren versucht hatte – und diese Versuche schließlich aufgab, weil sie an Martins Sicherheit nichts verschlugen, weil Martins Lächeln das gelassene Lächeln des Glaubens blieb. Nur ein einziges Mal blieb es das nicht und kam ihm abhanden: in jenen dunklen Märztagen des Jahres 1939, als er und Jan sich berieten, wer von ihnen beiden außer Landes gehen sollte, und als Jan (mit einer ganz ähnlichen Handbewegung wie Zdenka eben jetzt) sich äußerte: von Wera sollte Martin sich nicht aufhalten lassen, die hätte gewiß nichts dagegen, daß er ginge, die ließe ihn sogar mit Freuden gehen. Damals war Martin, nach einer sekundenlangen Pause und mit einem Gesicht, dessen Blässe er kalt zu spüren vermeinte, vom Tisch aufgestanden und hatte den erschrocken verstummenden Freund leise und ruhig ermahnt, Weras Namen nie wieder in solcher Weise zu erwähnen, und war noch ein paar Sekunden stehngeblieben, ehe er sich wieder hinsetzte und weitersprach. Bis zum geringsten Detail kann Martin sich an jenen Auftritt erinnern, bis zum mühsam beherrschten Zittern seiner Stimme, bis zu Jans verdutztem Gesicht und den Sekunden des angespannten Schweigens hernach, und bis zu dem kleinen Lächeln, in das er sich dann wieder zurückgefunden hatte.

Auch jetzt, da er schweratmend in seiner Dachkammer angelangt ist und, ohne Licht zu machen, sich aufs Bett wirft, entspannt er sich allmählich in ein kleines, beschämtes Lächeln. Es gilt der eben überstandenen Szene – und gilt der Wahrnehmung, daß diese Reizbarkeit, dieses kindische Bedürfnis, für seine Liebe zu Wera ritterlich einzustehen, ihn heute wie damals unter ganz ähnlichen Umständen befallen hat: im Zusammenhang mit einer knapp bevorstehenden Flucht. Offenbar spielt die doppelte Anforderung, zugleich ein Flüchtling und ein Liebhaber zu sein, seinen Nerven heute genau so übel mit wie damals.

Jetzt läßt das Zerren und Rucken langsam nach. Martin lächelt und schämt sich nicht mehr. Noch nie im Verlauf der letzten Wochen sind ihm die Jahre, die zwischen damals und heute liegen, geringer erschienen und ungültiger, noch nie hat ihn so zweifelsfrei das Gefühl durchpulst, auf dem richtigen Weg zu sein, von damals her auf dem richtigen Weg. Ganz sicher ist er jetzt, daß Jan Dvorsky mit seiner geringschätzigen Handbewegung damals genau so weit danebengewischt hat wie Zdenka heute mit der ihren. Ganz sicher ist er jetzt, daß Wera in der eben vergangenen Stunde einer Erprobung ausgesetzt war, in der alle Erprobungen der letzten Wochen sich zusammengeballt haben, und daß sie diese Erprobungen nicht hätte bestehen können, ja gar nicht an sie herangegangen wäre und durch sie hindurch, wenn sie nicht auch noch weitergehen wollte, weitergehen mit ihm. Ganz sicher ist er dessen.

Und wiegt sich ein in diese Sicherheit und hat die Hände unterm Nacken verschränkt und lächelt zum lichtlosen Gebälk empor, bis er mit immer tieferen, immer ruhigeren Atemzügen dem Schlaf anheimgeglitten ist, in seinen Kleidern über die eiserne Bettstatt gestreckt und den rechten Fuß auf die Diele aufgesetzt, als hielte er sich bereit, im nächsten Augenblick aufzuspringen und mit Wera zusammen die Wanderung anzutreten auf dem richtigen, auf dem gemeinsamen Weg.

Es ist eine ungewohnte Stunde, als Martin, in Kleidern immer noch, aus seinem Schlaf erwacht: es ist heller Morgen. Martin hat sich an

Zdenkas und Toniks Tageseinteilung beinahe völlig angeglichen. Er geht erst schlafen, wenn er Zdenka nach Hause kommen hört, und schläft dann bis in den späten Vormittag hinein. Und deshalb kann er die Stunde, zu der er jetzt erwacht ist, erst nach und nach, und gerade an ihrer Fremdartigkeit, als Morgenstunde agnoszieren. (Seine Armbanduhr, als wäre sie erschöpft von der gestrigen Inanspruchnahme, ist kurz nach fünf stehngeblieben.)

Anderseits hat der wochenlange, bei Tag doch kaum unterbrochene Aufenthalt in dieser Dachkammer Martins Wahrnehmungsvermögen so geschärft, daß er je nach Stille und Geräusch, im Haus und von der Straße her, auch ohne Uhr die Tageszeit annähernd feststellen kann, ja zu manchen Stunden sogar den Tag selbst – am leichtesten den Sonntag, der seine eigene, unverwechselbare Art von Stille und Geräuschen hat. Und deshalb weiß Martin als nächstes, daß heute Sonntag ist.

Es ist ein heller, sonniger Sonntagmorgen. Vielleicht ist es schon früh am Vormittag. Es dürfte ungefähr neun Uhr sein.

Überdies scheint es sich um einen ganz besonderen Sonntag zu handeln. Aber Martin – er sitzt jetzt schon auf dem Bettrand, das linke Bein vor sich hingestreckt und den Kopf noch ein wenig vornüber – Martin wüßte nicht zu sagen, worin diese Besonderheit besteht. Dazu wird er erst nachdenken müssen, und das kann er noch nicht. Was ihm bis jetzt geglückt ist, waren Sinneswahrnehmungen. Sein Denkvermögen, das sonst schon zu funktionieren beginnt, während er noch die Augen geschlossen hat, ist diesmal nicht mit ihm erwacht.

Martin schließt die Augen. Vielleicht geht's so.

Wera. Es ist ein besonderer Sonntag, weil er eine ganze Nacht haben wird, die ganze Nacht mit Wera – nein, das war gestern. Das wäre die Nacht von gestern auf heute gewesen, und das hat ja nicht geklappt. Oder es hätte sich gestern entscheiden müssen, ob es die Nacht von heute auf morgen werden soll, und auch das hat nicht geklappt.

Aber das ist es nicht, weshalb Martin die Augen jetzt so angestrengt zusammenkneift. Denn das könnte sich ja auch heute nachmittag noch entscheiden. Wenn Wera heute nachmittag kommt – und sie wird kommen, Martin zweifelt nicht daran –, dann könnte ja die Nacht von heute auf morgen noch immer eine ganze Nacht werden.

Nein, eben nicht. Und das ist es. Daß er heute nacht die Anweisung auf seine Freikarte bekommt – daß er heute um zehn Uhr erfahren wird, wann und wo er die Instruktionen für seine Flucht einzuholen hat – und daß er um dieser Verabredung willen die Nacht mit Wera aufgeben muß –: das ist es.

Es ist auch das nicht. Denn er könnte ja auch nachher noch mit Wera beisammen sein und die ganze Nacht mit ihr verbringen. Und es ist auch nicht die Verabredung selbst.

Resigniert steht Martin auf und tritt ans Fenster.

Es ist keins von beidem. Sonst hielte eins oder das andre, sonst hielte beides ihn mit jener unmittelbaren Erregung gepackt, die von etwas nah Bevorstehenden ausgeht und die ja auch von beidem schon auf ihn ausgegangen ist, von der Nacht doch schon oft, von der Flucht doch erst gestern. Sonst durchzöge ihn jetzt nicht dieses ruhige, beinahe feierliche Gefühl von Abschluß und Ende und Endgültigkeit.

Martin kann von seinem Dachfenster aus die Moldau nicht sehen. Aber er weiß, daß sie zu seiner Linken dahinfließt – und wo sie den Bogen schlägt um den steil in ihr Flußbett vorspringenden Vyšehrad-Felsen – und wie der Vyšehrad-Felsen glitzert, wenn am Sonntag die Vormittagssonne auf ihn auftrifft.

Auch das Klingeln der Straßenbahn, fernher von der Kreuzung mit der großen grünen Uhr, macht sich am Sonntag lauter vernehmlich als zwischen den schweren Lastautos und dem vielerlei andern Gefährt, das wochentags übers Pflaster rumpelt, gegen Košiř zu, die Plzenská hinauf, die am Sonntag so still und verkehrsarm daliegt, als wollte sie Buße tun für ihren wochentäglichen Lärm.

Sogar das kindisch vorlaute Klingeln eines Radfahrers war jetzt zu hören.

Und jetzt hat von der St. Wenzels-Basilika die Turmuhr zu schlagen begonnen und schlägt neunmal, schlägt die neunte Stunde dieses hellen, sonnigen Sonntagvormittags.

Langsam tritt Martin vom Fenster zurück, langsam beginnt er sich seiner Kleider zu entledigen. Er muß nicht länger darüber nachdenken, warum es ein besonderer Sonntag ist und warum er mit einem so feierlichen Gefühl von Ende und Endgültigkeit in diesen Sonntag hinausgeblickt hat. Es ist sein letzter Sonntag in Prag, er weiß es jetzt. Er hat die Uhr von der Wenzels-Basilika zum letztenmal die neunte Sonntagsstunde schlagen gehört. Und wie er sich jetzt auf den Weg zur Waschküche macht, die ihm (sonst immer erst am Nachmittag) zur Toilette dient, schlägt ihm die sonntägliche Stille, von der das ganze Haus durchfriedet ist, zum letztenmal entgegen.

Langsamer als sonst legt Martin den Weg zum andern Ende des

Dachbodens zurück, von einem wehmütig-heiteren Bedürfnis überkommen, dies alles noch einmal in sich aufzunehmen – als ginge er nach bestandener Matura noch einmal durch die hallend leeren Korridore seines alten Gymnasiums. Und er weiß, daß es die Wehmut und die Heiterkeit des Abschieds ist, die ihn da überkommen hat.

Was er nicht weiß und nicht merkt, und was ihn sehr erschrecken würde, wenn er's merkte, ist dies: daß der Frieden und die Stille ringsum, daß diese unverwechselbare Sonntäglichkeit ihm doch vor wenigen Sonntagen noch völlig sinnlos erschienen ist, sinnlos bis zur Groteske, bis zur Umkehrung aller Maßstäbe – und daß er sie heute bereits als etwas völlig Normales empfindet und willig ein Teil von ihr wird.

Aber da ist Wera, die ihm das wieder bewußt macht, und es fügt sich gut und richtig, daß es diesmal gerade Wera ist. Diesmal, zum erstenmal, bedeutet ihr Kommen kein Dazwischenkommen mehr, diesmal drängt sie ihn nicht von der Wirklichkeit ab und ins Dämmrige hinein – wie sehr sie es auch darauf angelegt haben mag, gerade diesmal, und wie sehr es vielleicht danach ausgesehen hat am frühen Beginn dieses Nachmittags, als sie stumm und blaß in der Tür stand und als dann sie beide, nach ein paar halben, notdürftigen Worten in die heimatliche Stummheit einkehrten und sich hingaben an sie, ernsthaft und unbeirrbar, es hatte etwas sonderbar Feierliches an sich, auch das, etwas Beängstigendes beinahe, Nachtwandler am hellichten Tag, Nachtwandler auf schmalem Gesims, nun wieder geborgen im Heimatlichen.

«Das hätte ich nie geglaubt, Martin.»

Die Nachmittagssonne, die seit ein paar Minuten in zwei schrägen, balkendicken Strahlen durchs Dachfenster einfällt, hat jetzt das Kopfende der Lagerstatt erreicht und setzt dem staunend verklärten Lächeln, das über Weras Antlitz liegt, einen matten Widerschein auf, als bräche es sich in einem erblindeten Spiegel. Und die Hände, die Wera jetzt flach über ihre Augen legt, die Hände mit den langen, schmalen Fingern, sind rührend durchsichtig im zweifachen Schimmer.

«Was denn, Wera. Was hättest du nie geglaubt?»

«Daß man so glücklich sein kann.» Sie nimmt die Hände von ihrem Gesicht und streut ein paar vage Gebärden in den Raum. «Hier – so – jetzt – mit allem, was dagegensteht. Daß man trotzdem so glücklich sein kann. Und so ruhig.»

Martin, hochgekauert dicht neben ihr und das rechte Knie nah an den Leib gezogen, denn es ist nicht viel Platz zwischen Quergebälk und schräg abfallender Wand – Martin nickt über ihr Atmen hin und über ihr Schweigen. Er wird dieses Schweigen nun nicht mehr lange anstehen lassen können. Aber gerade jetzt, da Weras kleine Worte vom Glück und von der Ruhe noch im Raum schweben, vermöchte er's nicht zu brechen. Obgleich er doch gerade jetzt am besten daran täte: da Wera sich einbetten will in ein Glück, von dem sie nicht ahnt, daß es schon im Enden begriffen ist, ja, daß es sich in dieser stummen Feierlichkeit gar nicht hätte vollziehen können, wenn nicht das Ende schon dahinterstünde.

«Die Ruhe», sagt Martin. «Das ist der Sonntag, weißt du. Ich hab's schon am Vormittag gemerkt.»

Wera muß den Kopf ein wenig in den Nacken stützen, damit ihr Blick voll in den seinen hinaufreicht.

«Merkwürdig, nicht? Daß es auch ein Sonntag war, an dem wir uns getroffen haben?»

«Ja», sagt Martin. «Merkwürdig.»

«Damals», sagt Wera, und es klingt, als wäre das unendlich lange her, es greift in weit zurückliegende Jahre und holt sie heran, vielleicht ist auch der Empfangsabend damals für das «Ballet Russe de Paris» auf einen Sonntag gefallen, und es ist dieser Sonntag, den Wera meint, oder vielleicht verschwimmt er auch ihr mit dem Sonntag vom Belvedere, fast dürfte man's meinen, denn wie sie jetzt weiterspricht, könnte es beiden gelten: «– damals hab ich mir alles ganz leicht vorgestellt, alles. Und dann hat's wieder Zeiten gegeben, wo ich gar nicht mehr glauben konnte, daß wir noch jemals im Leben glücklich sein werden.» Sie stützt sich auf und schiebt sich dicht an ihm entlang ins gleiche halbhohe Kauern, nur daß sie das rechte Bein abstreckt und das linke an den Leib zieht – und bettet mit einer raschen, schamhaften Gebärde, als gäbe sie ihr Kostbarstes her und wollte es nicht merken lassen, eine Welle ihres schwarzen Haares über seine Schulter. «Aber jetzt glaub ich's.»

«Wann hast du denn am wenigsten dran geglaubt?» Er zögert immer noch. Für eine rätselhaft bange Sekunde, da Wera zu ihrer Gebärde anhob, war ihm, als wollte sie den Finger auf seine Lippen legen, als käme das träumerische, das erträumte Siegel der ganzen Nacht auf ihn zu. «Wann war's denn am schwersten für dich? Gestern abend? Wie du nicht anrufen konntest?»

Wera schüttelt den Kopf und legt sogleich mit sachlicher Hand die Welle ihres Haars auf seine Schulter zurück.

«Nein, nicht gestern. Gestern war's schwer, das schon. Aber es hat sich doch erst knapp zuvor herausgestellt, daß er gar nicht wegfährt und daß diese Leute heraufkommen werden, zum Nachtmahl noch dazu – und da hatte ich sehr viel zu tun – und dann war es plötzlich halb zehn, und ich wußte, daß ich dich nicht mehr anrufen kann – und da hab ich an heute zu denken begonnen, und es war nicht mehr so schwer. Nein. Am schwersten war's damals in diesem kleinen Kaffeehaus, am Nachmittag.»

«Warst du damals sehr unglücklich, Wera?»

«Unglücklich war ich oft. Viel öfter als du weißt.» Sie sagt es leise und reglos vor sich hin – dann wirft ihr Kinn sich aufwärts, und ihr Gesicht kehrt sich lächelnd ihm zu. «Aber das geht dich nichts an, weil es nicht deine Schuld war. Unglücklich war ich immer nur allein. Mit dir zusammen war ich nie unglücklich, auch an diesem Nachmittag nicht. Ich hatte nur Angst. Ich war glücklich und hatte Angst. Und ich wollte immer so gerne glücklich sein und keine Angst haben.»

Sie verstummt, und ihr beseligtes Schweigen richtet sich vor ihm auf wie eine Barrikade, die ihm Weg und Ansatz versperren soll: als wüßte sie, womit er herausrücken will.

«Da verlangst du sehr viel, Wera.» Er legt den Arm um ihre Schulter und schlingt sie an sich und spürt erschauernd das nahe, nackte Beben ihres Körpers. «Da verlangst du schon das Höchste: glücklich sein und keine Angst haben. Glaubst du, daß das so aussieht?» Und er nickt in den Raum, in die zwei schrägen, balkendicken Sonnenstrahlen, darin die kleinen Holzstäubchen umhertanzen wie das sinnlose Leben selbst.

«Ja», sagt Wera. Es klingt beinahe trotzig.

«Und du kannst dir gar nicht vorstellen, daß es auch anders aussehen kann?»

«Warum soll ich mir etwas andres vorstellen, wenn ich jetzt glücklich bin?»

«Weil das hier nicht alles ist.»

«Mir genügt's, Martin. Mir genügt's. Was willst du denn noch?»

«Ich will», sagt Martin, «daß du unter deinen Sachen nachschaust, ob du einen Rucksack hast oder einen kleinen Handkoffer, in den man das Nötigste für zwei Personen hineintun kann. Für zwei Personen, die bei Nacht über die Grenze gehen. Für dich und für mich.»

Immer enger hat er sie währenddessen an sich geschlossen, immer fester sie umschlungen gehalten, und hat im Korb seiner Umarmung sie langsam erschlaffen gemerkt und leblos werden – und weil er nicht mehr darauf gefaßt war, daß sie dann so jählings sich weg- und emporreißen würde, kommt sein schützender Griff zu spät: hart schlägt Weras Kopf gegen den Querbalken an, und je regloser sie hochgereckt bleibt, desto unabwendbarer scheint es, daß sie im nächsten Augenblick niedersinken würde.

Sekundenlang schon, hilflos erstarrte Sekunden lang, hält Martin ihr seine Arme entgegengebreitet. Nichts geschieht. Wera regt sich nicht. Wera hat nicht den leisesten Schmerzenslaut hören lassen und hat die Augen geschlossen und hat jetzt nur ganz kurz, daß es fast wie ein Zucken aussieht, die Lippen zusammengepreßt.

«Wann.» Ihre Stimme ist dünn und hoch und tonlos.

«Komm. Ich bitte dich, komm. Leg dich hin.»

«Wann.»

«In zwei oder drei Tagen. Aber jetzt mußt du dich hinlegen, Wera.»

Es ist, als er sie zaghaft erst und dann immer kräftiger umfaßt – es ist nicht der heimlich befürchtete Widerstand, dem er begegnet. Es ist ein sonderbares Gefühl der Abwesenheit, das ihr Körper ihm mitteilt, eiskalt und willenlos überläßt sie ihn seinen Händen und läßt sich hinbetten und zudecken.

Von beiden Seiten hüllt Martin sie ein und zieht die Decke bis dicht unter ihr Kinn, als könnte er sie so beleben.

«Und jetzt bring ich dir ein feuchtes Tuch für den Kopf.»

Da greift, als er sich aufrichten will, ihre Hand von unter der Decke hervor und hält ihn fest, und gleich darauf die andre, mit beiden Armen umschlingt sie seinen Nacken und zieht ihn an sich und preßt sein Gesicht an ihre Wange, die heiß geworden ist in der knappen Minute seither, fiebrig heiß.

«Bleib», flüstert sie. «Bleib hier, Martin.»

«Ich bin gleich wieder da. Es wird dir guttun. Du mußt doch fürchterliche Schmerzen haben.»

«Ich hab keine Schmerzen. Wirklich nicht.» Sie gibt ihn frei, aber nur, damit sie ihn besser ansehen und ihm zulächeln kann, auch lächeln kann sie schon. «Und ich hab's auch nicht so gemeint, daß du *jetzt* hierbleiben sollst. Du sollst überhaupt hierbleiben. Hier. Mit mir.»

Noch will er es nicht wahrhaben. Noch klammert er sich daran, daß Wera mit diesem «hier» vielleicht die Dachkammer meint, daß sie ihre genügsame Vision vom Glück, die ihr doch eben erst als kaum glaubliche Erfüllung erschienen ist, nicht so geschwind aufgeben kann und sie im ersten Schrecken noch verzweifelt auszuspinnen sucht – um für ein paar Minuten, für die Minuten des Übergangs, noch daran glauben zu dürfen, daß hier in dieser Kammer alles Glück sich angesammelt hätte und daß sie es niemals wieder aufgeben müßte.

«Aber das geht doch nicht, Wera. Wir können doch nicht hierbleiben. Hier haben wir doch immer nur Stunden für uns. Es reicht doch nicht einmal für eine ganze Nacht.»

Wera macht eine Bewegung, als ob sie sich aufrichten wollte, und da seine Hände schützend nach vorne schnellen, lächelt sie wieder und schüttelt den Kopf.

«Nein, sei unbesorgt. Ich schlag mich nicht mehr an.» Sie läßt sich zurücksinken, aber ihr Blick bleibt auf ihn gerichtet. «Und weil es für eine ganze Nacht nicht reicht – deshalb willst du jetzt über die Grenze? Davon hast du's abhängig gemacht?»

Kein Zweifel: so deutet sie sich's. Und Martin heißt diese Mißdeutung innig willkommen: als hätte das ganze Bild sich dadurch verändert, als dürfte er sich Weras Widerstreben jetzt ruhig eingestehen – weil sie ihm ja auf irrigem Grund widerstrebt hat, und jetzt wird sich's klären und lösen.

«Hältst du mich für so kindisch? Das war doch klar von allem Anfang an. Wir haben doch gleich in der ersten Nacht darüber gesprochen, in diesem Hotelzimmer.»

«Ich weiß, Martin. Ich kann mich an jedes Wort erinnern.» Ihr Blick irrt ab und ihre Stimme dazu. «Daß du mir *das* antust –.»

«Was denn, um Himmels willen?» Er beugt sich vor und umfaßt sie an beiden Schultern – und glaubt zu spüren, wie sie unter seinen Händen aufs neue erkalten.

«Daß du so lange schon weißt, wann du weggehen wirst – und mir die ganze Zeit nichts davon sagst.»

Es ist das letzte Mißverständnis, das ihm noch Aufschub gewährt. Wenn es beseitigt ist, wird nichts mehr da sein, was ihn vor der Erkenntnis des größeren, des größten Irrtums retten könnte. Martin spricht jetzt ein wenig stockend und ein wenig an Wera vorbei:

«Ich hab die ganze Zeit nicht mehr gewußt als du. Ich hab gewußt, daß ich weggehen will. Daß ich weggehen muß und weggehen werde. Aber wann das sein wird, hab ich nicht gewußt, bis gestern nicht. Es hat sich erst gestern entschieden, Wera. Zufällig erst gestern. Zufällig um die gleiche Zeit, in der du mich nicht anrufen konntest. Oder vielleicht war das gar kein Zufall. Vielleicht hängt es zusammen und hat sich gleichzeitig entscheiden müssen:

ob wir eine ganze Nacht für uns haben werden und ob du mit mir gehen willst. Nein, ich glaube nicht, daß es ein Zufall war. Ich glaube: es hat etwas zu bedeuten. Und jetzt weiß ich sogar, was.»

Er weiß es wirklich erst jetzt. Wie er da steif auf dem Bettrand sitzt und seine Hände sich immer härter um Weras Schultern schließen, immer härter und ohne daß er's noch spürt – fast ist es schon wie damals in jenem Hotelzimmer, in jener ersten Nacht, da alles zurückverschwamm und durcheinander und die Brücken sich schlugen wirr und quer und ihm den Krampf in die Hände trieben –: so schiebt auch jetzt das alte Wirrsal sich rückwärts heran und ins Neue und spannt sich der Bogen und klammert den einen Irrtum neben den andern fest, unentrinnbar ineinander beide und nicht mehr zu unterscheiden. Denn was jetzt sich klärt, was er im nächsten Augenblick rettungslos wird erkennen müssen als den größten Irrtum, ist nicht: daß Wera jetzt der gemeinsamen Flucht widerstrebt, daß sie jetzt nicht mit ihm gehen will. Das weiß er schon. Das weiß er, seit ihr Kopf gegen den Balken schlug. Sondern es ist: daß sie auch damals, als sie das erste Mal mit ihm hätte fliehen sollen, zum Bleiben entschlossen war von allem Anbeginn und ohne die Zweifel, die sie ihm vorgestammelt hat; daß die Jahre, die dazwischenliegen, auf eine gänzlich andre Art ungültig sind, als er's selbst in den dunkelsten Stunden jemals glauben wollte, ungültig wie nur der Horizont es sein kann oder ein falsches Silberstück, höhnisch ungültig, sinnlos ungültig, sie hätte damals mit ihm kommen können und wollte nicht, sie hätte damals nachkommen können und wollte nicht, Jan Dvorsky hat recht gehabt und alle, die damals und nach seiner Rückkehr die wegwerfenden Handbewegungen gemacht haben, er weiß es jetzt, es ist jetzt alles wie damals, es stimmt, es ist damals, jetzt ist damals, es hat sich damals entschieden, daß sie jetzt nicht mit ihm gehen wird, es hat sich entschieden, sie braucht gar nicht mehr weiterzureden, gar nicht mehr weiterzuwimmern, ich kann sie auch schon loslassen, so.

Mit fremdem, kühlem Erstaunen sieht Martin, als er die starren Hände von ihren Schultern weghebt, auf der weißen Haut die Spuren seines Griffs zurückbleiben, und schüttelt den Kopf und läßt seine Hände langsam sinken.

«Aber du darfst mich nicht allein lassen, Martin, jetzt nicht. Wenn du mich jetzt allein läßt, ist alles zu Ende.»

Es klingt wie eine leise Litanei, erschöpft von vieler Wiederholung, als hätte Wera noch gar nichts andres gesagt, als sagte sie immer wieder die gleichen Worte, bis Martin sie endlich aufnähme und verstünde.

«Ich bin nicht wehleidig, Martin, und ich bin nicht feig. Oder glaubst du, daß ich das gute, bequeme Leben, an das ich mich gewöhnt hab, jetzt nicht mehr aufgeben kann? Es ist nicht gut und es ist nicht bequem, Martin. Aus meiner Schuld, ich geb's zu – aber die will ich ja gerade loswerden. Und das geht nicht so schnell. Das braucht Zeit. Das braucht Kraft. Und die hab ich nicht. Ich hab zu viel hergeben müssen von mir. Und sogar das bißchen Kraft, das mir noch übriggeblieben ist, hab ich jetzt nur durch dich. Nur weil du wieder da bist, weil ich dich sehen kann, weil ich dir sagen kann, daß ich dich liebe. Wenn du mir das wegnimmst, hab ich gar nichts mehr. Wenn du mich jetzt allein läßt, ist alles zu Ende.»

Ja, es sind die gleichen Worte wieder, und kommen auch schon näher an ihn heran, und er versteht sie schon und nickt, damit sie fortfahre in ihrer Litanei, leise und tonlos und seltsam nach Atem ringend, so hat sie nie zuvor gesprochen.

«Du weißt nichts von dem Dreck, durch den ich hindurchmußte, Martin. Du weißt nichts von dem Leben, das ich geführt hab und immer noch führen muß. Gott sei Dank, daß du nichts davon weißt. Aber ich hab's in allen Knochen, Martin. Ich spür's. Ich weiß, wie alt und müde ich geworden bin – du siehst es mir nur nicht an. Du siehst mich ja immer nur für die paar Stunden, auf die ich mich tagelang vorbereite, auf die ich mich freue, für die ich lebe. Was ich sonst für ein Krüppel bin, ahnst du ja nicht – o Gott, sei nicht bös, daß ich das sage. Es ist ein dummer Vergleich. Aber du wirst ihn verstehen, gerade diesen Vergleich wirst du verstehen. Es ist wirklich so, als wäre ich jahrelang gelähmt gewesen. Und jetzt, wo ich eben erst zu gehen begonnen hab, willst du schon, daß ich laufen soll. Verstehst du?»

«Ja», sagt Martin. «Ich verstehe.» Und hätte vielleicht noch mehr gesagt, ein paar Worte mehr – aber da hat Wera sich schon auf ihn zugereckt, sonderbar unbeholfen und eckig, wie wenn sie ihrer Glieder noch nicht ganz Herr wäre:

«Ja, Martin? Ja? Dann wirst du mich jetzt nicht allein lassen. Dann wirst du warten, bis ich mit dir gehen kann. Ich will mit dir gehen, Martin. Und es wird nicht mehr lang dauern, bis ich die Kraft dazu hab. Aber du mußt bei mir bleiben, damit ich sie bekomme. Du mußt sie mir geben. Du mußt mir deine Kraft geben. Ich kann allein nicht weiter, Martin. Ich kann nicht weiter.»

Mit einem rasselnden Atemzug ist ihr Kopf vornüber gesunken, fahl kauert sie jetzt in der Ecke, fahl und farblos wie das dämmrige Holz, dem längst die beiden Sonnenbalken entwandert sind.

«Ja», sagt Martin, und nochmals: «Ja», und sagt es sehr sanft und meint es sehr trostreich – ohne daß er ganz sicher wüßte, wem der Trost eigentlich gelten soll. «Wenn du mir das nur früher gesagt hättest.»

«Wann – früher?» Gepeinigt klingt das und dennoch voll von Bereitschaft, und in dem bleichen Gesicht, das sie ihm zukehrt, liegen die blauen Augen tiefer und dunkler, als er sie je gesehen hat.

«Vor neun Jahren, Wera.»

Martin steht auf. Ihm ist kalt geworden. Er greift nach seinem Mantel, der an einem schräg in die Wand getriebenen Nagel hängt – und stockt: weil man sich doch nur dann den Mantel anzieht, wenn man weggehen will. Daß er in solchem Aufzug nicht gut weggehen könnte, bedenkt er nicht; nur, daß der Griff nach dem Mantel, daß diese Geste des Abgangs tödlich zu seinen letzten Worten paßt und daß er Wera mit dieser Geste erschreckt haben muß. Er läßt die Hand wieder sinken und setzt sich stumm auf den Bettrand zurück.

«Wolltest du weggehen?» fragt Wera. «So schnell?»

Martin schüttelt den Kopf, ohne sie anzusehen.

«Weißt du, was du eben gesagt hast, Martin?»

«Was?» Er blickt auf und sieht, daß sie lächelt.

«Daß ich dir das alles vor neun Jahren hätte sagen sollen.»

«Ja.»

«Aber Martin. Ich *hab's* dir ja gesagt. Genau das hab ich dir damals gesagt: daß ich ohne dich nicht leben kann.»

«Und mit mir auch nicht.» Gegen seinen Willen kommt es ihm über die Lippen. Es hat keinen Sinn mehr. Es hört sich an wie die vergessenen Worte einer Kindersprache.

«Nein, mit dir auch nicht, das ist wahr. Und das ist der Unterschied gegen heute. Denn *das* sag ich dir heute nicht mehr. Aber daß ich ohne dich keine Kraft hab, das muß ich dir auch heute wieder sagen. Damals hast du mir's nicht geglaubt und wolltest die Kraftprobe machen und hast mich allein gelassen. Und das hat uns neun Jahre gekostet. Martin – und jetzt, wo wir schon neun Jahre gewartet haben – – meinst du nicht, daß wir da noch ein paar Wochen länger warten können? Meinst du nicht, daß du deine Freunde fragen solltest, ob sie dich nicht um ein paar Wochen später dranneh men können? Martin?»

«Ich werde fragen», sagt Martin.

Aber er weiß, daß er es nicht tun wird.

Und dem stummen Nicken, mit dem Wera sich nach ein paar Sekunden zur Seite kehrt, glaubt er deutlich anzumerken, daß auch sie es weiß.

Montag, drei Uhr nachmittag, Papierhandlung und Theaterkartenbüro Vaněk, Vinohrady, Jaromirská 8. Pünktlich sein. Vorsichtig sein. Nicht zu Fuß gehen – das dauert zu lange und steigert das Risiko unerwünschter Begegnungen. Kein Taxi nehmen, wenn es nicht sein muß – wir haben Nachrichten, daß die Zahl der Spitzel und Provokateure unter den Taxichauffeuren ständig anwächst. Natürlich ist man auch im Autobus und in der Straßenbahn nicht völlig gesichert, weder vor unerwünschten Begegnungen noch vor Spitzeln, aber da kann man einen etwaigen Beobachter durch geschicktes Umsteigen irreführen und abschütteln. Nicht zu eilig umsteigen und nicht zu oft. Nichts überhasten. Unter allen Umständen ruhig bleiben. Immer ein fingiertes Fahrtziel vorbereitet haben, um es auf Befragen sofort angeben zu können. Immer dran denken, daß die Entdeckung des wirklichen Fahrtziels katastrophale Folgen für alle Beteiligten hätte. Immer dran denken, daß –

Danke, Komár. Das genügt mir schon, Komár. Ich bin kein Neuling in diesen Dingen. Du vergißt, daß ich ungefähr ein halbes Dutzend illegale Grenzübertritte hinter mir habe. Nein, damit haben wir sogar gerechnet. Und wir verlassen uns darauf, daß du den Kopf klar behalten wirst. Sonst hätten wir dich nicht in diese Gruppe eingeteilt.

Was ist denn los mit dieser Gruppe?

Es sind zwei oder drei mit besonders schwachen Nerven dabei. Natürlich die Unpolitischen. Die haben ja immer die Hosen voll. Aber sie lassen sich's etwas kosten, und wir brauchen Geld. Die Bestechungen werden immer höher und die Bestochenen immer unsicherer. Wahrscheinlich können wir diese Route nicht mehr lang benützen.

Schöne Aussichten.

Macht nichts. Dann organisieren wir eine andre. Und diesmal wird's noch klappen. Bist du sicher, daß bei dir alles dichtgehalten hat?

Soweit man dessen sicher sein kann – ja.

Keine Möglichkeit einer Denunziation? Keine Anzeichen von Überwachung?

Nichts.

Keine verdächtige Begegnung?

Eine einzige. Ein ehemaliger Redaktionsdiener.

Er hat dich erkannt?

Erkannt, angerülpst und stehngelassen. Es war bei Nacht.

Du bist immer nur bei Nacht ausgegangen?

Ich war in dieser ganzen Zeit nur zweimal bei Tag auf der Gasse.

Hm. Wann zuletzt?

Vor ungefähr zwei Wochen.

Sehr weit weg von deinem Versteck?

Ganz nahe und für ganz kurze Zeit. In einem Kaffeehaus. Beim ersten Mal war ich allerdings auf dem Belvedere, an einem Sonntag, und es waren einige Stunden.

Hm. Und das war wann?

Vor einem Monat. Warum fragst du?

Vielleicht bist du nicht mehr gewohnt, dich bei Tageslicht in der Stadt zurechtzufinden. Vielleicht wird dich der Betrieb am Anfang ein bißchen verwirren.

Das kann ich mir gar nicht vorstellen.

Deshalb sag ich's dir ja. Damit du nicht nervös wirst. Nach ein paar Minuten legt sich das von selbst.

Um so besser. Noch etwas?

Das andre kommt morgen. Drei Uhr. Sei pünktlich.

Ja. Danke.

Für den Weg von der Palackystraße in Smichov zur Jaromirská in Vinohrady muß man mindestens eine halbe Stunde rechnen. Jetzt ist es bald Viertel drei. Jetzt könnte man gehen. Oder wäre es noch zu bald? Denn «pünktlich sein» heißt ja nicht nur: nicht zu spät kommen, es heißt auch: nicht zu früh kommen. Also lieber noch ein paar Minuten warten. Und lieber hier als draußen in Vinohrady, wo man vielleicht erst nachdenken müßte, wie man die überflüssigen Minuten unauffällig vergeuden soll. Nichts überhasten. Lieber noch einmal das gestrige Gespräch mit Komár durchgehen und noch einmal den Weg in die Jaromirská detaillieren, ob auch alles ganz genau aufeinander abgestimmt ist. Ein letztes Mal.

Pünktlich sein und vorsichtig sein – das sowieso. Öffentliche Verkehrsmittel benützen und je nach Bedarf ein paarmal umsteigen – gut. Ein fingiertes Fahrtziel vorbereitet haben – hab ich, ich fahre weiter nach Straschnitz, zum Friedhof. Das heißt, daß ich eine Straßenbahn nehmen muß, die über Vinohrady nach Straschnitz geht – zum Beispiel den Elfer. Gut. Den Elfer kann ich entweder an der Ecke Graben Wenzelsplatz erreichen oder draußen an der Stefanik-Brücke. Natürlich werde ich mich nicht an einer der verkehrsreichsten Ecken des Stadtzentrums aufstellen, um auf eine Straßenbahn zu warten, sondern ich werde zur Stefanik-Brücke fahren, und zwar mit dem Zwölfer, den hab ich gleich hier oben an der Plzenská. Gut. Der Zwölfer bleibt aber die ganze Zeit diesseits der Moldau, auf einer einsamen Strecke ohne Variationsmöglichkeiten – nicht gut. Es wäre bedeutend besser, wenn ich unten an der Zborovská einen Autobus nehme und bis zum Nationaltheater fahre. Dann bin ich am jenseitigen Moldauufer, kann mir irgendeine Kailinie aussuchen, zum Beispiel den Siebzehner, der wirklich den Fluß entlangfährt und mir an jeder Brücke Gelegenheit zum Umsteigen gibt – und an der Stefanik-Brücke steig ich in meinen Elfer um. Sehr gut. Ausgezeichnet. Zur Zborovská hinunter geh ich zu Fuß, und jetzt geh ich auch schon, denn es ist zwei Uhr zwanzig und höchste Zeit. Sonst finge ich vielleicht noch einmal zu rekapitulieren an, und mir brummt schon der Schädel. Ohnehin ein übles Zeichen, daß ich erst nachdenken mußte, was ich mit ein paar verfrühten Minuten in Vinohrady machen würde. Ein oder zwei Stationen weiterfahren und zurückgehen, das ist doch klar.

An Toniks und Zdenkas Wohnung vorbei, die schlafen noch, und selbst wenn Zdenka schon wach wäre, säße sie jetzt nicht in der Küche, um durch die Scheiben zu spähen und mich vielleicht am Fortgehen zu hindern. Außerdem bin ich seit Samstag wieder so gut wie nicht existent für sie und wieder der lästige Aftermieter. Nun, in ein paar Tagen ist das alles vorbei. Das will übrigens auch noch genau überlegt sein: wie ich aus dieser Bude wegkomme. Aber nicht jetzt. Dazu muß ich erst meine genauen Instruktionen haben mit den genauen Zeitangaben, und dazu muß ich erst wissen, ob Wera – nein, nicht jetzt, nur das nicht. Das ist etwas ganz andres. Das hat mit dem, was ich jetzt unternehme, nichts zu tun. Vielleicht wird es noch etwas damit zu tun bekommen, aber jetzt nicht.

So. Hinaus. Da sind wir. Wieder einmal bei Tageslicht auf der Gasse, zum erstenmal seit wann? Seit jenem Nachmittag, an dem die ganze Nacht ihren Ursprung nahm, die ganze Nacht, zu der es nicht gekommen ist, zu der es mit Recht nicht gekommen ist – und jetzt Schluß damit. Jetzt aber wirklich und endgültig Schluß damit. Wieder einmal bei Tageslicht auf der Gasse, das genügt. Und ich hätte es nicht einmal bemerkt, wenn Komár nicht davon gesprochen hätte.

Natürlich hätte ich es bemerkt. Ich wäre nur nicht darauf vorbereitet gewesen, und vielleicht hätte es mich dann wirklich ein bißchen verwirrt. Da aber Komár mich darauf vorbereitet hat, verwirrt es mich nicht. Ich bemerke es nur. Ich bemerke gewissermaßen, daß ich es bemerke. Es war sehr vernünftig von ihm, mich darauf vorzubereiten. Da sieht man's wieder. Die denken eben an alles. Und das zeigt sich nicht bloß in solchen Kleinigkeiten, sondern in ihrer ganzen Art. Na ja. Die waren eben schon jahrelang unter den Nazis in der Illegalität. Die haben einen Überblick und eine Sicherheit, vor der sich unsereins mitsamt der ganzen Emigration und dem ganzen Krieg verstecken kann. Ich hätte mich mit meinen Grenzübertritten nicht so vor ihm auftun sollen. Ich werde mich bei ihm entschuldigen.

Was er damit gemeint hat, daß ich mich im Tageslicht vielleicht nicht zurechtfinden würde, ist mir allerdings unklar. Doch nicht, daß ich inzwischen meine Ortskenntnis eingebüßt hätte? Es mag zwar auch solche Fälle geben, Fälle von plötzlichem Gedächtnisverlust unter einer ungewohnten Belastung – aber ein solcher Fall bin ich nicht. Ich kenne mich tadellos aus, ich weiß genau, welche Straßen dort oben an der Kreuzung zusammentreffen und wohin sie führen und –

Halt, halt, halt. Was tu ich denn! Ich geh ja in die verkehrte Richtung. Ich geh ja hinauf zur Plzenská statt hinunter zur Zborovská. Ich wollte doch hinuntergehen und geh hinauf, verdammt noch einmal. Und ich geh ja nicht mehr, sondern ich bin stehngeblieben und steh immer noch da, wer weiß wie lange schon. Und wohin jetzt. Ich wollte doch in der Zborovská den Autobus nehmen. Also in die Zborovská. Also hinunter. Also umkehren. So.

Nein, gewiß ist das niemandem aufgefallen. Es weiß ja auch niemand, daß ich ursprünglich hinuntergehen wollte und statt dessen hinaufgegangen bin, und warum gerade dort hinauf, wo das kleine Kaffeehaus liegt – nein, niemand weiß das, nicht einmal ich. Und ich hätte auch gar nicht stehnbleiben müssen. Ich hätte ruhig weitergehen können und ruhig um die nächste Ecke biegen und – hätte, hätte, müssen, können. Was soll das. In der Tat bin ich stehngeblieben, habe kehrtgemacht und gehe jetzt den gleichen Weg zurück. Und in der Tat hat sich alles durchaus nicht ruhig abgespielt. Und wenn auch niemand etwas gewußt hat, so könnte es doch jemand bemerkt haben. Zwar sieht es im Augenblick nicht danach aus, aber wir wollen jetzt einmal annehmen – nein, das wollen wir nicht. Das fehlte noch. Als wäre es nicht genug an dem, worauf man wirklich achtgeben muß. Als müßte man sich noch etwas dazuerfinden.

Es war jedenfalls eine sehr aufschlußreiche Entgleisung. Und jetzt verstehe ich auch schon besser, was Komár mit dem Zurechtfinden gemeint hat. Und damit, daß ich nicht nervös werden soll.

Interessant. Ich weiß nicht mehr, wo hier die Autobusstation ist. Ich dachte, sie wäre an dieser Ecke. Interessant. Sollte das Zurechtfinden sich nun doch auf die Ortskenntnis beziehen? Und sollten zwei Wochen ausreichen, um – langsam, langsam. Es sind schließlich keine zwei Wochen, sondern beinahe sieben, meine Dachkammerexistenz hat am 25. Februar begonnen, und heute ist schließlich der 12. April. Und was die Autobusstationen in der Zborovská betrifft, so ist es überhaupt schon Monate her, daß sie mir geläufig waren. Trotzdem. Ich hätte geschworen, daß an dieser Ecke eine Station ist. Wo ist sie denn?

Sie ist, dort kommt der Autobus, sie ist eine Ecke zuvor, natürlich, ich seh auch schon die Stationstafel, wenn ich mich sehr beeile, müßte ich noch zurechtkommen, wie hab ich die Tafel nur übersehen können, rasch, der Autobus hält schon, vielleicht erwisch ich ihn noch – nein, doch nicht. Er fährt schon wieder an. Auch gut. Da brauch ich wenigstens nicht mehr zu laufen.

Oder doch? Bremst er? Vielleicht meinetwegen? Keine Spur. So fahr doch endlich los. Warum fährst du nicht. Wo du schon siehst, daß ich nicht einmal diese wenigen Schritte noch laufen kann. Fahr. Einer von uns beiden wird sich entschließen müssen. Gut, dann also ich.

Er bremst. Natürlich meinetwegen. Dieses verdammte Humpelbein. Da verwandelt sich sogar ein Prager Autobuschauffeur in ein menschliches Wesen und wartet.

So, da bin ich. Danke schön. Genau das hab ich mir gewünscht: daß ein Autobus eigens für mich noch einmal stehnbleibt, daß meinetwegen der ganze Verkehr stockt, daß alle Passagiere mich anglotzen. Nur immer hübsch unauffällig. Danke schön.

«Können Sie nicht bei der Station einsteigen?»

Blöde Frage. Was soll ich dir auf diese blöde Frage antworten. Idjott. Idiot.

«Wissen Sie nicht, wo die Station ist?»

«Danke, jetzt weiß ich's.»

Und wenn er mich jetzt noch fragt, warum ich's vorher nicht gewußt hab, werde ich hörbar unhöflich. Wie kommt er dazu. Was dem Chauffeur recht ist, kann dem Kondukteur billig sein. Wenn der Chauffeur wartet, soll mich der Kondukteur nicht ins Verhör nehmen. Er soll mir den Fahrschein geben und Schluß.

«Also wohin?»

Warum «also»? Aber da hat er zufällig recht. Auf den Autobussen, zum Unterschied von der Straßenbahn, muß man unbefragt sein Fahrtziel nennen. Zonentarif.

«Nationaltheater.»

Was ist denn jetzt wieder los. Was will er denn. Ich hab ihm zwei Kronen gegeben, und die Strecke Zborovská–Nationaltheater kostet eine Krone achtzig. Auf was wartet er.

«Den Tarif kennen Sie auch nicht?»

«Nein.» Oder bin ich vielleicht dazu verpflichtet, auch dazu? Ruhe. Nicht nervös werden. Nein, ich bin nicht verpflichtet. «Ich bin hier fremd.»

Das war überflüssig. Das war verdammt überflüssig. Aber irgendetwas mußte ich doch sagen.

«Zweifünfzig.» Ganz von oben herab, wie man eben mit einem Dorftrottel spricht, der sich in die Stadt verirrt hat. Kann mir nur recht sein. Ruhe.

«Hier, bitte. Entschuldigen Sie.»

«Erst den Chauffeur aufhalten und dann mich. Wenn wir lauter solche Passagiere hätten –»

Ruhe. In ein paar Minuten legt sich das von selbst.

Hat sich schon gelegt. Neue Station, neue Passagiere. Schon vorbei. Gott sei Dank.

Aber der Kümmerliche da, auf dem Sitz, vor dem ich stehe, der mit dem grauen, gestutzten Schnurrbärtchen und dem peinlich saubern, peinlich unpassenden Homburghut auf dem Kopf – der soll mir nicht so verständnisvoll zulächeln. Womöglich wird er mich noch trösten oder gar in ein Gespräch verwickeln wollen.

Nein, auch das ist vorbei. Er hat zwar noch einmal gelächelt oder zu lächeln versucht, aber jetzt hat er's aufgegeben und schaut anderswo hin. Schämt sich vielleicht oder ist gekränkt. Tut mir leid. Ich kann ihm nicht helfen. Und jetzt wird ein Sitz frei, vier Bänke weit entfernt, da kann ich ungestört verschnaufen. So. Und was habe ich denn bis jetzt geleistet.

Ich habe, es ist jetzt genau halb drei, ich habe vor zehn Minuten das Haus verlassen, bin zuerst in die falsche Richtung gegangen, habe plötzlich innegehalten und kehrtgemacht, für jedermann sichtbar, jedoch ohne sichtbaren Grund, wie ein Irrer. Dann habe ich an einer falschen Ecke auf den Autobus gewartet, bin ihm entgegengelaufen, habe zu laufen aufgehört, habe wieder zu laufen angefangen und bin, von allen Passagieren bemerkt, schließlich doch eingestiegen. Und dann hatte ich ein Geplänkel mit dem Kondukteur, das von den Passagieren desgleichen bemerkt wurde und in dessen Verlauf ich mich als Fremden bezeichnet habe. Ich habe mir wirklich nichts entgehen lassen, von Anfang an. Schon wenn mich in der Palackystraße zufällig jemand beobachtet hätte, wie ich da plötzlich stehngeblieben und zurückgaloppiert bin, hätte er neugierig werden müssen. Daß jemand mich nicht bloß zufällig beobachtet hätte, sondern absichtlich, schalte ich aus. Ein absichtlicher Beobachter wäre mir nicht verborgen geblieben. Und wäre mir weniger gefährlich als irgendein Unbeteiligter, dem mein Benehmen auffiele. Das sind überhaupt die Gefährlichsten: denen plötzlich etwas auffällt und die sich auch schon darum zu kümmern beginnen – aus purer Wichtigtuerei, oder, in Zeiten wie diesen, auch noch aus Servilität, aus Angst, aus der Hoffnung auf Lohn oder Ehre, aus schäbigen oder Gott behüte sogar aus ehrlichen Motiven. In Zeiten wie diesen wimmelt es von freiwilligen Geheimpolizisten. Jeder ist geeignet und jeder ist willkommen. Auch der Kümmerliche mit dem unpassenden Homburghut könnte sich soeben zu solchem Nebenberuf entschlossen haben. Wahrscheinlich hält er den Blick, mit dem er mich jetzt betrachtet, für verstohlen. Wahrscheinlich glaubt er, ich hätte ihn nicht bemerkt. Das soll er nur glauben. Ich wäre der letzte, der ihn daran irremachen wollte. Ruhe.

Aber die paar Minuten, in denen das alles, laut Komár, von selbst vorübergeht, dauern jetzt schon ein bißchen lange. Eigentlich müßte ich über derlei Anfechtungen jetzt schon hinaus sein. Ein harmloses, kümmerliches Männchen von Mitte Fünfzig, dem ich nichts nachweisen kann außer einem mißglückten Versuch, mir sein Mitgefühl zu bekunden, dürfte mir jetzt nicht länger als die Verkörperung feindseliger Wachsamkeit erscheinen. Der will in Ruhe gelassen werden, sonst nichts. Hat offenbar die legendären besseren Tage noch miterlebt und sich aus diesen Tagen auch den viel zu schönen Homburg mitgebracht. Nein, so sieht kein Verfolger aus, weder ein freiwilliger noch ein berufsmäßiger.

Ein freiwilliger vielleicht nicht. Aber ein berufsmäßiger? Müssen die sich denn unbedingt durch gelbe Schuhe und einen steifen schwarzen Hut kenntlich machen? Das war einmal. Ich weiß nicht, welche Änderungen sich da vollzogen haben, seit ich in meiner Dachkammer stecke. Wenn Stationen verlegt und Tarife erhöht werden, ohne daß ich es weiß, können auch graue Homburghüte an die Stelle von Melonen treten. Warum nicht. Und warum sollten die neuen Hilfskräfte, die ein neuer und ständig anschwellender Überwachungsapparat heranzieht, nicht ganz genau so aussehen wie der dort. Und jetzt hat er schon wieder herübergeschaut.

Die Minuten, von denen Komár gesprochen hat, die sogenannten Komár-Minuten, sind zwar noch nicht ganz abgelaufen – aber ich bin doch schon weit genug, um mir den Luxus vollkommen willkürlicher, an den Haaren herbeigezogener Phantasien zu leisten. Dazu habe ich immerhin schon die Ruhe und die Nerven. Immerhin.

Auch weiß ich sehr wohl, daß ich an der nächsten Station aussteigen muß, denn die nächste Station ist das Nationaltheater. Wäre ich noch so nervös wie zuvor, dann hätte ich die Station überfahren und hätte abermals einen Anstand mit dem Kondukteur gehabt. Das hätte zu allem Bisherigen sehr gut gepaßt. Ich stelle fest, daß es nicht geschehen ist. Ich mache Fortschritte. Ich verlasse jetzt meinen Sitz, drücke mich zum Ausgang und –

Und das war natürlich vorauszusehen: daß der Homburg, wenn ich an ihm vorbeikomme, mir einen Blick zuwerfen würde. Diesem Blick hätte ich ausweichen müssen. Ich bin ihm aber nicht ausgewichen, und jetzt hat er auch noch meinen Gegenblick erwidert.

Schadet nichts. Es ist sogar besser so. Denn mit der krampfhaften Bemühung, ihn nicht anzusehen, hätte ich ihn in einem etwaigen Verdacht nur bestärken können, und vielleicht hätte er sich dann erst entschlossen, mir zu folgen.

Vielleicht tut er das trotzdem? Vielleicht ist er schon aufgestanden? Ich möchte mich nicht gerne umdrehen, um das herauszufinden. Ich könnte höchstens versuchen, mich in eine Position zu manövrieren, in der ich mich nicht umdrehen müßte.

«Drängen Sie nicht. Ich steige auch aus.»

Das wird ja immer besser. Und dabei weiß ich gar nicht, seit wann mein erboster Vordermann – den ich in Wahrheit kaum gestreift habe – in diesem Autobus mitfährt. Sollte er nämlich schon bei meiner Szene mit dem Kondukteur dabeigewesen sein, dann hätte ich mir jetzt vielleicht einen zweiten Interessenten verschafft. Vielleicht verständigt er sich auch noch mit dem Homburg, und sie bleiben mir beide auf den Fersen. Ob sie das nun aus bloßer Liebhaberei täten oder aus Pflichterfüllung, ist gleichgültig. Es würde genügen, daß ihre Blicke einander begegnen – die Worte ergeben sich von selbst.

Ist Ihnen dieser Kerl auch aufgefallen?

Der Hinkende? Natürlich. Sofort beim Einsteigen. Gefällt mir gar nicht.

Mir auch nicht.

Warum der wohl so nervös ist? So nervös ist man nicht ohne Grund.

Richtig. Besonders heutzutage. Wir sollten ihn ein wenig im Auge behalten.

Ja, das sollten wir. Kommen Sie.

Dergleichen entwickelt sich im Handumdrehen. Ich kann sie beinahe hören, wie sie dieses Gespräch führen. Ich seh sie beinahe vor mir, wie sie ihren Entschluß fassen.

Ob ich nicht besser täte, im Autobus zu bleiben und meinen erbosten Vordermann aussteigen zu lassen? Dann bin ich jedenfalls den einen los, und wenn auch der Homburg aussteigt, sogar alle zwei. Ich selbst steige erst bei der nächsten Station aus und gehe zurück, nicht direkt natürlich, sondern ich schneide nach links ab und erreiche meine Kailinie zum Beispiel bei der Karlsbrücke. Oder ich fahre gleich bis zum Wenzelsplatz weiter und nehme den Elfer dort. Ja. Vorausgesetzt, daß beide jetzt aussteigen, sowohl Vordermann wie Homburg. Nein, zum Teufel – auch dann nicht. Das ist doch schon längst entschieden, daß ich mich am Wenzelsplatz nicht zur Schau stellen werde. Aber noch eine Station weiterzufahren, hat viel für sich. Vorausgesetzt –

«Also lassen Sie mich schon durch. Warum haben Sie vorhin so gedrängt, wenn Sie jetzt nicht aussteigen?»

Warum – nein – ich steig ja schon aus – was ist das? Nein, nicht der Erboste, und nicht der Homburg. Ein Dritter hinter mir. Jetzt nimmt mich noch ein Dritter aufs Korn. Und jetzt bin ich wirklich ausgestiegen. Zu blöd. Ich wollte doch weiterfahren.

Nun, wenigstens bin ich draußen. Das war ja beinahe eine Verschwörung. Als hätte es der ganze Autobus auf mich abgesehen, Kondukteur, Homburg, Vordermann, Hintermann. Wenigstens bin ich draußen.

Jetzt werde ich auch ruhiger. Die Komár-Minuten gehen unverkennbar zu Ende. Und jetzt fährt das Verschwörervehikel ab, mitsamt dem Homburg, der gar nicht daran gedacht hat, mir zu folgen; auch vom Vordermann ist keine Spur, Hintermann überquert gerade die Straße, und ich meinerseits gehe – einen Augenblick: wohin? Jawohl, dort hinüber zur Straßenbahnhaltestelle. Denn sie befindet sich noch immer dort drüben an der Ecke. Für einen Augenblick habe ich geglaubt, daß es eine andere Ecke ist und daß ich mich in Prag wirklich nicht mehr auskenne. Und womöglich wäre dann einer der Passagiere, die zugleich mit mir ausgestiegen sind, hilfsbeflissen auf mich zugetreten: ob er mir, da ich hier fremd bin, vielleicht den Weg zeigen könnte? Oder warum hätte ich sonst so unsicher um mich geschaut?

Eigentlich wüßte ich ganz gerne, wohin Vordermann so spurlos verschwunden ist und warum so schnell.

Lassen wir's gut sein. Er ist verschwunden, sein Dialog mit dem Homburg hat nicht stattgefunden, der Homburg ist nicht ausgestiegen, ein andrer Passagier ist nicht auf mich zugetreten, mein Orientierungsvermögen hat nicht gelitten, ich bin vollkommen ruhig, und hier kommt auch schon der Siebzehner.

Wie angenehm: ein halbleerer Straßenbahnwagen, in den man glatt einsteigt und in dem man sofort einen Sitz findet. Wie angenehm: vom Kondukteur eine Umsteigkarte zu verlangen und ihm einen garantiert ausreichenden Geldschein einzuhändigen, auf den er garantiert noch Wechselgeld herausgeben muß. So. Danke.

Es ist wie mit den neuen Schuhen, die man zum erstenmal trägt, oder wie wenn man frisch verliebt ist oder im gestrigen Fußballmatch das entscheidende Goal geschossen hat. Da glaubt man auch immer, daß jeder Mensch es merken müßte – und keiner merkt's.

Allerdings verhält es sich mit einem Loch in der Hose ebenso. Oder mit einer unglücklichen Liebe. Oder wenn man bei der Matura durchgefallen ist. Merkt auch keiner.

Und man braucht sich nicht mit so kindischen Gleichnissen zufriedenzugeben. Auch einem Dieb merkt man den eben begangenen Diebstahl nicht an. Man kann sich überhaupt sehr vieles vorstellen, was einem kein Mensch anmerkt – aber wenn es entdeckt wird, ist man verloren. Beispielsweise – nein, nicht einmal beispielsweise. Sondern ich habe neue Schuhe an, und das merkt niemand.

Prag ist eine sehr schöne Stadt. Diese Postkartenansicht von der Karlsbrücke mit dem Hradschin dahinter – unglaublich immer wieder, daß das in Wirklichkeit genau so aussieht wie auf den Postkarten. Ein einmaliges Panorama, mit nichts zu verwechseln, mit nichts zu vergleichen. Wie ich es damals im Army-Camp in Leamington zum erstenmal wiedergesehen habe, in einem Dokumentarfilm, nach drei Jahren zum erstenmal wieder, mußte ich heulen. Aber ich glaube nicht, daß ich unter ähnlichen Umständen auch ein nächstes Mal wieder heulen würde. Obwohl sich doch an diesem Panorama nichts geändert hat, obwohl ich es doch immer noch unglaublich schön finde und obwohl ich doch, hol mich der Teufel, immer noch so stolz darauf bin, als ob ich es entworfen hätte. Aus dieser hochmütigen Verwechslung – als hätte man mitgeschaffen, was man in Wahrheit fertig geliefert bekam, als wäre man der Geber, wo man in Wahrheit nur der Empfänger ist – entsteht der Patriotismus.

Wenn man sie über die Moldau hinweg ins Auge faßt, scheint die Kleinseite völlig weglos anzusteigen, wie ein mittelalterlicher Burghügel. Die Gassen und Gäßchen und Stiegen, die zum Veitsdom hinaufführen und zum Hradschin, sind von hier aus gar nicht zu sehen, nicht einmal der Vorplatz der Burg – und der ist doch groß genug. Das hat mich schon als Kind jedesmal mit Staunen und mit Gruseln erfüllt: daß es dort oben plötzlich einen so weiten, ebenen Platz gibt, von dem man sich unten gar nichts träumen läßt. Als wäre er während der Zeit, die man zum Hinaufsteigen gebraucht hat, hingezaubert worden. Oder, noch unheimlicher: als hätte man sich verirrt, als führte die Schloßstiege plötzlich ganz anderswohin und das wäre jetzt gar nicht der Hradschin. Er war es aber, jedesmal.

Bis zu diesem Platz, bis zur Mündung der Wällischen Gasse, sind wir damals gekommen, am 25. Februar, bei der letzten Studenten-Demonstration. Dort hat die Polizei auf uns gewartet, viele Riegen tief, Karabiner im Anschlag, und wir konnten nicht weiter. Aber wie wir mit dem «Kde domov muj» angefangen haben, mußten sie Habtacht stehen. Leider auch wir. Und nachher, bei unsrem zweiten Versuch, die Burg zu erreichen, haben sie dann doch geschossen. Nur während der Hymne waren sie noch gehemmt.

Man wird sich dieses Datum merken müssen. Der 25. Februar war der Tag der letzten Hemmung. Seit damals gibt es keine Hemmungen mehr und keine Demonstranten.

Den Hradschin gibt es noch. Und ob ich beim nächstenmal wieder heulen werde oder nicht, wird sich zeigen.

Es wird sich sogar sehr bald zeigen. Ich bin ja schon unterwegs. Ich muß nur noch umsteigen, weil hier die Stefanik-Brücke ist und weil ich von hier aus mit dem Elfer weiterfahre.

Wie angenehm: zu wissen, daß man jetzt aussteigen wird, und ganz glatt auszusteigen; zu wissen: in welchen Wagen man einsteigen will, und ganz glatt einzusteigen. Man muß sich nur darüber klarwerden, daß man neue Schuhe trägt – dann geht alles ganz glatt. Dann stößt man in keinen Vordermann hinein, verstellt keinem Hintermann das Trittbrett, braucht sich nach keinem Homburg umzusehen und wird von keinem Kondukteur ins Verhör genommen.

Dazu hat er auch gar keinen Anlaß. Man ist vorschriftsmäßig bei der Station eingestiegen, setzt sich hin, hält ihm die Umsteigekarte entgegen und wartet, bis er zu ihren geheimnisvollen Löchern noch ein weiteres hinzuzwickt. Da gibt es kein Verhör.

Wie? Nein, das ist nicht wahr. Das kann doch nicht wahr sein.

«Wie bitte?»

«Wo Sie Ihre Fahrt begonnen haben.»

«Beim Nationaltheater.»

«Und wohin fahren Sie?»

Bin ich wahnsinnig geworden, oder hat er mich das wirklich gefragt? War Komár falsch informiert, oder hab ich ihn falsch verstanden? Sind die Spitzel nicht unter den Taxichauffeuren, sondern unter den Straßenbahnschaffnern? Was bedeutet das alles?

«Nach Vinohrady.»

«Nach Vinohrady –?»

Und das? Was bedeutet das? Wird er mich jetzt auch noch fragen, ob ich nicht vielleicht in die Jaromirská fahre? Immer dran denken. Immer ein fingiertes Fahrtziel. –

«Nein, nach Straschnitz.»

«Das ist schon egal.»

Wieso. Das ist gar nicht egal. Das ist ein sehr wichtiger Unterschied. Oder geht der Elfer nicht mehr nach Straschnitz? Ist auch das geändert worden? Liegt Straschnitz nicht mehr hinter Vinohrady? Wieso?

«Wieso?»

«Weil Sie mit diesem Fahrschein weder nach Straschnitz noch nach Vinohrady fahren können.»

Sondern jetzt wird die Klingel gezogen und der Wagen bleibt stehen und was dann? Und was will er jetzt wieder wissen?

«Mit welcher Linie sind Sie gekommen?»

Das Verhör. Das ist es. Das Verhör, das es nicht gibt. Er sieht ja aus dem Fahrschein, mit welcher Linie ich gekommen bin. Danach brauchte er mich nicht erst zu fragen. Aber bei einem Verhör werden ja immer solche Fragen gestellt.

«Mit dem Siebzehner.»

«Können Sie lesen?»

«Ja.»

Eine weitere Verhörsfrage, und jetzt kommt die Prüfung, jetzt hat er den Fahrschein umgedreht und hält mir die bedruckte Rückseite unter die Nase. «Dann lesen Sie. Hier.»

Er verlangt nicht einmal, daß ich laut lesen soll. Nett von ihm. ‹Zur Beachtung. Bei der Lösung des Fahrscheins ist das Fahrtziel anzugeben und das Fahrgeld abgezählt bereitzuhalten.› Was geht das mich an. ‹Umsteigen ist nicht öfter als zweimal gestattet.› Ich bin doch erst einmal umgestiegen. ‹Beim Umsteigen ist darauf zu achten, daß immer die kürzeste Verbindung benützt wird.› Ach so. Ja. Man muß die kürzeste Verbindung benützen. Man muß wissen, welches die kürzeste Verbindung ist.

«Ich bin hier fremd.»

Das könnte vielleicht helfen. Das hat schon einmal geholfen.

«Wenn Sie hier fremd sind, sollten Sie sich erkundigen, wie Sie zu fahren haben.»

Nein, diesmal hilft es nichts. Natürlich nicht. Der verhört mich ja. Der wird mich jetzt gleich fragen, wieso ich hier fremd bin und warum ich zuerst nach Vinohrady wollte und dann nach Straschnitz und wohin nach Straschnitz.

«Mit diesem Fahrschein können Sie nicht weiterfahren. Entweder steigen Sie aus, oder Sie lösen einen neuen Fahrschein.»

«Ja.»

«Was?»

«Einen neuen Fahrschein.»

Bin ich denn ganz von Gott verlassen? Ich müßte doch aussteigen! Es gibt doch gar nichts andres als aussteigen, wenn er mich schon aussteigen läßt – zu spät.

«Wohin?»

«Nach Straschnitz.»

«Wohin nach Straschnitz?»

Das Verhör. Er hätte mich ohnehin nicht aussteigen lassen. Er hat nur so getan. Das Verhör geht ja weiter. Oder warum fragt er?

«Warum fragen Sie?»

«Damit ich Ihnen sagen kann, wann Sie in Straschnitz aussteigen sollen.»

«Ja. Das stimmt. Danke.»

«Also? Wo wollen Sie aussteigen?»

«Beim Friedhof.»

«Na endlich.»

Endlich. Aber ich darf mir jetzt nicht sofort den Schweiß von der Stirn wischen. Nicht solange mir noch die Hände zittern. Pfui Teufel. Gerade daß ich ihm nicht die Jaromirská angegeben habe. Was ist denn los mit mir. Beim Einsteigen war ich noch ganz ruhig. Und jetzt fällt mir vor lauter Nervosität das Taschentuch aus der Hand. Ein schöner, einladender Anblick, den ich jetzt biete. Dagegen war ich ja im Autobus das gute Gewissen persönlich.

So. Jetzt hab ich mir wenigstens die Stirn getrocknet. Und der Wagen füllt sich. Wenn er schon an der Stefanik-Brücke so voll gewesen wäre, hätte der Kondukteur nicht so viel Zeit für mich gehabt und ich hätte nicht so viele Fehler machen können. Einen Kondukteur zu fragen, warum er nach dem Fahrtziel fragt. Das war das schlimmste. Das war schon fast so schlimm, wie wenn ich ihm die Jaromirská angegeben hätte. Ich hab auch schon wieder eine ganz nasse Stirn, und das Taschentuch in meiner Hand ist ganz zerknüllt.

Nein. Das schlimmste war, daß ich überhaupt auf diesen Weg verfallen bin. Man kann doch vom Nationaltheater, wo man nur noch drei Stationen vom Wenzelsplatz entfernt ist, nicht fünf Stationen bis zur Stefanik-Brücke fahren und von der Stefanik-Brücke weitere fünf Stationen zum Wenzelsplatz. Oder wenn man das tut, muß man beim Umsteigen sofort einen neuen Fahrschein verlangen. Das habe ich nicht bedacht. In aller Ruhe habe ich es nicht bedacht, noch zu Hause, mit völlig intakten Nerven. Es war ein gemächlicher, wohlüberlegter Fehler – kein rasch improvisierter wie die andern. Die lassen sich noch irgendwie entschuldigen. Wenn man es nach so langer Pause zum erstenmal wieder mit der Wirklichkeit zu tun bekommt und gleich auch mit allen möglichen tückischen Zufällen und Mißverständnissen, so kann es schon geschehen, daß man in der ersten Verwirrung den einen oder andern Fehler begeht.

Aber doch um Himmels willen nicht alle, die sich irgend begehen lassen?! Doch nicht ununterbrochen die dümmsten, primitivsten, aufreizendsten Fehler?!

Du irrst, Komár. Es werden nicht zwei oder drei Hysteriker in dieser Gruppe sein, sondern drei oder vier. Ich bin nämlich hysterisch geworden. Ich leide an Verfolgungswahn. Ich halte jeden Autobus-Passagier, ob er nun einen Homburg trägt oder bloß aussteigen will, für einen Geheimpolizisten. Ich halte jeden Kondukteur, ob er nun einen höheren Tarif von mir verlangt oder bloß die Angabe meines Fahrtziels, für einen Fallensteller. Ich fühle mich von jedem Blick beobachtet und von jeder Frage verhört, ich gebe Antworten, die mich in die unmöglichsten Situationen bringen, ich schaffe mir selbst die Schwierigkeiten, an deren Schaffung niemand andrer denkt – und noch dazu weiß ich das alles. Ich weiß, daß es nichts als Einbildungen sind, die mich von Fehler zu Fehler hetzen, nichts als Halluzinationen, die mir den Angstschweiß auf die Stirn treiben, ich weiß es und kann mir nicht helfen. Darin besteht ja meine Hysterie. Ich fürchte mich, obwohl ich in Wahrheit keinen Anlaß dazu habe. Vielleicht habe ich auch keinen Anlaß zur Flucht.

Aber was ist denn mit dem allen bewiesen? Was ist denn das für ein Zustand, in dem man sich fürchtet und dem man entfliehen will, ohne Anlaß zu haben? Was ist denn das für ein Zustand, in dem man einer Fahrt im Autobus oder in der Straßenbahn nicht mehr gewachsen ist? In dem die alltäglichsten Verrichtungen sich als exotische Abenteuer vor einem auftürmen? In dem man sich auf Schritt und Tritt verfolgt und belauert fühlt und sich gar nicht mehr umzudrehen wagt – weil schon das bloße Umdrehen als Schuldbekenntnis gedeutet werden könnte? Was ist denn das für ein Zustand?

Als wüßte ich's nicht. Als wäre es nicht genau der Zustand, den die Machthaber herbeizuführen wünschen und der ihnen die Macht erst richtig sichert. Als spielte ich nicht schon ihr Spiel, indem ich diesem Zustand anheimfalle. Wahrhaftig, sie dürfen sich freuen an mir. Ich bin ihnen gelungen. Und bewiesen ist damit nichts weiter als die ohnehin bekannte Tatsache, daß der totalitäre Anspruch (und daher sein Name) sich auf den Gegner genauso erstreckt wie auf den Vasallen; daß man ihn nicht bekämpfen kann, ohne ihm einen gewissen Tribut zu entrichten; daß –

Einen Augenblick jetzt. Ich bin doch jetzt vollkommen ruhig. Ich habe meine Nerven doch wieder vollkommen in der Gewalt. Einen Augenblick.

Dieses ist ein Straßenbahnwagen der Linie 11. Er fährt von Bubentsch über die Stefanik-Brücke und den Wenzelsplatz nach Vinohrady und Straschnitz. Die Station, an der er jetzt hält, ist die erste Station am Wenzelsplatz. Der Wagen ist ziemlich dicht gefüllt, aber es kommt, wie immer an Knotenpunkten, noch eine beträchtliche Anzahl neuer Passagiere hinzu. Und einer von ihnen – nein, ich möchte mich lieber noch einmal vergewissern. Denn jetzt handelt es sich um die endgültige Klarstellung, ob ich hysterisch geworden bin und vielleicht sogar wahnsinnig, oder ob das, was ich als Hysterie abtun wollte, im Gegenteil zu Recht besteht. Einen Augenblick. Ja, es stimmt. Das ist keine Einbildung. Das ist keine Halluzination. Das ist der Mann mit dem Homburg.

So. Und jetzt wollen wir doch bitte die gegebenen Umstände ganz nüchtern ins Auge fassen, so wie sie sind, ohne sie künstlich aufzubauschen, aber auch, ohne sie zu bagatellisieren.

Ich befinde mich auf dem Weg zu einer illegalen Zusammenkunft, bei der ein illegaler Grenzübertritt vorbereitet wird. Von den Teilnehmern weiß ich wenig. Von den Organisatoren weiß ich dagegen sehr viel, und es kann kein Zweifel bestehen, daß man behördlicherseits daran interessiert ist, sie zu fassen und unschädlich zu machen.

Man ist, in welchem Abstand immer, auch an mir selbst interessiert – wenn aus gar keinem andern Grund, dann deshalb, weil ich mit den Mitgliedern dieser Organisation seit langem in Kontakt stehe und soeben dabei bin, diesen Kontakt zur Flucht auszunützen. Das sind die Umstände. Und es ist durchaus keine Hysterie, unter solchen Umständen mit der Möglichkeit einer Beobachtung zu rechnen, sondern es wäre ein sträflicher Leichtsinn, das nicht zu tun. Seit wann die Beobachtung bereits erfolgt und durch wen sie auf mich gelenkt wurde, möchte ich im Augenblick nicht untersuchen. Auch steht noch keineswegs fest, daß der Homburg an ihr mitwirkt. Fest steht, daß er zuerst im selben Autobus gesessen ist wie ich, und daß er jetzt – trotz dem Umweg, den ich gemacht habe (und den ich als planmäßiges Ablenkungsmanöver genauso gemacht hätte) – im selben Straßenbahnwagen sitzt. Das ist immerhin bemerkenswert, auch wenn es nichts zu bedeuten hat. Es könnte jedoch bedeuten, daß noch einer oder mehrere andre, die keinen Homburg tragen und die ich nicht bemerkt habe, auf meiner Spur geblieben sind – vielleicht schon von der Palackystraße an. Aber damit begebe ich mich wieder auf das Gebiet der Hypothese – und das ist ein Luxus, den ich mir jetzt nicht mehr erlauben darf. Jetzt muß ich mich an die gegebenen Umstände halten, so, wie sie sind, so, wie ich sie jetzt ins Auge gefaßt habe, ganz nüchtern und ruhig. Gott sei Dank. Das funktioniert ja noch. Und daran merke ich erst – daran, daß ich jetzt so ruhig bin, merke ich erst, wie hysterisch ich vorher war.

Ich muß also den Homburg loswerden, und diesmal endgültig. Ich habe ja schon einmal zuvor geglaubt, daß ich ihn losgeworden bin, und jetzt ist er trotzdem wieder da. Brav. Das hast du brav gemacht, mein Kümmerlicher. Wie du es gemacht hast, weiß ich nicht, aber schließlich bist ja du der geheime Polizeihund, nicht ich. Du tust auch wieder sehr schön harmlos. Als hättest du mich noch gar nicht gesehen. Oder hast du mir jetzt vielleicht zugelächelt? Darauf kann ich leider keine Rücksicht nehmen. Ich muß dich loswerden. Ich muß aussteigen.

Natürlich nicht auf dem Wenzelsplatz, nicht solange wir uns noch durch die geschäftige, von zukunftsfrohem Leben durchpulste Hauptverkehrsader der volksdemokratischen Metropole dahinbewegen, sondern erst eine oder zwei Stationen dahinter. Die Freude mach ich dir nicht: daß ich mich ins zentrale Gewühl hineinstürze, um irgendeinem Vrabec in die Arme zu laufen oder irgendeinem Dvorsky – es wimmelt ja hier herum von beiderlei, von Redaktionen und von Regierungsgebäuden, sogar die Polizeidirektion ist ganz in der Nähe. Nein, ich werde mich von dir zu keinen Dummheiten verleiten lassen. Das war einmal. Und ich steige auch jetzt, an dieser Station, noch nicht aus. Vielleicht an der nächsten. Und jedenfalls könnte man sich langsam auf die Plattform begeben.

Der Wagen ist nicht mehr so voll wie früher. Auch gut. Ich wollte mich ja keineswegs unbemerkt hinausstehlen. Er soll mich nur sehen, der Homburg. Ich meinerseits lege ja auch Wert darauf, ihn zu sehen. Ich will wissen, wie er auf meinen Abgang reagiert.

Gar nicht. Er reagiert gar nicht. Jetzt bin ich aufgestanden und an ihm vorbeigegangen, nicht einmal besonders schnell, und er ist sitzengeblieben. Jetzt stehe ich schon auf der hinteren Plattform, und er sitzt noch immer und schaut zum Fenster hinaus.

«Was machen Sie denn da? Ja, Sie.»

Schluß, aus, vorbei. Ich bin erledigt. Ich bin gefangen. Ich werde ja vom Kondukteur bewacht. Wie konnte ich das vergessen. Das geht ihn nämlich nichts an, was ich auf der Plattform mache. Nämlich: es ginge ihn nichts an, wenn er mich nicht zu bewachen hätte.

«Sie steigen hier nicht aus.»

Das ist klar genug. Darüber hat er sich ja auch schon mit dem Homburg verständigt. Nein, ich steige hier nicht aus. Fahrtziel. Immer ein fingiertes Fahrtziel. Straschnitz. Nein, Vinohrady. Zum Stadttheater. Nein, doch Straschnitz.

«Sie wollten doch zum Straschnitzer Friedhof. Da haben Sie noch Zeit. Gehen Sie ruhig wieder in den Wagen hinein.»

«Mir ist es drinnen zu heiß.»

«Heiß? Bei diesem Wetter?»

«Ja. Sie sehen doch, daß ich schwitze.»

Hab ich das laut gesagt? Hab ich das wirklich laut gesagt? Offenbar. Sonst würde er mich nicht so anglotzen. Aber er kann mich nicht zwingen, in den Wagen hineinzugehen, das nicht. Und dort kommt schon die Station. Dieses verdammte Bein. Sonst wäre ich längst abgesprungen. Ich muß warten, bis die Fahrt sich verlangsamt – nein, im Gegenteil. Wenn ich knapp vor der Station abspringe, wo der Wagen gleich darauf hält, so haben sie mich auch schon. Immer dran denken. Jaromiská 8. Erst nach der Station, wenn das Tempo schneller wird. Außerdem geht's dann bergauf. Und jetzt steigen hoffentlich ein paar Leute ein, dann hat der Kondukteur zu tun und merkt's nicht sofort und verspätet sich mit dem Notsignal. Nach der Station. Warum? Weil ich's mir überlegt hab und mir den Wenzelsplatz anschauen will, ich bin hier fremd. Einsteigen bitte. Drei, vier, sechs. Nicht schlecht. Sieben. Das genügt. Los. Der Wagen, nicht ich. Ich noch nicht. Ich muß erst warten, bis der Wagen wieder in Fahrt kommt. Nicht zu schnell, sonst schaff ich's nicht. Nicht zu langsam, sonst haben sie mich. Genau im richtigen Moment. Immer dran denken. Noch nicht. Dort in der Kurve. Kondukteur? Homburg? Noch immer nicht. Jetzt. Achtung, jetzt –

Es ist in diesem Augenblick etwa zwanzig Minuten her, seit in einem Autobus auf der Strecke Zborovská-Nationaltheater ein eher kümmerlich aussehender Passagier mit einem etwas zu großen Homburghut aufgetaucht ist und seit für Martin Dub die höllisch verworrene Berg- und Talfahrt begonnen hat, die ihn schließlich dazu treibt, sich vor dem abermals aufgetauchten Homburg durch einen Sprung aus einem fahrenden Straßenbahnwagen zu retten.

Und es vergehen von diesem Augenblick an noch weitere zwanzig Minuten, bis Martin am Ziel seiner Fahrt anlangt; bis alles geklärt und geordnet ist und bis er sich dieser Ordnung sogar freuen darf (die Klärung allerdings bleibt einigermaßen peinlich); bis Josef Kral ihn ins muffige Comptoir des Theaterkartenbüros Vaněk schiebt, wo die übrigen Teilnehmer an der Besprechung schon warten; und bis Martin des Homburg wieder ansichtig wird (und diesmal nicht mit Schrecken, sondern mit beschämter Sympathie).

Martin könnte über die zwanzig Minuten, die bis dahin vergangen sind, keinen sehr genauen Bericht ablegen. Er entsinnt sich nicht, ob er nach dem Abspringen hingefallen und ein paar Sekunden liegengeblieben ist – oder nur gestrauchelt und sofort wieder auf die Beine gekommen; und ob das Taxi auf sein Signal hin gehalten hat oder um ihn nicht zu überfahren. Auch das Fahrtziel, das er dem Chauffeur doch angegeben haben muß, ist ihm nicht mehr erinnerlich. Jedenfalls lag es in einer entgegengesetzten Richtung, und er änderte sie erst beim Masarykbahnhof, als wäre ihm da plötzlich etwas eingefallen: «Jesus Maria, ich muß ja noch nach Vinohrady, das hätte ich fast vergessen. Zum Stadttheater, bitte.» Der Chauffeur nahm das ebenso gleichmütig hin wie alles Vorangegangene, weil Chauffeure eben keine Spitzel sind und keine Verhöre anstellen – eine wohlige Gewißheit, in die Martin so erlöst versank, daß es fast einer Ohnmacht gleichkam. Aber als das Taxi vor dem Stadttheater hielt, fand er sich völlig wach und bei klaren Sinnen. Es war allerdings eine sonderbar kurzatmige Klarheit, über die seine Sinne da geboten, sie bezog sich immer nur auf das unmittelbare Geschehen, auf die Prozedur des Zahlens, auf sein Aussteigen, auf die Abfahrt des Autos, auf sein eigenes Abgehen in die Richtung Jaromirská – er registrierte das alles sehr sorgfältig, aber er dachte sich nichts dabei. Ein wenig mühsam und steifer als gewöhnlich ging er die Häusermauern entlang, den Blick leer vor sich hin gerichtet, als könnte auch seine Sicht, ähnlich wie seine Sinne, nur das Zunächstliegende bewältigen – und seine nebelhaft abgepolsterte Teilnahmslosigkeit wurde nicht einmal sonderlich erschüttert, als er beim Einbiegen in die Jaromirská den Homburg in Vanéks Papierhandlung und Theaterkartenbüro verschwinden sah. Er zauderte ein wenig, dann faßte er den trotzigen Entschluß, seinen Weg fortzusetzen, statt sich in Sicherheit zu bringen – wie das im Fall einer rechtzeitig erkannten Gefahr nicht nur die Klugheit gebietet, sondern vor allem die strenge Disziplin der Illegalität (die für trotzige Entschlüsse wenig Verwendung hat). Vielleicht, so sagte er sich, wollte der Homburg die Zusammenkunft heute noch nicht ausheben. Vielleicht posierte er als Flüchtling, um Informationen zu sammeln. Und vielleicht könnte man ihm noch das Handwerk legen.

Mit diesen reichlich unklaren Vorstellungen betritt Martin Dub den Laden. Und die Klärung, die er sich dann gefallen lassen muß, wäre ganz gewiß noch peinlicher gewesen, als sie es ohnehin schon war: wenn er in dem schmalen Verbindungsgang, der vom Papiergeschäft ins seitlich angeschlossene Kartenbüro führte, nicht als ersten Josef Kral getroffen hätte und wenn Josef Kral nicht Josef Kral wäre.

Es ist aber Josef Kral. Es ist, als Martin die vereinbarte Chiffre vorbringt und als die erstaunlich junge Verkäuferin hinterm Ladenpult ihn mit einer stummen, beinahe arroganten Geste nach rechts weist – es ist tatsächlich Josef Kral, der ihm da entgegenkommt und dessen breites Bauerngesicht vom Grinsen der Begrüßungsfreude noch mehr in die Breite gezogen wird. Nur kurz und kaum merkbar huscht ein Ausdruck von Besorgnis darüber hinweg – dann grinst er schon wieder und legt beide Hände auf Martins Schultern:

«Na also. Daß du endlich da bist. Höchste Zeit.»

«Ja», sagt Martin ein wenig läppisch. «Wirklich.» Und fragt, da Josef Kral nun doch den Kopf schüttelt: «Ist etwas los?»

Kral nimmt die rechte Hand von Martins Schulter und deutet an ihm hinab, zum Mantelsaum und zu den Hosenbeinen, die mit grau verkrustetem Straßenschmutz bedeckt sind:

«Wie schaust du denn aus?»

«Wie schau ich denn aus? Ach so. Ja. Wirklich.» Es klingt noch läppischer als zuvor. «Dann bin ich also wirklich hingefallen. Beim Abspringen.»

Ein andrer hätte sich jetzt nach der Ursache dieses Abspringens erkundigt oder gar eine oberflächlich tadelnde Bewegung gemacht. Josef Kral hingegen fragt:

«Hast du dich verletzt?»

«Nein», sagt Martin energisch, und nochmals: «Nein», obgleich er gerade jetzt ein heftiges Stechen im Knie und im Knöchel seines rechten Beins verspürt und obgleich es in seinem Hinterkopf mit einemmal wild zu hämmern beginnt, wie in einem hohlen Zahn, wenn die Wirkung des schmerzstillenden Pulvers aufhört. «Ich muß mit dir sprechen. Es ist dringend.»

«Zuerst ruh dich ein bißchen aus.» Da seine andre Hand noch immer auf Martins Schulter liegt, hat Kral wenig Mühe, ihn unauffällig mit dem ganzen Arm zu umschlingen und zu stützen. «So dringend wird's schon nicht sein. Komm.» Und er geleitet ihn durch einen gewundenen Korridor nach hinten, in den Lagerraum der Papierhandlung. «Da, setz dich. Laß dir Zeit. Jetzt, wo wir komplett sind, kommt's auf ein paar Minuten nicht mehr an.»

Der ruhige Zuspruch Krals, der herbe Papiergeruch und die Stille des halbdunklen Raums vereinen sich zu einer Wirkung, deren Wohltätigkeit beinahe etwas von Hospital und Karbol an sich hat. Noch ein paar leise Stiche im Bein, noch ein paar verhallende Hammerschläge im Kopf – dann beginnt Martins Denkmechanismus sich in Bewegung zu setzen wie ein langsam ineinandergreifendes Zahnradwerk, schon greift es rückwärts, schon fügt bedrohlich Verworrenes sich zurecht ... und wenn jemand mit dem Autobus bis zum Wenzelsplatz fährt, um von dort den Elfer nach Vinohrady zu nehmen, so tut er nichts Verdächtiges, sondern das Gegebene ... welches auch dadurch nicht verdächtig wird, daß er einen Homburghut trägt ... oder daß jemand andrer den betreffenden Autobus beim Nationaltheater verlassen hat und in den betreffenden Elfer an der Stefanik-Brücke eingestiegen ist ...

«Und du bist ganz sicher, daß er nicht als Flüchtling posiert?»

«Wer denn?» Kral wundert sich nicht im mindesten, oder er weiß es hinter sachlichem Interesse zu verbergen.

«Er ist knapp vor mir gekommen. Ein Kleiner, mit einem grauen Schnurrbärtchen. Und einem Homburghut.»

«Der?» Jetzt muß Kral schon einige Mühe aufwenden, um seiner Verwunderung Herr zu werden. «Wie kommst du darauf?»

Das hat er erst nach einer kleinen Pause gefragt und wieder vollkommen sachlich; auch hört er dem Bericht Martins ohne Unterbrechung zu – nur wenn's gar zu wüst wird, legt er sich die flache Hand aufs borstig blonde Schädeldach und beginnt es nachdenklich zu massieren. Und weil Martin ohnehin merkt, wie wüst es ist, was er da berichtet; weil er immer häufiger ins Stocken gerät, ins Kopfschütteln, und schließlich in trübselige Zweifel an seiner Verwendbarkeit für künftige Unternehmungen – so macht Josef Kral aus dem eigentlichen Gegenstand des Berichts nicht viel Wesens und stellt vor allem fest, daß zu Selbstvorwürfen oder Selbstbespöttelungen kein Anlaß vorliege; daß die kleine Nervenattacke, mit der Martin es da zu tun bekommen hätte, durchaus erklärlich wäre; und daß die Umstände, besonders die persönlichen Umstände Martins, jeden Verdacht und jede Vorsichtsmaßnahme rechtfertigten. Natürlich dürfte man sich deshalb zu keinen Kopflosigkeiten hinreißen lassen – aber das würde Martin im etwaigen Wiederholungsfall einer solchen Attacke nun desto sicherer vermeiden.

Ja, wenn das so einfach wäre, knurrt Martin. Wenn man nur wüßte, wo die Vorsicht aufhört und die Feigheit beginnt.

«Aber Herr Leutnant –!» sagt Josef Kral.

«Siehst du», sagt Martin. «Damals war's einfacher. Damals wußte man, aus welcher Richtung geschossen wird, und konnte sich dekken.»

«Was du nicht sagst», bestätigt Josef Kral mit behäbigem Spott. «Deshalb kannst du ja heute so gut abspringen, weil du dich damals so gut gedeckt hast.» Und indem er Martin in die Seite pufft, erhebt er sich von dem mächtigen Papierballen, der ihnen beiden als Sitz gedient hat.

Ob also der Homburg ganz bestimmt über jeden Verdacht erhaben sei? fragt Martin im Korridor noch einmal und will es ausdrücklich hören, weil ein ausdrückliches Dementi die Eigenschaft hat, den dementierten Verdacht noch rückwirkend zu stützen.

«Möglich ist alles», sagt Josef Kral entgegenkommend. «Selbst wenn man sich seine Leute so genau anschaut wie wir, ist alles möglich. Aber daß der Herr Buxbaum als Flüchtling posiert –» und erst jetzt legt sich ein kleines, keineswegs fröhliches Lächeln über sein Gesicht – «nein, Martin. Da hast du dir den Falschen ausgesucht. Der *ist* ein Flüchtling. Oder ich hab noch nie einen gesehen.»

Damit schiebt er Martin durch die Tür des Hinterzimmers zu der schon versammelten Gruppe hinein, von der er selbst und Lesensky sich noch zu einer kurzen Beratung absondern, und in der ungewissen Spanne des Wartens, die da entstanden ist, bewegt aus dem Hintergrund des verrauchten, dürftig beleuchteten Raums einer der Teilnehmer sich auf Martin zu und sieht jetzt noch ein wenig kümmerlicher aus als zuvor, und das liegt wahrscheinlich an seiner von spärlichem Grauhaar umfaßten Glatze, denn seinen sorgfältig gepflegten, etwas zu großen Homburghut trägt er behutsam abgeschirmt in der Hand.

«Entschuldigen Sie», sagt er zögernd. «Sind wir einander nicht auf der Herfahrt begegnet?»

«Sogar zweimal, Herr Buxbaum», antwortet Martin mit solchem Nachdruck, daß es beinahe vorwurfsvoll klingt.

«Dann habe ich mich nicht getäuscht.» Herr Buxbaum nickt befriedigt. «Ich hatte nämlich sofort den Eindruck, daß wir sozusagen Reisegefährten sind.»

«Wirklich?» Martin verliert sich in die Vorstellung, daß Herr Buxbaum vor einer halben Stunde mit diesen Worten auf ihn zugetreten wäre, etwa beim Einsteigen in den Elferwagen. «Das ist mir aber sehr unangenehm», sagt er zerstreut und sieht, wie Herr Buxbaum sich befremdet strafft, und fügt eilig hinzu: «Ich meine – daß Sie mir das sofort angemerkt haben.»

«Darüber dürfen Sie sich nicht wundern.» Herr Buxbaum lächelt, wie er zuerst im Autobus gelächelt hat: wohlwollend, abgeklärt und ein bißchen überlegen. «Dafür hat unsereins einen eigenen Blick. Einen sechsten Sinn, gewissermaßen. Sie verstehen mich.»

«Ja», sagt Martin. «Natürlich. Aber warum –» Er bricht ab, in einem jähen, halbschlächtigen Ärger, der indessen nicht dem längst überstandenen Irrtum vom Elferwagen gilt und nicht Herrn Buxbaum persönlich. Es ist eine sonderbar mißgünstige Regung, die ihn da überkommt, und ihr Ursprung bleibt ihm zunächst noch unklar.

«Fragen Sie nur», sagt Herr Buxbaum. «Auch das bin ich gewöhnt. Was wollten Sie wissen?»

«Ich wollte wissen, warum –» und um sich aus seinem neuerlichen Stocken weiterzuhelfen, deutet Martin über das Zimmer hin, das vom angespannten Flüstern der Wartenden beinahe spürbar vibriert – «warum Sie sich dieser Reise eigentlich anschließen? Sie müssen doch nicht?»

In Herrn Buxbaums Mienenspiel drückt sich Erstaunen aus und ein leiser Zweifel an seiner – oder Martins – Zurechnungsfähigkeit:

«Hatten wir hier nicht vor kurzem eine Revolution?»

«Aber doch keine, die sich gegen Sie richtet? Mit Ihnen hat die Volksdemokratie doch nichts Besonderes vor?»

Und mit einemmal wird ihm klar, woher seine Mißgunst rührt und wohin sie zielt. Indem er Herrn Buxbaum das Recht absprechen will, sich von der Volksdemokratie gefährdet oder nur angewidert zu fühlen, nimmt er verspätete Revanche für 1939, als er selbst auf eine ganz ähnliche Reise gegangen war, ohne zu müssen – und als er von seiten derer, welche mußten, ganz ähnlich mißgünstigen Fragen ausgesetzt war, wie er sie jetzt an Herrn Buxbaum richtet.

Das Lächeln, mit dem Herr Buxbaum ihn betrachtet, ist von nahezu väterlichem Wohlwollen.

«Junger Mann», sagt er. «Ich weiß nicht, was die Volksdemokratie vorhat, und mit wem. Ich weiß nicht einmal, was Volksdemokratie bedeutet. Aber eines weiß ich: wenn es zu einer Revolution kommt, dann muß der Herr Buxbaum früher oder später auf Reisen gehen. Das hab ich in den letzten fünfzehn Jahren zu oft erlebt, und ein paarmal wär's für mich um ein Haar zu spät geworden. Diesmal geh ich eben ein bißchen früher. Und zwar geh ich diesmal – lassen Sie mich nachrechnen – zum siebenten Mal.»

«Also beinahe aus Gewohnheit.» Martin will mit dieser einigermaßen verlegenen Bemerkung seine Anteilnahme bekundet haben und seinen Respekt – und nimmt erschrocken wahr, daß sie lediglich taktlos klingt.

«Aus Gewohnheit. Na ja.» Herr Buxbaum wiegt bedächtig den Kopf. «Sagen wir: aus Erfahrung. Aus einer Erfahrung, die Ihnen, junger Mann, Ihr Leben lang erspart bleiben wird.»

«Sie müssen verzeihen.» Martins Verlegenheit steigert sich noch an Herrn Buxbaums nachsichtigem Abwinken. «Nein, wirklich. Sie haben mich mißverstanden. Es ist mir eine Ehre, Sie zum Reisegefährten zu haben.»

«Schon gut, schon gut», beschwichtigt Herr Buxbaum und lächelt mit halb geschlossenen Augen. «Hoffentlich bringt Ihnen die Zukunft größere Ehren. Diese hier ist billig.»

Und da Kral und Lesensky im gleichen Augenblick ihr Gespräch beenden, begibt sich Herr Buxbaum – aus offenbarer Besorgnis um den Homburghut, den er dort besser vor Fährnissen schirmen kann – wieder in seine Ecke zurück, und von den acht Versammelten, denen jetzt ihre Instruktionen erteilt werden, ist er der einzige, der sich weder durch übertriebene Anteilnahme bemerkbar macht noch durch übertriebene Gleichgültigkeit und der auch nachher keinerlei Anzeichen von Nervosität erkennen läßt, als die andern sich in den dümmsten und ängstlichsten Fragen ergehen.

Diese Fragen werden von Kral mit ausführlicher Geduld und von Lesensky mit einer nicht minder wirksamen Kürze beantwortet, und nach einer Weile ergibt es sich von selbst, daß bald der eine und bald der andre sich an Martin um Bestätigung wendet oder sogar um Vorschläge. Und ehe Martin sich dessen versieht, fordert ihm ein besonders unermüdlicher Fragesteller direkte Antwort ab.

Martin schüttelt energisch den Kopf:

«Der dort.» Und er deutet auf Kral.

«Warum nicht du?» sagt Kral, der den Vorgang grinsend beobachtet hat. «Das weißt du doch so gut wie ich, daß man nicht in Gruppen über die Grenze geht, sondern einzeln. – Ja, auch im Wald. – Ja, auch bei Nacht.»

Und dann hat Kral noch ein paar überflüssige Fragen zu beantworten und noch ein paar selbstverständliche Verhaltensmaßnahmen zu erteilen, und dann kommt er auf eine Neuerung zu sprechen, über die erst vor wenigen Tagen der erste Bericht eingelaufen ist: daß nämlich noch diesseits der amerikanischen Okkupationszone tschechische Gendarmen in amerikanischen Militäruniformen patrouillieren und daß es sich infolgedessen nicht empfehle, gleich auf den ersten Amerikaner zuzulaufen; was aber im Grunde nur eine Erweiterung der alten Regel sei, bei illegalen Grenzübertritten jeder Uniform auszuweichen. «Über eine schwarze Grenze soll man am besten so lange weitergehen, bis man auf Zivilpersonen trifft», sagt Kral. «Der dort» – und er deutet auf Martin – «wird Ihnen das bestätigen.»

Und jetzt ist das Grinsen an Martin. Jetzt ist er auch schon so weit, daß er grinsen kann, zum erstenmal, seit er hier sitzt, zum erstenmal seit langem.

Als Martin wieder in Smichov anlangt, verschwimmen die letzten Spuren der Dämmerung schon in den Abend, und die Palackystraße scheint ihm sonderbar still und menschenleer dazuliegen. Aber er kennt die Stadt und kennt die Palackystraße um diese Stunde nun wirklich nicht mehr gut genug, daß er Vergleiche anstellen könnte.

Das Haus hingegen, das er jetzt betritt, kennt er sehr genau, zu jeder Tages- und Nachtzeit. Und wenn Herr Buxbaum einen besonderen Blick für Reisegefährten besitzt, so besitzt Martin ein besonderes Gefühl für die Atmosphäre dieses Hauses. Die Stille draußen auf der Straße mochte er immerhin falsch eingeschätzt haben – die Stille, die ihn hier im Hausflur umfängt, ist höchst ungewöhnlich, daran kann gar kein Zweifel bestehen.

Zdenka. Wahrscheinlich lauert sie schon darauf, ihn abzufangen und ihn zur Rede zu stellen. Oder vielleicht lauert Tonik, weil es diesmal ernst werden soll. Das alles gibt's ja noch. Und die wissen ja nicht, daß er's jetzt nicht mehr so ernst nehmen kann. Die wissen ja nicht, daß er in zwei Tagen ohnehin geht.

Im dritten Stock ist weder von Zdenka noch von Tonik etwas zu sehen, und die Stille hat sich beklemmend verdichtet.

Martin, gegen das hölzerne Geländer gestützt, schnuppert rundum, als wollte er Witterung nehmen.

Vielleicht hat Zdenka in der Dachkammer Posten bezogen, um ihn am bloßen Eintritt zu hindern? Oder Tonik? Oder beide – und die Szene, die sich da vorbereitet, wird gefährlicher, als er's bedacht hat?

Unsinn. Tonik ist kein Messerstecher, und Zdenka würde ihn zu keiner Gewalttätigkeit ermuntern. So sind sie beide nicht geartet, daß man dergleichen befürchten müßte. Außerdem fürchten sie sich selbst viel zu sehr vor der Polizei –

Martin ist schon halb zur Umkehr gewandt, ehe er sich besinnt. Es ist aussichtslos. Wenn oben wirklich die Polizei wartet, kann er ihr nicht mehr entkommen. Denn wenn die Polizei oben wartet, wartet sie auch unten.

Plötzlich und unsinnig fällt ihm ein, daß er doch einen Rucksack kaufen wollte und es zum Glück vergessen hat. Wenigstens kann man ihm nichts beweisen.

Dann beginnt er langsam die letzte Treppe zu ersteigen.

Angst? Natürlich Angst. Aber das ist jetzt etwas ganz andres als diese albernen Hirngespinste auf dem Weg nach Vinohrady. Das hat etwas Solides an sich, etwas Beruhigendes fast. Jetzt zittert er auch nicht, und seine Stirn ist beinahe trocken, und es lockt ihn zu keinem jener Gedankengänge, in denen er sich vor ein paar Stunden so halt- und heillos verirrt hat. Was ihn jetzt versuchen will, was jetzt an ihn herantritt, sind eher die damals zurückgedrängten Gedanken, die vorsätzlich niedergehaltenen und aufgeschobenen: der Gedanke an eine Denunziation (und er bezieht sich weniger auf Tonik und Zdenka als auf den Herrn Postrat i. P. oder einen unbekannten Hausbewohner); der Gedanke an den Redaktionsdiener Vrabec; an eine von Emmy in vergnügter Plauderlust begangene Unachtsamkeit; und schließlich – auch jetzt noch, auch in dieser atemschnellen Versuchung, muß Martin sich mit aller Kraft gegen die Lawine der bloßen Möglichkeit anstemmen – der Gedanke an Wera, und daß Wera da ihre Hand im Spiel hätte, vielleicht seit langem schon, vielleicht erst seit gestern, gleichviel. Der Gedanke an Wera. Und er will doch an Wera nicht denken. Und denkt nur noch, indem er die letzten Schritte zurücklegt und schon nach der Türklinke greift: wenn es wirklich Wera ist, denkt er, wenn das, was jetzt geschehen soll, wirklich mit Wera zu tun hat, dann habe ich ein armseliges Leben gelebt und dann gebührt mir nichts Besseres.

Eigentlich war er darauf gefaßt, bei seinem Eintritt zwei Polizisten vor sich zu sehen. Aber es hebt sich nur eine einzige Gestalt vom Fenster ab, eine männliche Gestalt in Zivil, und macht eine vage Grußgebärde, und es ist Jan Dvorsky.

Und damit hat Wera also nichts zu tun, stellt Martin fest. Nein, damit wohl nicht.

«Da bist du ja», sagt er. «Komisch.» Er merkt, daß er lächelt, und läßt sein Lächeln anstehen, obschon er es einigermaßen fehl am Platz findet.

«Du hast mich erwartet?» fragt Jan Dvorsky, lächelnd auch er.

«Nein. Ich habe nur heute nachmittag ein paarmal an dich gedacht. Wieso weißt du, daß ich hier wohne?»

«Geh, geh.» Dvorsky vollführt jene unwillige Handbewegung, die Martin ihn in hundert Zusammenhängen vollführen gesehen hat (und einmal sogar im Zusammenhang mit Wera): seine nach außen gekehrte Handfläche wischt zweimal seitwärts durch die Luft, als wollte er eine Belästigung von sich abhalten. «Das ist doch nicht so schwer, eine Adresse zu finden. Außerdem solltest du keine so dummen Fragen stellen. Ich frag dich ja auch nicht, was du heute nachmittag gemacht hast. Und wo du jetzt herkommst.»

Ginge es wirklich nur darum? Denn daß Dvorsky da eine Informiertheit vortäuschen will, die er in Wahrheit gar nicht besitzt – das wüßte Martin auch ohne ihn zu kennen. Dazu genügt es, daß er die Kniffe und Schablonen des Aushorchens kennt, die immer gleichen Kniffe seit jeher, ob nun ein Gestapomann auf einer Protektoratsbehörde sie anwendet oder ein Gendarm an der ungarisch-jugoslawischen Grenze oder ein Beamter des Deuxième Bureau oder ein Offizier im Sicherheitsdienst der tschechoslowakischen Exilsarmee. Oder, wie jetzt, ein Beauftragter der Kommunistischen Partei. Vorausgesetzt, daß Dvorsky wirklich in einem solchen Auftrag und zu solchem Zweck gekommen ist. Und das hat Martin noch nicht ganz durchschaut (und wird es niemals ganz durchschaut haben).

«Sei nicht so zartfühlend», sagt er. «Du kannst mich nach allem fragen, wenn du dir davon etwas versprichst.»

Dvorsky sieht ihn gleichmütig an und zuckt die Achseln.

«Eben. Ich verspreche mir davon nichts weiter, als daß du lügen würdest. Und das reizt mich nicht. Das wäre mir geradezu peinlich.

Was ich erfahren will, erfahre ich sowieso. Das siehst du ja. Sonst wäre ich ja nicht hier.»

«Und warum bist du hier?»

«Tja. Hm. Warum eigentlich.» Mit einem knappen Schritt tritt Dvorsky in den Raum, und da sie beide sich bisher nicht gerührt haben, Dvorsky nicht vom Fenster, Martin nicht von der Tür, wirkt diese erste Bewegung wie eine Kampfansage. «Kannst du vielleicht Licht machen?»

«Gerne.» Ohne seine Stellung zu ändern, knipst Martin den Schalter an. «Aber ich kann dir leider keinen bessern Platz anbieten als das Bett.»

Dvorsky scheint mit den Raumverhältnissen bereits vertraut zu sein. Er blickt nicht erst um sich, er tritt wortlos an das Bett heran und läßt sich aufs Fußende nieder – nicht oben, nicht dort, wo zuletzt noch Wera saß, Wera, die mit dem allen nichts zu tun hat, ich möchte jetzt an Wera denken, nicht mit ihr sprechen, nicht sie haben, nur denken an sie.

«Und wo sitzt denn du, wenn du Gäste empfängst?» fragt Dvorsky.

«Ich empfange keine Gäste. Das ist es doch, was du wissen wolltest?»

«Ich wollte wissen, wo du dich hinsetzen wirst. Du kannst doch nicht die ganze Zeit an der Tür stehnbleiben?»

«Das hängt davon ab, wie unser Gespräch sich entwickelt. Ich kann stehnbleiben – ich kann auf- und abgehen – ich kann mich auf die Kiste setzen – und sogar neben dich aufs Bett.»

«Würde das bedeuten, daß du mit der Entwicklung des Gesprächs zufrieden bist?»

«Das würde bedeuten, daß ich müde bin und meinen Hintern schonen will.»

Jan Dvorsky macht eine anerkennende Geste.

«Wenigstens hast du Auswahl», sagt er. «Dann ist es ja gar nicht so trostlos.»

«Was soll denn gar so trostlos sein?»

«In diesem erbärmlichen Loch zu hausen. Ein Mensch, der mit anspruchsvollem Geist, empfindsamer Gemütsart und sonstigen Bürgertugenden ausgestattet ist, muß ja auf die Dauer unter solchen Wohnungsverhältnissen fürchterlich leiden. Hast du noch nichts davon bemerkt, Martin?»

Es ist ein zielsicherer Hieb, den Jan Dvorsky da gelandet hat, und Martin kann sich nur mit knapper Not ins Unverbindliche retten.

«Ich hab schon ein paarmal im Leben schlechter gewohnt, Jan.»

«Nicht möglich –?!» Dvorsky läßt seiner Überraschung den freiesten Lauf.

«Doch, Jan. Doch.» Auch Martin übertreibt den Eifer seines Nickens. «Zum Beispiel auf den verschiedenen Stationen meiner Flucht nach Frankreich. Oder in Frankreich selbst, in Agde –» und er akzentuiert genießerisch jede Silbe – «im Camp d'entraînement de l'Armée tchécoslovaque. Ekelhaft, sag ich dir. Oder in unsern Baracken in England. Und eigentlich war's auch im Val de Grâce nicht schöner. Das ist dieses Pariser Militärspital, weiß du. Wo sie mir das linke Bein hergerichtet haben.» Er könnte noch ergänzen: das linke Bein, das ich nachschleppe wie meine linke Vergangenheit – aber das wird Dvorsky sich schon hinzudenken.

«Du imponierst mir, Martin. Du bist ein vortrefflicher Buchhalter.»

«Nicht der Rede wert. Wenn man so heruntergekommen ist wie ich, muß man eben von der Vergangenheit zehren. Du weißt doch: als bloßes Produkt seiner ökonomischen Umstände fühlt sich der Mensch –»

«Halt's Maul», sagt Jan Dvorsky.

Martin legt den Kopf schief. Sind wir so gut miteinander, fragt er sich. Hat das jetzt nicht ganz so geklungen, wie dergleichen unter Freunden zu klingen hat – aber doch nur unter Freunden, die ihrer Freundschaft sicher sind? Und wenn auch schon feststehen dürfte, daß Dvorsky keine unmittelbar feindseligen Zwecke verfolgt – ein Freundschaftsbesuch ist es darum noch lange nicht. Dessen muß man eingedenk bleiben.

«Du bist mir eine Antwort schuldig, Jan. Was führt dich zu mir?»

«Das fragst du einen alten Freund? Ich wollte nachsehen, wie es dir geht.»

«Es geht mir gut. Und?»

«Und ich wollte mit dir ein bißchen über die alten Zeiten plaudern.»

«Die, in denen wir noch alte Freunde waren?»

«Ja. Genau.» Dvorsky scheint mit der agressiven Wendung des Gesprächs durchaus einverstanden; vielleicht hofft er es auf diese Weise leichter in Fluß zu bringen und leichter aufs wirkliche Ziel hinzusteuern. «Übrigens – alt», setzt er fort, im gleichen belanglosen Tonfall wie zuvor. «Weißt du, daß deine alte Liebe in Prag ist?»

«Wer?» Martin duckt sich nach vorne, wie einer, der schlecht gehört hat und sich darüber ärgert; und er sucht in Dvorskys Gesicht nach einem Anhaltspunkt: ob da nur ein Gesprächsbrocken gefallen ist, der den leeren Raum zwischen ihnen auffüllen soll – oder ob da schon das Ziel des Gesprächs sich ankündigt.

«Deine Liebe aus den alten Zeiten», sagt Dvorsky. «Die Tänzerin Wera Kirsanowa. Nur daß sie jetzt nicht mehr tanzt und nicht mehr Kirsanowa heiß, sondern Malovan. Das wußtest du nicht?»

Martin schüttelt stumm den Kopf – es ist das Beste, was er tun kann, und Dvorsky mag es für ein Zeichen sentimentaler Überwältigung nehmen.

«Aber wer Malovan ist, weißt du?»

«Nein», sagt Martin tonlos, als wäre ihm immer noch die Kehle verschnürt, und hält seinen Blick wachsam auf Dvorsky gerichtet.

«Es ist ein ziemlich wichtiger Mann in der Partei. Sie hat Karriere gemacht, deine alte Liebe.»

«Das alles höre ich zum erstenmal.» Vorsichtig bewegt sich Martin auf dem straff gespannten Seil seiner Wachsamkeit dahin. «Ich komme eben zu wenig unter Menschen.»

Er hält inne. Und hat immer zwingender das Gefühl eines Seiltanzes, bei dem er nur mühsam sein Gleichgewicht bewahrt. Lange wird es so nicht mehr stehnbleiben können, mitten in Dvorskys Schweigen.

«Und es kommen auch nur sehr wenige Menschen zu mir.»

Ein letztes Zögern, eine letzte Pause – und wenn jetzt nichts geschieht, was ihn aus dem Gleichgewicht wirft: dann wird er's bis ans Ende nicht einbüßen, dessen ist er ganz sicher.

Sekunden vergehen, und nichts geschieht. Jetzt muß er weiter. Jetzt kann er's auch schon.

«Und von diesen wenigen Menschen weiß ich gewöhnlich, warum sie kommen.»

Mit einem beinahe besorgten Blick sieht Dvorsky ihn an.

«Bist du nervös, Martin?»

«Ich hab dich gefragt, warum du gekommen bist, Jan.»

Belanglos dreht Jan Dvorsky die Handflächen nach außen, als verstünde sich die Antwort von selbst:

«Um dich persönlich zum Eintritt in die Kommunistische Partei aufzufordern.»

Martin holt Atem und stößt ihn durch die Nase aus, es klingt wie ein kleines, lautloses Lachen. Bereitwillig – als wäre es das, wozu er soeben aufgefordert wurde – setzt er sich auf die Kiste.

«Wenn's weiter nichts ist –»

«Was bedeutet das?» fragt Dvorsky scharf und mit schmalen Lippen.

«Was? Daß ich mich auf die Kiste setze?»

«Ja.» Erst nach ein paar Sekunden hat sich Jan Dvorsky wieder zum Gleichmut entschieden. «Das Bett hätte bedeutet, daß du müde bist, nicht wahr. Was bedeutet die Kiste?»

«Daß ich einem harten Gespräch entgegensehe, Jan. Gehört die Werbung neuer Mitglieder zu deinen Funktionen in der Partei?»

«Ich wußte es ja.» Jan Dvorsky nickt trübe vor sich hin. «Das Leben in diesem Loch wirkt sich auf deine geistige Regsamkeit verheerend aus. Früher hattest du doch ein so scharfes Gefühl für Nuancen? Besonders mir gegenüber? Und jetzt merkst du nicht einmal, daß ich ganz deutlich von einer persönlichen Aufforderung spreche.»

«Du könntest trotzdem auch offiziell mit einer Werbekampagne zu tun haben, die bis in die entlegensten Dachkammern dringt.»

«Womit ich trotzdem und offiziell zu tun habe, ist für meinen Besuch ganz gleichgültig. Aber daß du ihn für einen offiziellen Werbebesuch hältst, gibt mir zu denken. Überschätzt du dich nicht ein wenig?»

«Wenn man den Besuch eines prominenten jungen Parteifunktionärs bekommt, wird man eben größenwahnsinnig.»

«Auch dein Gehör hat nachgelassen, Martin. Du hast den Besuch eines Freundes bekommen. Als Parteifunktionär würde ich diese Frage ganz anders behandeln.»

«Welche Frage?»

«Die Frage deines Beitritts zur KP», sagt Jan Dvorsky, und aus seiner Stimme klingt ein leise gespieltes Staunen. «Ich habe dir diese Frage freundschaftlich vorgelegt, nicht offiziell. Es wäre viel einfacher, wenn du mir das glauben wolltest.» Und er lehnt sich zurück, sichtlich erschöpft von so viel geduldigem Zuspruch.

Jetzt muß ich ihm nicht sofort antworten, denkt Martin als erstes. Jetzt kann ich mir überlegen, was hinter seiner Geduld und seinem Zuspruch steckt. Und ob er Wera – denn es könnte immer noch Wera sein, auch wenn's im Augenblick nicht danach aussieht – ob er sie vielleicht in Reserve hält. Das wäre durchaus möglich und wäre gar kein schlechter Plan. Vielleicht ein gemeinsam ausgeheckter? Haben Sie Geduld mit ihm, Dvorsky. Versuchen Sie ihn zu überzeugen. Erst wenn alles fehlschlägt, rücken Sie damit heraus, daß Sie in meinem und Malovans Auftrag gekommen sind und ohne das gewünschte Ergebnis lieber nicht weggehen möchten. Deuten Sie ihm an, daß ihn dann niemand mehr vor den Konsequenzen schützen könnte, weder Sie noch ich. Sie können ihm auch sagen, daß die Behörden durch mich auf seine Spur gekommen sind und daß er schon meinetwegen Vernunft annehmen muß. Lassen Sie nichts unversucht. Sie kennen ihn ja gut genug, um es richtig anzupacken ... Ja, das wäre möglich! Das wäre ihr zuzutrauen, daß sie mit Dvorsky ein solches Abkommen getroffen hat – und sogar in der besten Absicht, sogar in der ehrlichen Überzeugung, daß nur auf diese Weise noch Schlimmeres verhindert werden kann. Und daß sich's nur auf diese Weise verhindern ließe.

«Es tut mir leid, Jan. Aber ich sehe wenig Anlaß, dir zu glauben. Obwohl dann alles viel einfacher wäre, da hast du recht. Zu glauben ist überhaupt viel einfacher, als nicht zu glauben.»

«Und wenn du dich sehr bemühst – in welcher meiner beiden Eigenschaften würdest du mir vielleicht noch eher glauben können: als Freund oder als Parteifunktionär?»

«Mit dem Parteifunktionär Dvorsky habe ich keine Erfahrungen. Meine letzte Erfahrung mit dem Freund besteht darin, daß er mir die Freundschaft mit einem Schlag ins Gesicht aufkündigen wollte.»

«Ich verstehe. Dann bist du eher bereit, dem Parteifunktionär zu glauben?»

«Nein, Jan. Immer noch eher dem Freund. Der Freund könnte noch einen Rückfall haben und ehrlich mit mir sein. Der Parteifunktionär kann das nicht.»

«Einverstanden. Mit Begeisterung einverstanden. Ich hab dir ja gleich zu Anfang gesagt, daß ich als Freund zu dir spreche. Also ehrlich.»

«Leider sprichst du über eine Parteiangelegenheit – und da hört die Ehrlichkeit auf. Da ist sie sogar ziemlich streng verboten. Laß dich warnen, Jan. Wenn du dir angewöhnst, mit Nichtparteimitgliedern ehrlich über Parteiangelegenheiten zu sprechen, wirst du sehr bald in Schwierigkeiten kommen.»

«Ich rechne auf deine Diskretion, Martin.»

«Offenbar auch auf meine Naivität. Oder soll ich dir wirklich glauben, daß du die Gebote der Freundschaft plötzlich über die Gebote der Partei stellen willst?»

«Genau das hatte ich vor. Mindestens für die Dauer dieses Gesprächs.»

»Höchstens für die Dauer dieses Gesprächs.«

«Auch gut. Jedenfalls sollst du für die Dauer dieses Gesprächs vergessen, daß es um eine Parteifrage geht, und sollst es so behandeln, als hätte ich dir aus alter Freundschaft einen Rat gegeben, der in deinem Interesse liegt. Bringst du das fertig? Ist dein Hirn dazu noch beweglich genug?»

«Glatt», sagt Martin mit einer grandiosen Geste und strafft sich zurecht, strafft sich erwartungsvoll dem Ansinnen entgegen, mit dem Jan Dvorsky ihm da zu Leibe rückt und dem, obschon es ein sehr persönliches Ansinnen ist, eine sonderbar unpersönliche Lokkung innewohnt, ein sachlicher Reiz, von Martin seit langem entbehrt – der Reiz der Diskussion.

Und Jan Dvorsky ihm gegenüber hat die Augen zusammengekniffen und späht schräg in die Luft hinauf, wie er das immer tut, wenn eine Diskussion an einen entscheidenden Punkt gerät, und sagt: «Du bist natürlich entschlossen, meinen freundschaftlichen Ratschlag abzulehnen.»

«Natürlich», bestätigt Martin.

«Weil ich es bin, von dem er kommt?»

«Keineswegs. Weil ich es bin, an den er sich richtet. Ich würde ihn ablehnen, von wem immer er käme.»

«Weil du fürchtest, daß man dir seine Annahme als Opportunismus auslegen könnte?»

«Da müßten wir uns zuerst darüber einigen, wer ‹man› ist», sagt Martin mit einer Bedachtsamkeit, die an Behagen grenzt.

«Vielleicht einigen wir uns zuerst darüber, was Opportunismus ist?»

«Wenn wir uns darüber einigen könnten, Jan, dann hätten wir keinen Streit miteinander.»

Jan Dvorskys Handrücken wischt unwillig durch die Luft.

«Immerhin. Versuchen wir's. Eine Handlung ist opportunistisch, wenn sie dir Vorteile bringt, auf die du sonst verzichten müßtest. Akzeptierst du diese Definition?»

«Nicht als Definition des Opportunismus. Du definierst damit nur eines seiner Merkmale.»

«Aber ein unerläßliches Merkmal, das gibst du zu?»

«Ja.»

«Dann darf ich dich auch schon enttäuschen, Martin. Dein Beitritt zur Kommunistischen Partei würde dir keinerlei Vorteile bringen.»

«Interessant. Ist das eure neue Propagandalinie für die werktätigen Massen? ‹Kommt in die Partei – ihr habt nichts davon!›»

«Soviel ich sehen kann, spreche ich zu keinen werktätigen Massen, sondern zu dir.»

«Und du willst mir sagen, daß ich von meinem Eintritt in die Partei nicht wenigstens den Vorteil hätte, mein jetziges Dasein aufgeben zu können und wieder zu arbeiten?»

«Du könntest dein jetziges Dasein aufgeben und könntest wieder arbeiten, auch ohne der Partei beizutreten. Das ist es, was ich dir sagen will.» Dvorsky erhebt sich und macht zwei langsame Schritte von der Bettstatt weg und steht ein paar Sekunden mit dem Rücken zu Martin, ehe er sich brüsk umwendet. «Aber das willst du ja nicht hören. Du hältst dich für gefährdet. Du glaubst ja, daß aller Augen auf dich gerichtet sind.»

«Ich möchte mich jedenfalls so benehmen, als ob sie es wären.»

«Die öffentliche Verantwortung des Schriftstellers Martin Dub?»

«Warum so billig? Der kategorische Imperativ des faschistischen Kriegshetzers Kant. Im übrigen kümmere ich mich wirklich nicht so sehr um die Öffentlichkeit. Schon deshalb, weil die Öffentlichkeit sich leider nicht um mich kümmert. Ich tu das alles zu meiner eigenen Befriedigung.»

«Stimmt. Solange du dich für gefährdet halten kannst, bist du befriedigt. Denn die Entdeckung, daß dir gar nichts geschehen würde, paßt nicht in deinen antikommunistischen Kram. Ein kommunistisches Regime *muß* etwas gegen dich haben und *muß* dir etwas zuleide tun wollen – sonst wäre es ja kein kommunistisches Regime, nicht wahr. Sonst würde ja dein ganzes Bild vom bösen Kommunismus hinfällig werden. Und das kannst du unter keinen Umständen zulassen. Du bringst es einfach nicht über dich, die andre Seite des Bildes zu sehen. Ist dir noch nie aufgefallen, Martin, daß du im Grund genau so borniert bist wie irgendein kommunistischer Phrasendrescher? Daß die Dogmatik, die du den Kommunisten vorwirfst, im Grunde bei dir liegt? Und sollte die Tatsache, daß du ohne jede Nötigung in dieser dreckigen Dachkammer lebst – daß du dich vor eingebildeten Gefahren versteckst und dir einbildest, damit etwas zu beweisen – sollte dich das nicht veranlassen, deinen Standpunkt endlich zu revidieren? Vielleicht wirst du dahinterkommen, daß noch sehr viel andres, worauf du dein Leben gegründet hast, nur in deiner Einbildung besteht?»

Es ist nicht das erste Mal, ach bei weitem nicht, daß Jan Dvorsky und Martin Dub sich in solchem Gespräch verfangen haben, und nicht das erste Mal, daß Jan Dvorsky, mit einer verführerischen Mischung aus Nachsicht und Überzeugungskraft, solch ein Gespräch zu seinen Gunsten zu wenden scheint. Diesmal aber mischt sich noch etwas Drittes hinzu, etwas ungewohnt Drängendes und ungewohnt Verhemmtes, etwas Ängstliches beinahe – als wäre Jan Dvorsky nicht bloß darauf aus, recht zu behalten (worauf er schließlich immer aus ist), sondern als wollte er auf eine ganz bestimmte Weise recht behalten, und als fürchte er, daß Martin ihn ein andres Recht behalten ließe, als er es diesmal haben will.

Martin weiß nicht sogleich, wie er dieser verwirrenden Untertönung begegnen soll; keinesfalls ironisch – denn darin schiene ihm die gleiche Schwäche zu liegen, die er aus Jans verhemmtem Drängen herauszuspüren glaubt.

«Du tust ja so», beginnt er zögernd, «als müßte ich erst nachträglich über meine Situation nachdenken. In Wahrheit ist diese Situation doch schon das Ergebnis meines Nachdenkens.»

«Aber eines falschen Nachdenkens!» Jan Dvorsky stöhnt und macht ein leidendes Gesicht. «Weil es von verfälschten Tatsachen ausgeht!»

«Was sind das für Purzelbäume, Jan.» Jetzt steht auch Martin auf und lehnt sich gegen die Wand, am Kopfende des Betts, dort, wo der Mantel hängt. «Es mag sein, daß ich meine persönliche Situation falsch einschätze. Aber das erlaubt noch keinen Rückschluß auf die Tatsachen. Du darfst aus mir keinen Präzedenzfall machen, an dem sich die Beschaffenheit kommunistischer Regierungsmethoden feststellen ließe. Auch ohne daß sie mich gefährden, bleiben sie die Methoden der totalitären Diktatur. Auch ohne daß sie mich gefährden, bleibe ich ihr Gegner. Denn wenn schon der bloße Umstand, daß mir persönlich nichts geschieht, mich von meiner Gegnerschaft abbringen könnte, wäre ich ja wirklich ein Opportunist und meine Gegnerschaft wirklich nichts weiter als antikommunistischer Kram.»

«Es freut mich, in dir einen Erben Galileis begrüßen zu können. Der hat sich vor seinem ersten magnetischen Experiment auf einen ganz ähnlichen Standpunkt gestellt: wenn die Eisenfeilspäne sich nicht nach meinen Berechnungen verhalten, dann um so schlimmer für sie.»

«Was der Teufel will, haben die Berechnungen aber gestimmt. Und auf die Dauer stimmen sie auch für jedes kommunistische Regime.»

«Ich sag's ja. Das Regime darf sich nicht mit deiner Existenz abfinden – sonst könntest du es nicht als kommunistisch betrachten.»

«Umgekehrt, Jan. Ich darf mich nicht mit der Existenz des Regimes abfinden – sonst könnte ich mich nicht als seinen Gegner betrachten.»

«Das grenzt an Nirwana. Oder wie äußert sich deine Gegnerschaft sonst? Außer in der Betrachtung?»

«Indem ich mich hier versteckt halte. Indem ich von der zweifellos verläßlichen Zusicherung eines Freundes, daß ich getrost hervorkommen könnte, keinen Gebrauch mache. Indem ich –» Erschrocken bricht Martin ab. Er merkt erst jetzt, wie gefährlich die Frage war und wie unbedacht seine Antwort. Aber jetzt würde jeder Versuch einer Milderung nur desto verdächtiger wirken. Jetzt muß er es schon zu Ende sagen: «Indem ich dem kommunistischen Regime keine Gelegenheit gebe, mich ungestört leben und vielleicht sogar arbeiten zu lassen.»

Ein lahmes Schweigen breitet sich aus, und je länger es andauert, desto fieberhafter sucht Martin nach einer Antwort auf die verhängnisvollste aller Fragen, die ihm jetzt gestellt werden könnte, auf die Frage: was er denn weiter zu tun gedächte? Er findet keine Antwort als: Ich weiß nicht. Und damit käme er wohl schwerlich davon.

Jan Dvorsky hat sich wieder aufs Fußende der Bettstatt gesetzt. Er schüttelt den Kopf. Sein Blick geht an Martin vorbei.

«Das ist wohl die trübseligste Gegnerschaft, mit der ein kommunistisches Regime jemals konfrontiert war. Da könnte man ja beinahe zu torkeln beginnen vor lauter Siegesrausch. Schämst du dich nicht, Martin? Weißt du denn gar nichts mehr mit dir anzufangen? Es gäbe für dich doch wirklich etwas Besseres zu tun.»

«Zum Beispiel?» fragt Martin, und hält den Atem an und stellt sich bis ins kleinste Detail die nachsichtige Stimme und das entschuldigende Lächeln vor, mit dem Jan Dvorsky jetzt antworten könnte: ‹Zum Beispiel über die Grenze zu gehen›.

«Zum Beispiel der Partei beizutreten», antwortet Jan Dvorsky mit nachsichtiger Stimme und entschuldigendem Lächeln. «Glaubst du nicht, daß das sinnvoller wäre?»

«Es wäre jedenfalls sauberer, als sich von der Partei tolerieren zu lassen. Aber –»

«Sauberer? Sinnvoller! Das einzig Sinnvolle für dich!»

Martin horcht auf. Es hat nie zu Jans Gewohnheiten gehört, ihn zu unterbrechen, obendrein auf so heftige Weise. Jan ist seiner Argumente sonst immer viel zu sicher, als daß er sie vorschnell loslassen müßte. Wäre ihm diese Sicherheit abhanden gekommen?

«Merkwürdig, Jan, daß du den Beitritt zur Partei auf einmal so wichtig nimmst. Früher hast du dergleichen als bloße Formalität abgetan.»

«Ich hatte Unrecht. Und zum Unterschied von dir bin ich bereit, ein Unrecht zu erkennen und einzugestehen.» Jan Dvorskys Heftigkeit steigert sich noch, und seine Stimme wird nicht so bald zur Nachsicht zurückfinden. «Es ist eben mehr als eine Formalität. Viel mehr. Es ist – es ist – nein, es läßt sich nicht erklären. Und das ist ja das Unerwartete daran, das Unverhoffte, das Großartige: daß es sich nicht erklären läßt, sondern nur erfahren. Sogar das schließt es in sich. Und wer es nicht selbst erfährt, ist erbarmungslos davon ausgeschlossen. Es ist etwas erbarmungslos Großartiges. Wie wenn man in einen Orden aufgenommen wird. Oder wie wenn man neue Augen eingesetzt bekommt. Jetzt kannst du überhaupt erst sehen. Erst was du jetzt tust, hat Sinn. Erst jetzt weißt du, daß und warum es das Richtige ist. Erst jetzt erkennst du, wie kindisch und lächerlich alles war, was du vorher getan hast. Und am lächerlichsten, Martin – am lächerlichsten sind die Ausgeschlossenen, die sich trotzdem einbilden, etwas Sinnvolles zu tun. Deshalb rede ich ja so mit dir, gerade mit dir. Ich will nicht, daß du dich lächerlich machst, Martin. Dazu bist du zu begabt, und dazu sind deine Absichten zu gut und zu ehrlich. Aber was du tust, hat keinen Sinn. Du bist nicht vielleicht auf einem falschen Weg – du bist auf gar keinem. Was du für einen Weg hältst, existiert nicht mehr. Vielleicht ist es schade darum, vielleicht nicht. Vielleicht war es auch um das Heidentum schade. Aber davon hat sich das Christentum nicht aufhalten lassen. Es gibt so etwas wie eine Entwicklung, Martin, eine zwangsläufige Entwicklung. Daß sie sich vor ein paar Wochen auch hier bei uns vollzogen hat, wäre an sich noch kein Beweis für ihre Zwangsläufigkeit. Aber noch weniger ist es ein Gegenbeweis. Und keinesfalls solltest du vor jeder neuen Phase dieser Entwicklung nur desto krampfhafter die Augen verschließen. Sei nicht feig, Martin. Nimm endlich zur Kenntnis, was vorgeht. Es ist unaufhaltsam. Es gibt keinen andern Weg mehr. Und wenn du an diesem Weg etwas auszusetzen hast, wenn du etwas an ihm verbessern willst, so kannst du das doch nur, indem du ihn mitgehst. Nicht indem du dich in den Rinnstein fallen läßt und liegenbleibst und verreckst. Martin – siehst du denn nicht, was für ein Jammer das wäre? Und was du alles tun könntest, wenn du endlich aufhörst, den beleidigten Sonderling zu spielen? Was du alles tun könntest, wenn du dich nicht länger ausschließt? Wenn du in der Partei wärst? Wenn du mit mir zusammen in der Partei wärst? Um Himmels willen, Martin, verstehst du mich denn nicht?»

Immer erregter hat Jan sich vorwärtsgetrieben und immer atemloser – bis ihm zum Schluß die Stimme überkippt, bis es von der

Kante des Betts ihn hochreißt und so gewaltsam auf Martin zu, daß es fast einem Losstürzen gleichkommt und daß Martin sich rücklings gegen die Wand drückt, um seines Standorts sicher zu bleiben, und daran tut er gut, denn schon hat Jan sich an ihm festgestützt, mit hartem Griff von beiden Seiten her, und bändigt dicht vor ihm seine Stimme in ein jählings tonloses Flüstern:

«Es ist deine Pflicht, Martin. Es ist deine Pflicht als denkender Mensch. Und es ist deine Pflicht als Freund. Ich bitte dich, Martin.»

Zwei- dreimal noch, im Takt seiner flattrigen Atemzüge, schließen seine Hände sich zuckend auf und zu – dann läßt er sie sinken und dreht sich schlaff in den Raum zurück, an der Kiste vorbei, bis zum Gerümpel hin. Dort bleibt er abgewandt stehen.

Martin hat einen raschen Schritt hinter ihm her gemacht, im brüderlichen Impuls, ihm den Arm um die Schulter zu legen. Aber die alte Scheu von derart körperhaften Freundschaftsbekundungen, die ihnen beiden seit jeher zu eigen war, läßt ihn so weit nicht kommen; sondern er fragt, als litte Jan unter den Folgen eines beim Fußballspielen abbekommenen Tritts:

«Ist es sehr schlimm, Jan?» Und setzt sich aufs Bett, am obern Ende.

«Ich sehe, daß du deinen Hintern schonen willst», sagt Jan Dvorsky, der sich endlich umwendet.

«Ist es sehr schlimm, in der Partei zu sein, Jan?»

«Ich bin nicht in die Partei gegangen, um es gemütlich zu haben.»

«Aber so ungemütlich hast du es dir nicht vorgestellt.» Martin sagt es halblaut vor sich hin, damit Jan es je nach Wunsch überhören kann oder aufnehmen.

Jan wünscht es zu überhören, oder hört es wirklich nicht. Sein Gesicht, da er jetzt den Platz neben Martin einnimmt, ist leer, und seine Worte kommen langsam und angestrengt, als übersetze er sie aus einer fremden Sprache.

«Ich bin in die Partei gegangen, weil ich überzeugt war, daß die richtige Lösung sich nur durch die Partei erreichen läßt. Damals hatte ich von der Lösung auch noch ganz genaue Vorstellungen. Jetzt hab ich sie nicht mehr. Jetzt hat sie nur noch die Partei. Es ist nicht so, daß die Partei etwas tut, weil es richtig ist. Sondern etwas ist richtig, weil die Partei es tut. – Und es *ist* ja auch richtig!» Das stößt er mit unvermittelter Heftigkeit hervor und schlägt die geballte Faust neben sich auf die Matratze. «Wenn die Partei etwas tut, so weiß sie genau, warum. Ob ich es billige, ja ob ich's auch nur verstehe, kann ihr gleichgültig sein. *Muß* ihr gleichgültig sein. Und das ist es ja! Das ist es ja!» Jan Dvorsky springt auf, die Handballen gegen die Schläfen gepreßt und den Blick so hungrig, so fordernd auf Martin geheftet, als wollte er ihm das geheimnisvolle Schlüsselwort entlocken, die endliche Aufklärung, was es nun eigentlich sei. «Daß es der Partei mit Recht gleichgültig ist, ob ich etwas verstehe oder nicht. Das ist es. In dieser Gleichgültigkeit besteht ja ihr Rechthaben. Wenn ich von ihrem Rechthaben nicht überzeugt wäre, könnte ich ja gar nicht an die Partei glauben, und die Partei nicht an mich. Das hat nichts mit Disziplin zu tun oder mit blinder Unterordnung. Du darfst gar nicht blind sein. Du mußt sehr scharf aufpassen. Es genügt nicht, daß du dich einfach auslöschst. Du mußt dich so auslöschen, wie die Partei es braucht. Du kannst überhaupt nur dadurch existieren, daß du dich so auslöschst, so und nicht anders. Vollkommen. So, daß nichts von dir übrigbleibt. Nichts, nichts, nichts.»

Diesmal ist es die Kiste, auf die Jan Dvorskys geballte Faust aufschlägt, zu jedem «nichts» aufs neue, dreimal hintereinander – und der hohle, hölzerne Klang scheint auf ihn wie ein Ordnungsruf zu wirken. Sein Gesicht, seine ganze Haltung entspannt sich, unter gewölbten Brauen hervor kommt ein spöttischer Blick, und er vollführt eine schwungvoll elegante Handbewegung, als deutete er auf einen soeben vorgeführten Dressurakt:

«Woraus du ersehen kannst, daß auch wir unsre persönlichen Probleme haben und daß auch wir nur Menschen sind.»

«Schon?» Martin versucht zu lächeln – aber er weiß, daß es ihm nicht mehr gelingen wird. «So schnell geht das?»

«Was?» fragt Jan Dvorsky mit einem letzten Anflug von Unsicherheit.

«Du hast mir einmal etwas davon erzählt, daß wir noch gar kein Recht hätten, uns als Menschen zu bezeichnen. Offenbar machst du jetzt den Prozeß der Menschwerdung durch.»

«Ganz richtig. Und ich finde, daß es auch für dich hoch an der Zeit wäre, das zu tun.» Jan Dvorsky nimmt seinen Mantel an sich und faltet ihn gemächlich überm Arm zurecht. Jetzt ist ihm keine Unsicherheit mehr anzumerken. «Überleg's dir, Martin. Du weißt, wo ich zu finden bin.» Dann, vorbei an Martin – als hätte er ihm die Hand reichen wollen und sich im letzten Augenblick anders besonnen – greift er nach seinem Hut. «Und vergiß nicht: *ich* weiß, wo *du* zu finden bist.»

Blicklos geht er zur Tür, die Martin ihm stumm geöffnet hat – und bleibt an der Schwelle stehen und wendet sich jählings um:

«Martin, ich bitte dich – glaub nicht, daß ich dir jetzt drohen wollte. Ich bitte dich: komm nicht aus Angst. Damit wäre mir nicht geholfen.»

Und das hat er schon halb in den dunklen Flur hinausgeflüstert und ist im nächsten Augenblick verschwunden.

Langsam zieht Martin die Holztür zu, so langsam, daß sie ausgiebiger als sonst in ihren Angeln quiekt. Es stört ihn nicht. Mit einem beinahe zärtlichen Blick umfaßt er die Dachkammer, beinahe behutsam läßt er sich auf die eiserne Bettstatt nieder.

Hier ist gestern noch Wera gesessen, Wera Kirsanowa, die jetzt nicht mehr Kirsanowa heißt, sondern Malovan, denn sie hat Karriere gemacht, aber ich soll sie nicht allein lassen und soll ihr helfen.

Hier ist vor wenigen Minuten noch Jan gesessen, Jan Dvorsky, der ganz genau weiß, was er tut, der ein Gewinner ist und ein Belohnter, denn er hat Karriere gemacht, aber ich soll ihn nicht allein lassen und soll ihm helfen.

Und hier, in diesem trostlosen Loch, das mir nicht einmal zu einer ganzen Nacht mit Wera taugen will und nicht einmal zum zuverlässigen Versteck vor Dvorsky, hier sitz jetzt ich, ein Geprellter und Geschlagener, wartend auf eine unnötige Flucht vor eingebildeten Gefahren, denn ich hab keine Karriere gemacht.

Da könnte man ja beinahe zu torkeln beginnen vor lauter Siegesrausch.

Zwischen Montag 7 Uhr abends und Mittwoch ½ 4 Uhr nachmittags liegen ungefähr 2 Tage, ganz genau: 44½ Stunden. Montag um 7 Uhr abends hat Martin die Tür hinter Jan Dvorsky geschlossen – Mittwoch um ½ 4 Uhr nachmittags geht vom Masaryk-Bahnhof der Zug, den er seinen Instruktionen zufolge benützen soll, um an die tschechisch-bayerische Grenze zu gelangen.

Von den 44½ Stunden, die dazwischenliegen, sind jetzt schon 42 vorbei. Es ist schon 1 Uhr mittag, Mittwoch 1 Uhr mittag. Es dauert noch 2½ Stunden.

Was dauert nur noch 2½ Stunden? Was?

Bis der Zug den Masaryk-Bahnhof verläßt, das ist alles. Das ist das einzig Sichere: der Abgang des Zugs vom Masaryk-Bahnhof. Die fahrplanmäßige Abgangszeit ist zwar nicht ½ 4, sondern 3 Uhr 28, und vielleicht wird der Zug nicht auf die Minute pünktlich abgehen (obwohl er das eigentlich müßte, weil auf die Minute pünktliche Züge seit jeher der Stolz aller Gewaltregierungen waren, der unwidersprechliche Beweis einer neu geschaffenen Ordnung); und er geht zwar nicht direkt nach Briesnitz, wo der eigentliche Grenzübertritt erfolgt, sondern nur nach Heindorf, und für den Rest der Strecke muß man in einen Lokalzug umsteigen – aber im großen und ganzen darf man sagen, daß der Zug an die Grenze um ½ 4 vom Masaryk-Bahnhof abgeht. Man darf auch sicher sein, daß er tatsächlich abgehen wird. In den 2½ Stunden bis dahin wird wohl nichts geschehen, um das zu ändern.

Sonst aber kann in diesen 2½ Stunden noch sehr viel geschehen – eigentlich alles, was in den vergangenen 42 Stunden nicht geschehen ist. Und darum sind die verbleibenden 2½ Stunden eigentlich noch genauso lang sie die vergangenen 42.

Seit Montag abend ist nichts mehr geschehen. Seit Montag abend ist Martin mit sich und den leeren Stunden allein. Das letzte und einzige, was dieser Leere noch voranging, war Zdenkas Erscheinen in der Dachkammer, wenige Minuten nachdem Jan Dvorsky sich entfernt hatte. Zweifellos wußte Zdenka schon davon – wie sie ja auch von seinem Kommen und seinem Warten gewußt haben mußte, sie und Tonik und das ganze, in Stille getauchte Haus. Es konnte freilich nur ein lückenhaftes, von irrigen Vermutungen durchsetztes Wissen sein, das sie besaß, und Martin wollte es so lückenhaft nicht anstehen lassen.

«Das war ein Freund von mir», sagte er nebenbei, während Zdenka mit absichtsvoll verbissener Langsamkeit das mitgebrachte Essen auf der Kiste anordnete.

«Für mich hat's mehr wie Polizei ausgeschaut.» Und mit einem kurzen Seitenblick fügte sie hinzu: «Ich hab schon geglaubt, daß sie dich verhaften kommen.»

«Sie? Es war doch nur einer?»

«Es waren drei», korrigierte Zdenka gelangweilt. «Hör doch auf, mich blödzumachen. Oder hast du drei Freunde bei der Polizei?»

«Nein, nur einen. Der, mit dem ich gesprochen hab. Und er ist nicht von der Polizei, sondern von der Regierung.»

«Den Unterschied kannst du dir auf den Hut stecken, Liebling.»

«Schön, dann hat mich also jemand von der Polizei besucht. Um so besser. Wenigstens weißt du jetzt, daß die Polizei nichts gegen mich hat. Sonst hätten sie mich ja mitgenommen.»

Zdenka schwieg. Anscheinend übte diese Logik eine gewisse Wirkung auf sie aus.

«Seid ihr vielleicht verhört worden?» Es wunderte ihn ohnehin nicht, daß Dvorsky in Begleitung gekommen war; und vielleicht ließen sich da noch weitere Aufschlüsse herausholen. «Haben sie euch gedroht? Haben sie gesagt, daß sie wiederkommen werden?»

«Die brauchen nicht zu drohen, und die sagen nicht, was sie tun werden. Die tun's. Und kurz und gut –» jetzt erst wandte sich Zdenka voll zu ihm hin – «der Tonik will, daß du so schnell wie möglich verschwindest.»

Überrascht und ratlos sah er sie an. Sollte er ihr preisgeben, daß es ihm nur noch um vierundvierzig Stunden ging? Und daß er die zusätzlichen Komplikationen einer Ortsveränderung unbedingt vermeiden wollte? Dvorsky würde ihn überall zu finden wissen. Wera nur hier.

«Wie schnell?» fragte er zögernd. «Doch nicht von heut auf morgen?»

«Das hat der Tonik nicht gesagt. Er hat gesagt: so schnell wie möglich.»

Das Schlimmste war abgewendet; aber da kam schon eine neue Überraschung:

«Gib mir den Haustorschlüssel.» Und Zdenka streckte die Hand aus.

«Wozu denn?»

«Ich weiß nicht. Der Tonik will den Haustorschlüssel haben. Frag nicht so viel und gib ihn her.»

Ob sie nun wirklich in Toniks Auftrag handelte oder ob sie Tonik nur vorschob – es schien ihm, als würde ihm da eine Kompromißlösung angeboten, der er sich besser nicht widersetzte. Achselzukkend holte er den Schlüssel hervor und legte ihn auf das schon zusammengeräumte Tablett.

«Und warum wollt ihr mich bei Nacht nicht hinauslassen?» fragte er.

Zdenka nahm das Tablett an sich und ging zur Tür.

«Hinaus kannst du, Liebling. Das Haustor wird erst um zehn gesperrt. Du kannst nur nicht mehr zurück. Jetzt wird sich eben dein feines Fräulein um dich kümmern müssen.»

Das waren Zdenkas letzte Worte, und das war das einzige, was seit Dvorskys Abgang geschehen ist. Gestern nachmittag hat Martin noch ein großes Stück Brot und etwas Käse vor seiner Tür gefunden, aber Zdenka selbst hat sich nicht mehr gezeigt. Und wie sehr es ihn brennt, dem Schicksal seiner Freunde nachzuforschen, von dem ja auch sein eigenes abhängt – er wird das Haus bis zum Augenblick seines endgültigen Aufbruchs nicht mehr verlassen können, nicht einmal bei Tag, wenn das Haustor offensteht. Es würde genügen, daß er bei seiner Rückkehr die Dachkammer versperrt fände (und Zdenkas letzte Worte deuten drohend auf eine solche Möglichkeit hin). Es würde genügen, daß gerade während seiner Abwesenheit Wera käme und auf Zdenkas Auskünfte angewiesen wäre.

Aber bis jetzt ist Wera nicht gekommen.

Es geht auf ½ 2. Es sind noch zwei Stunden. Sie kann noch immer kommen.

Auch Dvorsky kann noch immer kommen. Daß das aus Zufall geschähe, daß es ihm zufällig noch vor Ablauf dieser zwei Stunden einfiele, sich nach dem Ergebnis der am Montag gestellten Bedenkfrist zu erkundigen – das ist allerdings so unwahrscheinlich, daß man gar nicht nachzudenken braucht, wie es dann weiterginge. Nein. Wenn Dvorsky jetzt noch kommt, dann kommt er absichtlich. Und dann geht es ohnehin nicht weiter, dann ist alles vorbei und ist schon am Montag vorbei gewesen, dann hat die gleiche Absicht schon am Montag hinter seinem Kommen gesteckt, und dann sind Kral und Lesensky und die ganze Gruppe schon hochgegangen und der ganze Fluchtplan ist beim Teufel. Wenn Dvorsky jetzt noch kommt, so wäre es wenigstens klar, was sein Kommen bedeutet.

Mit Weras Kommen verhält sich das anders. Aber sie ist noch nicht gekommen.

Daß sie gezwungenermaßen nicht käme, daß sie sich von irgend etwas oder irgend jemandem am Kommen verhindern ließe, hält Martin nicht für unwahrscheinlich, sondern für unmöglich. Nicht minder undenkbar erscheint es ihm, daß sie ihn auf solche Weise etwa zurückzuhalten hofft. Dazu hätte sie andre Mittel, bessere und schlechtere, die ihr allesamt eher zuzutrauen wären. Und ihr Kommen würde noch keineswegs bedeuten, daß sie sich dieser andern Mittel begeben hat. Es könnte ebensogut eines von diesen Mitteln sein.

Aber sie ist noch nicht gekommen, und jetzt ist es schon 2 Uhr, jetzt sind es nur noch anderthalb Stunden, und in Wahrheit – denn um einen Zug zu erreichen, der um 3 Uhr 28 vom Masarykbahnhof abgeht, muß man sich vor 3 auf den Weg machen – in Wahrheit ist es keine ganze Stunde mehr.

Und sie kann immer noch kommen. Es ist immer noch möglich, daß er ihr Unrecht tut. Daß er ihr jetzt alles Unrecht tut, das er ihr noch vor wenigen Tagen, nach jenem mißglückten Telefonanruf, auch nicht von fern her zu tun versucht war. Alles Unrecht, das er ihr überhaupt tun kann. Sie haben ja am Sonntag, in der trüben Halbheit ihres Auseinandergehens, nichts weiter vereinbart, als daß Wera ihn an einem der nächsten Nachmittage noch einmal aufsuchen würde – und vielleicht hat sie ihr Kommen dann eben von einem Tag zum andern verschieben müssen, bis heute. Und heute ist schließlich erst der dritte Tag. Und er ist erst halb vorüber. Der Nachmittag beginnt ja erst. Und früher als um 3 Uhr nachmittag hat Wera sich ja niemals frei machen können –

Für einen Augenblick setzt Martins Herzschlag aus. Erst jetzt, am Beginn der letzten Stunde, feixt jäh und hämisch die nie bedachte Möglichkeit ihn an, daß Wera käme – und zu spät käme. Um eine halbe Stunde, um fünf Minuten zu spät – und würde von den Folgen ihrer Verspätung nichts ahnen, würde nicht einmal wissen, daß es eine Verspätung wäre. Wie sollte sie auch. Er selbst hat ja erst am Montag erfahren, daß sein Zug heute um ½ 4 Uhr nachmittag vom Masarykbahnhof abgeht. Wera weiß das ja nicht. Sie weiß nicht, daß er mittlerweile in Vinohrady gewesen ist, sie weiß nicht, daß er mit Dvorsky gesprochen hat, sie weiß nicht –

Oder sie wüßte das alles, und käme gerade deshalb nicht.

Mit einem rasselnden Aufseufzen läßt Martin sich bäuchlings über die Bettstatt fallen. Der unabänderliche Kreislauf, der da von neuem anheben will, ermattet ihn auf eine fast schon wohlige Art. Jede Wendung ist ihm vertraut, jeder Hoffnungsschimmer und jeder Gegenbeweis.

Nur daß Wera zu spät käme, ahnungslos zu spät – aber das wird er ja nie erfahren. Ob zu spät oder gar nicht, wird für immer gleichgültig bleiben. Ob aus Ahnungslosigkeit oder vorsätzlich, wird sich nie unterscheiden lassen.

Vom Dunkel der Grube her, die er aus seinen abgebogenen Armen geformt hat und auf deren Rand seine Stirn ruht, leuchtet ihm mattgrün das Zifferblatt seiner Armbanduhr entgegen. Es zeigt genau ½ 3.

Im gleichen Augenblick, da er hochfährt und Wera vor sich stehen sieht, ist eines ihm unfehlbar klar: daß sie ahnungslos ist, daß sie ahnungslos zu spät gekommen wäre und ahnungslos zurechtgekommen ist, ahnungslos und selbstverständlich, und steht vor ihm und hält ihm auf eckig abgestreckten Händen ein flaches Paket hin.

«Dein Rucksack, Martin. Du hast mir doch gesagt, daß du einen Rucksack brauchst. Da hast du. – Oder brauchst du ihn nicht?» Und ihre Stimme ist um eine Kleinigkeit rascher und atemloser geworden, um eine erschütternde Kleinigkeit.

«Doch.» Martin, immer noch im Sitzen, nimmt ihr das Paket aus den Händen und legt es neben sich. «Das heißt – nein. Ich geh ohne Rucksack. Ich geh, aber ohne Rucksack. Ich hab's mir überlegt, weißt du. Für mich ist es ohne Rucksack sicherer.»

Er steht auf. Er taumelt ein wenig, und schüttelt verwundert den Kopf: weil er mit einemmal nicht mehr weiß, wo sein Standort ist und in welchen Ablauf es ihn jetzt mitnimmt, woher und wohin und wann. Schon spannt eine neue Brücke sich rückwärts in ein neu vergangenes Leben. So viel neu beschrittener Weg, so viel neu durchlebte Gemeinsamkeit liegt schon hinter ihnen, daß Brücken sich rückwärts spannen können. So wie er jetzt bei Weras Anblick stammeln muß, hat er auch damals gestammelt, beim erstenmal, auf dem Belvedere. So wie sie jetzt in seinen Armen zittert, hat sie auch damals gezittert, beim erstenmal, im Kinsky-Garten. Wir fangen ganz vom Anfang wieder an. Ich geh über die Grenze. Ich geh, aber ohne Rucksack. Ich geh, aber ohne –

«Wie lange bleibst du noch?» Kaum hörbar flüstert sie es an seinem Ohr vorbei. «Wie lange, Martin?»

«Erschrick jetzt nicht. Bitte erschrick nicht. In einer Stunde.»

«Heute –?!» Ihr Körper zuckt jäh aus seinen Armen zurück, nur ihre Hände, als hätten sie's noch nicht begriffen, bleiben an seinen Schultern haften.

«Heute.» Tonlos wiederholt er das eine Wort, von dessen Wucht und Nähe er nun nicht minder gelähmt ist als Wera. «Heute. Es war für Mittwoch oder Donnerstag angesetzt. Mittwoch oder Donnerstag – das ist ja kein Unterschied mehr. Heute.»

«Ja», sagt Wera, und steht noch immer vor ihm, aber ihre Hände sind schon abgeglitten, und ihr Kopf dreht sich immer weiter zur Seite. «Ich hab nur geglaubt, daß wir heute noch –» Sie stockt. Und wie sie ihm jetzt wieder das Gesicht zukehrt, springen die Tränen ihr unter den geschlossenen Lidern hervor, und ihre Worte sind zwischen kleine, verzweifelte Atemzüge gepreßt: «Ich kann nichts dafür, Martin. Es ging nicht früher. Er ist erst heute weggefahren. Martin – wir hätten heute die ganze Nacht für uns gehabt. O Martin.»

Dann senkt sich langsam ihr Kopf auf ihn zu, bis ihre Stirn seine Schulter berührt, gewichtlos, um keiner Stütze willen, sie lehnt sich nicht gegen ihn, ihr Körper bleibt stumm, ihre Hände suchen ihn nicht. Vielleicht hat sie den Kopf nur deshalb auf seine Schulter sinken lassen, weil sie nicht mehr die Kraft besaß, sich abzuwenden.

Auch Martin hat keine Kraft mehr und keinen Einfluß. Die unendliche Ratlosigkeit des Abschieds hat ihn überwältigt – und hält ihn eingebannt, als wäre er da von gänzlich Unvermutetem betroffen worden, als hätte er sich nicht zwei Tage lang dafür rüsten können. Er weiß nicht, wie es sich denn anders abspielen soll, damit er's über sich brächte, er weiß nicht, wie er sich's in diesen zwei Tagen vorgestellt hat – aber so nicht, so nicht, das weiß er. Und nicht einmal die zwei Tage, um die er's länger mit sich trägt als Wera, hat er ihr jetzt voraus. Nicht einmal den einen Tag, um den es für sie zu bald gekommen ist. Nichts hat er ihr voraus, gar nichts.

«Ich muß gehen», sagt er verloren in die Luft und rührt sich nicht. «In einer Viertelstunde muß ich gehen.»

Jetzt hebt Wera den Kopf von seiner Schulter und sieht schräg zu ihm auf. Ihr Gesicht, noch glitzernd von Tränen, scheint nach dem Ausdruck zu suchen, den es am besten annehmen soll.

Es nimmt den Ausdruck eines sanften Vorwurfs an und ihre Stimme den Tonfall eines leisen Staunens, und es sind die gleichen Worte wie damals, beim erstenmal, in jenem Hotelzimmer:

«Dann geh ich mit», sagt sie. Und weil Martin sich auch jetzt noch nicht rührt, fügt sie belanglos die Erläuterung hinzu: «Dann können wir vielleicht bis morgen zusammenbleiben und haben doch noch eine ganze Nacht für uns. Es muß ja nicht gerade hier sein. So schön ist diese Dachkammer nicht.»

Und jetzt geschieht etwas höchst Merkwürdiges. Jetzt, indessen Martin noch immer reglos dasteht, jetzt spannt vor seinen zusammengekniffenen Augen die Brücke sich sprunghaft fort, wie in einem Zeichentrickfilm, von Pfeiler zu Pfeiler – vom ersten Zweifel, ob Wera das wohl im Ernst meint – zur unzweifelhaften Erkenntnis, daß sie sich's nicht mehr ausreden ließe – zum neuen Zweifel, ob er's ihr überhaupt würde ausreden wollen, es ist doch Wera und eine ganze Nacht, es sind doch vierundzwanzig Stunden mehr, und wer weiß, was da alles noch geschehen kann – zur neuen Besorgnis, ob er das denn auf sich nehmen dürfte, es ist doch kein Weekendausflug, es ist doch die Flucht, und es ist nicht seine Sache allein –: bis zur letzten, zur endgültigen Zuversicht, daß es darum nicht scheitern wird. Eher wird es um so viel besser glücken.

Pfeilerstark und selbstverständlich ragt jetzt die Brücke auf. Sie können gar nicht anders mehr, Martin und Wera, sie können gar nicht anders, als aufeinandertreffen, wo sie zuhöchst sich wölbt.

Der Nachmittagsschnellzug Prag-Heindorf ist nur spärlich besetzt. Zehn Minuten vor der fahrplanmäßigen Abfahrtszeit finden Martin und Wera noch mühelos ein leeres Halbcoupé dritter Klasse – obgleich es in jedem Waggon nur zwei davon gibt und obgleich es zu den fest verankerten Traditionen des Eisenbahnverkehrs gehört, daß in einem Halbcoupé dritter Klasse, auch wenn man noch so frühzeitig kommt, immer schon jemand drinsitzt. Zum Unterschied von zahlreichen andern Traditionen hat diese allerdings eine klar erkennbare Ursache. Denn ein Halbcoupé dritter Klasse bietet den Reisenden, besonders den paarweise Reisenden, so viele Vorteile, daß es nicht nur jeder andern Sitzgelegenheit der dritten Klasse vorzuziehen ist, sondern auch den meisten der zweiten. Es wird erst wieder vom Halbcoupé zweiter Klasse übertroffen, und Martin hat die Fahrkarten auch gleich für die zweite Klasse lösen wollen – zur Sicherheit, und weil er nur noch einen so geringen Geldbetrag besaß, daß es schon keine Rolle mehr spielte, ob er mit etwas mehr oder etwas weniger über die Grenze käme. Weras Widerspruch erfolgte prompt und erwartungsgemäß: sie fand, daß es unter diesen Umständen doch klüger wäre, in Briesnitz ein besseres Zimmer in einem besseren Hotel zu nehmen, und auf die zweite Klasse könnte man ja notfalls noch im Zug aufzahlen, und jetzt, du Idjott, schauen wir erst einmal in der dritten nach. Das war ein vielfach erprobtes Argument – nur hatte sich's zur Zeit der vielfachen Erprobungen nicht darum gehandelt, mit etwas mehr oder weniger Geld über die Grenze zu kommen, sondern mit etwas mehr oder etwas weniger von einem Ausflug zurück – und meistens mit etwas weniger, denn meistens endete es so, daß sie ein Halbcoupé zweiter Klasse *und* ein besseres Hotelzimmer nahmen. Nun, damals waren ja auch die Züge viel stärker besetzt, und ein leeres Halbcoupé kam in der dritten Klasse wirklich nur ganz ausnahmsweise vor. Diesmal haben sie es mühelos gefunden.

Es ist natürlich versperrt, und vom Kondukteur ist natürlich nichts zu sehen. Man muß erst mehrmals am hämisch unbeweglichen Griff der Schiebetür rütteln und muß erst die akustische Fernwirkung dieses Rüttelns abwarten, ehe vom andern Ende des Waggons – denn er befindet sich immer am andern Ende des Waggons – der Kondukteur herangeschlurft kommt, grüblerisch nach innen gekehrt und sichtlich auf alles eher gefaßt als darauf, daß da vielleicht jemand in ein leeres Halbcoupé hineinmöchte. Das muß ihm erst gesagt werden, sonst wandelte er starren Blicks vorüber, bis zum andern Ende des nächsten Waggons, von wo er sich dann nicht mehr zurücklocken ließe. Da es ihm aber gesagt wird, bleibt er stehen und zaubert aus der Tasche seiner blau verschlissenen Uniform ein seltsames Knauf- und Griffinstrument hervor, welches aus mattglänzendem Messing gefertigt ist und von weither keine Ähnlichkeit mit einem Schlüssel besitzt. Es gleicht am ehesten einer abgebrochenen Türklinke und ragt mit seinem hohlen, kreisrunden Ansatz zwischen Zeige- und Mittelfinger der schwieligen Kondukteursfaust gerade weit genug hervor, um sich dem Bolzen in der kreisrunden Öffnung des Schlosses verschwistern zu können und ihn mit leisem Knacksen seitwärts zu drehen – wobei der senkrechte Handgriff der Schiebetür sich willfährig mitbewegt, als wäre sie nun doch nicht am Schloß und nicht von außen geöffnet worden, sondern von einer unsichtbaren Hand im Innern des Coupés, vielleicht von einem dort versperrt gehaltenen Geist, vom Geist des unbekannten Zugpassagiers vielleicht, der lieber sterben wollte, als sich die Benützung eines leeren Halbcoupés durch Trinkgeld zu erkaufen. Denn natürlich umschließt die schwielige Kondukteursfaust, wenn sie dann wieder in der Tasche verschwindet, außer dem Messinggriff auch noch einen Geldschein.

Oder zumindest wünscht Martin dies alles für natürlich zu halten. Mit nahezu ängstlicher Aufmerksamkeit hat er die ganze Prozedur verfolgt, und seine Freude darüber, daß sie sich bis zum Schluß auf ihre natürliche Weise abwickelt, ist groß – nicht etwa, weil er das unveränderte Sesam-Ritual nun für einen Akt organisierter Eisenbahn-Sabotage hielte, sondern weil es ihm den Tatbestand einer Reise vortäuscht. Denn dazu ist Martin entschlossen: den Kampf um die Wirklichkeit, den er jetzt führen muß, auch mit den Mitteln solcher Täuschung zu führen. Dazu glaubt er sich berechtigt: ein letztes Mal noch und wissentlich ins dämmrig-traumhafte Zwischenreich zurückzutauchen. Und was jetzt beginnt, ist ganz einfach eine Reise mit Wera.

Eine improvisierte Reise, gewiß. Aber soweit das in der Schnelligkeit noch möglich war, haben sie auf alles Bedacht genommen, sogar einen Handkoffer haben sie unterwegs noch gekauft, einen ganz billigen aus ganz schlechtem Material, beinahe eine Attrappe, und das genügt ja auch. Sie brauchen ihn ja nur für den Augenschein. Auf Reisen, besonders auf improvisierten Reisen, ist es nicht gut, daß der Mensch ohne Koffer sei – selbst wenn so ein Koffer nichts weiter enthält als einen flach verpackten Rucksack. Hauptsache, daß man Gepäck mit sich führt, Nebensache, was drinnen ist. Sie hätten ebensogut den Koffer in den Rucksack stecken können, jetzt haben sie eben den Rucksack in den Koffer gesteckt, und es ist alles in Ordnung. Auch hat Martin von unterwegs noch einmal in jenem Büro angerufen, das die Reise arrangiert hat, und es ist alles in Ordnung. Und sollte irgend jemand ein Interesse daran haben, ihnen die Reise zu verderben, so hätte dieses Interesse sich wohl schon äußern müssen, so wären sie nicht ungehindert bis zum Bahnhof gekommen und nicht in den Zug und nicht in ihr Halbcoupé hinein, oder man hätte sie herausgeholt, bis 3 Uhr 28 hätte man sie ja noch herausholen können und sogar sieben Minuten länger, sieben abscheuliche Minuten länger, denn der Nachmittagsschnellzug Prag-Heindorf geht an diesem Mittwoch erst mit einer Verspätung von sieben Minuten ab. Aber jetzt hat er sich in Bewegung gesetzt, und es ist alles in Ordnung.

«Alles in Ordnung?» fragt amtlich beflissen der Kondukteur, als er zur Kartenkontrolle eintritt. (Das gehört nämlich noch zum Sesam-Ritual: daß die Insassen des Halbcoupés, wenn sie sich dem Ritual vorschriftsmäßig unterzogen haben, fortan unter der Obhut des Kondukteurs verbleiben, geschützt vor jeglichem Anspruch andrer Passagiere auf den theoretisch nicht besetzten Platz, und sogar berechtigt, den grobleinenen Vorhang vor die Coupétür zu ziehen und sie von innen abzuriegeln.)

«Ja», sagt Martin. «Alles in Ordnung.» Er empfindet das dringende Bedürfnis, jetzt noch etwas zu sagen, und die blinzelnden Schweinsäuglein des Kondukteurs – der darum noch zu keiner illegalen Widerstandsgruppe der Eisenbahner gehören muß – flößen ihm auch das nötige Vertrauen ein. «Die Verspätung werden wir ja sicherlich aufholen», sagt er.

«Vielleicht.» Das rundlich-rötliche Kondukteursgesicht verzieht sich zu einer angewiderten Grimasse, so daß die Schnurrbartenden unter den Backenpolstern sich sträuben und die Äuglein fast völlig verschwinden. «Vielleicht auch nicht.»

«Ich dachte nur.» Martin hat jetzt gar keine Bedenken mehr, sich weiter vorzuwagen. «Ich dachte, daß unter der neuen Regierung endlich Ordnung wird.»

«Ordnung, oder was beißt mich.» Damit er sich besser am Hinterkopf kratzen könne, schiebt sich der Kondukteur die Kappe in die Stirn. «Es gibt keine Regierung, wo die Züge pünktlich sind. Es gibt nur Regierungen, wo man nicht sagen darf, daß sie unpünktlich sind. Das haben wir schon einmal gehabt, wissen Sie. Wie die Deutschen da waren. – Wünschen Sie sonst etwas?» Und auf Martins stummes Kopfschütteln setzt er die Kappe wieder zurecht und fügt, im Abgehen, mit undurchdringlichem Amtsgesicht hinzu: «Wenn Sie wollen, können Sie absperren. Aber das ist nicht notwendig. Ich paß schon auf.»

Martin, nachdem die Schiebetür sich geschlossen hat, läßt noch ein paar Sekunden verstreichen, ehe er den Vorhang zuzieht. Jetzt hat die Reise erst richtig begonnen, die Reise im Halbcoupé dritter Klasse. Es ist alles in Ordnung. Im Gepäcknetz liegt Weras Mantel neben dem seinen, und daneben sein Hut, und daneben der Koffer, dem man in keiner Weise ansieht, daß sein Inhalt nur aus einem Rucksack besteht. Draußen der Himmel hängt grau und noch winterlich tief über dem Halbrund der aufgefächerten Landschaft. Schon drehen sich die ersten Felder vorbei. Der Zug fährt jetzt mit voller Geschwindigkeit.

Seit Martin und Wera in diesem Halbcoupé sitzen, ist kaum ein Wort zwischen ihnen gefallen. Zuvor, da sie aus Wirrsal und Taumel noch mit pochenden Pulsen zum Bahnhof aufgebrochen waren, haben sie keine Minute des Schweigens zwischen sich aufkommen lassen – als hätten sie mit ihrer stürmischen Redseligkeit sich selbst und einander am besten versichern können, daß sie da im letzten Augenblick die einzig mögliche Lösung gefunden hatten und daß es gar keine andre gab, oder welche? oder hätten sie vielleicht in der Dachkammer voneinander Abschied nehmen sollen? oder vielleicht am Bahnhof, mit Taschentuch und Winken? und wäre es möglich, daß Martin jetzt allein in diesem Halbcoupé säße? Aber seit sie beide hier sitzen, schweigen sie. Sie schweigen so hingebungsvoll, wie sie zuvor geredet haben – als könnten sie die Sicherheit, die sie brauchen, jetzt nur in ihrem Schweigen finden, als müßte jedes Wort, das sie jetzt etwa sprächen, die Schleusen aller Ungewißheit öffnen und mit einem Mal wäre dann alles nicht mehr wahr, der Koffer wäre kein Koffer, sondern wirklich nur eine Attrappe, das Halbcoupé kein Halbcoupé, sondern nur eine Kulisse, und der Zug brächte sie gar nicht vom Fleck. Aber solange sie schweigen, fährt er mit voller Geschwindigkeit dahin.

Auf einem kurvenreichen Damm verlangsamt sich die Fahrt. Wera wendet ihren Blick vom Fenster.

«Weißt du eigentlich, in welchem Hotel wir absteigen, Martin?»

Sie sagt «absteigen» – und unterwegs zum Bahnhof wäre Martin ihr darauf noch eingegangen und hätte zum Beispiel das Ritz-Carlton vorgeschlagen oder das Park-Savoy oder sonst ein pompös benanntes, das in Briesnitz bestimmt nicht existiert.

«Wir werden schon etwas finden.»

Das geht gerade noch. Das mag, wenn man will, auch für ein unbekanntes Weekend-Ziel gelten, und damit beläßt er Wera ohnehin noch in tröstlicher Unklarheit. Damit verhehlt er ihr ohnehin, daß die Zeit, die ihm in Briesnitz zur Verfügung bleibt, noch gar nicht feststeht; daß über die Stunde des Grenzübertritts, und über mancherlei andres mehr, erst an Ort und Stelle entschieden wird, je nach den Umständen, und daß diese Umstände sich frühestens in Heindorf klären werden. In Heindorf erwartet ihn ein Verbindungsmann Krals, der mit einem der Teilnehmer nach Briesnitz weiterfahren soll. Wahrscheinlich wird es Martin sein, dem er sich beim Umsteigen zugesellt. Kral hat in Prag eine Andeutung gemacht, daß er es so einrichten würde.

Das ist alles, was Martin weiß. Und Wera weiß nicht einmal das. Vielleicht sollte er's ihr jetzt sagen. Aber er schweigt. Der Zug fährt jetzt wieder schneller.

Martin sitzt mit gesenktem Kopf, seit einer geraumen Weile schon.

Als er sich aufrichtet, sieht er Wera halb abgewandt neben sich, den Blick zum Fenster gekehrt, ihre Haltung ist sonderbar steif, und ihr Gesicht, das geliebte, unendlich vertraute Gesicht, das er in jeder Faser und jeder Regung kennt, das ihm in hundertfältiger Verwandlung preisgegeben war und gültiger vor ihm sich aufgedeckt hat als vor ihr selbst –: mit einem Mal erscheint es ihm so fremd, daß er erschrickt. Eine dumpfe, schuldhafte Trauer zieht ihm das Herz zusammen. So hat er Weras Gesicht noch nie gesehen: so müde und leblos und alt, so viel älter als ihre Jahre. Und vor wenigen Stunden hat sie es doch noch glitzernd von seiner Schulter gehoben und ihm entgegen, vor wenigen Stunden hat sie auf dieses Gesicht noch spielerisch leisen Vorwurf gezaubert: weil es doch keine andre Lösung gab, als daß sie dann eben mitkäme und daß sie noch eine Nacht miteinander verbrächten. Vor wenigen Stunden war sie doch noch viel jünger als ihre Jahre, siebzehn war sie da oder höchstens zwanzig und voll vom Leben, voll von der strahlenden, unbekümmerten Eigenwilligkeit, mit der sie ihr Leben schon mit siebzehn und zwanzig geführt hat und vor wenigen Stunden noch. Und jetzt sieht sie so leblos aus und so müde und alt, daß es ihm das Herz zusammenzieht.

In dieser Sekunde wendet Wera ihr Gesicht zu ihm herum und hält ihre Augen blicklos auf ihn gerichtet und wendet sich langsam wieder ab.

Das war eine Frage, er weiß es; und weiß, wie die Frage lautet. Sie lautet: muß das sein? muß das alles wirklich so sein? bist du ganz sicher, daß es das richtige ist?

«Es geht nicht anders, Wera.» Er sagt es laut und ruhig, allzu ruhig vielleicht, ihm ist so ruhig gar nicht zu Sinn.

Wera nickt, ohne ihn anzusehen, zwei-, dreimal rasch nickt sie in sich hinein: erklär's mir nicht, ich kann's ja doch nicht verstehen – wenn du sagst, daß es nicht anders geht, dann will ich's glauben. Aber verstehen kann ich's nicht.

Und ich, Wera? Muß nicht auch ich noch glauben, zu allem Verstehen auch glauben noch obendrein? Bin ich denn ganz so sicher, ob ich das Richtige tue? Ob ich mich jetzt nicht anschicke, das einzige zu verlieren, was wirklich mir gehört? Die einzige Wirklichkeit, die ich besitze? Die einzige vielleicht, die einer heute noch besitzen kann? Wird denn mein Leben, selbst wenn es von jetzt an ganz genau so weitergeht, wie ich es will und wie ich's immer wollte – wird es denn ohne dich jemals den Sinn haben, den es mit dir hätte?

«Ich liebe dich, Wera. Ich lieb dich.»

Jetzt hat sie nicht einmal genickt. Nur ihre Lider senken sich herab, und ein tiefer Atemzug zittert durch sie hindurch. Sonst regt sich nichts an ihr, mag Martin seinen Blick noch so beschwörend an ihr Antlitz heften, ich lieb dich, Wera, ich lieb dich, und ich weiß nicht, ob mein Leben ohne dich überhaupt Sinn haben wird. Ob der Sinn, den es haben könnte, nicht überhaupt davon abhängt, daß du an ihn glaubst. Ob er nicht dadurch erst zum Sinn und mein Leben nicht dadurch erst zum Leben wird. Nein, nicht als ob du der Sinn meines Lebens, nicht als ob du mein Leben wärst. So billig kann ich's nicht machen. So einfach ist das nicht. Aber wenn es etwas gibt, woran ich stark genug glaube, um mich von dir zu trennen: so müßte mein Glauben doch auch stark genug sein, um dich bei mir zu halten? Oder ich glaube nicht stark genug. Oder es hat keinen Sinn, woran ich glaube. Ich lieb dich, Wera, ich lieb dich.

Wera, mit geschlossenen Augen noch immer, hat den Kopf in den Nacken gebogen und ihn leicht gegen die hölzerne Rückwand des Coupés gestützt. Allmählich aber gleitet sie schräg in die Ecke hinein – und das Gesicht, das sich jetzt ihm zukehrt, ist nicht das gealterte mehr von vorhin, es ist nur noch müde, es ähnelt dem Gesicht, das er aus ihrem Schlaf her kennt, und wenn es nur um ein kleines entspannter wäre, wenn ihr Kopf ein wenig tiefer sänke und ihr Atem in reinerem Gleichmaß ginge: so wäre es schon ihr Schlaf.

Oder schliefe sie wirklich? Sähe die friedlichste Rast, die ihr vergönnt ist, wirklich so aus? Nun sind schon Minuten vergangen.

Behutsam schiebt Martin den Kopf an sie heran.

«Sch – sch», macht Wera und hält die Augen geschlossen, und ihr Zeigefinger legt sich mahnend auf ihre Lippen.

Niemals wieder? Das letzte Mal jetzt – und niemals wieder? Das letzte Mal so – und nie am Morgen nach einer ganzen Nacht, seit Jahren und Jahren nicht und niemals wieder, nie?

Denn wenn du jetzt nicht bei mir bleibst, Wera, dann ist es zu Ende. Dann haben wir keine Nacht mehr, nicht heute noch irgend je. So will es die Nacht, und sie will es mit Recht. Wir müssen zutage fahren, damit sich die Nacht uns ergibt. Wir müssen den Tag gewinnen, damit wir uns in die Nacht verlieren dürfen. Die Nacht hat keinen Tag, und ohne Tag ist kein Leben. Gott helfe ihnen, die ohne Tag dahinleben und ihres Schlafs zufrieden sind, wenn die Nacht kommt. Auf ihrer Angst, auf ihrer Schwäche, auf ihrem Schlafbedürfnis richtet die Herrschaft der Finsternis sich auf und macht sie zu Maulwürfen, eh sie sich dessen versehen; und wenn sie dann noch den Kopf hervorstecken, wird er ihnen abgeschlagen. Gott helfe ihnen, denn sie selbst können es nicht mehr. Sie können nur beten, daß sie die Nacht lebendig überstehen. Aber ich kann noch einmal der Nacht entfliehen in den Tag hinein und ins Leben, und du kannst es noch einmal mit mir. Es hätte schon einmal so sein sollen und es ist nicht so geworden. Wenn du jetzt bei mir bleibst, war es nur eine Unterbrechung. Wenn du jetzt nicht bei mir bleibst, ist es zu Ende, für immer zu Ende. Auch wenn du jetzt vielleicht glaubst, daß du mir nachkommen wirst. Auch wenn ich jetzt vielleicht glaube, daß ich auf dich warten werde. Zu Ende. Und selbst wenn du mir wirklich nachkommst und selbst wenn ich wirklich auf dich warte: du wirst vergebens gekommen sein, ich werde vergebens gewartet haben, und der erste Tag, der sich zwischen uns und die Nacht schiebt, besiegelt das Ende für immer. Ich weiß es, Wera, ich weiß es. Wie solltest du es nicht wissen? Schläfst du?

Langsam, kaum merklich, hat Wera sich im Sitzen gestrafft und vorgebeugt, ihre Augen sind offen und starr, so wie sie jetzt aussieht, könnte sie in der nächsten Sekunde nachtwandlerisch sich erheben und unbeirrbar davonschreiten, und könnte ebensogut mit jähem Ruck aufspringen und zur Tür hinausstürzen, oder verzweifelt die Stirn gegen das Fenster schlagen, oder stumm zu Boden sinken oder stöhnend in eine letzte, irre Umarmung, dies alles könnte geschehen, und Martin denkt dies alles, und nichts davon geschieht.

Sondern es geschieht, daß Wera nach ein paar Sekunden sich wieder zurücksinken läßt, als wäre ein böser, krampfiger Schmerz von ihr gewichen, und daß sie nach ihrer Tasche greift, mit noch ein wenig abwesender Hand. Aber als sie in der Tasche zu stöbern beginnt, ist sie schon ganz bei der Sache.

«Ich möchte doch – – ich weiß ja nicht einmal, wieviel Geld wir haben. Und wie lange wir auskommen können. Wenn ich gewußt hätte, daß es heute sein wird –.» Sie bricht ab. Sie hat hastig und angestrengt gesprochen, und jetzt reicht ihr der Atem nicht mehr.

«Was?» fragt Martin, und hat doch selbst nicht Atem genug, um ihr über die Pause hinwegzuhelfen. «Was dann?»

«Dann hätte ich mir mehr Geld mitgenommen, du Idjott. Jetzt schauen wir gut aus.» Und sie schiebt mit angewiderter Gebärde die Tasche von sich.

«Was dann, Wera. Was dann.» Auch Martin hat sich rückwärts gelehnt und schließt die Augen, und ihm ist, als spräche er durch die geschlossenen Lider hindurch, als ginge, was er da in hohem, verschwebendem Singsang spricht, schon in der wolkigen Betäubung unter, in der die Worte keinen Sinn mehr haben. «Wenn du gewußt hättest, daß es heute sein wird – was wäre dann gewesen, was dann.»

«Ich weiß es nicht, Martin.» Hoch überm Rattern des Zugs kommt Weras Stimme an ihn herangeschaukelt und bricht sich erst dich an seinem Ohr, wie erst zuhöchst auf riesenhaften Wogen die

Auf Reisen …

... ist Geld eine Schiene, die die Richtung bestimmt, der Kompaß, der die Richtung weist.

Es sind die unglücklicheren Reisen, wo andere Umstände die Richtung festlegen.

kleinen Kämme sich schaumig überspitzen. «Ich weiß nicht, was dann gewesen wäre. Ich lieb dich.»

«In Briesnitz», sagt Martin und kann sich kaum noch hörbar machen gegen das stumme Dröhnen, von dem das Halbcoupé dritter Klasse nun gänzlich erfüllt ist, «– in Briesnitz steigen wir im Ritz-Carlton ab. Oder im Park-Savoy.»

Und verstummt, und holt einmal noch Atem, ehe jenes berauschend gleichzeitige Gefühl von Ankunft und Aufbruch ihn emporträgt, welches immer wieder sich selbst zum Beginn wird und eine Brandung ist in die Unendlichkeit hinaus.

Eine Stunde später schlägt die Brandung so wuchtig zurück, daß es ihnen Atem und Sinne benimmt und daß sie sich tiefer als jemals zuvor im Vergeblichen gestrandet finden. Eine Stunde später fragt es sich nicht mehr, in welchem Hotel sie in Briesnitz absteigen wollen, sondern ob sie überhaupt nach Briesnitz kommen werden.

Es fehlt da nur noch eine halbe Stunde bis Heindorf, und alles, was zu klären noch in ihrer beiden Vermögen stand, ist längst geklärt. Mit lächelndem Eifer haben sie an dieser Klärung zusammengewirkt, und hernach lagen die letzten Wochen so unterschiedslos weit hinter ihnen wie die letzten Jahre und waren vergangen und versunken und konnten nie wieder auftauchen. Es verschlug nichts mehr, wie viele von Martins frühesten Bedenken sich nun doch als begründet erwiesen und wie lange sein Versteck noch unentdeckt geblieben wäre, wenn Weras Spuren nicht hingeführt hätten. Und es verschlug nicht mehr, daß er ihr trotzdem Unrecht getan hatte – denn sie selbst weiß erst seit wenigen Tagen, daß ihre Spuren verfolgt wurden, und weiß auch jetzt noch nicht, seit wann und mit welchem Ergebnis. Nur so viel weiß sie – und wüßte es auch ohne den bereitwilligen Hinweis ihres Ehegatten –: daß es ihm nicht um Fragen der ehelichen Treue ging, sondern ausschließlich darum, ob sie auf ihren Abwegen vielleicht in politische Händel geriete, gegen die er dann einschreiten könnte, selbst um den Preis eines Eheskandals (ja um diesen Preis nur desto energischer). Indessen scheint seine programmgemäß erfolgte Abreise und Weras fortdauernde Bewegungsfreiheit den Schluß zuzulassen, daß er zumindest ein sofortiges Einschreiten für überflüssig hält. Was er weiter plant, ob Dvorskys Besuch mit diesen Plänen zusammenhängt und vielleicht schon deren Art und Richtung angedeutet hat: darüber könnten Martin und Wera höchstens Vermutungen anstellen – und das liegt ihnen jetzt so ferne wie die vergangenen Wochen und Jahre. Das macht jetzt keinen Unterschied mehr.

Und dann, plötzlich, ist es wieder ganz nah und macht einen fürchterlichen Unterschied und hält sie in ein verzweifeltes, unbewegliches Schweigen gebannt, noch immer, noch minutenlang nach Weras Rückkehr ins Halbcoupé.

Kein Zweifel: er mußte während ihrer Abwesenheit eingeschlafen sein, trotz seiner hochtrabenden Versicherung, daß er das weder nötig noch im Sinn hätte. Er erinnert sich noch ganz deutlich an die selig erschöpfte Stille, in die ihre letzten, gewichtslosen Worte verebbt waren, an ihrer beiden Seufzen erinnert er sich, es kam beinahe gleichzeitig, und sie schmiegten sich mit trunkenem Lächeln aufeinander zu, und Wera sagte: «Willst du nicht ein bißchen schlafen, Martin, du kannst es brauchen», und das wollte er nicht, aber essen wollte er, er hatte seit gestern abend nichts mehr gegessen, und Wera, als er damit herausrückte, erschrak, wie nur Wera erschrecken kann, und stand auch schon bei der Tür: «Ich hol dir etwas aus dem Speisewagen, ich bin gleich wieder da», sagte sie und achtete sehr darauf, den zugezogenen Vorhang nicht zu verschieben, und sagte noch: «Sperr ab, ich klopf dann dreimal, damit du weißt, daß ich's bin» – und plötzlich ist dieses Klopfen so heftig an sein Ohr gedrungen, daß er auffährt und sich erst besinnen muß, wer da klopft, und reißt die Schiebetür zur Seite und steht in jählings wachem Schrekken vor Weras verstörtem Gesicht und sieht sie mit stelzenden Schritten auf ihren Sitz zugehen und hört ihre Stimme, die nicht im mindesten erregt klingt und beinahe selbstverständlich:

«Er ist im Zug. Dvorsky. Ich hab mit ihm gesprochen. Er ist im Zug.»

Und jetzt sind schon Minuten vergangen, und sie schweigen noch immer.

Die erste Frage, zu der Martin sich endlich aufrafft, ist so töricht, daß er sie nicht zu beenden braucht:

«Weiß er, daß ich –?»

Weras Achselzucken und Weras Kopfschütteln geht hilflos durcheinander.

«Er hat nichts davon gesagt. Und ich wollte ihn nicht fragen.»

Martin nickt. Dann schweigen sie wieder.

«Er ist betrunken», sagt Wera mit unvermitteltem Nachdruck, als hätte sie die ganze Zeit über nichts andres nachgedacht und jetzt wüßte sie's. «Ich glaube, er ist betrunken. So gut sind wir ja nicht befreundet. So gut waren wir schon damals nicht befreundet. Und seit ich wieder in Prag bin, hab ich ihn höchstens zwei- oder dreimal gesehen, bei irgendwelchen offiziellen Affairen, und da war er auch immer sehr offiziell. Aber jetzt, im Speisewagen, ist er aufgesprungen und auf mich zugekommen und ich mußte mich an seinen Tisch setzen und einen Cognac mit ihm trinken.» Wieder zuckt sie die Achseln und schüttelt den Kopf und weiß zum Abschluß nichts andres zu sagen als nochmals: «So gut kenn ich ihn ja gar nicht. Ich glaube, er ist betrunken.»

«Das würde mich nicht wundern», sagt Martin mit bedächtig gesammelter Stimme, als gäbe es jetzt gar nichts Wichtigeres zu besprechen. «Es ist zwar nicht seine Art, aber es würde mich nicht wundern.»

«Ich konnte ihn kaum loswerden. Ich hatte schon Angst, daß er mitkommt.» Auch Wera gibt sich den Anschein einer Sammlung, die in Wahrheit nur ein Ausweichen ist. «Da hast du ein paar Äpfel, Martin. Mehr wollte ich nicht mitnehmen, sonst wär's ihm vielleicht aufgefallen. Du mußt essen. Iß wenigstens einen, ich bitte dich. Wenn du ein Messer hast, kannst du ihn schälen. Hast du ein Messer?»

«Wera.» Er schließt seine beiden Hände um ihren Oberarm, so fest er kann, so ruhig er kann, und wirklich läßt ihr Zittern nach, er spürt es. «Nein, Wera. Das ist jetzt keine gute Zeit zum Äpfelschälen. Wir haben nur noch zwanzig Minuten bis Heindorf. Ist er allein?» Und Martin steht auf.

«Ja. Warum? Martin? Was willst du tun?»

«Ich will mit ihm sprechen. Das ist das einzige, was noch helfen kann.»

Aber da hat Wera ihn schon neben sich auf den Sitz zurückgezerrt und läßt ihn nicht los.

«Was soll das für einen Sinn haben, Martin? Willst du ihn provozieren? Vielleicht weiß er wirklich nicht, daß du im Zug bist.»

«Dann müßte er aus purem Zufall gerade in diesen Zug eingestiegen sein. Glaubst du das?»

«Nein. Aber das heißt noch nicht, daß er deinetwegen eingestiegen ist. Es ist auch gar nicht sicher, ob er nach Briesnitz weiterfährt. Er fährt an die Grenze, so viel hab ich herausbekommen. Er soll in die illegalen Grenzübertritte hineinleuchten. Das waren seine Worte: hineinleuchten, inspizieren, Grenzrevision. Er hat gesagt, daß damit eine große Karriere für ihn beginnt, und wenn er tüchtig ist, bringt er's vielleicht noch bis zum Zollbeamten. Genau mit diesen Worten hat er's gesagt. Und da hatte ich eben den Eindruck, als ob er betrunken wäre. Sonst hätte er sich nicht getraut, so zu sprechen. Nicht mit mir. Er weiß doch, wem ich das weitererzählen kann.»

«Ja», sagt Martin. «Gut. Nehmen wir an, daß er betrunken ist. Er wird wieder nüchtern werden. Und in zwanzig Minuten sind wir in Heindorf und müssen umsteigen. Und selbst wenn wir nicht umsteigen und nicht nach Briesnitz weiterfahren – wir müssen jedenfalls aus dem Zug hinaus, da hilft nichts. Helfen kann nur eins, und das muß ich jetzt versuchen. Sogar sehr rasch.»

Martin, indessen Weras Hand schlaff von ihm abgleitet, hat sich erhoben – und sackt im nächsten Augenblick auf seinen Sitz zurück, von etwas gänzlich Neuem, gänzlich Vergessenem niedergeschleudert, und es zuckt ihm mit solchem Schlag durch die Glieder und bis in die Schläfen hinauf, daß er sich anlehnen muß und kalt die kleinen spitzen Schweißtropfen auf seiner Stirne spürt.

Das gänzlich Neue, das gänzlich Vergessene ist: daß für die Begegnung auf dem Heindorfer Bahnhof ein Erkennungszeichen verabredet wurde, das sich nicht ungültig machen läßt: sein Hinken. Kral, und mit Recht, war der Meinung, daß es keines weiteren Erkennungszeichens bedürfte. Kral, und mit Martins beifälligem Einverständnis, war der Meinung, daß dieses kürzere Bein nun endlich zu etwas gut wäre. Und weil Martin ein so natürliches, gegen alle Tücken des Zufalls gefeites Merkmal besaß, sollte ja der Verbindungsmann sich gerade ihm zur Weiterfahrt anschließen. Ihn wird er bestimmt nicht verfehlen. Ihn wird er erkennen, und auf ihn wird er zukommen, ob Martin will oder nicht. Und wenn Martin jetzt zu Dvorsky hingeht und sich auf ein Gespräch mit ihm einläßt, so riskiert er, daß sie dann in Heindorf zusammen aussteigen und daß er den Wartenden direkt in Dvorskys Arme lockt.

Aber anders riskiert er doch wieder, daß Dvorsky ihn mit jenem zusammen auf dem Heindorfer Bahnhof entdeckt?

Allerdings: wenn er allein aussteigt, könnte er jenen noch warnen. Wenn er mit Dvorsky zusammen aussteigt, kann er das nicht.

Also doch lieber allein aussteigen. Ganz allein, auch ohne Wera. Das hätte er sowieso tun müssen. Denn vielleicht ist der Verbindungsmann instruiert, sich nur dann zu zeigen, wenn der Hinkende, den er erwartet, allein ist.

Aber dann wäre es ja wieder kein so großes Risiko, mit Dvorsky zusammen auszusteigen? Den Wartenden brächte er damit in keine größere Gefahr, und für sein eigenes Fortkommen kann er überhaupt nur auf diese Weise etwas tun. Es ist seine einzige Chance. Er muß sie ausnützen.

Also doch zu Dvorsky?

Wenn es nur um sein eigenes Fortkommen und nur um die Sicherheit des Verbindungsmannes ginge: vielleicht. Es geht aber noch um sieben andre, es geht noch um die Gruppe Kral, und nur der Heindorfer Verbindungsmann kann sie noch warnen und kann nur von ihm noch gewarnt werden.

«Wera?»

«Ja, Martin? Ja?»

Sie spannt sich vorwärts und ihm entgegen, ihr ganzes Gesicht und ihr ganzer Körper erlöst sich aus angstvollem Warten.

«Wera – traust du dir zu, jetzt in den Speisewagen zurückzugehen und dann mit Dvorsky zusammen auszusteigen? Ich weiß nicht, was er vorhat. Ich weiß nicht, ob ich an den Mann, mit dem ich in Heindorf sprechen soll, überhaupt noch herankomme. Vielleicht geht's, wenn du Dvorsky lange genug zurückhalten kannst. Traust du dir das zu? Dann sehen wir weiter.»

«Gott sei Dank.» Kaum hörbar flüstert sie's hervor, und ihre Stimme kräftigt sich erst nach und nach. «Ja, natürlich trau ich's mir zu. Alles, Martin. Wenn *du* mir's nur zutraust. Wenn du nur nicht alles allein machen willst, immer noch. So, als ob ich gar nicht da wäre. Gott sei Dank, daß du dich diesem Hund nicht auslieferst. Du darfst ihm nicht in die Nähe gehen, Martin. Solange ich da bin, darfst du ihm nicht in die Nähe gehen, hörst du?»

«Das wird sich zeigen, Wera. Jetzt muß ich erst einmal abwarten, was in Heindorf geschieht.»

«Es wird alles gut, sei unbesorgt. Ich bin schon mit größeren Zwergen fertiggeworden als mit dem da vorne.»

«Unterschätz ihn nicht, Wera. Er ist gescheiter als du glaubst. Und wahrscheinlich auch besser informiert. Jedenfalls weiß er mehr von uns als wir von ihm. Wir wissen ja nicht einmal, ob er nur meinetwegen in diesem Zug sitzt oder wozu sonst. Das hat er uns voraus.»

«Nein», sagt Wera, und noch einmal: «Nein», und sagt es so ungeduldig, als dauerte das Gespräch schon stundenlang und führte sie es mit einem begriffsstutzigen Kind. «Er hat uns *nichts* voraus, nicht das mindeste. Vergiß doch nicht, daß auch *er* nicht weiß, wozu *ich* in diesem Zug sitze.»

«Selbst wenn er's wüßte – sowie er mich in Heindorf sieht, wird er's wissen.»

«Nichts wird er wissen. Nichts. Er weiß vielleicht, daß ich dich begleite. Aber er weiß nicht, wozu. Auch wenn ich jetzt zu ihm in den Speisewagen zurückkomme, weiß er nicht, wozu. Er weiß genau so wenig wie wir. Er ist genau so unsicher wie wir. Und, Martin: für *seine* Unsicherheit gibt es keine Grenzen, überhaupt keine. Weil er nichts hat, worauf er sich verlassen könnte. Er nicht. Aber du und ich – wir *haben* doch etwas. Und dagegen kann er doch nicht aufkommen, Martin.»

Sie sieht ihn an, und es wird ihm ein wenig schwindlig vor ihrem drängenden Blick, vor dem Beben und Glühen, das ihm aus ihren Worten entgegenatmet, vor dem verhaltenen Jauchzen in ihrer Stimme.

«Ja», sagt er, und muß erst schlucken, ehe er stockend weiterspricht. «Das ist wahr. Das hab ich nicht bedacht: daß wir so viel haben und er gar nichts. Nein. Er kann sich auf nichts verlassen. Aber du und ich –» Er verstummt, und sein Lächeln verbirgt sich hinter geschlossenen Augen.

«Angst.» Es klingt beinahe liebkosend, wie Wera das sagt. «Er hat nichts als Angst. Das haben sie alle. Ich weiß es. Ich hab lang genug mit einem von ihnen gelebt. Auch der hat Angst gehabt, und hat sie noch. Sogar vor mir. Sogar er. Alle. Und immer können sie die eine Angst nur an die nächste loswerden, und die ist immer noch größer. Es nimmt kein Ende. Und da kommt man auch nicht mehr heraus, wenn man einmal drin ist. Außer –.» Jetzt ist es Wera, die verstummt. Aber ihre Augen sind offen und ihr Lächeln verbirgt sich nicht.

Dann haben sie sich gestrafft, beide zu gleicher Zeit.

«Eigentlich eine Schande, daß du mir das erst erklären mußt», sagt Martin.

«Meine Schande, Martin.» Weras Stimme ist plötzlich hart geworden. Mit knappen, unnachsichtigen Bewegungen macht sie sich zurecht. «Daß es etwas gibt, was ich besser weiß als du – und daß es gerade *das* ist – mach dir nichts draus, Martin. Es ist ohnehin das einzige. Und es lernt sich schwer, und man kriegt's schwer wieder weg. Aber jetzt hab ich's wenigstens nicht umsonst gelernt.» Sie greift nach Tasche und Mantel und geht zur Tür und wendet sich noch einmal zurück, und ihr Gesicht ist wieder weich und vom süßen, vom schmerzlichen Lächeln ganz überglitzert. «Erinnerst du dich, was du mir vor ein paar Tagen in der Dachkammer oben gesagt hast? Glücklichsein und keine Angst haben? Komisch, daß mir das gerade jetzt einfällt. Jetzt ist es nämlich soweit. Jetzt bin ich glücklich und hab keine Angst.»

Als der Leutnant Dub im Herbst 1944, während des Vormarschs der Alliierten in Frankreich, zum erstenmal im Feuer stand, tauchte aus dem Wirrsal seiner Wahrnehmungen und Reaktionen, tauchte zwischen Schrecken und Neugier und Todesfurcht und Zuversicht immer wieder ein Gefühl des Staunens hervor: daß dies alles sich nun in der Tat so abspielte, daß man tatsächlich den Arm zum Kommando heben mußte und ausschwärmen und laufen und sich hinwerfen und Deckung suchen hinter Bäumen und Erdwellen und sich eingraben und warten, alles ganz genau so, es war zum Staunen, und es gab den Vorgängen einen albernen, eingelernten, beinahe kindischen Anstrich, ja sie erschienen ihm bisweilen so vertraut, daß er ungeduldig wurde und daß ihm alles viel zu langsam ging. (Im übrigen entdeckte er bald genug, wie hinfällig es um sein Staunen bestellt war: er hatte, als seine Kompanie zum erstenmal eingesetzt wurde, ganz einfach Glück gehabt, sowohl mit dem Terrain wie mit dem Zeitpunkt; beim nächstenmal war alles ganz anders.)

Ein sehr ähnliches Gefühl des Staunens beginnt in Martin Dub auch jetzt aufzukeimen, da Wera die Coupétür hinter sich geschlossen hat. Es verdichtet sich während der restlichen Fahrt bis Heindorf immer mehr, und es begleitet ihn all die folgenden Stunden hindurch: so daß hernach, wenn Martin an den Ablauf der Geschehnisse vom Heindorfer Bahnhof an zurückdenkt, dieses Staunen zuallererst und am deutlichsten sich ihm vergegenwärtigt – wie manchmal auch ein Geruch, ein Licht, eine Melodie oder sonst etwas Nebensächliches als das bestimmende Merkmal eines Geschehnisses übrigbleibt. Und wie nebensächlich es immer sein mag: es ist dieses Merkmal, von dem das Geschehnis in der Erinnerung lebt, von dem es zur vollen, greifbaren Gestalt ausgerundet wird und von dem es nachträglich jene Unzweifelhaftigkeit bezieht, deren es völlig ermangelt hat, während es geschah.

Der Ablauf der nun folgenden Stunden wird für Martin Dub erst in der Erinnerung zum kontinuierlichen Geschehnis. Jetzt, da sie ablaufen, hat jede Phase ihr Eigenleben, und ohne sein Staunen bliebe jede für sich ein wüster Spuk. Schon der Heindorfer Bahnhof scheint ihm etwas Unwirkliches an sich zu haben, wie er da den Prager Nachmittagsschnellzug in sein faul hingebreitetes Schienenareal einfahren läßt – kurz nach sechs Uhr, die Verspätung vom Masarykbahnhof her hat sich also nicht verringert, sondern noch um einige Minuten vermehrt, Züge sind unter keiner Regierung pünktlich. Ich bin neugierig, ob ich den Kondukteur noch zu sehen bekomme, denkt Martin, ich bin wirklich neugierig.

Der Zug hält. Er ist schon außerhalb des Bahnhofs immer langsamer geworden und ist in diesem immer langsameren Tempo immer noch weitergefahren, immer noch, aber jetzt hält er. Es geht alles sehr langsam.

Niemand ruft den Stationsnamen aus, Hinovice. Nicht Heindorf, sondern Hinovice, tschechisch. Das war schon immer so, auch unter den früheren Regierungen, auch als man noch sagen durfte, daß die Züge unpünktlich sind. Heindorf durfte man auch damals nicht sagen, oder zumindest nicht ausrufen. Die Sprachenfrage im Sudetengebiet. Hinovice und nicht anders. Ich hab für die Sudetendeutschen verdammt wenig übrig, aber Hinovice war ein Blödsinn. Da hat man ihnen zeigen wollen, wer der Herr im Haus ist, und hat die deutschen Stationsnamen so lange tschechisch ausgerufen, bis eines Tags die tschechischen Stationsnamen deutsch ausgerufen wurden, weil die Nazi der Herr im Haus waren. Und jetzt, wo man wieder selbst der Herr im Haus ist und wieder Hinovice ausrufen könnte, sind die Sudetendeutschen evakuiert, und es sind nur noch so wenige übriggeblieben, daß es nicht mehr verlohnt, überhaupt etwas auszurufen. Denn auch «Endstation – alles aussteigen» wird nicht gerufen, und nicht «Umsteigen in den Personenzug nach Briesnitz» oder meinetwegen nach Březnice, nichts. Das Ganze geht nicht nur sehr langsam vor sich, sondern auch lautlos.

Martin hat Hut und Mantel angezogen und hat den Koffer aus dem Gepäcknetz heruntergeholt, den Koffer mit dem Rucksack darinnen. Jetzt öffnet er die Schiebetür und tritt auf den Gang.

Er ist der einzige, der an diesem Ende des Waggons aussteigt. Vom Kondukteur ist nichts zu sehen. Schade.

Er sieht auch von Wera und von Dvorsky nichts. Allerdings liegen zwischen ihm und dem Speisewagen noch vier oder fünf Waggons, nach vorne zu, und es entsteigen ihnen noch Passagiere. Die beiden Waggons, die den Abschluß des Zugs bilden, scheinen sich bereits geleert zu haben.

Der Zug steht auf dem dritten Geleise vom Perron, unter freiem Himmel. Nur der Perron ist überdeckt, zu beiden Seiten des Stationsgebäudes, und auf dem ersten Geleise jenseits wartet auch schon ein unverkennbarer Lokalzug, genau wie es damals in Vinohrady angegeben wurde, der Personenzug nach Briesnitz, der fahrplanmäßig um 6 Uhr 19 abgehen soll, in zwölf Minuten.

Zwölf Minuten sind eine lange Zeit, in der sich sehr viel entscheiden kann. Man kann im Verlauf dieser zwölf Minuten einen wartenden Verbindungsmann treffen und ihm sagen, was zu sagen ist und was man damals in Vinohrady noch nicht gewußt hat. Und man könnte am Ende dieser zwölf Minuten manches wissen, was man jetzt noch nicht weiß.

Es sind offensichtlich die letzten Passagiere, die jetzt den Zug verlassen, indessen vorne die ersten sich schon zum Keil formieren, auf die Sperre hin, an der die Kartenkontrolle und der Durchlaß zum Personenzug erfolgt. Rechts und links zerstreuen sich die andern, die nur bis Heindorf gefahren sind oder auf einen späteren Anschluß warten.

Wie langsam das alles sich abspielt, langsam und stumm und auf eine merkwürdige Weise eindimensional – in manchen Augenblikken könnte man glauben, eine veraltete, schokoladenfarbene Ansichtskarte vor sich zu haben: Bahnhof in Heindorf. Das mag allerdings auch an der Dämmerung liegen. Und warum sollte es eigentlich auf einem abendlichen Provinzbahnhof, wenn gerade kein wichtiger Zug ankommt und kein wichtiger Zug wegfährt – warum sollte es da so besonders schnell und laut und lebhaft zugehen.

Martin, obgleich er sich sehr gemächlich in Bewegung gesetzt hat, ist bei weitem nicht unter den letzten, die dem Durchlaß zustreben. Die anfängliche Stauung, die dort entstanden ist, beginnt sich jetzt in lockere Intervalle aufzulösen. Sie werden, je näher Martin an die grünlich-graue Eisenumfassung herankommt, desto lockerer – aber von Wera und Dvorsky ist noch immer nichts zu sehn. Und das läßt jetzt nur noch zwei Deutungen zu. Die eine, die verwegene und bisher nicht bedachte: daß Dvorsky nicht nach Briesnitz weiterfährt, daß Wera allein in den Personenzug einsteigt und daß alles gut ist. Die andre, die wahrscheinliche und vertraute: daß Dvorsky schon Posten und Deckung bezogen hat, um ihn – allein oder zusammen mit dem andern – besser und sicherer beobachten zu können.

Nun, das ist ja schließlich seine Funktion. Er hat nach mir Ausschau zu halten, nicht ich nach ihm. Wie ja auch Krals Verbindungsmann mich aufzuspüren hat, nicht umgekehrt.

In kurzem Aufblick umfaßt Martin die undichte Reihe der Wartenden, die zu beiden Seiten der Sperre gegen die eiserne Barriere gelehnt stehen. Ein jeder von ihnen kann es sein. Ein jeder von denen, die dahinter auf dem Perron herumlungern, kann es sein. Und wer immer er ist – er kann, sowie Martin die Sperre passiert hat, von überall her auf ihn zukommen. Wie ja auch Dvorsky ihn von überall her beobachten kann.

Es kommt aber niemand auf ihn zu. Schon hat Martin die Sperre passiert und schon die kurze Strecke bis zur Unterführung zum jenseitigen Perron, und es kommt niemand auf ihn zu.

Vielleicht erst im Durchgang selbst? Vielleicht erst drüben?

Oder vielleicht haben Krals Leute rechtzeitig Wind davon bekommen, daß etwas gegen sie geplant ist, und richten sich bereits danach. Sie gelten ja, und wohl mit Recht, als eine besonders gut organisierte Gruppe.

Diese Möglichkeit ist nicht von der Hand zu weisen. Vielleicht sollte man sie sogar herbeiwünschen. Und vielleicht ist es ein gutes Zeichen, daß auch im Durchgang nichts geschieht und niemand sich bemerkbar macht.

Aber wenn sie wirklich so gut organisiert sind, müßten sie auch einen Weg finden, sich mit den Teilnehmern des abgeblasenen Grenzübertritts in Verbindung zu setzen. Vielleicht auf dem andern Perron.

Und wenn nicht, dann um so besser. Dann haben sie das gleiche Vertrauen zu mir wie ich zu ihnen. Wenn sich auch auf dem andern Perron niemand zeigt, so hat das hoffentlich zu bedeuten, daß sie bereits alles Nötige veranlaßt haben und sich nicht überflüssig gefährden wollen, indem sie mich noch eigens warnen. Wir verlassen uns darauf, daß du den Kopf klar behältst.

Martin ist auf den jenseitigen Perron hinausgetreten, annähernd in der gleichen Höhe mit dem Abschluß des wartenden Lokalzugs. Er kann sich jetzt nicht mehr lange zur Schau stellen oder gar eine Demonstration im Hin- und Herhumpeln geben. Er kann, um eines knapp bemessenen Zeitgewinns willen, und schon mit der Absicht, auf jeden Fall in den nächsten, den vorletzten Waggon einzusteigen, nur noch folgendes tun: ein paar Schritte nach rechts machen, in die Richtung zur Lokomotive; stehnbleiben, den Koffer von der linken Hand in die rechte wechseln und nach seiner Armbanduhr sehen; ein paar Schritte machen, den Koffer zu Boden stellen und sich zur Waggontür wenden, die er jetzt erreicht hat; und das alles sehr langsam, noch langsamer, als es rings um ihn ohnehin schon zugeht –:

So daß es ihm wie ein jäher, grotesk überstürzter Schnitt in diese Langsamkeit vorkommt, als während seiner Wendung zur Waggontür Wera und Dvorsky in sein Blickfeld geraten, viel weiter vorne, wo der gedeckte Teil des Perrons aufhört, und nur ganz kurz, für einen unvermittelten Sekundenbruchteil, der keine Fortsetzung hat.

Sondern es setzt sich wieder in die alte Langsamkeit fort, langsam vollendet Martin die Wendung, die ihn an die Waggontür heranbringt, langsam kommt der junge Mensch ohne Hut und Mantel – er sieht wie ein Gruppenführer der Pfadfinder aus, und Martin glaubt ihn schon neben der Sperre gesehen zu haben – von links auf ihn zu und sagt im Vorübergehen langsam und deutlich: «Steig ein, wir sehen uns im Zug», Martin ebenso langsam, nur mit etwas leiserer Stimme, sagt: «Ich werde beobachtet» und kann noch feststellen, daß der andre das gehört hat – dann schiebt er seinen Koffer auf die Plattform hinauf und klimmt langsam über das steile Trittbrett in den Waggon.

In Martins Erinnerung setzt nach dieser ersten Phase, die er an ihrem langsamen Ablauf mühelos festhalten kann, eine Phase der völligen Erschöpfung ein, deren Ursprung ihm nicht recht klar wird. Es ist eine halt- und marklose Schlaffheit des Körpers, wie sie sich sonst nur nach einer übermäßigen physischen Anstrengung geltend macht – und die hat er doch keineswegs hinter sich. Es ist eine Unfähigkeit, ja Unwilligkeit zum Denken, wie sie weit eher einer endgültig eingetretenen Katastrophe entspräche – und die ist doch keineswegs eingetreten. Nicht einmal nachher, im Rückerinnern, weiß Martin für diese Phase eine bessere Erläuterung zu finden als die Angst vor der immer noch möglichen Verhaftung an Ort und Stelle; die Ungewißheit, was unterdessen mit Wera geschieht oder was dann mit ihr geschähe; und die Unmöglichkeit, irgend etwas andres zu tun als stillzusitzen und zu warten, ob er nun also in Heindorf noch verhaftet würde oder nicht. Dies alles scheint ihn bis zum Abgang des Zugs einfach betäubt zu haben. Und das ist keine sehr ehrenvolle Erklärung, nicht einmal nachher. Aber sie könnte, wenn sie zutrifft, auch dafür gutstehen, daß er bei dieser Gelegenheit seinen gesamten Angstvorrat losgeworden ist. Denn was immer ihn im weiteren Verlauf des Geschehens noch an Gefühlen überkam (und es war vielerlei) – das Gefühl der Angst war nicht mehr darunter.

Erst da der Zug schon auf freier Strecke dahinfährt, macht Martin sich allmählich mit seiner Situation vertraut. Er stellt fest, daß er in einem altmodischen Waggon dritter Klasse sitzt, der keinen Seitengang besitzt und weder aus Coupés besteht noch aus den halb geschlossenen Bankpaaren zu je acht Plätzen, sondern aus zwei in der Mitte getrennten Reihen offener, doppelsitziger Bänke, abwechselnd mit und gegen die Fahrtrichtung angeordnet; daß im ganzen Waggon sich insgesamt sechzehn Passagiere befinden; daß er selbst auf einem Fensterplatz in der Fahrtrichtung gelandet ist, zwei Bänke vom vorderen Waggoneingang entfernt und den nächsten Mitfahrer drei Bänke hinter sich; und daß er mit diesem Platz noch eine mechanisch sinnvolle Wahl getroffen hat. Denn von hier aus kann er die Tür, die der jugendliche Pfadfinder vermutlich benützen wird, ungestört im Auge behalten – was er übrigens nicht lange zu tun braucht. Wenige Minuten später, noch vor der Kartenkontrolle, ist jener schon eingetreten und läßt sich mit einem kaum merklichen Nicken auf der ersten Bank der andern Reihe nieder, gegen die Fahrtrichtung, schräg gegenüber Martin.

Die folgende Phase, ausgefüllt von der Fahrt nach Briesnitz, zerfällt in zwei deutlich unterscheidbare Teile. Der erste, in dem sich der Kontakt mit dem Pfadfinder vollzieht, bleibt für Martin durch eine unnatürlich bewegte Schattenhaftigkeit gekennzeichnet, zu der auch die immer tiefer ins Abenddunkel versinkende Landschaft und der schlecht beleuchtete Zug einiges beitragen. Von fernher gemahnt ihn das Ganze an die Darbietungen eines Balletts, das er einmal mit Wera zusammen gesehen hat, vor vielen Jahren, und das sich in einer damals knallmodernen Art des Ausdruckstanzes erging, nur dem Eingeweihten verständlich, für den Uneingeweihten jedoch, wenn er vorher nicht gründlich das Programmheft konsultiert hatte, jeglichen Sinnes bar und höchstens von einer bizarren Komik. Nicht wenig davon wohnt auch den Vorgängen inne, die sich jetzt zwischen ihm und dem Pfadfinder im vorletzten Waggon eines langsam hügelauf rumpelnden Lokalzugs abspielen, in episodenhaftem Wechsel von Aufeinander-zu und Aneinander-vorbei und kurzem Nebeneinander, von stummen Gebärden und unbeteiligter Abkehr – und die für einen Außenstehenden desgleichen weder Bedeutung noch Zusammenhang ergeben würden (nur läge das diesmal in der Absicht der Agierenden).

Es beginnt verhältnismäßig primitiv. Kurz nachdem die Kartenkontrolle vorbei ist, erhebt sich der Pfadfinder, nimmt eine Zigarette zwischen die Finger, kommt freundlich lächelnd heran und beugt sich zu der brennenden Zigarette nieder, die Martin ihm entgegenhält.

«Sei nicht nervös», sagt er unbefangen. «Jetzt kann uns erst wieder in Briesnitz etwas passieren. Ich heiße Pavel.» Und indem er unter gleichmütigen Zigarettenzügen auf Martin einplaudert, trifft er Anstalten, sich neben ihn hinzusetzen.

Dies nun wird ihm von Martin recht unmißverständlich verwehrt, und eine Minute später sitzt Pavel auch schon wieder auf seinem früheren Platz. In dieser Minute hat Martin, nicht minder gleichmütig rauchend und plaudernd, ihm immerhin klargemacht, daß die neuerdings zu befürchtende Gefahr, von deren Anrücken

Pavel tatsächlich schon weiß, keineswegs bloß «in der Luft liegt» (wie Pavel annimmt), sondern persönlich in einem der vorderen Waggons sitzt und jeden Augenblick in diesem hier auftauchen kann; daß also die erhöhte Vorsicht, die Pavel schon auf dem Heindorfer Bahnhof hat walten lassen, nach wie vor geboten bleibt; und daß sie sich weniger auf die teils dösenden, teils zeitunglesenden Mitfahrer zu richten hat als darauf, Pavels ungehindertes Entkommen zu sichern und jede Situation zu vermeiden, in der er mit Martin zusammen betreten und verhaftet werden könnte.

Der Austausch der weiteren Informationen erfolgt somit nicht mehr unter dem Vorwand gleichmütigen Plauderns, sondern in unregelmäßigen Intervallen und auf kurze Zeitspannen zusammengedrängt. Eine etwas längere wird dadurch herbeigeführt, daß Martin sich aufs Klosett zurückzieht und dem in gemessenem Abstand nachgefolgten Pavel, der draußen stehnbleibt und den Verbindungsgang im Auge behält, durch den offenen Türspalt eine genaue Schilderung Dvorskys gibt und ihn auch über Weras Anwesenheit und Rolle informiert. Als nächstes unternimmt Pavel einen Erkundungsgang in die vorderen Waggons, von dem er befriedigt zurückkehrt. Und als nächstes kommt eine Station, wo der Zug – Pavel weiß das aus seiner genauen Kenntnis der Strecke – sechs Minuten lang Aufenthalt hat. Dort wird Pavel den Waggon verlassen, wird sich dicht vor das Trittbrett postieren, und wird mit Martin, der auf der Plattform verbleiben soll, ein letztes Gespräch führen, nach dessen Ablauf er seiner eigenen Wege gehen will.

In diesem Gespräch – bei dem die nahezu vollkommene Dunkelheit des Bahnhofs ihnen sehr zugutekommt – sind alle Erklärungen erfolgt, deren es noch bedurft hat. Ohne daß Pavel ihn erst dazu auffordern mußte, hat Martin sich aus dem gemeinsamen Fluchtplan ausgeschaltet, und macht auch von Pavels Anerbieten, Kontakt und Hilfe zu einem späteren Zeitpunkt wiederherzustellen, keinen Gebrauch. Im übrigen ist er mit Pavel der Meinung, daß der Plan sich in rasch geänderter Form noch durchführen lassen wird, ja er glaubt sogar, eine Kleinigkeit zu Pavels Zuversicht beitragen zu können. Denn wenn er auch nach wie vor keine Ahnung hat, wie weit die von Dvorsky eingeleiteten Gegenmaßnahmen in Wahrheit schon gediehen sind – zumindest Dvorskys persönliche Aktivität wird in den nächsten Stunden durch Wera, und wohl auch durch ihn selbst, gewissen Beschränkungen unterworfen sein. Pavel quittiert das mit höflicher Zurückhaltung – er scheint das Auftauchen einer nicht vorgesehenen Person noch dazu weiblichen Geschlechts grundsätzlich zu mißbilligen, und seinem Pfadfinderverstand scheint es auch nicht recht einzuleuchten, warum Martin überhaupt bis Briesnitz weiterfahren will, statt diese einmalige Gelegenheit auszunützen und den Zug zu verlassen. Aber das wäre, so schließt er ab, nun schon Martins Sache allein, hoffentlich würde alles gut ablaufen, und in Briesnitz sollte Martin jedenfalls versuchen, das Hotel Central zu erreichen; es läge vom Bahnhof aus am entgegengesetzten Ortsende, nahe dem Grenzwald, und es gäbe dort ein Stubenmädchen namens Ludmilla, die sich bei dergleichen Anlässen schon mehrmals bewährt hätte und ihm vielleicht auf den Weg helfen würde. Mit diesem Ratschlag hat Pavel sich verabschiedet. Als der Zug wieder anfährt, ist er bereits verschwunden.

Martin kehrt auf seinen Platz zurück, in eine gänzlich neuartige Einsamkeit, deren frostiges Prickeln ihn zugleich belebt und schwächt. Daß er jetzt von allen Verbindungen mit seinen Gefährten abgeschnitten ist, scheint ihm eher eine Erleichterung zu bedeuten. Wenigstens muß er jetzt keine Rücksicht mehr auf sie nehmen. Und überhaupt kann man sich unter solchen Umständen nichts Besseres wünschen, als auf sich selbst angewiesen zu sein. Aber ist er's denn? Und was, außer daß er diese Umstände herbeigeführt hat, leistet er denn noch?

Es wird immer eindeutiger ein Gefühl der Entwürdigung, das ihn überkommt, und es rührt immer eindeutiger von Wera her – nicht weil jetzt und zunächst noch sie es ist, die da etwas leistet, nicht weil er im Augenblick weit mehr auf sie angwiesen ist als auf sich selbst, das macht keinen Unterschied, jetzt nicht mehr. Sondern wovon Martin sich entwürdigt fühlt, und jetzt erst, ist Weras eigene Entwürdigung vor Dvorsky: die er doch angeregt und gefördert hat und jetzt noch weiter fördert, indem er nicht einfach Schluß damit macht. Denn selbstverständlich ist das ganze Spiel von Dvorsky längst durchschaut. Weras Wissen um Dvorskys Angst mag immerzu richtig sein – je richtiger es ist, desto unfehlbarer wird Dvorsky es in seine Berechnungen einbeziehen. Mit solchen Mätzchen kommt man ihm nicht bei. Dazu ist er viel zu gescheit. Wahrscheinlich ist er sogar gescheit genug, um zu erkennen, daß er verloren hat, daß er dort, wo es ihm aufs Gewinnen angekommen ist, trotz allem und endgültig verloren hat. Aber das macht es nur noch schlimmer. Das wird ihn nur noch heftiger anstacheln, wenigstens dort zu gewinnen, wo er noch gewinnen kann. Wenigstens soll, wenn schon die Moral der Geschichte ihn nicht befriedigt, ihr Abschluß ihm recht geben. Und ich kann's ihm nicht einmal übelnehmen, denkt Martin. Was soll er denn andres tun. Der standhafte Zinnsoldat, das opfermutige Gänsemädchen, und die Liebe, die alle Schwierigkeiten überwindet – das ist zum Lachen. Das war für Jan Dvorsky schon immer zum Lachen, und daß es zum Lachen ist, hat er mir schon immer beweisen wollen. Jetzt ist es ihm endgültig mißlungen, und jetzt wird er mir's endgültig beweisen. Jetzt lacht er zuletzt.

Und vorne sitzt Wera und läßt sich's an seiner Angst genug sein und glaubt nicht daran, daß er mitsamt seiner Angst doch alles durchschaut, sie und sich selbst und mich, daß er alles längst schon weiß und schon bei jenem Gespräch in der Dachkammer gewußt hat und jetzt nur noch die restlichen Bestätigungen einsammelt. Daß er vor ihr nur so tut, als wüßte er nichts oder nicht genug und als nötigte ihn das zu einer Unsicherheit, die Wera als Angst mißdeutet. Daß er sie in dieser Mißdeutung beläßt und heimlich den Mißbrauch belächelt, den sie da zu treiben versucht. Und daß er sie bis zum Ende so hinhalten und dieses Ende möglichst lange hinauszögern wird – um sich möglichst gründlich dafür zu entschädigen, daß er trotzdem verloren hat. Das spielt sich dort vorne ab, und Wera weiß es nicht und weiß nicht einmal, daß die Entwürdigung vergeblich ist.

Ich aber weiß es und lasse es dennoch geschehen, lasse sie immer noch um eine aussichtslose Unklarheit sich mühen, statt die Klarheit herzustellen, die dem allen doch zugrundeliegt. Ich müßte doch jetzt nach vorne gehen und zu Wera sagen: «Streng dich nicht an, er weiß alles» und zu Dvorsky sagen: «Du weißt doch, daß wir zusammen fliehen wollen – deshalb ist sie ja von Malovan weggegangen und deshalb brauchst du auch keine Angst mehr vor ihr zu haben, denn sie kann dir nichts tun. Aber auch du kannst ihr nichts mehr tun, weder ihr noch mir. Du kannst uns höchstens verhaften lassen, und das ist es doch nicht, was du uns tun wolltest? Du wolltest doch, daß ich's mir überlege und zu dir in die Partei komme, und daß *sie* sich's *nicht* überlegt und bei Malovan bleibt? Ich verstehe sehr gut, warum du das wolltest, Jan. Solltest *du* nicht verstehen, daß es keinen Unterschied mehr macht, ob du uns jetzt verhaften läßt oder ob wir über die Grenze gehen? Denk doch lieber nach, Jan, ob du nicht mit uns kommen willst. *Das* wäre ein Unterschied.»

Aber Martin wird dieses Gespräch nicht führen, wie intensiv er sich's auch vorstellt, mit jedem Tonfall und jeder Pause. Martin wird diese Klarheit nicht herstellen und wird jetzt nicht in den vorderen Waggon gehen. Denn irgendwo in der Dunkelheit, die dort vorne besteht, irgendwo in all den verfilzten Fäden und Knoten aus Vorsicht und Angst, aus durchschautem Betrug und betrogener Durchschauung, aus ungewisser Hoffnung und Hoffnung auf Ungewißheit – irgendwo mag es vielleicht doch etwas geben, was Dvorsky wirklich nicht weiß, oder wovon er glaubt, daß Wera es wisse, und worin die Rettung liegen kann. Und darum wird Martin alle Unklarheit bestehen lassen, solange es irgend geht, und wird selbst ein Teil von ihr bleiben, ein stiller Partner im entwürdigenden Spiel.

Jetzt fehlt nur noch eine Viertelstunde bis Briesnitz. Mühsam rumpelt der Zug über die merklich aufwärtsführende Strecke. Es ist kalt geworden. Martin zieht seinen Mantel an, und es wird ihm nicht wärmer. Wahrscheinlich ist in der zweiten Klasse auch noch geheizt, denkt er unsinnig verbockt in sich hinein. Dann, mit hochgestülptem Kragen und die Hände tief in den Manteltaschen, drückt er sich schmalschultrig in die Ecke. Er hat noch Verschiedenes zu Ende und noch Verschiedenes vorauszubedenken. Aber nichts davon will gedeihen. Das einzige, was ihm immer aufs neue gedeiht, ist jenes klare Gespräch, das er mit Dvorsky nicht führen wird. Obwohl es sehr schön wäre, das zu tun. Schon in dieses Gespräch sich zu versenken, ist schön. Es wärmt ihn beinahe.

Wie das dann doch geschah, ob aus einem vorgefaßten Entschluß oder aus einem plötzlichen oder aus gar keinem, wüßte Martin nicht zu sagen. Jedenfalls geschah es sofort nach der Einfahrt des Zugs, und wenn die Vorgänge auf dem Heindorfer Bahnhof sich durch ihre unerträgliche Langsamkeit in Martins Gedächtnis eingeprägt haben, so bleibt, was jetzt in Briesnitz geschieht, durch eine Schnelligkeit und Selbstverständlichkeit gekennzeichnet, als wären alle Beteiligten darauf vorbereitet gewesen und als könnte es gar keinen andern Verlauf nehmen. Sogar die Passagiere, die in Briesnitz aussteigen, scheinen es besonders eilig zu haben, und der gemächliche Schlenderschritt, in dem Wera und Dvorsky den halb schon entvölkerten Perron herunterkommen, ist weithin auffällig. Jetzt bleiben sie auch noch stehen, seitlich abgewandt Dvorsky, mit leerem Gesicht zum Ausgang hin Wera. Und jetzt geht Martin auf sie zu, den Blick auf Wera gerichtet, damit sie ihm, falls sie ihn früher als Dvorsky herankommen sieht, ein Verständigungszeichen geben kann – aber dieser Fall tritt nicht ein, entweder weil sie ihn wirklich nicht gesehen hat oder weil sie ihn nicht sehen will (und weil das vielleicht das einzige Zeichen ist, das sie ihm zu geben hat).

«Ich möchte mit dir sprechen, Jan.» Martins Stimme ist sehr ruhig; er allein hört ihr die Erlösung an, die er schon bei diesen ersten Worten verspürt.

«Aber ich nicht mit dir», antwortet Jan Dvorsky ebenso ruhig und sieht zuerst an Martin hinab, ehe er sich voll zu ihm kehrt. «Du störst. Merkst du nicht, daß ich in Gesellschaft bin?»

«Ich möchte mit dir sprechen, Jan.»

«Du störst.» Es klingt noch immer wie eine wohlmeinende Aufklärung. «Der Ausgang ist dort. Adieu.»

«Sei nicht albern, Jan», sagt Martin mit einer unwilligen Grimasse. «Oder glaubst du wirklich, daß du mich auf diese Weise loswerden kannst?» Und er läßt ihn nicht aus den Augen, während er das sagt, und denkt: wenn nur Wera nicht da wäre, wenn ich sie nur wegwinken könnte, das wird jetzt peinlich und das geht sie nichts an, das ist eine Sache zwischen ihm und mir ganz allein, ich darf ihn jetzt nicht aus den Augen lassen, ich darf jetzt nicht zu ihr hinüberschauen, er könnte das mißverstehen und könnte vielleicht glauben, daß ich mir ihren Beifall holen will oder ihre Ermunterung, ich darf jetzt nicht zu ihr hinüberschauen.

Doch ist es da schon Jan Dvorsky selbst, der das tut. Er hat übertrieben hörbar aufgeseufzt und hat mit einer übertrieben ratlosen Gebärde – als wollte er ihr dartun, was Martin doch für ein Querkopf sei – sich in die Richtung zu Wera gewandt, und Martin folgt seinem Blick und sieht mit kindischer Befriedigung, daß Wera ein paar Schritte weitergegangen ist und vor einem Maueranschlag haltgemacht hat, mit dem Rücken zu ihnen beiden – und in der nächsten Sekunde steht Jan Dvorsky dicht vor ihm und es ist ihre Sache ganz allein. Es ist ihre Sache, wie es schon einmal zuvor ihre Sache war, und Martin weiß, daß es sich auch für Jan von damals her fortsetzt: als sie auf jenem letzten Versammlungs-Podium in den Umsturztagen einander so gegenüberstanden, dicht und starr und reglos eingekapselt inmitten des Tumults, und als Jan die Hand gegen ihn aufhob zum Schlag, mit dem er ihm die Freundschaft kündigen wollte.

«Das darfst du ruhig mir überlassen, wie ich dich loswerde.» Jan Dvorskys halblaute Stimme kommt sonderbar entblößt zwischen seinen Zähnen hervor. «Ich hätte dich schon ein paarmal loswerden können. Und schon längst loswerden sollen. Spätestens am Montag.»

«Warum hast du's nicht getan, Jan?»

«Weil ich sentimental geworden bin, Martin. Aber darauf darfst du dich nicht immer verlassen.»

«Sei doch ein bißchen netter zu dir. Du warst gar nicht sentimental. Du warst ehrlich.»

«Und du darfst dich auch nicht immer darauf verlassen, daß du ein Krüppel bist, Martin.»

«Tu ich das?» Mit einer Anstrengung, die ihm die Adern zu sprengen droht, legt Martin den Kopf schief, als müßte er sich erst besinnen. «Verzeih. Es war nicht meine Absicht. Ich wollte nur noch einmal versuchen, ehrlich mit dir zu sprechen. Daß ich ein Krüppel bin, soll dich in keiner Weise beeinflussen.»

«In keiner Weise?» Jan Dvorsky, die Lippen schmal über die Zähne gepreßt und die Augen prüferisch geschlitzt, beugt sich ein wenig zurück. Sein Schlag trifft mitten in Martins Gesicht, voll, hart, mit einer verzweifelten, kompakten, metallisch dröhnenden Wucht.

Oder vielleicht rührt dieses metallische Dröhnen schon von der Betäubung her, die Martin anfällt und ihn schwanken macht, und er muß die Augen schließen.

Vielleicht aber ist, was ihn so betäubt, gar nicht die verzweifelte Wucht des Schlags, sondern seine eigene Verzweiflung, seine eigene Trauer, ausgelöscht und leer.

Sonst empfindet er nichts, wie bang er auch mit den geschlossenen Augen in sich hineinspürt – nichts, und keine Spur von körperhaftem Schmerz.

Als ob Jan sich erbrochen hätte und hilflos ihn und sich selbst besudelt – es ist die erste Empfindung, die in ihm aufkeimt, und sie verursacht ihm keinen Ekel. Es will ihm sogar scheinen, als wäre da nicht nur etwas Hilfloses geschehen, sondern etwas Heilsames zugleich. Als wäre es seine Schuld und zugleich sein Verdienst, was da geschehen ist, und am Ende sein Sieg und Triumph.

Aber da fühlt er sich schon von krampfhaft zitternden Händen umschlungen und an den Schultern gehalten und losgelassen und aufs neue umfaßt, und blickt verworren und lächelnd in Weras fahles Gesicht, in dem sich farblos und ohne Laut die Lippen bewegen, und merkt, daß er mit ihr allein ist, und schüttelt erstaunt den Kopf, als er auf dem weißen Taschentuch, mit dem sie ihn flattrig über Stirn und Mund und Wangen tupft, die roten Blutspuren sieht. Und sagt, immer noch lächelnd:

«Jetzt ist alles gut.»

Wera drängt ihn gegen die Mauer, damit er sich anlehnen soll.

«Ich bleib bei dir», flüstert sie. «Es wird schon nicht so schlimm werden. Ich bleib bei dir.»

«Was denn?» fragt Martin, und spricht absichtlich viel lauter als sie. «Warum soll's denn schlimm werden?»

«Ja, ja.» Sie nickt bekräftigend auf ihn ein, wie man vor einem unheilbar Kranken nickt, wenn er von seiner Gesundung spricht. «Das sag ich ja. Es wird gar nicht schlimm.» Plötzlich, mit einem tiefen, bebenden Atemzug, läßt sie den Kopf auf seine Schulter gleiten. «Ich kann's so gut verstehen, was du gemacht hast, Martin. Ich hätte dasselbe gemacht. O Martin.» Und drückt den Kopf fester gegen seine Schulter und drückt sich los und atmet noch einmal tief auf. «Aber es ist doch schade. Ich hatte ihn fast schon soweit. Und jetzt ist alles vorbei. Schade.»

«Jetzt ist alles gut.» Martin sagt es mit den gleichen Worten wie zuvor und mit dem gleichen Lächeln – nur daß er jetzt schon viel genauer weiß, warum er es sagt und warum er lächelt. «Mach dir keine Sorgen, Wera. Der hat nur eine etwas merkwürdige Art, Freundschaften wiederherzustellen. Oder zuzugeben, daß er verloren hat. Das ist dasselbe. Mach dir keine Sorgen.»

«Martin –?» Aus jäh geweiteten Augen starrt Wera ihn an. «Bist du verrückt geworden, Martin?»

«Gar nicht», sagt Martin und faßt sie unter und nimmt mit der Linken den Koffer auf. «Ich weiß genau, was ich sage. Der hat verloren. Den sind wir los. Aber wenn du willst, können wir auch noch ein paar Minuten warten.»

Genau so schäbig und unfreundlich wie das Hotel Central, in dem sie bedienstet ist, wirkt auch das Stubenmädchen Ludmilla. Ein verwaschener Kittel, mit einer eher grauen als weißen Schürze darüber, schlottert um ihre hagere Gestalt, ihr glanzlos schwarzes Haar ist hinten zu einem unordentlichen Knoten zusammengesteckt, und damit zum abweisend Altjüngferlichen nichts fehle, sitzt ihr eine randlose Stahlbrille im spitzen Gesicht (dessen Oberlippe einen so kräftigen Bartanflug aufweist, daß Martin ihn zuerst für einen Schmutzstreifen hält).

Aber genau wie zuvor das Äußere des Hotels, mit seiner verwahrlosten, zweistöckigen Fassade, mit dem schmalen Eingang, der von einer ungeschirmten, viel zu schwachen Glühbirne mehr überschattet als beleuchtet wird – genau wie das Hotel Central auf Martin durchaus einladend gewirkt hat und den gegebenen Umständen durchaus gemäß: so geht jetzt auch vom Äußeren des Stubenmädchens Ludmilla eine vertrauenerweckende Wirkung auf ihn aus. Ein kleines Hotel in einem kleinen Grenzort, das weder auf Vorweisung eines Reisepasses noch auf Ausfüllung eines Meldezettels besteht (sondern nur darauf, daß man am Morgen wieder verschwindet), kann gar nicht anders aussehen; und ein Stubenmädchen namens Ludmilla, von der man den Weg über die schwarze Grenze geschildert bekommen soll, auch nicht.

Als sie ins Zimmer tritt, ist es schon halb zehn, und Martin sitzt da schon seit einer Stunde allein im einzigen, wackligen Lehnsessel dieses Zimmers. Unten, in einem gleichfalls einzigen (und vermutlich gleichfalls wackligen) Lehnsessel zwischen Portiersloge und Treppenansatz sitzt Wera, auf Wache sitzt sie dort, sie wollte es so, sie hat sich nicht davon abbringen lassen, sie macht jetzt all die kleinen und großen Ängste durch, die unerschöpflich aus sich selbst gespeisten Ängste, die Martin viel zu gut kennt, als daß er sie ihr ausreden wollte; und sie setzt ihnen all die kleinen und großen Maßnahmen und Berechnungen entgegen, die sich zu so erbarmungslosem Eigenleben auswachsen, daß es binnen kurzem nicht mehr klar ist, worin der Albdruck eigentlich besteht: in der Bedrohung, oder im Versuch, sie abzuwenden. Das alles macht Wera jetzt durch, in diesen Stunden jetzt, seit sie auf dem Bahnhof noch zehn Minuten lang gewartet haben (und Dvorsky ist nicht gekommen), seit sie durch schlecht beleuchtete, von den Spuren des letzten Schneefalls noch grau durchschmutzte Gassen und Gäßchen zum Hotel Central gelangt sind (und niemand hat sie aufgehalten), und seit sie sich hier im Hotel befinden. Das alles holt sie jetzt nach, hingebungsvoll und unbeirrbar, wie immer, wenn sie sich erst einmal zu etwas entschlossen hat. Und daß Martin gerade jetzt die kleinen wie die großen Ängste losgeworden ist, bestärkt sie nur noch in ihren Zweifeln an seiner Zurechnungsfähigkeit, und sie läßt sich von nichts abbringen und sitzt jetzt neben der Portiersloge auf Wache.

Martin hat schließlich einigen Trost darin gefunden, daß er ja wirklich besser täte, mit dem Stubenmädchen Ludmilla unter vier Augen zu sprechen. Er würde nicht behaupten wollen, daß er sich auf dieses Gespräch geradezu freut. Aber es interessiert ihn. Es interessiert ihn über den eigentlichen Zweck hinaus. Er ist schon sehr ins Kommende gerichtet, Martin Dub, er fährt schon zutage und spürt schon mit gierigem Tasten in den Tag hinein. (Und bekommt gleich bei dieser Gelegenheit etwas zu fassen, was ihn auf eine unvermutete Probe stellt; er ist hernach nicht einmal sicher, ob er sie bestanden hat und ob er den Schmutz, der da an seinen Händen klebt, so unbekümmert wegwischen darf, als hätte er gar kein Teil daran.)

Daß es das Stubenmädchen Ludmilla ist, steht für Martin im gleichen Augenblick fest, da sie mit mürrischem Gruß ins Zimmer tritt. Er wartet indessen, bis sie sich am zweiten der beiden plumpen Holzbetten zu schaffen macht, ehe er sie um Bestätigung fragt.

Sie läßt durch nichts erkennen, ob sie ihn gehört hat. Erst nach Sekunden, ohne von ihrer Arbeit aufzublicken, wird ihre unangenehm spitzige Stimme hörbar:

«Wie bitte?»

«Ich möchte gerne wissen, ob Sie Ludmilla heißen.»

«Warum?»

Das kommt für Martin einigermaßen überraschend. Und obschon es sehr gut zu ihrem abweisenden Aussehen paßt – vor dem Verdacht einer unziemlichen Annäherung muß er doch wohl durch eben ihr Aussehen gefeit sein? Daran kann's also nicht liegen. Leider hat Pavel ihm nicht klargemacht, ob er sich namentlich auf ihn berufen könnte.

«Ein Freund hat mir erzählt, daß Sie hier arbeiten.»

Seine Antwort, unbestimmt wie sie ist (oder gerade darum), erfüllt ihren Zweck.

«Ja. Ich bin die Ludmilla.»

«Und Sie wissen hier in der Gegend sehr gut Bescheid, nicht wahr?»

«Ja.» Jetzt erst hebt sie den Kopf. Ein kalter, stechender Blick trifft in den seinen. «Ich bin ja hier zu Hause, nicht wahr.»

Das war ein überflüssiger Hinweis, denn der schmerzhafte Akzent, der ihrem Tschechisch anhaftet, läßt ohnehin keinen Zweifel an ihrer sudetendeutschen Abkunft zu. Und Martin ist nahe daran, das mit einem arglosen Scherz festzustellen. Aber er besinnt sich und schweigt. Er besinnt sich auf den Ursprung der Feindseligkeit, die aus dem Stubenmädchen Ludmilla gesprochen hat, und er weiß ihr nicht zu begegnen. Wahrscheinlich wäre auch seinem Anerbieten, das Gespräch auf deutsch weiterzuführen, eine feindselige Ablehnung bestimmt. Und da sie ihre nächste Frage tschechisch an ihn richtet, bleibt es schon dabei.

Und es bleibt bei ihrer Feindseligkeit, bis zum Schluß. Zwar ist es, wenn man nicht genauer hinhorcht, eine teilnahmslose, beinahe gelangweilte Stimme, mit der das Stubenmädchen Ludmilla ihm den Weg über die schwarze Grenze schildert. Und dennoch unverkennbar duckt sich hinter dieser Stimme ein tiefer Trotz, der manchmal so gehässig auftrumpft, daß sie ihn nicht mehr verdecken kann, daß es beinahe höhnisch klingt, wenn sie ihren wichtigeren Angaben einen um Klarheit besorgten Nachdruck gibt – wenn sie Martin auffordert, beim Überqueren dieser Schneise nur ja aufs genaueste der Richtung zu folgen, in die eine halb entwurzelte, vornübergesunkene Tanne ihn weisen würde – oder bei jener Biegung des ausgestampften Pfads die Augen nur recht gut offenzuhalten, damit er die schwächeren, nach links abzweigenden Fußspuren erkennt – oder wenn sie ihm sonst etwas einschärft oder ihn sonst vor etwas warnt. Und wie sehr er auch überzeugt ist von der Richtigkeit und Zuverlässigkeit ihrer Angaben, von der einprägsamen Zweckmäßigkeit eines jeden Details –: daß sie sich ihres guten Werks auf so böse Art entledigt, ist ihm immer unbehaglicher geworden und zum Schluß beinahe unheimlich.

«Danke», sagt er und hält ihr eine Banknote hin, die sie wortlos und gelassen an sich nimmt. «Jetzt habe ich nur noch eine einzige Frage.»

«Ja?»

«Warum sagen Sie mir das alles?»

«Wie bitte?» Es klingt noch spitziger als beim ersten Mal; nur wird es diesmal von keinem stechenden Blick begleitet, sondern von einem unruhig flackernden.

«Nein, nicht so. Seien Sie ganz unbesorgt.» Martin macht eine beschwichtigende Geste. «Ich meine, warum Sie mir überhaupt helfen wollen?»

«Das hat mich noch kein Mensch gefragt.» Das Stubenmädchen Ludmilla dreht den Kopf zur Seite und steigt von einem Fuß auf den andern. «Ich verstehe Sie nicht.»

«Doch, doch, Sie verstehen mich», sagt Martin und nickt ihr aufmunternd zu. «Ich bin doch nicht der erste tschechische Flüchtling, der sich an Sie wendet und dem Sie helfen. Nur aus Liebe zum Geld tun Sie's doch nicht – dazu ist es zu gefährlich und trägt nicht genug. Und aus Liebe zu den Tschechen tun Sie's doch erst recht nicht. Also warum?»

Ein paar Sekunden lang besinnt sich das Stubenmädchen Ludmilla – dann hat sie sich entschlossen. Ihr Gesicht bleibt starr, aber ihre Stimme kommt in kurzen, bebenden Stößen auf ihn zu, und ihre Augen hinter den randlosen Brillengläsern verengen sich jedesmal, wenn sie zu einem neuen Stoß ausholt:

«Gerade deshalb», sagt sie. «Weil ich eine Sudetendeutsche bin und weil ich die Tschechen hasse. Deshalb. Weil es mir wohltut wie nichts auf der Welt, daß ihr jetzt nach Deutschland fliehen müßt, gerade nach Deutschland. Weil es meine einzige Freude ist, wenn einer von euch hier durchkommt und sich von einer Deutschen nach Deutschland helfen läßt. Weil ich heut nacht wieder davon träumen kann, wie Sie morgen aufatmen werden, wenn Sie die ersten deutschen Worte hören. Wie Sie da erlöst sein werden und sagen: Gott sei Dank, es wird schon deutsch gesprochen – ich bin gerettet. Oder wollen Sie jetzt nicht mehr? Wollen Sie den Weg jetzt nicht mehr nehmen, den ich Ihnen gesagt habe?» Sie macht eine ganz kleine Pause, und als sie weiterspricht, hat sie wieder ihre alte, unbeteiligte Stimme. «Aber Sie müssen aufpassen. Sie müssen mindestens fünfhundert Schritt noch die Straße entlanggehen, bevor Sie in den Wald abbiegen. Sonst rennen Sie Ihren tschechischen Grenzern direkt in die Arme. Nach rechts, nicht vergessen. Erst hinter der Lichtung nach links, auf den schwächeren Spuren, nicht auf den ausgestampften. Passen Sie gut auf, ja? Noch etwas? Nein? Nichts? Dann also viel Glück nach Deutschland.»

Und mit einem kurzen, heftigen Nicken macht das Stubenmädchen Ludmilla kehrt und stapft aus dem Zimmer.

Mindestens fünfhundert Schritte – und jetzt sind es schon zweihundertfünfzig, jetzt ist es schon die Hälfte. Zweihundertfünfzig mehr – und was dann?

Sie haben noch kein Wort gesprochen, seit sie in die frühe Morgendämmerung hinausgetreten sind, in den graublauen, noch nacht- und bodenschweren Nebel dieses unbegreiflichen Morgens: den sie doch in jedem Fall nur schwer begriffen hätten, auch ohne diese Fleißaufgaben, die er ihnen jetzt noch präsentiert hat, auch wenn alles ganz glatt und erwartungsgemäß weitergegangen wäre.

Es ist aber zweierlei geschehen, zweierlei Unbegreifliches noch dazu. Es traf sie in rascher Folge, es traf sie völlig unvorbereitet, und daß es sich auf koboldhafte Weise gegeneinander aufhob, machte es um nichts begreiflicher.

Erst kurz vor Mitternacht hatte Wera sich überreden lassen, ihren Wachposten neben der Portiersloge aufzugeben und die restliche Zeit im Zimmer zu verbringen. Dort hatten sie die hölzernen Läden vor dem einzigen, zugigen Fenster dicht geschlossen, und Martin versuchte, Wera jetzt auch noch zum Schlafen zu überreden. Davon wollte sie natürlich nichts wissen, sondern nahm ihren Platz aufs neue im wackligen Lehnsessel und beharrte darauf, daß Martin sich wenigstens in Kleidern übers Bett legte, sie würde ihn schon rechtzeitig wecken. Martin beschloß, ihr nachzugeben – wenn auch nur zum Schein, nur damit sie dann ihrerseits einschliefe, und was Wera betraf, so war ihm sein Plan geglückt. Allerdings konnte er das erst feststellen, als er selbst aus bewußtlosem Schlaf emporfuhr, ohne Anlaß und Übergang, ganz von kaltem, schwerem Schweiß bedeckt, in dessen Umhüllung sein eigener Körper ihm sonderbar fremd und gewichtlos wurde. Er erhob sich, breitete behutsam eine der rot ausgefransten Bettdecken über Wera und sah nach seiner Uhr. Es ging auf vier. Plötzlich fröstelte ihn, und die zwei Stunden, die bis zum Einsetzen der Morgendämmerung (dem frühesten Zeitpunkt ihres Aufbruchs) noch zu vergehen hatten, dünkten ihm länger als irgendeine Wartefrist bisher. Gerade als er nach seinem Mantel greifen wollte, begann Wera mit einem kleinen, verlorenen Seufzen sich aus dem Schlaf hervorzuräkeln, öffnete die Augen, nickte ihm blindlächelnd zu und torkelte hoch und in seine Arme. Er spürte sie nah an sich, voll vom warmen Pulsschlag ihrer Ahnungslosigkeit, wie eine junge Katze, die sich ins Erwachen hinüberdehnt. «Hab ich geschlafen?» fragte sie mit rührend lauter Stimme. «Nur ganz kurz», flüsterte er. «Ich hab viel länger geschlafen als du.» Ein paar Sekunden standen sie noch so da, eng aneinander und schweigend. Dann blickte Wera auf und sagte energisch: «Das gilt aber nicht. Das war keine ganze Nacht.» Dann, weil sich's doch irgendwie bekunden mußte, daß es nach keiner Nacht dennoch ein Morgen war, und weil sie auf die matte Deckenbleuchtung noch nicht verzichten konnten, gingen sie zum Fenster und stießen die hölzernen Läden auf. Und dann sahen sie, daß draußen eine Schneedecke lag, blank und frisch, als wäre sie eben erst hingebreitet worden, nur für sie beide.

Vielleicht war dieser nächtliche Schneefall in einer Gegend, in der man oft im April noch Ski laufen konnte, weiter nichts Außergewöhnliches. Vielleicht hätte man sogar damit rechnen müssen. Martin entsann sich nicht, bei den Instruktionen in Vinohrady etwas davon gehört zu haben – aber diese Instruktionen galten ja einem Grenzübertritt bei Nacht und unter kundiger Führung, und da spielte ein Schneefall keine Rolle. Wie groß und wie erschwerend die Rolle wäre, die er nun für sie beide spielen würde; wie viele von den Anhaltspunkten, nach denen sie ihren Weg richten sollten, nun keine Anhaltspunkte mehr waren: das konnte Martin nur ahnen.

Wera ahnte es nicht einmal. Sie sah nur die Schneedecke hügelaufwärts gelegt, mattgelber Samt am dunklen Saum der Nacht, sie roch nur die reine, ruhige Luft, und sie sagte: «Schön –.» Martin nickte stumm, dann schloß er die Läden zu und das Fenster, und nur weil er fürchtete, sie zu beunruhigen, wenn er jetzt noch länger schwiege, sagte er: «Ja. Sehr schön. Schade, daß ich mich nicht so richtig darüber freuen kann.»

Und dann, mit einemmal, konnte er sich darüber freuen. Dann geschah das andre gänzlich Unvorhergesehene, dann traf die zweite Unbegreiflichkeit auf die erste auf – und sie beide standen dazwischen, flach und betäubt, Martin vermeinte den Luftdruck zu spüren, mit dem es ihnen geschah, aber was er spürte, war nur die morgendliche Brise, die unvermittelt von der offenen Hoteltür her auf sie eindrang, als sie das Ende der gewundenen Holztreppe erreicht hatten und als aus dem wackligen Lehnsessel neben der Portiersloge Jan Dvorsky sich erhob und ihre Fassungslosigkeit nicht etwa auskostete, sich nicht etwa daran weidete, daß sie so flach und betäubt dastanden, sondern mit einer knapp einladenden Geste zur Seite trat und sich halb schon dem Ausgang zuwandte.

«Gehen wir», sagte er. «Ihr geht doch über die Grenze, nicht? Also gehen wir.»

Und als wollte er's ihnen noch weiter erleichtern, aus ihrer Betäubung herauszufinden, wandte er sich nach ein paar Sekunden wieder zu ihnen um, an Martin wandte er sich, und seine Stimme war ruhig wie zuvor, nahezu geschäftsmäßig:

«Damit Klarheit herrscht, Martin. Und damit keine solchen Kindereien vorkommen wie gestern. Ich habe nichts dagegen, daß ihr über die Grenze geht. Aber dann wirst *du* hoffentlich nichts dagegen haben, daß ich mich bei dieser Gelegenheit über den Weg informiere, der für solche Fälle doch sicherlich schon erprobt ist. Du weißt ja – oder man hat dir gesagt –» er machte eine leichte Handbewegung zu Wera hin, ohne sie anzusehen – «daß ich in einem bestimmten Auftrag hierher gekommen bin. Ich möchte diesen Auftrag wenigstens zum Teil erfüllen. Du kannst dir aussuchen, welcher Teil es sein soll. Gehen wir?»

Das waren die letzten Worte, die bisher zwischen ihnen gefallen sind. Denn da Martin sich auf diese Worte hin tatsächlich in Bewegung gesetzt hat (und sein Zögern rührt nur noch daher, daß er Wera erst mit sich ziehen muß) – so braucht Dvorsky nichts weiter zu sagen, sondern darf glauben, daß sein Vorschlag angenommen sei; und braucht Martin nichts weiter zu sagen, sondern darf sich mit der Nützlichkeit des nächtlichen Schneefalls trösten, der den erprobten Fluchtweg jetzt barmherzig überdeckt. Vielleicht, denkt Martin, vielleicht wäre ich sonst in Versuchung gekommen. Vielleicht hätte ich mir sonst eingeredet, daß ich Pavels Gruppe nicht mehr gefährden würde, weil sie schon gewarnt ist – und die andern nicht mehr, weil sie schon jenseits der Grenze sind – und diesen Weg nicht mehr, weil er in ein paar Tagen oder sogar in ein paar Stunden ohnehin blockiert sein wird. Das hätte ich mir sonst vielleicht eingeredet.

Vielleicht trifft es sogar zu, und ich dürfte ihm den Weg getrost zeigen. Aber darum handelt sich's nicht. Und ich werde auch nicht etwa in die Entschuldigung flüchten, daß ich ihm den Weg nicht zeigen kann, weil es geschneit hat. Nicht einmal das. Nichts. Und in keinem Fall. Auch dann nicht, wenn ich ganz sicher wüßte, daß ich freie Hand habe. Auch dann nicht, und dann erst recht nicht, wenn er den Weg in Wahrheit schon kennt. Das wäre nämlich durchaus möglich: daß er mir nur noch eine letzte, sinnlose Entwürdigung abknöpfen will – indem ich's dann doch noch mit Überredungskünsten versuche oder mit einem Appell an unsre Freundschaft oder mit sonst etwas kläglich Zweckhaftem. Gerade darum ist es ihm ja zu tun. Und das hat er sich ja auch einige Mühe kosten lassen. Obwohl es nicht allzu schwer gewesen sein wird, uns aufzuspüren. So zuverlässig ist kein Hotelbesitzer, daß er einer entsprechend nachdrücklich vorgebrachten Anfrage widerstünde, und so viele Hotels, daß sie nicht in einer Stunde abgesucht wären, sind in ganz Briesnitz nicht zu finden.

Und keines, denkt Martin, keines, das Ritz-Carlton hieße oder Park-Savoy. Das gilt nicht. Das war keine ganze Nacht.

Schon vierhundert Schritte sind es jetzt, vierhundert schweigende Schritte. Der Nebel ist milchiger geworden und beginnt sich langsam zu drehn und zu heben. Ein Wintermorgen im Böhmerwald bricht an. Wie schön. Und sogar nützlich.

Noch hundert Schritte. Im Straßengraben der Schnee liegt dichter als auf der Straße selbst, aber auch hier ist er fest und harschig genug, daß es unter ihren Tritten ganz leise hervorknirscht in die dämmrige Stille ringsum. Dann und wann am Waldrand bröckelt lautlos vom tiefern Geäst der übergewichtige Neuschnee. Und jetzt sind es keine hundert Schritte mehr bis zur Straßenbiegung, von der sie sich nach rechts in den Wald schlagen sollen.

Mit gesenktem Kopf geht Wera, den Blick gradeaus geht Martin, er trägt den Koffer in der linken Hand, den Koffer mit dem Rucksack darinnen, und hat die rechte um Weras Arm geschlossen. Dvorsky hält sich ein wenig seitwärts von ihnen, gegen die Straßenmitte zu, einen halben Schritt voran. Jetzt ist die Straßenbiegung schon zu sehen.

Und jetzt ist sie da.

Und schon vorbei, in unvermutet scharfem Winkel, aus dem sie sich vom Wald weg fortsetzt.

«Wohin gehst du eigentlich?» Dvorsky fragt es mit sachlichem Interesse, ohne hörbares Mißtrauen, ohne seinen Schritt zu verlangsamen.

Das tut auch Martin nicht. Er schließt nur den Griff seiner Hand ein wenig fester um Weras Arm, weil sie zusammengezuckt ist. Aber sie sieht ihn nicht an und hält den gleichen Schritt mit ihm.

«Wenn wir hier weitergehen», sagt Dvorsky ruhig, «dann sind wir in einer Viertelstunde beim tschechischen Grenzposten. Dorthin willst du doch nicht? Das ist doch nicht der Weg, den man dir gezeigt hat?»

Jetzt erst hält er an, seitlich von Martin, der noch zwei langsame Schritte macht, ehe auch er stehnbleibt und sich umwendet.

«Man hat mir keinen Weg gezeigt, Jan.»

«Den man dir angegeben hat?»

«Auch nicht angegeben. Ich hätte geführt werden sollen.»

«Das weiß ich.» Jan Dvorsky macht die abtuerische Handbewegung, mit der er Selbstverständliches beiseite zu schieben pflegt. «Aber du bist doch nicht deshalb ins Hotel Central gegangen, weil man dort so eine schöne Aussicht hat?»

«Nein. Weil es ein kleines und abgelegenes Hotel ist. Weil ich gehofft hatte, daß du uns dort nicht finden wirst.»

«Wenn man unentdeckt bleiben will, geht man in kein Hotel, Martin.» Das klingt wieder ganz ruhig und nachsichtig. «Du bist hingegangen, um dir dort den Weg über die Grenze zeigen zu lassen. Oder angeben zu lassen. Darf ich dich fragen, wo dieser Weg verläuft?»

«Darf ich dich fragen, wozu ihr eure verstärkten Gendarmerieposten habt?»

«Die sind gerade hier noch nicht verstärkt worden», antwortet Jan Dvorsky bereitwillig und zieht seine Zigarettenschachtel hervor und hält sie ihm entgegen und steckt sie auf Martins Kopfschütteln gleichmütig wieder ein. «Oder nicht genügend verstärkt», setzt er fort. «Oder sie kennen sich noch nicht genügend aus. Dazu bin ich ja hier, unter andrem. Um den armen Teufeln ihre Aufgabe ein bißchen zu erleichtern.»

«Dann wäre es am einfachsten, Jan, wenn du zu deinen Gendarmen gehst und ihnen sagst, daß sie sich an dieser Wegbiegung hier zwei Leute abholen sollen. Das dauert eine Viertelstunde hin und eine Viertelstunde zurück. Ich verspreche dir, daß wir solange warten werden. Damit ist dann ihnen und dir geholfen. Und du mußt nicht einmal zuschauen, wie sie uns verhaften. Oder legst du gerade darauf besonderen Wert?»

«Das ist sehr freundlich von dir», sagt Jan Dvorsky. «Aber dazu brauche ich dich nicht. Meine Gendarmen –» und die Bürde des Besitzes drückt ihn ganz leicht nach vorn – «würden dich zu finden wissen, auch ohne daß du auf sie wartest. Laß die Kindereien, Martin. Darum hab ich dich doch gleich zu Beginn gebeten. Benimm dich endlich wie ein erwachsener Mensch. Die Grenze, wenn ich nicht irre, ist dort.» Und er deutet über seine Schulter und dreht, um sich der Richtung zu versichern, den Kopf nach hinten.

Und da hat Wera schon ihr Gesicht vor Martin hingeschnellt und formt mit blutleeren Lippen ein stumm beschwörendes «Komm!», und wie sekundenschnell das alles auch vor sich geht – es hat schweres Gewicht, es sind schwere Sekunden, und Martins Kopfschütteln verspätet sich ein wenig: so daß Dvorsky, der sich mittlerweile zurückwendet, es auf seine letzten Worte bezieht.

«Oder weißt du nicht, wo die Grenze ist?»

«Doch», sagt Martin und spürt Weras Blick auf sich geheftet und spürt sie zitternd an seinen Arm geklammert. «Aber ich werde den Weg nicht finden.» Und spürt, wie Weras krampfig verstärktes Klammern sich lockert, und meint ihr leises Aufwimmern zu hören.

«Das heißt: du *willst* ihn nicht finden. Schade.» Jan Dvorsky hebt beide Hände zu einer bedauernden Geste und läßt sie wieder sinken und sagt nochmals: »Schade«, schon ein wenig abwesend jetzt, als schmeckte er schon den fälligen Abschluß voraus, der jetzt doch kommen muß: daß es unter diesen Umständen wohl am besten wäre, wenn sie gemeinsam zur Gendarmeriestation gingen, weil sonst die Gendarmen auf eigene Faust handeln würden und weil bei solchen Gelegenheiten mit Vorliebe geschossen wird, und so weit soll die Kinderei doch nicht ausarten. Das oder dergleichen müßte er jetzt sagen.

Denn wenn er es jetzt nicht sagt, wenn er es jetzt nicht sehr bald sagt, wird Martin aus diesem Schweigen und Warten etwas andres herausdeuten, etwas vom gestrigen Zusammenstoß her, eine Hilflosigkeit vielleicht, eine Verzweiflung, etwas, wozu gestern keine Zeit mehr war, weil alles so schnell gegangen ist, aber jetzt haben sie Zeit, und jetzt wartet Jan Dvorsky ja auch, und sein Schweigen regt sich immer fordernder auf Martin zu, und heißt vielleicht: mach's mir doch nicht so schwer, dich loszuwerden! und heißt vielleicht: sag doch um Himmels willen irgend etwas, was ich dir glauben kann! Du wolltest doch gestern ehrlich mit mir sein – warum bist du's jetzt nicht?

«Das heißt: ich *kann* ihn nicht finden», sagt Martin und das ist alles und ist genug. Genug der Ehrlichkeit, wenn Dvorsky wirklich auf etwas gewartet hat, was er glauben kann. Genug der Kläglichkeit, wenn er mit seinem Warten nur den fälligen Abschluß vorausschmeckt. Genug, um entweder diesen Abschluß herbeizuführen oder jenen Glauben. Genug, denkt Martin. Genug. Entweder glaubt er mir nicht – dann ist alles vergebens. Oder er glaubt mir – dann muß er jetzt weiterfragen. Und dann muß ich ihm auch ehrlich antworten. Dann darf ich's endlich. Ich möchte so gerne ehrlich mit ihm sein, denkt Martin. Und er schweigt.

Weras Hand liegt leblos an der seinen, ihr Kopf ist ein wenig in den Nacken gebogen, sie hält die Augen geschlossen, und sie regt sich nicht, als Martin sich vorneigt und sie leicht auf die Schläfe küßt.

Vielleicht war es diese flüchtige Bewegung, von der Dvorsky aus seinem Schweigen gescheucht wird.

«Und *warum* kannst du den Weg nicht finden?» fragt er.

«Es hat geschneit!» antwortet Martin so fröhlich, als hätte er's eben erst festgestellt. «Und nach verschneiten Erkennungszeichen kann ich mich nicht orientieren, Jan. Genügt dir das? Oder muß ich dir erst erklären, daß man im allgemeinen bei Nacht über die schwarze Grenze geht? Und daß man nur dann aufs Tageslicht wartet, wenn man den Weg nicht kennt und alle möglichen Anhaltspunkte braucht, um ihn zu finden?»

«Sehr gut», sagt Jan. «Ausgezeichnet.» Und obschon seine Stimme es an Hurtigkeit und Fröhlichkeit mit Martin nicht aufnehmen kann, klingt sie doch leichter als je zuvor. «Alle möglichen Anhaltspunkte. Sehr gut. Es werden nicht alle verschneit sein. Komm. Gehen wir. Ich glaub dir jedes Wort. Ich glaub dir sogar, daß du den Weg nicht finden kannst, weil es geschneit hat. Aber dann könnt ihr euch ja erst recht von mir begleiten lassen. Gehen wir.»

Er hat in der Mehrzahl gesprochen, zum erstenmal, seit sie das Hotel verlassen haben – und für ein paar Sekunden gibt Martin sich der betäubenden Vorstellung hin, daß diese Mehrzahl sie alle drei und ihre Flucht umschließen soll. Aber da er aufblickt und in Jan Dvorskys leeres Gesicht, zieht er die Hand, mit der er schon nach dem Koffer greifen wollte, wieder zurück.

«Was soll das, Jan? Machst du dir noch immer Sorgen, daß du mir einen Dummkopf abgeben würdest? Oder machst du dir noch immer Hoffnungen, daß ich dir einen Lumpen abgeben würde? Was soll das?»

Leer und schweigend bleibt Jans Gesicht ihm zugekehrt. Und jetzt nimmt Martin den Koffer an sich.

«Ich war so ehrlich zu dir, als ich nur konnte. Wenn du es trotzdem nicht über dich bringen kannst, mir zu glauben, dann um so schlimmer für mich. Ob es für dich um so besser ist, mußt du selbst entscheiden.»

Ein paar Sekunden vergehen, und keine betäubenden jetzt; beinahe hörbar ticken sie durch die Zeit.

«Du machst so viel damit her, daß dir geglaubt werden soll.» Jan Dvorsky spricht schräg in die Luft hinauf, mit zusammengekniffenen Augen, als spähte er nach dem entscheidenden Argument, das er jetzt herunterholen wird. «Und ich? Wenn ich dir jetzt zum Beispiel sage, daß ich euch nur deshalb begleiten will, damit ihr mit den Gendarmen nicht in Schwierigkeiten kommt, so habe ich *keinen* Anspruch darauf, daß mir geglaubt wird.»

Es klingt aber hinter aller Schärfe und Zurechtweisung, mit der Jan Dvorsky das gesagt hat, eine ganz leise Trauer hervor, ohne daß er's wollte, ja vielleicht ohne daß er's weiß, und das läßt sie nur noch dünner und trostbedürftiger im kalten Wintermorgen stehen: die Trauer ums Vergangene, die Trauer ums Unwiederbringliche, um alles, was ihnen genommen ist, was sie einander genommen haben, einander und sich selbst, und keiner kann's dem andern zurückgeben. Sie können nur, wenn's gutgeht, einander einmal noch zuwinken aus ihrer eigenen Vergangenheit her.

«Natürlich, Jan.» Und Martin muß sich erst räuspern, um seine Stimme frei zu bekommen für den tröstlichen Zuspruch, dessen er doch nicht minder bedarf als Jan. «Natürlich hast du Anspruch darauf, daß dir geglaubt wird. Ich weiß nur nicht, warum du dich plötzlich nach bürgerlichen Vorurteilen richtest? Der Kindische von uns beiden bin doch ich?»

Und wie die Leere in Jans Gesicht allmählich einem anerkennenden Lächeln weicht – denn siehe, es ist sein eigenes Argument, das sich da gegen ihn kehrt –, schließt Martin ab, lächelnd auch er, weil das Gespräch nun doch zum gleichen Ende gedeiht, wie er sich's gestern im Zug gedacht hat:

«Aber wenn du uns begleiten willst, um mit uns über die Grenze zu gehen – das wäre etwas andres.»

Jan Dvorskys Lächeln ist immer zufriedener geworden – jetzt ist es fast schon mitleidig, und er nickt ein paarmal vor sich hin, als hätte er dergleichen erwartet.

«Das», sagt er, «wäre wirklich etwas andres. Dann wäre ich wirklich der Dummkopf, den ich dir doch beschworenermaßen nicht abgebe. Wenn du dir unbedingt selber einen abgeben mußt, will ich dich nicht länger aufhalten. Hoffentlich weißt du, was du tust. Was *ich* tue, weiß ich. Den Dreck, in dem ich bleibe, kenn ich. Ich hab meine Enttäuschungen wenigstens schon hinter mir. Du hol dir jetzt die deinen, Martin, eine nach der andern. Und wenn du dich eines Tags fragen solltest, warum du für dasselbe Geld nicht lieber hiergeblieben bist, dann denk an mich. Tief atmen, Martin. So einen schönen, klaren Morgen wirst du nie wieder erleben.»

Es war ungefähr eine halbe Stunde später, als die Schüsse fielen, drei, rasch nacheinander, von hinter der Lichtung her, die sie gerade überquerten und an deren jenseitigem Rand sie fast schon angelangt waren (die erste, die mit der überhängenden Tanne als Wegweiser, hatten sie längst hinter sich und hatten längst die Orientierung verloren).

Martin erfaßte nicht unmittelbar, daß da nach ihnen beiden gezielt und geschossen wurde, und nur aus der halb verlegenen Eingebung, daß er als ehemaliger Soldat nun eben zeigen müßte, wie man sich in Augenblicken der Gefahr benimmt, riß er Wera beim ersten Knall mit sich in den Schnee, beinahe gleichzeitig wischte es zum zweiten und dritten Mal über sie hinweg, schon griff das neue Echo ins nachhallende über, und schon verlor sich's trocken im Gehölz, dann war es still.

«Hast du Angst?» flüsterte Martin.

Kurz, mit zusammengepreßten Lippen, schüttelte Wera den Kopf.

«Kannst du diese paar Meter bis zum Waldrand hinüberkriechen? So, auf dem Bauch?»

Wera nickte.

«Und vielleicht noch ein paar Meter zwischen die Bäume hinein? Damit's sicherer ist?»

Abermals ließ sie es bei einem heftigen, stummen Kopfnicken bewenden.

«Warum sagst du nichts, Wera? Bist du verletzt?»

«Ich bin zornig.» Sie zischte es vor sich in den Schnee, ohne sich zu regen.

«Wart noch ein bißchen», sagte Martin und freute sich ihres Zorns und liebte sie sehr. «Zuerst wird gekrochen.»

Langsam begannen sie sich nebeneinander herzuschieben.

«Geht's?»

«Ja.»

«Laß dir Zeit, Wera. Wir haben keine Eile mehr.»

«Wieso nicht?» Es klang, als fühlte sie sich um etwas geprellt.

«Weil wir schon ein gutes Stück über der Grenze sind. Sonst hätten sie noch öfter geschossen oder wären uns nachgekommen.» Und er kroch weiter.

«Der Hund», sagte Wera ganz laut und mit so unvermittelter Sachlichkeit, daß es sich nur noch komisch anhörte. Dann kroch sie ihm nach.

Und dann standen sie im Schutz der Bäume und konnten verschnaufen und klopften sich den Schnee von den Gewändern, mit einer Ausführlichkeit, als gäbe es jetzt nichts Wichtigeres zu tun.

«Vorhin im Schnee ist mir etwas Merkwürdiges eingefallen», sagt Martin.

«Was?» fragt Wera, scheint jedoch mehr daran interessiert, ihren Zorn am Schnee und am Mantel auszulassen.

«Daß ich nie wieder mit dir zusammen Skilaufen kann. Das ist immer so. In solchen Momenten fällt einem immer etwas ein, was gar nicht dazugehört.»

Wera hält in der zornigen Säuberung inne und sieht ihn an, und das Lächeln, das über ihr Gesicht gezogen kommt, glitzert kristallen.

«Dir auch? Ich dachte: nur mir. Weißt du, was mir eingefallen ist? Daß ich wieder tanzen möchte. Weil ich beim Hinplumpsen und beim Kriechen meine Muskeln so schön gespürt hab. – Der Hund», fügt sie völlig übergangslos hinzu, mit der gleichen Stimme wie vorhin.

«Was für ein Hund?»

«Dein Freund natürlich. Wer denn sonst. Dem wäre es mit dieser halben Stunde beinahe geglückt. Beinahe hätten uns die Gendarmen noch erwischt, die er uns nachgeschickt hat. Der Hund.»

«Du bist verrückt», sagt Martin. «An so etwas hat er gar nicht gedacht», sagt Martin. Und indem er's sagt, merkt er mit einem aus Entsetzen und Erheiterung verwirrend gemischten Gefühl, daß er gar nicht so fest davon überzeugt ist. Und sagt: «Warum sollte er denn?»

In Weras Miene und Gebärde bekundet sich die müde Überlegenheit eines Bescheidwissens, vor dem der ganze Vorrat an Erfahrung, den Martin in den vergangenen Wochen gesammelt haben mag, einfach hinwegschrumpft.

«Dafür könnte ich dir hundert Gründe aufzählen, wenn du willst.»

«Nein. Ich will nicht. Um Gottes Barmherzigkeit nicht.»

«Dann gib wenigstens zu, daß es möglich ist.»

«Gut», sagt Martin, und greift mit einem tiefen Seufzer noch ein Mal, noch ein letztes Mal, in seinen Erfahrungsvorrat, wie man ein altes Schlachtroß einmal noch ins Treffen führt. «Gut, ich gebe es zu. Er hat uns die Gendarmen nachgeschickt. Aber dann hat er ihnen auch aufgetragen, nichts weiter zu tun, als ein paar Schreckschüsse auf uns abzugeben. Nur damit wir wissen, daß wir bis zum Schluß in seiner Gewalt waren. Nur damit wir ihn nicht für dumm halten. – Das wäre doch *auch* möglich, nicht?»

«Und jetzt bist *du* verrückt», sagt Wera und sucht geschlitzten Blicks zu erforschen, ob Martin im Ernst gesprochen hat.

«Ich mach dir einen Vorschlag, Wera: wir sind beide verrückt. Aber wenn wir uns ein bißchen Mühe geben, können wir vielleicht wieder normal werden. Genau darum hat sich's ja gehandelt. – Und hör schon auf, deinen Mantel abzuklopfen. Das ist ganz sinnlos. Es schneit schon wieder.»

Doch hat auch Martin das erst vor kurzem bemerkt: als sie unter den Bäumen hervor auf einen meterbreit ausgesparten Weg geraten sind, auf einen unzweifelhaften Weg von unzweifelhafter Richtung.

Dichter fällt jetzt der Schnee in die Stille des bayrischen Walds. Es ist kein wirres Gestöber. Es ist das langsame, ruhige Niedersinken eines normalen Schneefalls.

Daß auch jenseits der Grenze Schnee fällt, genau so langsam und ruhig und normal, kann Martin sich nur mit Mühe vorstellen und kann es nicht billigen. Es hat nichts von der Versöhnlichkeit an sich, die der Natur sonst so hartnäckig innewohnt. Beinahe fühlt er sich davon herausgefordert, daß es im Böhmerwald ganz unbekümmert drauflosschneit. Ein normaler Schneefall will ihm zum Böhmerwald so wenig passen wie ein normaler Sonntag zum Belvedere-Plateau.

Durchaus passend erscheint es ihm hingegen, daß sein Koffer, der Koffer mit dem Rucksack darinnen, im Niemandsland zwischen der tschechischen und der bayrischen Grenze liegengeblieben ist.